달섬 세계고전

10

# 어우야담 1

유몽인

於于野譚

# 어우야담 1

이월영 옮김

달섬

# 목차

## 어우야담 1

### 권1

# 서序

옛사람들의 기사記事문은, 비록 대가의 것이라 할지라도, 한결같이 사람들의 마음을 만족시키지 못했다. 이를테면 자후子厚 유종원柳宗元의 『용성록龍城錄』, 자첨子瞻 소식蘇軾의 『동파지東坡誌』 같은 것은 모두 그들이 저술한 다른 글들보다 못하였다. 우리나라를 예로 들어도 『송계만록松溪漫錄』, 『패관잡설稗官雜說』 등의 책은 진실로 평범한 것일 뿐이다. 묵호공默好公 유몽인은 문단에서 노련한 장수로 취급받는 뛰어난 문장가로서 『어우야담於于野談』 몇 권을 지었는데 그 가운데 놀랄 만하고 기이하게 여길 만한 것이 한둘이 아니며, 한 마디의 말 한 획의 글자도 세상을 교화시킴과 무관한 것이 없고, 필단을 고무시키는 기묘함은 실로 장자莊子 같은 신선과 더불어 구만 리 되는 창공에 뛰어올라 수레를 나란히 하고 달릴 만하니, 그 웅장하고 위대함은 진실로 비범하다. 평범하게 재미삼아 쓴 글도 이와 같으니 공의 대작은 어떠할지 가히 상상해 볼 수 있지만, 천년만년 불후할 그의 명성이 필연코 이 책으로 말미암지는 않을 것이라 하여 함부로 방치하는 것이 옳겠는가! 단지 선관仙官이 육정(六丁: 도교에서 말하는 화신火神의 이름)의 천둥과 번개에게 이 책을 취하여 가지고 오도록 칙령을 내려 마침내 인간세계에 오래도록 남겨 두지 않지 않을까 두려우므로, 우리 선비들이 서로 더불어 출판하여 길이 전하는 것이다.

천계 원년(1621) 학천鶴泉 성여학成汝學 씀

# 권1

## (1) 유충관의 꿈과 정언각의 해몽

나의 돌아가신 할아버지 사간공司諫公은 휘諱가 충관忠寬이시다. 별시[1]의 초시[2]에 합격하시고 장차 전시[3]에 임하려고 전날 밤 신申 판서判書 댁에서 주무셨다. 그때 신 판서의 조카인 참판參判 정언각[4]이 나이 지긋하도록 과거에 급제하지 못하고 초시에도 합격하지 못한 처지였는데 우리 할아버지와 한방에서 동숙하게 되었다.

---

1 별시(別試): 나라에 경사가 있을 때나 또는 천간(天干)으로 병(丙) 자가 든 해에 보이는 문과(文科)나 무과(武科) 시험.

2 초시(初試): 모든 과거의 맨 처음 시험. 보통 서울과 지방에서 식년(式年)의 전해 가을에 보임. 합격해야 복시(覆試)에 응할 수 있음.

3 전시(殿試): 복시(覆試)에서 선발된 문과(文科) 33명과 무과(武科) 28명을 왕이 몸소 보이는 과거. 복시의 합격으로 과거의 급제는 결정되고 전시는 다만 급제의 순위를 정할 뿐임. 이 시험의 성적에 따라 문과는 갑과(甲科) 3인, 을과(乙科) 7인, 병과(丙科) 23인으로, 무과는 갑과 3인, 을과 5인, 병과 20인의 등급으로 나뉨.

4 정언각(鄭彦慤: 1498, 연산군 4-1556, 명종 11): 문신. 자는 근부(謹夫). 1533(중종 28)년 별시문과에 을과로 급제, 1547(명종 2)년 윤인경(尹仁鏡)·이기(李芑)·정순붕(鄭順鵬) 등과 더불어 벽서사건(壁書事件)을 일으켰으며, 이로 인해 그 후 권세를 마음대로 하여 횡포를 자행함. 뒤에 경상도 관찰사, 한성부 좌윤(左尹) 등을 지내고, 1556년 경기도 관찰사로 있을 때 낙마(落馬)하여 비참하게 죽었다. 선조 때 관작이 추탈(追奪)되었다.

할아버지께서 밤중에 꿈을 꾸었는데 자신은 소나무에 올라가 다섯째 가지에 앉아 있고 위아래에는 여인이 있는 것이었다. 새벽에 깨어나 그 꿈을 이야기했더니 정언각이 누운 채로 해몽하였다.

"소나무는 관을, 다섯째 가지는 5년을 의미합니다. 위아래의 여인은, 그대가 반드시 두 딸을 낳을 것인데 모두 죽으리라는 것을 뜻합니다."

이 말을 들은 할아버지는 크게 노하셨다. 할아버지는 본디 힘이 좋으셨다. 일어나 정언각을 발로 차니 그는 아픔을 견디지 못하면서도 굴복하지 않고 말했다.

"마당에 있는 닭을 삶아서 술을 내온다면 마땅히 좋은 말로 해몽해 주겠소만 그러지 않으면 끝내 고쳐 주지 않을 것이오."

정언각은 정희량[5]의 족질[6]로 그도 또한 점치는 데 제법 능했다. 이 때문에 할아버지는 그러자고 응낙하시고 닭고기와 술을 가져와 그를 대접하였다. 정언각은 음식을 다 먹고 난 뒤에도 여전히 불쾌한 말을 하는 것이었다. 할아버지가 다시 전처럼 때리니 그제서야 고쳐 해설하였다.

---

5 정희량(鄭希良: 1469, 예종 1 - ?): 문신. 자는 순부(淳夫), 호는 허암(虛庵). 김종직의 문인. 1492(성종 23)년 수석으로 생원(生員)이 되고, 1495(연산군 1)년 증광문과에 병과로 급제. 검열(檢閱)을 거쳐 1497년 대교(待敎)로 왕에게 경연(經筵)에 충실할 것과 신하들의 간언을 받아들일 것을 상소하여 미움을 샀다. 모친상으로 복을 입던 중 1502(연산군 8)년에 행방불명이 되었다. 시문(詩文)에 능하였고 음양학(陰陽學)에 밝았으며, 갑자년(甲子年)에는 큰 사화가 일어날 것을 예언했다.

6 족질(族姪): 유복친(有服親)이 아닌, 동성의 조카뻘이 되는 남자.

"송松이라는 글자는 십팔공十八公을 뜻하니 오늘 과거에서 18인을 취할 것이요, 그대가 다섯째 가지 위에 앉아 있었으니 반드시 다섯째 안에 들 것이오. 위아래의 여인은 모두 안安씨 성을 가진 사람들을 의미합니다."

할아버지가 전시에서 시험 치르게 된 책문[7]이 복고[8]여서 일필휘지하여 제출하였다. 과연 다섯 번째로 합격하시었고, 동방[9]은 18인이었으며, 안현安玹이 제일이었고 안장安璋이 맨 끝이었으니, 정언각의 말과 모두 부합하였다. 그 후에 할아버지께서는 두 딸을 두었는데 모두 요절했으며, 할아버지 또한 일찍 세상을 뜨셨으니, 더욱 괴이하다.

### (2) 생김새와 마음

공자님은 생김새가 몽기[10]와 유사하였는데, 생김새를 보고 사람을 취하다가 자우[11]를 그릇 판단하는 실수를 저질렀다. 안평

7 책문(策問): 과거 시험과목의 한 가지. 정치에 대한 여러 문제를 제시하고, 거기에 대한 대책을 답안(答案)으로 써 올리게 함.

8 복고(腹藁): 마음속으로 미리 시문(詩文)의 원고를 작성하는 것, 또는 그 초고.

9 동방(同榜): 같은 때에 과거에 급제한 사람.

10 몽기(蒙倛): 마귀나 질병을 쫓는 신으로, 마귀나 질병을 쫓는 행사에서 그의 탈을 쓴다. 눈이 넷인 것은 방상(方相)이요, 눈이 둘인 것은 몽기(蒙倛)이다.

11 자우(子羽): 공자의 제자로 이름은 담대멸명(澹臺滅明)이다. 자우는 그의 자이다.

중[12]은 키가 6척도 못 되었지만 마음만은 만부萬夫를 대적할 만큼 웅대하였으며, 애태타[13]는 추한 곱추 모습으로 천하를 놀라게 했지만 그와 함께 거처했던 자들은 그를 차마 떠날 수 없어 했다. 맹상군[14]은 볼품없고 조그마한 장부였고, 한신[15]도 황면黃面장부였으며, 장자방[16]의 모습은 아녀자 같았고, 곽해[17]는 생김새가 중인에도 못 미쳤으며, 전분[18]은 키가 작고 못생겼다.

---

몹시 추하게 생겨, 공자가 처음에 보고는 재주가 없을 것이라고 여겼다가 훗날 "모습을 보고 사람을 취하다가 자우를 그릇 판단하는 실수를 하였다."라고 토로하였다.

12 안평중(晏平仲): 춘추시대(春秋時代) 제(齊)나라의 재상 안영(晏嬰). 평중은 그의 자(字). 영공(靈公)·장공(壯公)·경공(景公)을 섬겨 재상이 되었으며, 공순하고 검소함을 힘써 행한 것으로도 유명하다.

13 애태타(哀駘駝): 춘추시대 위(衛)나라 사람. 노(魯)나라 애공(哀公)이 그에게 국정을 맡겼는데, 추한 모습으로 유명했음.

14 맹상군(孟嘗君): 중국 전국시대 제(齊)나라의 정승·정치가. 성은 전(田), 이름은 문(文). 내객(來客)을 후하게 대접하여 천하의 유능한 선비 수천 명을 식객으로 두었다 함. 진(秦)나라에 들어가 소왕(昭王)에게 피살될 뻔하였을 때, 식객 중 계명구도(鷄鳴狗盜)의 재주를 가진 두 선비에 의하여 위기를 면한 이야기는 유명함.

15 한신(韓信): 중국 한 고조의 장수. 소하(蕭何)·장량(張良)과 더불어 한나라 창업 삼걸(三傑)의 하나. 기원전 250년에 유방의 통일 대업을 도와서 연(燕)·제(齊)·조(趙)를 차례로 멸망시키고, 대공으로 초왕(楚王)에 봉함을 받았으나, 후에 고조의 열후억멸책(列侯抑滅策)에 의하여 반신(叛臣)이라는 누명 아래 피살되었음.

16 장자방(張子房): 장량(張良)의 자(字). 한(漢)나라 사람. 그 선조는 한인(韓人)이다. 진(秦)이 한(韓)을 멸하자 장량은 집안 재산을 모두 털어 객(客)을 구하여 진황(秦皇)을 찔렀다. 한 고조가 병사를 일으킴에 장량이 늘 획책하여 항우(項羽)를 멸하고 천하를 평정하였으며, 한 고조가 즉위함에 유후(留侯)로 봉(封)하였는데, 만년에는 신선술과 벽곡술(辟穀術)을 배워 공명(功名)을 마치었음.

17 곽해(郭解): 전한(前漢) 시대의 협객. 젊어서 건달 노릇을 했으나, 장성함에 따라 덕을 닦아 협기로 민간의 중망(衆望)을 모았음.

18 전분(田蚡): 한(漢)나라 장릉인(長陵人). 경제(景帝) 왕황후(王皇后)와 어머니는

그리고 우리나라의 윤필상[19]은 풍채가 형편없어 중국의 관상쟁이가 그의 모습을 보고는 귀한 인물임을 알지 못하다가 그가 싸 놓은 똥을 보고서야 극히 귀한 사람임을 알았다. 성현[20]의 모습도 추하여 당시의 사람들이 그를 보고 '어람좌객御覽座客'[21]이라고 칭하였다. 어람좌객이라 일컫는 것은, 옛날에 한 협객이 기생집에 가 추하게 생긴 자를 인견하여 '좌객座客'[22]으로 삼았기 때문에, 그 후 추하게 생긴 자를 일컬어 좌객이라고 불렀던 데서 연유한 것이다. 이상은 모두 중심이 외모를 꾸밀 수 없었던 자들이다.

생김새와 마음이 일치하는 자들:

---

같고 아버지가 다른 동생이다. 한 무제가 즉위하자 분(蚡)은 구(舅)로 무안후(武安侯)로 봉해지고 태위(太尉)를 배수받았다.

19 윤필상(尹弼商: 1427, 세종 9-1504, 연산군 10): 문신. 자는 양좌(陽佐). 세조의 두터운 총애를 받았고, 성종조에 여러 관직을 거쳐 1484년 영의정에까지 올랐다. 1504년 갑자사화 때 앞서 성종조에 연산군의 생모 윤씨(尹氏)의 폐위를 막지 못했다는 죄로 추죄(追罪)되어 진도에 유배, 사약(賜藥)을 먹었으나 죽지 않아 가졌던 독약을 먹고 자결했다.

20 성현(成俔: 1430, 세종 12-1504, 연산군 10): 문신, 학자. 자는 경숙(磬叔), 호는 용재(慵齋)·허백당(虛白堂) 또는 부휴자(浮休子). 1462(세조 8)년에 문과에 급제, 대사간·대제학까지 지냄. 『악학궤범』을 편찬하고, 조선조 초엽의 정치·사회·제도 면을 살피는 데 중요한 자료가 되는 『용재총화(慵齋叢話)』를 지음.

21 여기에서 어람(御覽)이라는 것은 임금님이 늘상 대면한다는 뜻이다.

22 서거정의 『태평한화골계전(太平閑話滑稽傳)』에 의하면, 삼관(三館)의 가난한 유생들 서너 명이 기생을 불러 노는 모임을 가지자고 논의하면서, 좋은 옷 입고 용모가 아름답고 풍류스런 자를 좌객(座客)으로 삼으면, 자신들이 낭패를 보게 될 것이 뻔하니 용모가 추한 자들만을 좌객으로 부르자고 결정을 보았다. 이로 말미암아 세속에서는 용모가 추한 자를 '좌객(座客)'이라고 부르게 되었다고 한다.

오원[23]은 키가 40척이었고 미간이 1척이었는데, 마침내는 천하의 곧고 강한 장부가 되었다. 항우項羽는 호랑이상이었다. 그가 노하면 사람들은 모두 두려워하여 엎드린 채 감히 위를 올려다보지도 못했고, 사람과 말 모두 놀란 나머지 몇 리는 물러나 피하였다. 제갈량諸葛亮은 양 눈썹 사이에 강산의 빼어남이 모여 있었다. 장비張飛 장사의 눈은 마치 옥(環) 같았다. 허원許遠은 관후한 장자로 모습이 마음과 일치했다. 노기[24]는 푸른색 얼굴이 귀신 같아서 아녀자들이 그를 보면 모두 웃었다. 우리나라의 조광조趙光祖는 얼굴이 뛰어나게 아름다웠으므로 그는 거울을 볼 때마다 매번 "이 얼굴이 어찌 남자의 길상일 수 있겠는가!"라고 탄식하였다. 최영경[25]이 기축옥사에 연루되어 죽게 되었을 때, 옥졸들은 그를 공경한 나머지 그의 말이라면 바람처럼 달음질쳐 응했으며

---

23 오원(伍員): 춘추시대 초(楚)나라 사람. 자는 자서(子胥). 부친 사(奢)와 형 상(尙)이 평왕(平王)에게 죽임을 당하자 원(員)은 오(吳)나라로 달아나 오왕 합려(闔廬)를 도와 초나라를 물리쳤다. 다섯 번 싸워 초의 도읍지 영(郢)에 들어갔는데 평왕(平王)이 이미 죽은 뒤라 원은 평왕의 무덤을 파내 시체에 매질함으로써 부형(父兄)의 원수를 갚았다.

24 노기(盧杞): 당(唐)나라 사람. 성격이 사납고 모습이 누추하였으나 구재(口才)가 있어 덕종(德宗)에게 발탁되어 전권(專權)을 행사하였다.

25 최영경(崔寧慶: 1529, 중종 24-1590, 선조 23): 학자. 자는 효원(孝元), 호는 수우당(守愚堂). 조식의 문인. 학문이 뛰어나 명망이 높았다. 1589(선조 22)년 정여립(鄭汝立) 모반사건 때 그 배후자로 길삼봉(吉三峰)이란 의문의 인물이 등장하자, 그가 길삼봉이라는 무고를 받고 투옥되었다. 한때 선조의 특사로 석방되었다가 다시 투옥, 정적(政敵)인 서인(西人) 정철의 국문을 받다가 옥사했다. 이듬해 동인이 집권하자 신원되었다.

혹시라도 남에게 뒤질세라 두려워할 뿐이었다. 이상은 모두 모습과 마음이 일치하는 자들이다.

### (3) 조사의 오해

옛날 중국 조정의 조사[26]가 우리나라에 들어왔는데, 그는 이곳은 예의지방이니 반드시 이인이 있으리라고 생각하였다. 행차가 평양에 이르렀을 때, 조사가 길가에 있는 한 장부를 보니 키는 8, 9척에 수염은 허리까지 자라 있어 자못 기이하게 여겼다. 조사가 손을 들어 손가락을 둥그렇게 만들어 보이니 장부도 손을 들어 손가락을 네모지게 만들어 그에게 응대하는 것이었다. 조사가 이번에는 세 손가락을 굽혀 보이자 장부는 즉시 다섯 손가락을 굽혀 답하였다. 조사가 또 옷을 들어 보이니 장부는 손가락으로 자신의 입을 가리키는 것으로 응대하였다.

조사가 서울에 이르러 관반[27]에게 말했다.

"내가 중원에 있을 때 귀국이 예의지방이라고 들었는데, 진실로 빈말이 아니었소."

---

26 조사(詔使): 조서(詔書: 천자의 명령)를 받들고 가는 사신, 즉 천자(天子)의 사신.

27 관반(館伴): 외국 사신(使臣)의 영접·접대 임무를 관장하는 영접도감(迎接都監)의 주무관(主務官)인 임시 관직의 명칭.

관반이 물었다.

"무슨 말씀이신지요."

조사가 말했다.

"내가 평양에 도착했을 때 길가에 있는 한 장부를 보았는데 그는 체격이 무척 컸소. 그래서 그의 중심에 반드시 색다른 것이 있으리라 여기고 손가락을 둥그렇게 만들어 보였는데 그것은 하늘이 둥글다는 것을 의미한 것이었소. 그러자 장부는 손가락을 네모지게 만들어 응대하였으니, 그것은 땅은 네모지다는 것을 의미한 것이오. 이어 내가 세 손가락을 굽혔으니 그것은 삼강三綱을 의미한 것이었는데, 장부가 다섯 손가락을 굽혀 답하니 그것은 오상五常을 의미한 것이지요. 내가 옷을 들어 보였으니 옛날에 제왕이 의상을 드리우고 있어도(垂衣裳)[28] 천하가 잘 다스려졌음을 의미한 것이었고, 장부가 입을 가리키는 것으로 답한 것은 말세에는 구설口舌로써 천하를 다스린다는 것을 의미한 것이었소. 길가의 천한 사내도 이 같거늘 하물며 유식한 사대부야 더 말할 나위 있겠소?"

관반은 조사가 길가에서 만났다는 장부를 기특하게 여기고 평양으로 공문公文을 보내어 장부를 불러 역말에 태워 서둘러 서울로 데려오게 하여 재물을 후하게 베푼 뒤 물었다.

---

28 수의상(垂衣裳): 의상을 드리우고 앉아 있다는 의미로, 후에 제왕의 무위지치(無爲之治)를 칭하는 데 사용하였다.

"중국 사신께서 손가락을 둥글게 만드셨을 때 자네는 어째서 손가락을 네모지게 만들었는고?"

그가 대답하였다.

"그분은 둥근 절편을 드시고 싶어 손가락을 둥글게 만드셨던 것이고, 저는 인절미가 먹고 싶었기에 손가락을 네모지게 만들었던 것입니다."

"중국 사신께서 세 손가락을 굽히셨을 때, 자네는 어찌해서 다섯 손가락을 구부렸는고?"

"그분은 하루에 세 끼니를 드시고자 하여 세 손가락을 구부리셨던 것이고, 저는 다섯 끼니를 먹고 싶어 다섯 손가락을 구부렸던 것이옵니다."

"중국 사신께서 옷을 들어 보이실 때, 자네는 어찌해서 입을 가리켰는가?"

"그분이 근심하는 바는 옷 입는 일이기에 옷을 들어 보이셨던 것이고, 제가 근심하는 바는 먹는 것이기에 입을 가리켰던 것이옵니다."

조정에서 이 말을 들은 사람들은 모두 크게 웃었으나, 조사는 이러한 사실을 모른 채 그를 기남자奇男子로만 여기고 공경하는 예를 베풀었던 것이다.

아! 슬프도다. 수염 긴 장부가 조사에게 공경을 받음이여. 이 조사는 한갓 겉모습만 보고 생각하여 실수했던 것이며, 또한 예의지방이라는 우리나라의 명성에 겁을 먹었던 것이니, 이는 만세의 한 웃음거리가 아니겠는가?

근래 상국 유전[29]이 연경에 갔을 때 관상쟁이를 만나 보았는데 이는 자신의 관상을 보기 위해서였다. 상국을 따라온 노복 중에 대단히 위엄 있는 용모를 지닌 자가 있어 그를 상국이라 거짓으로 칭하고 그를 보였더니 관상쟁이는 눈여겨 자세히 바라본 뒤 웃으면서 말했다.

"이자는 종신토록 숯이나 팔 노인이오. 당신들은 어째서 나를 속이려는 것이오?"

이에 상국이 나가 그를 보니 관상쟁이는 우러러보고 깜짝 놀라며 말했다.

"이분은 진실로 재상이십니다."

아! 관상쟁이의 사람을 알아보는 감식안이 조사의 식인識人과는 다르도다.

### (4) 혐오 식성의 상대성

접때 중국의 10만 병사들이 우리나라에 오래도록 머물렀는데 풍

29 유전(柳琠: 1531, 중종 26-1589, 선조 22): 문신. 자는 극후(克厚), 호는 우복(愚伏). 여러 관직을 역임한 후 우의정·좌의정·영의정에 오름. 선조 때 동서분당(東西分黨)이 일어났으나 어느 쪽에도 가담치 않은 채 일생을 마쳤다.

속의 다름을 서로 비방하며 비웃었다. 우리나라 사람들은 회膾를 즐겨 먹는데 중국 사람들 대부분은 침을 뱉으며 더럽게 여기는 것이었다. 우리나라 사대부가 말했다.

"『논어』에서 '횟감은 잘게 써는 것이 좋다'라고 말했고, 그곳 주註에서는 '소의 양脌[30]과 물고기의 비린 것들은 잘게 썰어서 회를 만든다'라고 말했는데, 공자께서 늘 즐겨 드셨던 것을 당신들은 왜 허물하는 것이오?"

중국 사람이 말했다.

"소의 양과 처녑은 모두 더러운 것을 싸고 있는데, 그것을 썰어 회를 만들어 먹는다면 뱃속이 불편하지 않겠소?"

또 꼬챙이에 꿰어 구운 고기를 피비린내가 역력한 채로 보여 주니, 그것을 땅에 내던지며 말했다.

"중국 사람들은 고기가 완전하게 구워지지 않으면 먹지 않소. 채 익지 않아 피를 띤 고기는 야만스런 오랑캐의 음식이오."

회니 구운 고기니 하는 것들은 옛사람들이 좋아하던 음식이었음을 고서에서 많이 볼 수 있으니 무슨 해가 있겠는가.

우리나라 사람들이 어두운 방 가운데 앉아 있으니, 중국 사람들이 밖에서 문을 열고 냄새를 맡고서, "틀림없이 고려 사람들이다."라고 말했다는데, 그것은 우리에게 비린 기운이 있음을 말하는 것

30 양(脌): 소의 밥통의 고기.

이다. 우리나라 사람들은 물고기를 많이 먹으므로 자신들은 비록 그 냄새를 맡지 못해도 틀림없이 비린내가 나기 때문이다.

그러나 요좌遼左 사람들은 이를 잡아먹고, 형남荊南 사람들은 뱀을 잡아먹으며, 섬서陝西 사람들은 고양이를 잡아먹고, 남방南方의 조정 선비들은 꿀 바른 지네를 즐겨 먹는다. 천하의 모든 사람들이 개구리를 먹지만 우리나라 사람들은 모두 침을 뱉으며 역겨워 한다.

근래에 중국의 남쪽과 북쪽 사람들이 서로를 공격하자 조정의 의론 또한 이로 인해 갈라지게 되었다. 북쪽 사람들이 식습관을 바꿔 개구리를 먹자 남쪽 사람들은 이때부터 개구리 먹는 것을 천하에 크게 금하더니, 인하여 개구리가 변해 새우가 된다면서 개구리와 더불어 새우 먹는 것도 함께 금하였다. 새우는 중국의 옛사람들이 좋아하던 음식인데 또한 어찌하여 금했단 말인가? 이를 일컬어 이른바, '징갱취제懲羹吹虀[31] 인열폐식因噎廢食[32]'이라고 하는 것이니, 너무 심하지 아니한가?

대개 개구리는 남쪽 오랑캐 사람들이 먹던 것으로 한유도 이를 먹었으며 유종원도 먹었다. 꿀 바른 지네 또한 옛사람들이 헐뜯던 바인데, 중국으로 유입되리라고 어찌 생각이나 했겠는가? 마

---

31 징갱취제(懲羹吹虀): 징탕취냉수(懲湯吹冷水)와 동일함. 끓는 물에 입을 데고서는 냉수도 불어서 마신다는 뜻.

32 인열폐식(因噎廢食): 목이 메인다고 먹는 것을 전폐함.

땅히 소 양胖, 회膾, 처녑회, 이, 두꺼비, 고양이와 더불어 먹는 것을 모두 금지하는 것이 옳을 것이다.

## (5) 초식

동해에 사는 작은 물고기가 있는데 몸 전체가 흰색이다. 파도를 따라 해안으로 밀려오면 그곳에 사는 주민들은 그것을 잡아서 먹는다. 우리나라 북도北道의 중들은 그것을 초식草食이라고 명명하고서 거리낌 없이 먹는다. 어떤 떠돌이 중이 북도에 들어갔는데 그곳에 거처하는 중이 흰 생선국을 사발에 가득하게 주는지라 이를 이상하게 여기고 물어보니, 북도의 중이 대답하였다.

"북방에서는 이것을 초식이라 일컬으며 마치 채소처럼 먹습니다."

나는 이 말을 듣고 몹시 웃었다.

두보의 시를 보다가, '소백小白'으로 제명을 삼은 다음 작품을 보게 되었다.

희고 작은 무리가 받은 생명은
타고난 그대로 두 마디의 생선이네.
조그마한 물고기이거늘,

풍속에서는 뜰의 채소처럼 대하네.

이 시의 주에서, "「빈퇴록賓退錄」에 이르기를, 정주靖洲의 『도경』[33]에 그곳의 풍속을 기록하고 있는데, 그곳에서는 상중에 있는 사람은 젓갈, 술, 육고기를 먹지 않지만 생선은 채소로 간주한다고 한다. 지금의 호북민湖北民들도 대다수가 생선을 어채魚菜라고 일컫는다."라고 말하였으니, 우리 북방의 풍속과 더불어 예나 지금이나 매한가지이다.

## (6) 인육과 새우젓

중국 사람들이 좋아하는 음식과 풍속을 우리나라 사람들은 귀중하게 여기지 않는다. 중국 사람들은 사발 가득히 차를 마시는데 그에 관한 기록은 고서에도 나와 있다. 통판通判 왕군王君이 힘써 권하기에 나도 차를 마셔 보았는데 한두 그릇이야 매우 기분 좋게 마실 수 있었지만 네댓 그릇에 이르자 도저히 마실 수 없었다. 그런데도 왕군은 권하는 것을 그치지 않았으니, 이는 진실로 이른바 수액水厄이었다.

33 『도경(圖經)』: 산수의 지세를 그린 책.

『주자가례朱子家禮』를 보면 밀가루 음식과 쌀 음식이 나오는데, 나는 일찍이 그 뜻을 알지 못했다. 중국 조정 사람들은 매 식사 때마다 별도로 밀가루 음식을 갖추어 밥과 함께 들이는데 보릿가루를 물에 풀어 손바닥만 하게 만들어 지져 익힌 것이었다. 이것을 열 조각쯤 쌓아 놓고 밥을 먹을 때마다 권해 감당할 수 없었다고 하니, 이 또한 지나친 것이다.

우리나라의 송유진[34]은 이몽학[35]의 반역에 연루되어 죽었기 때문에 그의 시신을 고을마다 끌고 다녔는데, 그때 중국의 장수가 서울에 있다가 그의 살을 모으라고 명하더니 살을 구워 먹으며, 문안사[36] 이충원李忠元에게 먹으라고 권하면서 말했다.

"이는 원수의 고기요."

중국 장수는 조금도 꺼리지 않고 한 그릇을 자진해 먹으면서 충원에게 한사코 권했으므로 이충원도 어쩔 수 없이 한 점을 먹었다.

---

34 송유진(宋儒眞: ?-1594, 선조 27): 반란자. 임진왜란 이후의 혼란으로 흩어졌던 병졸과 또 1594년 대기근으로 굶주리는 백성들을 거느리고 천안·직산 등지에 출몰하여 도적질하였는데, 그 무리가 2천에 달하였음. 결국에는 직산에서 부하 10여 명과 함께 체포되어 왕의 친국을 받고 사형됨.

35 이몽학(李夢鶴: ?-1596, 선조 29): 반란자. 왕족의 후손. 서얼 출신으로 아버지에게 쫓겨나 충청·전라 지방을 전전했다. 부여 도천사(道泉寺)를 중심으로 동갑계회(同甲契會)란 비밀결사를 조직, 1596(선조 29)년 충청도 홍산(鴻山)에서 승속군(僧俗軍) 6, 7백 명을 이끌고 반란을 일으킴. 반란군 중에서 관군에 내통하는 자가 속출하여 전세가 불리해지자 그의 부하 김경창(金慶昌)·임억명(林億明) 등에 의해 살해됨.

36 문안사(問安使): 중국에 문안차 보내는 사신.

새우젓으로 오이김치 담는 것을 시속에서는 감동感動이라고 일컫는다. 젓갈은 우리 동방에서는 그다지 특별하지 않은 음식이다. 옛날 중국 사신이 해주海州를 지나다가 새우젓으로 담근 오이김치를 먹게 되었는데 우느라고 먹지를 못하는 것이었다. 이를 괴이하게 여긴 원접사[37]가 그 까닭을 물으니 중국 사신이 대답하였다.

"나의 늙은 모친께서 만 리 밖 먼 곳에 계시는데, 이 음식이 대단히 맛있어 차마 목구멍 아래로 넘길 수가 없소."

원접사 탁주관卓州官이 그것을 진상하자 중국 사신이 "감동스러움을 이기지 못하겠다."라고 말했던 까닭에 그 김치를 이름하여 '감동感動김치'라고 했던 것이다.

어득강[38]이라는 자가 있었는데, 성종대왕조의 명신으로 익살을 잘 부려 비방을 많이 받았다. 그의 벗이 새우젓으로 만든 오이김치를 보내니 어득강이 답장을 보내었다.

"어찌 감동하지 않으리오."

벗이 다시 편지를 써서, "그대는 익살 부리는 것 때문에 비방을 당하면서도 경계할 줄을 모르다니, 이제부터는 권정權停[39]하는 것

37 원접사(遠接使): 중국의 사신을 맞아들이는 임시 벼슬. 또는 그 벼슬아치.

38 어득강(魚得江: 1470, 성종 1-1550, 명종 5): 문신. 자는 자순(子舜)·자유(子游), 호는 관포당(灌圃堂)·혼돈산인(混沌山人). 벼슬은 대사간까지 오름. 문명(文名)이 있었다.

39 권정(權停): 임시 멈춤, 혹은 잠시 멈춘다는 의미이다.

이 좋겠네."라고 했으니, 새우는 방언으로 곤쟁이(權停)이기 때문이다.

## (7) 귀신을 감동시킨 김운란의 아쟁

김운란金雲鸞이라는 자는 성균관 진사이다. 진사에 합격한 후 눈병을 앓아 두 눈을 모두 실명하였다. 근본이 선비인데도 음양복서陰陽卜筮를 배워 판수(瞽瞍)[40]일 해야 하는 것을 부끄럽게 생각하고 아쟁 연주하는 것을 배워 스스로 울적함을 풀었는데 그 솜씨가 입신入神의 경지였다.

어느 날 밤 그는 고칠 수 없는 병으로 인해 하늘의 해도 볼 수 없고, 다시 대과大科[41]를 치를 수도 없으며, 음직[42]을 구할 수도 없는데다, 정상인의 대열에 끼어 선비들과 교제할 수도 없는 자신을 스스로 비통해하면서, 그 무한한 슬픔을 아쟁에 부쳤다. 가까운 남쪽 산록에는 오래된 사당이 있어 그 담벽에 기대어 서너 곡조를 연주하였는데 그 소리가 몹시 웅장하면서도 애달팠다. 그러

40 판수: 점치는 일을 업으로 하는 소경.

41 대과(大科): 과거의 문과(文科)와 무과(武科). 특히 문과를 말할 때도 있음. 소과(小科), 즉 생원시(生員試)와 진사시(進士試)의 대(對)로 쓰는 말.

42 음직(陰職): 과거를 거치지 않고 다만 조상의 혜택으로 얻는 관직.

자 갑자기 사당 안의 귀신들이 일제히 무리지어 소리를 내 대성통곡하는데 그 처량하게 우는 소리가 마치 물이 끓듯 요란했다. 김운란은 크게 놀라 아쟁을 가지고 도망쳤다.

이는 대개 성조聲調가 조화롭고 기묘하여 귀신을 감동시켰기 때문이었다. 김운란은 두 아들을 두었는데 이름이 극성克成과 극명克明으로 모두 무과에 합격하였다.

## (8) 대머리 김시의 수치심 모면

그림을 잘 그리는 화가 김시金禔는 늙어 가면서 머리털이 빠졌다. 일찍이 홍주洪州를 지나는데 그곳의 수령이 어린 기녀로 하여금 천침[43]하도록 시켰다. 다음 날 아침 김시가 세수하려다가 자신의 머리가 창피하게 느껴져 우두머리 기녀에게 말했다.

"내가 지난 밤 그 기녀와 잠자리를 같이한 잘못을 저질렀다. 그 애는 늙은 중과 사통했다고 하던데 대단히 상서롭지 못하다. 너도 그 소문을 들었느냐?"

우두머리 기녀가 말했다.

"그것이 무슨 말씀이옵니까? 말을 전한 자가 거짓말한 것이옵

43 천침(薦枕): 여자가 윗사람을 모시고 잠자리를 같이함.

니다."

어린 기녀도 대단히 화를 냈다. 그런데도 김시는 한사코 말했다.

"너희들은 나를 속이려 하지 마라. 내가 그 사실을 알고 있다."

어린 기녀가 더욱 화를 내며 눈물까지 흘리자 김시는 손과 얼굴을 씻으면서 말했다.

"내 머리를 보아라. 내가 바로 그 중이니라."

어린 기녀는 몹시 기뻐하며 크게 웃었으니, 대머리 손님과 사통한 것이 수치스러워할 만하다는 것은 생각지도 못했다.

## (9) 유대수를 살린 유강의 현몽

유대수[44]는 옛 판서 유강兪絳의 후손으로 관직은 정언[45]에 이르렀다. 그가 일찍이 묘 아래에 여막을 짓고 시묘하고 있었는데 그에게 원망을 품은 어떤 노비가 그를 죽이려고 하였다. 유대수의 한밤중 꿈에 유강이 황급히 와서 창을 밀치더니 대수에게 빨리 일어나 거꾸로 누우라고 말했다. 대수는 깜짝 놀라 잠을 깨니 온몸이 땀으로 젖어 있어 몹시 두려웠다. 그는 그때 창을 향해 누워

44 유대수(兪大修: 1546, 명종 1–1586, 선조 19): 문신. 자는 사영(思永). 1584(선조 17)년 안동 부사에까지 올랐으나 이듬해 남장(濫杖)한 죄로 파직당함.

45 정언(正言): 사간원(司諫院)의 정6품 관직. 간쟁(諫爭)에 관한 일을 맡아 봄.

자고 있었는데 요와 베개를 거꾸로 돌려놓고 누운 채 잠들지 못하고 있었다. 그런데 문득 어떤 사람이 창을 열더니 무슨 물체를 양 다리 사이에 꽂아 놓고 가 버리는 것이었다. 놀라서 만져 보니 큰 칼이 양 다리 사이를 찔렀는데 옷과 이불을 뚫고서 요에 꽂혀 있었다. 깜짝 놀란 대수가 노복을 시켜 뒤쫓게 하였더니 도적놈은 유강의 묘 위에 엎드린 채 달아나지 못하고 있었다. 그를 묶어 와 등잔불에 비춰 보니 집안의 노비였으므로 몽둥이로 때려 죽였다.

사람들이 모두 말하기를, "유강의 신령이 도와 도적을 무덤 위에 잡아 두고 달아나지 못하게 하였다."고 하였다. 기이한 일이다.

## (10) 요절시

강양군江陽君이라는 자는 왕의 종친이다. 성격이 호탕하였으며 어려서부터 매화시 쓰기를 좋아하였다. 병이 들어 위급했는데 창문을 열고서 매화가 처음 핀 것을 보자 시중드는 계집종을 시켜 한 가지를 잘라 오게 하더니, 그것을 안상에 두고 종이와 붓을 취하여 시를 지었다.

나이 장차 지천명[46]에 병이 고달프니,

집 모퉁이도 근심하며 이 슬픔 아파하네.

매화꽃은 인간의 일 바뀐 것 모르고서,

한 가지에 핀 꽃, 향기를 보내오네.

글을 다 쓴 뒤 죽었다.

한순韓恂이라는 자는 의지와 기개가 맑고 밝아 마음이 물외[47]에서 노닐었는데, 나이 서른셋에 죽었다. 임종 때 처자를 불러 종이를 펼치게 하더니 붓을 적셔 썼다.

해가 져 연화[48] 피어오르는데,

서른셋의 봄에 우주를 어루만지며 영영 가노라.

그는 붓을 던지자마자 곧 죽었다.

하응림[49]은 나이 겨우 열 살이었을 때에 기동이라고 칭해졌다. 어떤 어른이 죽순을 가리키며 제목으로 삼게 하고 운자韻字를 부르자 그 즉시 응답해 시를 지었다.

---

46 지천명(知天命): 50세의 나이를 일컬음.

47 물외(物外): 세상 밖. 세상일에 관계하지 않는 일.

48 연화(烟花): 봄철에 안개가 피어 아름다운 경치.

49 하응림(河應臨: 1536, 중종 31-1567, 명종 22): 문장가. 자는 대이(大而), 호는 청천(菁川). 벼슬은 예조정랑(禮曹正郞)에 이름. 문장이 뛰어나 송익필(宋翼弼) 등과 함께 팔문장(八文章)의 한 사람으로 일컬어졌고, 소식(蘇軾)의 문장도 사숙(私淑)함. 시·서·화에 뛰어났다.

평지에 문득 누런 송아지 뿔 생겨나고,
바위틈에 칩거했던 용 허리를 처음 펴네.
어찌하면 저것을 베어 긴 젓대 만들어
태평행락을 노래하는 퉁소로 만들 수 있을까.

그가 어린 나이로 과거에 합격하자, 그 당시에 재주 있는 자를 언급하면 하응림을 제일로 여겼다.

그가 일찍이 서교西郊에서 객을 보내면서 시를 지었다.

서교에서 바삐 이별하니,
봄바람에 술 한잔이네.
청산에 떠난 사람 보이지 않으니,
해질녘 혼자서 돌아오네.

그 당시 사람들이,

산중에서 떠나는 자 보내고서,
해 저물어 사립문을 닫네.

와 상응한다고 말했지만, 식자들은 그의 목숨이 더 이어지지 않으리라는 것을 알았는데 과연 얼마 지나지 않아 죽었다. 그의 벗이

호우湖右에 멀리 나가 노닐다가 날이 저물어 청파青坡에 이르렀을 때 홀연 다리 가에서 응림을 만나 말을 세우고서 인사를 나누었는데, 응림이 집안일을 부탁하고 가는 것이었다. 그 벗이 집에 돌아와 하응림의 집을 방문하니 그는 죽어 이미 장사 지낸 후였다.

## (11) 한명회의 〈위천조어도〉와 김시습의 제시

한명회[50]가 〈위천조어도渭川釣魚圖〉[51]를 얻었는데 지극히 뛰어난 작품이었다. 그가 명성 있는 사람의 시를 구하니 모두 다 "오세五歲의 시가 아니면 이 그림과 걸맞기 어렵다."라고 말하는 것이었다. 그래서 오세에게 오라고 청하였더니 매월梅月 김시습이 송도에서 와 붓을 잡더니 그 즉시 다음과 같은 시를 썼다.

비바람 쓸쓸히 낚시터를 휩쓰니,
위수의 물고기와 새도 세상일을 잊도다.

50 한명회(韓明澮: 1415, 태종 15–1487, 성종 18): 세조 때의 공신(功臣). 호는 구정(鷗亭). 수양대군을 도와 김종서(金宗瑞) 등 단종을 보호하는 대신들을 차례로 죽여 단종을 몰아내는 데 크게 공을 세웠고, 사육신 등의 처형 후 이조판서를 지냈으며, 그 후에는 영의정을 지냈음.

51 〈위천조어도(渭川釣魚圖)〉: 위수(渭水)에서 고기를 낚는 그림. 위수 가의 어부는 태공망(太公望)을 가리킴.

어찌하여 노인은 매 같은 장수 되어,

백이와 숙제로 하여금 고사리 캐다 굶어 죽게 하는가.

이 시는 풍도와 운치가 맑고 시원하며 구절구절마다 풍자를 머금고 있어 읊조리면 어느새 창연悵然해지고 만다. (김시습은 다섯 살에 이미 글을 지을 수 있었다. 그래서 스스로를 오세五歲라고 이름하였다.)

## (12) 우홍적의 시참

우홍적[52]은 어려서부터 재주 있다는 평판을 얻었다. 일곱 살 때 어른이 노老 자와 춘春 자를 가지고 연구[53]를 지으라고 시키니, 우홍적이 말하였다.

노인 머리 위의 눈은,

봄바람도 불어 없애지 못하도다.

---

52 우홍적(禹弘績: ?-1592, 선조 25): 시인. 자는 가중(嘉仲), 호는 장곡(長谷). 1582(선조 15)년에 진사시(進士試)에 장원하였고, 1591년 식년문과(式年文科)에 병과(丙科)로 급제하여, 승문원(承文院) 정자(正字)가 되었다가, 1592년 임진왜란에 죽었다. 시를 잘 지어 명성이 높았다.

53 연구(聯句): 두 사람 이상이 모여 한 구씩 지어 이를 연속해서 한 편의 시로 하는 것. 여기에서는 주어진 두 글자를 사용하여 한 구씩 짓는 것을 말함.

많은 사람들이 모두 그를 기특하게 여겼는데, 식자識者는 그가 요절할 것을 마음속으로 알았다.

그의 친구 정상의鄭象義가 영숭전永崇殿 참봉[54]이 되어 평양에 부임할 때, 홍적이 그에게 시를 지어 주었다.

정鄭 처사 재주로 30년 이름나더니,
가을바람에 필마로 서관西關을 향하네.
흰 구름 천리가 한양의 남산이니,
이 지극히도 근심하는 마음을 아는 사람 없네.

상의가 평양에 도착한 지 얼마 지나지 않아 우홍적의 부음을 듣고 한양으로 왔으니, 당시에 위 시를 시참詩讖[55]이라고 여겼다.

우홍적은 진사시에 장원급제하여 부모에게 효도하였는데 난리에 죽으니 그 당시 사람들이 애석해하였다. 그에 관한 이야기는 『삼강행실三綱行實』에 실려 있다.

54 참봉(參奉): 동반(東班) 종9품의 관직명. 각 능원(陵園)·봉상시(奉常寺)·군기시(軍器寺)·관상감(觀象監)·전의감(典醫監)·사역원(司譯院)·예빈시(禮賓寺) 등에 배치함.

55 시참(詩讖): 지은 시가 우연히 자신의 신상에 관한 예언이 되는 것을 의미함.

## (13) 채수와 손자 채무일의 창화시

채수[56]에게는 손자가 있었는데 이름이 무일[57]이었다. 무일의 나이 겨우 5, 6세였을 때 채수가 무일을 안고 누워 먼저 시 한 구를 지었다.

손자가 밤마다 책을 읽지 않도다.

무일에게 대답하라 하였더니, 그가 응대했다.

조부는 아침마다 맹렬하게 술 마시도다.

채수가 또 무일을 업고 눈 위를 걸어가다 시 한 구를 지었다.

개가 달리니 매화가 떨어지도다.

---

56 채수(蔡壽: 1449, 세종 31-1515, 중종 10): 문신. 자는 기지(耆之), 호는 나재(懶齋). 1468(세조 14)년에 생원(生員)이 되고, 1469(예종 1)년 추장문과(秋場文科)에서 초시·복시·전시에 장원, 이석정(李石亭)과 함께 조선 개국 이래 삼장(三場)에 연이어 장원한 두 사람 중의 한 사람임. 산경(山經)·지지(地誌)·시문(詩文)에 능했음.

57 채무일(蔡無逸: 1496, 연산군 2-1556, 명종 11): 문신. 자는 거경(居敬), 호는 일계(逸溪)·휴암(休菴). 1522(중종 17)년 생원시에 장원하였고, 여러 관직을 거쳐 한성부서윤(漢城府庶尹)에까지 이름. 그림에 뛰어나 중종이 죽었을 때 중종의 초상화를 그렸고, 팔분체(八分體)의 글씨를 특히 잘 썼으며, 음률(音律)·의약(醫藥)·복서(卜筮) 등에도 능했다.

말이 미처 끝나기도 전에 무일이 응답했다.

닭이 지나가니 댓잎이 이뤄지도다.

## (14) 조룡대라 평가받은 백광훈

백광훈[58]은 시를 잘 짓고 초서를 잘 써 호남에서 제일인자로 이름을 날렸다. 백광훈이 일찍이 부여현扶餘縣을 지날 때 그곳 현감이 배에 술을 싣고 공주公州의 기악[59]을 빌려 놓고서 그를 기다렸다. 드디어 백광훈이 도착하였는데 그는 곧 베옷을 입은 선비일 뿐으로 생김새는 볼품이 없었고 풍채도 왜소했다. 기생 가운데 이름이 장본將本인 자가 있었는데 익살을 잘 부렸다. 그녀가 말했다.

"일찍이 들은 백광훈의 명성은 산보다도 컸는데, 실제 보니 조룡대釣龍臺이네."

---

58 백광훈(白光勳: 1537, 중종 32-1582, 선조 15): 시인. 1564(명종 19)년 진사(進士)가 되었으나 벼슬에 뜻이 없어 산수를 즐기며 시서(詩書)에 열중했다. 1572(선조 5)년 명나라 사신이 오자 노수신(盧守愼)을 따라 백의(白衣)로서 제술관(製述官)이 되어 사신을 감탄케 했다. 당시의 최경창(崔慶昌)·이달(李達)과 함께 처음으로 성당(盛唐)의 시풍에 들었다 하여, 삼당시인(三唐詩人)으로 불렸다.

59 기악(妓樂): 기생이 포함된 음악 집단 혹은 그들이 연주하는 음악을 말한다. 주로 관청에 소속되어 연회가 있을 때 동원되었다.

부여 백마강에는 조룡대가 있는데, 당나라 소정방[60]이 그곳에서 백마를 미끼로 용을 낚았다 하여 붙여진 이름이었으나, 그것은 우뚝 솟은 조그마한 하나의 바위일 뿐이었다. 그래서 당시 사람들은 기녀가 형용을 잘했다고 여겼다.

백광훈이 소시小詩를 지었는데 그 당시 명성이 자자하였다.

겹겹 싸인 청산에 물만 쓸쓸히 흐르니,
금궁金宮 아니면 옥루玉樓로다.
전성했던 때를 지금은 물을 곳 없거늘,
달 밝은 밤 조수 줄어들 때 외로운 배에 기대노라.

내 보기로는 그의 시 또한 조룡대이다. 그의 아들 진남振南 진사進士 또한 부친의 기질을 이어받아 초서를 잘 썼고 시도 조금 잘 지었다.

---

60 소정방: 당나라의 무장(武將). 이름은 열(烈), 자(字)는 정방(定方). 당나라 태종(太宗) 때 이정(李靖)을 따라 동돌궐(東突厥)을 정벌하였고, 657년에는 서돌궐을 쳐 항복시킴으로써 중앙아시아 여러 나라를 모두 안서도호부(安西都護府)에 예속시켰다. 660년(백제 의자왕 20) 3월 나·당(羅唐) 연합군의 대총관으로서 13만의 당군을 거느리고 산둥[山東] 반도에서 황해를 건너 신라군과 함께 백제를 협공, 사비성(泗沘城)을 함락시키고 의자왕과 태자 융(隆)을 사로잡아 당나라로 송치하였다. 그 이듬해인 661년(고구려 보장왕 20)에는 나·당 연합군을 거느리고 고구려 평양성(平壤城)을 포위 공격하였으나 전세가 불리해지자 철군하였다.

## (15) 심수경과 선연동 기녀

상국相國 심수경[61]이 젊었을 적 직제학[62]으로서 순무어사[63]가 되어 관서關西에 갔다가 평양에서 사랑한 기생이 있었다. 평양 성문 밖에는 선연동嬋娟洞이 있었는데 그 마을은 기생들이 많이 묻혀 있는 곳이었다. 상국이 시를 지었다.

종이에 가득 쓰인 것 모두 맹세의 말이니,
훗날 구천九泉에서 함께할 것을 스스로 기약하였네.
장부도 한번 죽는 것 끝내 면하기 어려우니,
선연동 안의 혼 될 것을 원하네.

그가 후에 충청도 감사가 되었을 때 홍주洪州의 기녀가 나와 두루마리에 적힌 시를 노래불렀는데, 그것은 시인 권응인[64]이 지은

61 심수경(沈守慶: 1516, 중종 11-1599, 선조 32): 문신. 자는 희안(希安), 호는 청천당(聽天堂). 1546(명종 1)년 식년문과에 장원급제, 1590(선조 23)년 우의정에까지 오름. 문장과 글씨에도 능했음.

62 직제학(直提學): 조선조 때 집현전(集賢殿)의 종3품, 예문관(藝文館)·홍문관(弘文館)의 정3품 및 규장각(奎章閣)의 종2품에서 당상(堂上) 정3품까지의 벼슬.

63 순무어사(巡撫御史): 조선조 때 지방에 변란이나 재해가 있을 경우 왕명으로 두루 돌아다니며 사건을 진정시키고 백성을 위로하여 평안하게 하는 특사(特使).

64 권응인(權應仁): 자는 사원(士元), 호는 송계(松溪). 한리학관(漢吏學官)을 지냄. 1562(명종 17)년 문장에 능한 일본 사신이 왔을 때 시재(詩才)가 뛰어났으므로 특명으로 선위사(宣慰使) 일행의 한 사람이 되어 이를 맞이했음. 당시 송대의 시풍이 유

것이었다.

인생에서 뜻을 얻기는 남과 북이 없으나,

선연동 안의 혼령은 되지 마소.

상국이 그것을 보고서 웃으며 말했다.

"반드시 권응인이 여기에 왔을 것이다. 속히 맞이하여 오도록 해라."

권응인이 들어와 알현하니 상국이 시를 짓도록 시켰다. 그 시는 다음과 같다.

노래로 백설을 전하여 지음知音한 지 오래였으되,

길에 청운青雲이 막혀 있어 얼굴 보기 더디었노라.

평양의 기생이 친척에게 말했다.

"내가 죽거든 내 묘에 반드시 '직제학 심수경 첩의 묘'라고 써 주세요."

그 후에 기생이 죽었는데 그때 상국의 관직은 이미 높아 있었으나, 친척들은 묘에 표식을 세우고 '직제학 심수경 첩의 묘'라고 썼으

---

행하던 문단에 만당(晩唐)의 시풍을 받아들여 큰 전환을 가져왔으며, 시평에도 훌륭한 업적을 남겼음.

니, 국법에 양계[65] 사람들은 다른 곳으로 이사하는 것을 허락하지 않았으므로 수경을 따르겠다는 기약을 마침내 이루지 못하고 죽었기 때문이었다. 당시의 관서 방백方伯이 시를 써서 답해 주었다.

가련한 한 동의 풍류지風流地에
선생을 장사 지냈어도 사혼死魂은 아닐세.
(상국의 호는 청천聽天이다).

## (16) 최경창의 실로失路 절구

고죽 최경창[66]이 절을 찾아 골짜기로 들어섰다가 문득 길을 잃고, 절구絶句 한 수를 읊조렸다.

험한 바위 사이로 겨우 길 하나만 통과할 뿐인데,
흰 구름은 여전히 스스로 신선의 자취를 감추네.

---

65 양계(兩界): 함경도와 평안도.

66 최경창(崔慶昌: 1539, 중종 34 – 1583, 선조 16): 조선조 중기의 시인. 자는 가운(嘉運), 호는 고죽(孤竹), 본은 해주(海州). 28세에 문과에 급제, 종성 부사(鐘城府使)를 지냈음. 시를 특히 잘하여 이름났으며, 시적 감정을 자유롭게 표현하고 성조(聲調)가 맑다는 점에서 평가를 받았음. 백광훈(白光勳) · 이달(李達)과 함께 삼당시인(三唐詩人)이라는 칭호를 들었음.

다리의 남쪽과 북쪽 어느 곳에도 물을 사람 없는데,

낙목落木과 한류寒流는 온 골짜기에 한결같네.

그가 길을 잃고 허둥지둥해하는 한스러움이 말의 표현에 드러나 있어 이 시를 읊으면 창연해진다.

## (17) 정작의 강각江閣 시

정작[67]이 아이였을 때 어른들을 따라 강변 누각에서 놀았는데, 멀리 바라보니 정주汀洲[68]에서 흰 물체가 어렴풋이 오고 있었다. 어떤 사람은 그 물체가 사람이라고 하였고 어떤 사람은 백로라고 말하였으나 문득 들려오는 젓대 소리를 듣고서야 비로소 사람임을 깨달았다. 어른들이 정작에게 시를 짓게 하니 그가 그 말에 응하여 곧 시를 지었다.

멀고 먼 사주沙洲의 사람을,

처음에는 두 마리의 백로인가 여겼노라.

67 정작(鄭碏: 1533, 중종 28 – 1603, 선조 36): 학자. 자는 군경(君敬), 호는 고옥(古玉). 순붕(順朋)의 아들, 염(磏)의 동생. 아버지가 을사사화의 원흉으로 관작이 삭탈되었으므로 벼슬에 뜻을 두지 않다가 선조 때 좌랑(佐郎)을 지냈다. 학문에 정진했으며 술을 즐겨 주선(酒仙)이라고 일컬어졌다. 시명이 높았고 글씨에도 뛰어나 예서와 초서를 잘 썼다.

68 정주(汀洲): 얕은 물 가운데 토사가 쌓여 물 위에 나타난 곳.

바람결에 문득 젓대 소리 들리니,

쓸쓸하고 밝은 강에 날이 저물도다.

### (18) 송강松岡의 시회詩會

조사수[69]가 홍섬[70] · 조언수[71] · 정유길[72] · 정사룡[73]과 더불어 그의 집 뒤뜰에 있는 송강松岡에서 술을 마셨다. 정사룡이 즉석에서 시를 지었다.

가초[74]에 적합지 않은 늙은이 이르니

성문의 안팎에 조망이 트이네.

---

69 조사수(趙士秀: 1502, 연산군 8-1558, 명종 13): 조선조 문신. 자는 계임(季任), 호는 송강(松岡).

70 홍섬(洪暹: 1504, 연산군 10-1585, 선조 18): 문신. 자는 퇴지(退之), 호는 인재(忍齋). 영의정 언필(彦弼)의 아들. 조광조(趙光祖)의 문인. 문장에 능하고 경서에 밝았다.

71 조언수(趙彦秀: 1497, 연산군 3-1574, 선조 7): 문신. 자는 백고(伯高), 호는 신선당(信善堂). 청렴하기로 이름났다.

72 정유길(鄭惟吉: 1515, 중종 10-1588, 선조 21): 문신. 자는 길원(吉元), 호는 임당(林塘). 시와 문에 모두 능하였고, 글씨는 송설체(松雪體)로 이름이 있었다.

73 정사룡(鄭士龍: 1491, 성종 22-1570, 선조 3): 조선조 명종 때의 문신(文臣). 자는 운경(雲卿), 호는 호음(湖陰). 벼슬은 대제학, 판중추부사(判中樞府使)를 지냈음. 시문(詩文)에 뛰어났으며 음률(音律)에도 밝았고, 명나라 사신을 여러 번 접대하여 문화 교류를 주장하였음.

74 가초(嘉招): 남의 초청을 높여서 하는 말.

마부 비단자리를 중령重嶺 위에 펴니
생황과 노랫소리 온갖 꽃 가운데 울리네.
명유현名遺峴 머리에서 구원舊遠을 전하거니,
시가 임천臨川에 이르자 말이 더욱 공교로워지네.
한잔 술 건넴을 응당 갚아야 할 것이니,
홍록[75] 무리로 하여금 자리 비우도록 하지 마오.

주인 조사수는 그 즉석에서 차운하였고 나머지 사람들은 다음 날 뒤이어 기술하였는데 그것들이 모두 송강 조사수 집의 벽 위에 있다.

난리 후에 조사수의 손자 우윤右尹 조존세趙存世가 공들이 쓴 말구末句라고 기록해 둔 것이 있는데 정유길의 말구는 다음과 같다.

내일 아침 태사[76] 알현할 것 두려워하노니,
그대 집에는 별 무리가 먼 공중에 모였네.

조사수의 말구는 다음과 같다.

야심에 촉발燭跋[77] 꺼리는 것 괴이히 여기지 마오

75 홍록(紅綠): 붉은 꽃과 푸른 잎. 꽃과 잎. 여기에서는 술 시중 들 기녀를 동시에 의미하는 중의적 표현임.

76 태사(太史): 나라의 법규 · 기록을 맡은 벼슬.

77 촉발(燭跋): 발(跋)은 심지 밑둥을 가리킴. 밤이 깊어 감을 이름.

내일 아침 비바람에 이 한 봄도 다하리라.

홍섬의 시구는 다음과 같다.

벽 위의 화려한 빗장 소리 허공에 울리네.

그 나머지는 모두 기억할 수 없다.

후에 『호음집』을 살펴보니 다음과 같은 글이 있었다.

"3월 하순에 송강이 나와 퇴지退之·백고伯高·길원吉元 등을 맞이하여 뒷산 기슭에 올라 시를 지었다."

내 생각으로는 호음의 말구 '홍록족성공紅綠簇成空'은 좋지 못한 것 같다. 3월 후에 푸르름이 또한 없어지던가?

## (19) 꿈속에서 선녀에게 먹을 받은 김영달

김영달金穎達은 문관文官이다. 어릴 적부터 글을 잘 짓는 것으로 이름을 날렸다. 아직 벼슬하지 않았을 적에 궁성에서 노닐다가 연못의 정자에서 묵었는데 푸른 연이 물 위를 덮고 달빛이 희미하게 비치었다. 두 칸으로 된 정자의 안팎에 문이 있었다. 영달이 술을 마시고 홀로 자는데 신발 끄는 소리가 문 밖에서부터 점점 가까이 들리더니 안팎의 문을 밀어젖히고 미인이 들어왔다. 용모와 태도가 빼어나게 아름다웠다. 영달이 취중에 눈을 떠 한번 쳐다보고 다시 잠이 드니 미인은 문을 닫고 나갔는데 꿈속에 나타나서 말했다.

"아아! 무정한 낭군이여. 내가 마음속으로 낭군의 모습과 재주를 사모해 맑은 풍채에 가까이 다가갔는데 저를 살펴 주지 않으시니 슬퍼하며 물러갑니다. 연잎 위에 시를 쓰고 먹 하나 남기어 당신에게 드리니 나를 위하여 단단히 감추어 두세요. 이 먹을 잃어버리지 않으신다면 훗날 틀림없이 좋은 성적으로 급제하여 현달하실 것이지만, 잃어버리신다면 불길하실 것입니다."

김영달이 아침에 일어나 바깥문 안에서 꺾인 한 줄기 연잎을 발견하였는데 그 위에 시가 적혀 있었다.

멀리서 온 나그네 깊이 취하여 불러도 듣지 못하니,
수련에 흔들리는 달 물결에 춤추네.
오늘 밤의 아름다운 모임은 하늘이 빌려 준 것이니,
광산의 한 조각 구름(光山一片雲)을 남겨 주네.

그 곁에는 먹과 홀笏이 하나 있는데 '광산일편운光山一片雲'이라는 글자가 새겨 있었다. 연잎은 먹을 받지 않는 법인데 시를 쓴 글자 획이 매우 선명하여 영달은 무척 이상하게 생각하고 그 먹을 가져다 꼭꼭 싸서 비단 주머니에 감추어 두었다.

그 후에 과거에 합격해 외직外職으로 나가 주州와 군郡을 돌아다녔는데, 잠자리를 같이한 어떤 관기가 그가 취한 틈을 타 비단 주머니를 더듬다가 그 안에 먹이 있는 것을 알고 몰래 훔쳐서 자신의 주머니 속에 넣어 두었다. 영달은 한밤중 비몽사몽간에 지난날 연못 정자의 그 미인을 보았는데 그녀가 화를 내며 말했다.

"처음에 내가 당신을 사랑해 먹을 주면서 잃어버리지 말라고 경계했거늘 지금 왜 그 말을 식언하시는지요?"

영달이 잠에서 깨어나 주머니를 열어 보니 먹이 없었다. 그가 기녀에게 말했다.

"내 주머니 속에 있는 물건이 하나 없어졌다. 장난하지 말아라."

기녀가 놀라 웃으면서 말했다.

"제가 어찌 장난을 치겠습니까. 보지 못하였사옵니다."

영달이 한사코 간청하니, 기녀가 괴이하게 여기고 돌려주려 하면서 말했다.

"제가 재미로 주머니 안을 더듬었는데 온전한 먹이 있기에 몰래 꺼내어서 제 주머니에 넣어 두었습니다."

기녀가 몸소 자신의 주머니를 열어 보였는데 봉지는 전과 같이 그대로 있었지만 먹은 없어 몹시 기이하게 여겼다. 영달이 말했다.

"신녀神女가 준 물건을 허술하게 보관하여 잃어버렸으니 신이 노하신 게다."

그 후로 김영달은 관직에서 현달하지 못하였다.

## (20) 윤결의 몽중 득시

윤결[78]이 오언절구 한 편을 얻었다.

석문동 길로 들어서,
시 읊으며 홀로 밤길을 가네.
중천의 달빛에 산골 물가 모래는 희고,
산의 푸르름 속에서 외로운 꾀꼬리 울고 있네.

차식[79]에게 보이며 말했다.

"이 시가 어떠한지요?"

차식이 재삼 읊조리더니 말했다.

"인간이 지을 수 있는 것이 아니요, 틀림없이 귀신이 지은 것이오."

---

78 윤결(尹潔: 1517, 중종 12-1548, 명종 3): 문신. 자는 장원(長源), 호는 취부(醉夫)·성부(醒夫). 1548년 부수찬(副修撰)이었을 당시, 『시정기(時政記)』 필화사건으로 참형된 안명세(安名世)를 위해 변명하다가 사형당했다. 시문에 능했다.

79 차식(車軾: 1517, 중종 12-1575, 선조 8): 학자. 자는 경숙(敬叔), 호는 이재(頤齋). 경사(經史)에 밝았고, 평생 독서를 게을리하지 않았으며, 후진 양성에 힘썼다.

윤결이 말했다.

"과연 어젯밤 꿈속에서 이 시를 얻었지요. 필시 신이 도우셨을 것입니다."

## (21) 김종직의 문재와 김수온의 감식안

점필재 김종직[80]은 영남 사람이다. 나이 열여섯에 서울에서 과거에 응시하며 백룡부白龍賦를 지었는데 실패하였다. 이때 김수온[81]이 대제학[82]으로서 낙방한 시권試卷을 나눠 주었는데 그 가운데 점필재의 낙방한 부가 있었다. 김수온이 그것을 읽고 기특하게 여기며 말했다.

---

80 김종직(金宗直: 1431, 세종 13-1492, 성종 23): 성리학자. 자는 계온(季昷)·효관(孝盥), 호는 점필재(佔畢齋). 학문과 문장이 뛰어나 영남학파의 종조(宗祖)가 되었다. 일찍이 조의제문(弔義帝文)을 지은 바가 있었는데, 죽은 후인 1498(연산군 4)년 제자 김일손(金馹孫)이 사관(史官)으로 있으면서 이것을 사초(史草)에 적어 넣은 것이 원인이 되어 무오사화(戊午史禍)가 일어났다. 이로 말미암아 그는 부관참시(剖棺斬屍) 당하였다. 길재(吉再) 및 아버지 숙자(叔滋)의 학통을 이어받아 학문 경향은 효제충신(孝悌忠信)을 주안으로 하는 실제 방면에 치중한 것이었다.

81 김수온(金守溫: 1409, 태종 9-1481, 성종 12): 문신·학자. 자는 문량(文良), 호는 괴애(乖崖). 학문과 문장에 뛰어나 서거정·강희맹 등과 문명(文名)을 다투었으며 사서오경(四書五經)의 구결(口訣)을 정하고, 명황계감(明皇誡鑑)을 국역하는 등 국어 발전에 힘썼다. 고승(高僧) 신미(信眉)의 동생으로서 불교에 조예가 깊어 세종·세조 등을 도와 불경의 국역과 간행에도 공이 컸다.

82 대제학(大提學): 조선조 때 홍문관·예문관의 정2품 벼슬. 문형(文衡). 주문(主文).

"이는 진실로 훗날 문형[83]을 담당할 솜씨이다."

이처럼 높은 재주를 가지고도 낙방했음을 애석하게 여긴 김수온은 그 시권을 가지고 들어가 임금에게 아뢰었다. 임금께서는 점필재를 기특하게 여기시고 영산靈山의 훈도訓導를 제수하라고 명하셨다. 이때 김종직이 한강 제천정濟川亭 기둥 위에 시를 지었다.

눈 속의 한매寒梅와 비 내린 후의 산,
말하기는 쉬워도 그리기는 어렵네.
시인의 눈에 들지 않을 것을 일찍 알았던들,
차라리 연지燕脂[84] 잡아 모란 그릴 것을.

그 후 김수온이 제천정에서 놀다가 이 시를 보고 감탄하며 말했다.

"이는 이전에 백룡부를 지었던 솜씨이다. 훗날 나를 대신해서 문형文衡이 될 자는 이 사람이 아니겠는가?"

그리고는 자취를 찾아 탐문해 보니 그 시는 과연 점필재가 지은 것이었다. 글을 알아보는 김수온의 감식안은 귀신 같았다.

---

83 문형(文衡): 대제학(大提學)을 달리 이르는 말.

84 연지(燕脂): 잉거시과에 속하는 일년초(一年草). 홍람(紅藍). 또 이 풀을 원료로 하여 만든 홍색 안료(顔料).

## (22) 최경창과 이달의 시

근래에 당시를 배우는 자들이 모두 최경창과 이달[85]을 칭송하는데 잠시 그들의 우수한 작품을 취하여 기록한다.

최경창이 옛 재상 이장곤[86]의 집을 지나다가 시를 지었다.

문 앞의 수레와 말들 연기처럼 흩어지니,  
상국의 번영은 백 년도 못 갔네.  
적막한 시골 거리에는 한식이 지나고,  
수유화는 옛 담장 가에 지네.

또 중국에 갔는데, 어떤 장군이 전쟁터에서 죽자 만가를 지었다.

해가 구름 가운데 지고 불빛이 산을 비추니,

85 이달(李達): 조선조 중엽의 시인. 자는 익지(益之), 호는 손곡(蓀谷)·동리(東里)·서담(西潭). 박순(朴淳)의 문인으로 일찍부터 문장에 능하여 선조 때 한리학관(漢吏學官)이 되었으나 곧 사퇴했다. 동문(同門)인 최경창·백광훈과 더불어 당시(唐詩)에 능하여 삼당시인으로 불리었음.

86 이장곤(李長坤: 1471, 성종 5－?): 문신. 자는 희강(希剛), 호는 학고(鶴皐)·금헌(琴軒). 김굉필의 문인. 1519년 병조판서로서 심정(沈貞)·홍경주(洪景舟) 등에게 속아 기묘사화(己卯士禍)를 일으키는 데 참여했으나 선비들을 처형하는 것을 반대하였는데 이 때문에 삭직되었다. 1522년 복관(復官)되었으나 현직에 나가지 않고 여강(驪江)에서 자적(自適)하다가 뒤에 창녕(昌寧)에서 죽었다.

선우[87]의 천 명 군사는 녹두관에 가까웠네.
장군 스스로 천 사람 거느리고 가시더니,
밤에 노하瀘河를 건너 싸우다 돌아오지 않았네.

이달이 길을 가다 무장茂長에서 최경창을 만났다. 그곳에 마음에 드는 기생이 있었는데, 마침 장사치가 자운단[88] 파는 것을 보고 즉시 붓을 휘둘러 최경창에게 주었다.

장사치가 강남 저자에서 비단을 파는데,
아침 해 비치니 자색 연기 생겨나도다.
사모하는 사람이 사서 치마끈 만들고자 하여,
손으로 주머니 더듬으나 그만한 돈 없어라.

최경창이 그에 대답하는 글을 썼다.

"이 시의 가치를 따진다면 충분히 천금 값에 해당하지만, 우리 현縣에는 자본이 적으니 한 구당 백미 열 가마씩만 계산하여 도합 40석을 보냅니다."

이 이외에 「한식부寒食賦」를 지었다.

87 선우(單于): 흉노(匈奴)의 왕 칭호.

88 자운단(紫雲緞): 자색 구름무늬가 있는 비단.

흰 강아지 앞서고 누런 강아지 뒤따르는데,
들밭 잡초 가에는 무덤이 닥지닥지.
노옹이 제사 끝내고 밭에서 술 마시니,
해 저물녘 어린아이 취한 할아비 부축하여 가네.

또 바닷가를 나그네로 떠돌다가 시를 지었다.

푸른 바다 파도치는 허공에 구름 그림자 물들고,
무수한 백로는 이끼 낀 바위에 오르네.
산꽃이 다 지도록 돌아가지 못하니,
고향은 석봉石峯 강물의 남쪽에 있네.

또 다른 시는 다음과 같다.

차가운 숲 푸른 연기에 백로가 날고,
강변 인가에는 사립문이 닫혀 있네.
해 지는 다리엔 인적이 모두 끊기니
산 가득한 푸른 허공에는 부슬비만 날리네.

최경창의 시이다.

암자만이 흰 구름 사이에 의지해 있거늘,

장로長老는 서역에서 유학하며 오래도록 돌아오지 않네.

노란 잎 날릴 때 보슬비가 지나가니,

차가운 풍경 소리만 가을 산에 머무네.

위의 시들은 모두 맑고 담박하여 높이 평가할 만하지만 이 시를 지은 사람들은 사소한 시만 일삼느라고 배움이 넉넉하지 못한 나머지 끝내 옛사람들만 못하여 명성을 크게 떨치지는 못하였으니, 애석하도다.

## (23) 오세아 김시습

김시습은 다섯 살에 글을 지었다. 세종대왕이 그를 궁궐로 불러 보시고 보고 들음을 놀라게 해 주고 싶어 삼각산으로 시 짓기를 명하시니, 시습은 한 편의 절구를 지었다.

삼각산 높은 봉우리 하늘을 꿰뚫으니,

오르면 북두성 딸 수 있겠네.

산의 암혈은 비구름을 일으킬 뿐만 아니라,

왕가로 하여금 만세토록 안녕케 하리.

왕께서는 그를 기특하게 여기시면서도 즐거워하지 않는 기색이 있었으니, 이는 시습에 대해 불신不臣[89]의 생각을 품으셨기 때문이었다. 비단 백 필을 상으로 내리시고, 김시습에게 스스로 운반해 가라고 명하셨다. 시습은 비단 백 필을 풀어 머리와 꼬리를 서로 연결하여 한 끝을 허리에 두른 뒤 하직 인사를 올리고 나갔는데 백 필의 비단이 모두 그의 몸을 뒤따랐다. 임금께서 이를 보시고 더욱 기특하게 여기셨다.

후에 세조가 왕위에 오르니, 마침내 항거하는 마음에 벼슬하지 않겠다는 뜻을 가지고서 머리털은 깎으면서도 수염은 남겨 두며 시를 지었다.

> 머리털 깎은 것은 티끌 같은 세상을 도피하기 위함이요,
> 수염을 남겨 둔 것은 장부임을 표시하기 위함이노라.

이는 대개 옛날 고승으로 머리털은 깎으면서도 수염을 남겨 두는 자가 한둘이 아니었기 때문이다.

5세 때부터 글을 지어 스스로 오세五歲라고 호를 지었는데, 이는 대개 방언으로 오세傲世[90]와 동음이기도 하다.

---

89 불신(不臣): 신하의 예로 대우하지 않는 것. 즉 고귀하게 대우함을 말한다.

90 오세(傲世): 세상을 업신여김.

## (24) 홍유손의 기행

홍유손[91]은 은둔했던 군자이다. 세상에 대처하는 것이 고답적이어서 영리를 추구하지 않았으며 추강 남효온[92]과 벗하여 산수 간을 자유롭게 방랑하였다.

하루는 그와 사이가 좋은 이름난 재상이 있는 곳을 지나게 되었는데 재상은 그를 매우 정성스럽게 대접하며 비단 이불과 수놓은 요를 주어 묵게 하였다. 아침이 되자 홍유손은 인사를 하고 떠났는데, 비단 이불 가운데에는 똥이 남겨져 있었다.

일찍이 높은 언덕에 올라가 똥을 누는데 똥이 마치 꼬아 놓은 새끼줄처럼 길었다. 언덕 아래에 있던 아이들이 모여서 그것을 바라보며 놀라 소리 지르자 홍유손은 곧 그 똥을 끌어당겨 뱃속으로 도로 집어넣었다.

추강이 장차 금강산에서 노닐 것이라는 소문을 듣고 그는 그곳에 먼저 가서 노닐었다. 높은 나무를 타고 올라가 절벽에 시를 썼다.

---

91 홍유손(洪裕孫: 1431, 세종 13－1529, 중종 24): 학자. 자는 여경(餘慶), 호는 조종(篠叢)·광진자(狂眞子). 김종직(金宗直)의 문인. 세조의 찬위 후 세속적 영화를 버리고 1482(성종 13)년부터 남효온(南孝溫)·이총(李摠)·이정은(李貞恩)·조자지(趙自知) 등과 모임을 갖고 죽림칠현을 자처, 노자·장자의 학문을 토론하며 시주(詩酒)로 세월을 보내어 청담파(淸談派)로 일컬어졌다.

92 남효온(南孝溫: 1454, 단종 2－1492, 성종 23): 생육신의 한 사람. 호는 추강(秋江)·행우(杏雨)·최락당(最樂堂). 김종직의 문인.

먼저 나신 단군께서 진세辰世를 이루시니,
기씨 왕(箕王)에 이르러 마한馬韓이라 이름했네.
영랑[93]과 함께 수부水府에서 노닐며,
벗하여 술 마시며 인간 세상에 머물렀네.

시를 다 쓰고는 나무를 찍어 뿌리째 뽑아 베어냈다. 추강이 그곳에 이르러 그 시를 보았는데, 바라볼 수만 있을 뿐 절벽에는 오를 수 없었으므로 매우 기이하게 생각하여 비선飛仙의 시라 여기고는 자신의 『풍악록楓岳錄』에 실었다.

나이 90세에 아내를 얻어 아들 하나를 낳았는데 그의 이름은 지성志成이다. 지성은 고문古文을 많이 알아 후진 중에 명성 있는 자들을 비방하였는데, 임진난 때 죽었다.

## (25) 장응두

장응두張應斗는 호남 고부古阜 사람으로 문장에 능하였으나 과거 공부는 하지 않았다. 집을 짓고 사방으로 빙 둘러 울타리를 친 뒤 그 안에 조용히 거처하면서 양성養性[94]에만 전념하였다. 남을 초청

---

93 영랑(永郎): 신라 효소왕 때의 화랑. 술랑(述郎)·남랑(南郎)·안상(安詳) 등과 더불어 이른바 사선(四仙)의 한 사람이었음.

하는 것도 즐겨 하지 않고 교우 간을 왕래하는 것도 사절하였다. 일찍이 「신루기蜃樓記」를 지었는데, 감사監司 이준경[95]이 그것을 보고 크게 놀라며 견줄 바 없이 높은 문장이라고 칭찬하였다.

어릴 적에 기재 신광한[96]과 서로 의좋게 지냈다. 신기재가 원흉을 거슬러 낙봉駱峯 아래에서 조용히 지내고 있을 때 베옷을 입은 사람(布衣)[97]이 문을 두드리며 알현을 청하였다. 문지기가 물리치는데도 그는 문을 밀어젖히고 곧바로 들어갔다. 그가 곧 장응두였으니, 기재가 조그마한 집을 새로 지은 후에 편지를 써 그에게 글 지어 줄 것을 청한 것이었다. 응두는 조금도 생각지 않고 일필휘지로 시를 지었다.

낙동駱洞 아래의 노 거사,

---

94 양성(養性): 자기의 성품을 육성하여 완전하게 함. 심신을 안정히 함.

95 이준경(李俊慶: 1499, 연산군 5－1572, 선조 5): 문신. 자는 원길(原吉), 호는 동고(東皐)·남당(南堂)·양와(養窩)·홍련거사(紅蓮居士). 명종 10(1555)년에 도순찰사(都巡察使)로 호남지방에 침입한 왜구를 물리치고, 벼슬은 우의정·좌의정·영의정에 이름. 신진사류와 기성사림 간의 알력을 조정하기에 힘썼음. 죽을 때 붕당(朋黨)이 있을 것이라는 내용의 유소(遺疏)를 올려 이이(李珥)와 삼사(三司)의 규탄을 받았으나 뒤에 동서분당(東西分黨)이 일어나 그의 예언이 적중했다.

96 신광한(申光漢: 1484, 성종 15－1555, 명종 10): 중종 때의 문신. 자는 한지(漢之)·시회(時晦), 호는 기재(企齋)·낙봉(駱峯). 중종 5(1510)년 문과에 급제. 기묘사화(己卯士禍) 때 조광조 일파로 몰려 여주에 퇴거하였다가, 다시 돌아와 이조판서·대제학을 지냄. 문장에 능하고 필력이 뛰어났음. 시호는 문간(文簡).

97 포의(布衣): 베옷. 벼슬하지 않은 사람이 입는 옷. 전(轉)하여 벼슬하지 않은 사람. 무위무관(無位無冠)의 사람. 백의(白衣).

낙동 안에 와 집을 지었네.
몸은 동구 밖에 노닐어도 마음은 동구 안에 있나니,
동洞 안에는 푸른 소나무와 암석이 있다네.
바위로 진정鎭靜시키고 소나무로 절개 삼으니,
바위와 소나무 모두 다 마음 안의 물체라네.
마음속에 간직한 사물 이와 같으니,
나는 그가 세력에 굴하지 않음을 알겠네.
분잡한 아이들 어찌 이를 알리오,
소나무 절로 푸르고 암석 또한 절로 우뚝함을.

시가 이루어지자 옹두는 장읍[98]을 하고 갔다. 위 시를 보니 진실로 도자道者의 말이다.

집에 거처하고 있던 어느 날 그는 밭두둑 길을 살피다가 중도에 돌아와서 말했다.

"내가 길에서 발을 헛디뎌 거의 넘어지려다 겨우 일어났다. 내 정신도 반은 시들었구나. 명년 모월 모시에 나는 죽을 것이다."

자신이 기약했던 날에 그는 죽었다.

---

98 장읍(長揖): 두 손을 높이 들고 허리는 굽히는 예.

## (26) 중국 미녀에 헌시한 동방의 서장관들

이곡[99]이 서장관[100]으로 중국 천자를 뵈러 갔을 때, 길 옆 청루 위를 보니 네 명의 미인이 구슬 발 안에서 보일락 말락 비쳤다. 그들이 이곡을 향해 물을 뿜자 이곡이 즉시 주머니 속에서 흰색의 접부채를 꺼내 절구絶句 한 수를 써서 주었다.

쌍쌍의 아름다운 여인들 저녁놀을 희롱하니,
청루의 구슬 발 함께 휘늘어지네.
난데없는 한 조각 양대[101]의 비,
삼한三韓 어사御史의 옷깃에 뿌려지네.

이곡이 본국으로 돌아올 때 미인이 향기로운 술과 맛있는 안주를 준비하여 길에서 기다렸다가 사례하였다.

근년에 서장관 조휘趙徽가 연경에 이르렀을 때 도중에서 미인

---

99 이곡(李穀: 1298, 충렬왕 24-1351, 충정왕 3): 고려 말엽의 학자. 자는 중부(中父), 호는 가정(稼亭). 이제현과 함께 『편년강목(編年綱目)』을 증수하고 충렬왕 · 충선왕 · 충숙왕의 실록 편찬에 참여함.

100 서장관(書狀官): 외국에 보내는 사신에 딸려 보내는 임시 벼슬. 정사(正使) · 부사(副使)와 아울러 삼사(三使)의 하나에 드는데, 정사 · 부사보다 지위가 낮지만 행대어사(行臺御史)를 겸했음.

101 양대(陽臺): 무산선녀(巫山仙女)와 초나라 양왕(襄王)이 만났다는 전설로 전하는 대 이름. 후에 남녀가 동침하는 장소를 양대(陽臺)라고 일컬음.

을 만났는데 그녀는 엷은 깁으로 얼굴을 가린 채 길을 가고 있었다. 조휘가 절구 한 수를 흰 부채에 써서 그녀에게 주었다.

길 가는 것 부끄러워 흰 깁으로 가리웠으나,
맑은 밤 엷은 구름이 달빛 누설하네.
벌 같은 허리 묶으면 가늘기가 한 웅큼,
비단 치마에는 갓 베어낸 석류꽃이라네.

조휘는 호탕한 자였다. 그녀를 따라가 집까지 이르렀는데 그녀는 절세미인인데다 붉은 비단으로 바지까지 만들어 조휘를 매우 정성스럽게 대접하였다.

또 우리나라의 글 하는 어떤 선비가 중국에 가서 미녀가 노상에서 나귀를 타고 동쪽으로 가는 것을 보았다. 선비는 문에 기대어 이를 바라보다가 두 구의 시를 지어 미녀에게 주었다.

마음은 곱게 단장한 미녀 따라가고,
빈 몸만 문에 기대노라.

미녀가 나귀를 멈추고 그 시를 읽은 후 떠나며 두 구의 시를 남겼다.

실은 짐도 무겁다고 나귀 성내거늘,
또 사람의 혼까지 이에 더할까.

## (27) 반년 만에 얻은 대구

이색[102]이 중국에 들어가 과거에 응하여 장원을 하니 명성이 중국을 뒤흔들었다. 한 절에 이르니 그 절의 중이 예를 표하면서 말했다.

"그대가 동방의 문사로 중국에서 과거에 장원했다는 말을 물리도록 들었는데 천만다행으로 오늘 뵙게 되었습니다."

조금 있자 어떤 사람이 떡을 가지고 와서 대접하니 절의 중이 한 구를 지었다.

승소僧笑[103] 조금 가져오니 중이 조금 웃도다.

이색에게 대구해 줄 것을 청했다. 승소僧笑는 떡의 별명이다. 이색이 갑작스러워 대응하지 못하고 사례를 하고 물러나며 말했다.

"훗날 다시 와서 대구해 드리겠습니다."

그 후 천리의 밖에서 노닐었는데 그곳의 주인이 술병을 가지고

---

102 이색(李穡: 1328, 충숙왕 15-1396, 태조 5): 고려 말의 문신, 성리학자. 자는 영숙(穎叔), 호는 목은(牧隱). 고려 삼은(三隱)의 한 사람. 원나라에 들어가 과거에 급제하여 한림지제고(翰林知制誥)를 지내고 귀국, 좌승선(佐承宣) · 우대언(右代言) · 대사성(大司成) 등의 벼슬을 지냄. 조선조 태조가 여러 번 불렀으나 절개를 지키고 나아가지 아니하였음. 문하에 권근(權近) · 김종직(金宗直) 등을 배출하여 조선 성리학의 주류를 이루게 함.

103 승소(僧笑): 직역하면 '중이 조금 웃는다'는 의미이다.

오는 것을 보고 무엇이냐고 물으니 주인이 '객담客談'이라고 대답했다. 객담이라는 것은 술의 별명이었던 것이다. 이 말을 들은 이색은 크게 기뻐하며 마침내 이전에 대응하지 못했던 대구를 지었다.

객담客談이 많이 이르니 객담이 많도다.

반년이 지난 후에 그 중을 다시 찾아가서 말을 하니 그 중이 이색을 가상히 여기며 말했다.

"무릇 귀하고도 정교한 대구를 얻었으니 조금 늦었다고 한들 어찌 해로울 것이 있겠습니까. 정교한 한마디 말을 얻어 천리를 멀다 하지 않고 와서 알리시니 이는 기특한 일 중에서도 기특한 일이옵니다."

## (28) 농가의 달 점

농가에서는 정월 보름에 달을 보고 그 해의 풍흉을 점친다. 옛날 기록에는 나와 있지 않지만 우리나라 백성들은 그해의 결실이 잘 될 것인지를 달을 보고 점쳤는데, 그 점이 잘 들어맞는 것이 귀신 같았다.

창주 차운로[104]가 농가후월農家候月에 관하여 오언율시 한 편을 읊었다.

농가에서는 정월 15일이면
하늘에 오른 달을 점쳤네.
북쪽 가까이 있으면 산골에 풍년이요
남쪽으로 기울면 해변에 풍년이네.
붉으면 가뭄 들까 걱정하고
희면 장마 질까 두려워하네.
달이 크고 짙은 황색이면
바야흐로 크게 풍년 들 것임을 알았네.

## (29) 왕칭이 없는 유구국

유구국[105]은 왕 호칭이 없다. 다만 세자라고 칭할 뿐이다. 그 까닭은 국왕으로 봉해질 때는 반드시 천자天子의 명을 받아야 하는데

---

104 차운로(車雲輅: 1559, 명종 14 – ?): 문장가. 자는 만리(萬理), 호는 창주(滄洲). 형 천로(天輅)와 함께 문장이 뛰어났고 시와 글씨에도 능했다.

105 유구국(琉球國): 류큐. 오키나와(沖繩)의 옛 이름. 중국의 수 · 당 무렵부터 문헌에 이름이 나타남.

유구국은 바다 밖 멀리 있으며 파도가 몹시 험해 배가 통과하기 어려웠으므로 조사詔使가 그곳에 도달할 수 없기 때문이었다.

옛날에 조사가 유구국에 갈 때는 복건福建에서 큰 배를 일 년 동안 만들었고, 그 배 하나를 만드는 데 들어간 비용이 은 4만 냥이었다. 조사는 관 하나를 만들어 갑판 위에 두고 은패銀牌를 그 관에 박아 그곳에 '중국 조정 사신의 널(天朝使臣之柩)'이라고 썼으며, 또 별도로 쓸 수 있도록 은 수십 냥을 관머리에 박아 두었다. 그러다 악풍惡風을 만나 선박이 뒤집어지려 하면 사신은 의관을 가지런히 하고 그 관 속에 들어가 누웠다. 관머리에 은을 박아 둔 것은, 배가 떠다니다 정박하면 그곳에서 그 은을 비용으로 써서 관을 본국으로 돌려보내 주도록 하기 위해서였다. 바다를 건너는 어려움이 이와 같았으니 유구국 국왕이 죽어도 조사가 그 나라에 들어가지 못했으므로 국왕을 봉하는 데는 거의 수백 년의 세월이 걸렸던 것이다.

유구국은 가난하여 그곳에서 나는 산물도 매우 적었다. 다만 황금과 갈포가 많아서 궁궐을 모두 황금으로 장식하였다. 유구국에 갔던 조사의 일기에 이러한 일들이 기록되어 있다.

## (30) 임해군과 순화군

임해군[106]은 개·닭·앵무새·오리 등을 기르기 좋아하여 그 수가 수천이었고 가축을 기르는 데 소요되는 곡식도 날마다 수십 섬이었다. 매일 집안 종을 시켜 가축을 쌀창고 있는 데로 몰고 가 땅에 떨어진 곡식을 먹이게 하였는데, 혹 그 가축 중에 한 마리라도 잃어버리면 그 어린 종에게 열 배를 배상하도록 하였기 때문에 어린 종은 한 마리 한 마리를 엄하게 지키며 때때로 학대하였다. 저자 사람들이 사철 알을 낳는 오리를 지목하여 사절압四節鴨이라고 불렀는데 이 오리가 수백 마리였다.

임해군의 아우 순화군[107]은 성품이 잔인하여 살생하는 것을 즐겼으며 또 물건을 못 쓰게 하고 사람들을 해치는 수가 이루 다 셀 수 없을 정도였다. 그가 임해군의 오리를 하루에 50마리씩 연달아 며칠 동안 훔쳐 가니 임해군은 싫어하면서도 감히 뭐라 말하지는 못하였다.

임해군의 유모가 이 광경을 보다가 말하였다.

---

106 임해군(臨海君: 1574, 선조 7-1609, 광해군 1): 선조의 첫째 서자. 1585년 세자 책봉의 물망에 올랐으나 성질이 난폭하여 동생인 광해군이 세자에 책봉됨. 광해군에 의해 사사됨.

107 순화군(順和君: ?-1607, 선조 40): 선조의 아들. 원래 천성이 난폭하여 백성의 재물을 빼앗고 무고한 사람을 죽이는 등의 행패가 많아, 1607년 관직이 삭탈(削奪)되고 안치(安置)되었다가 죽음.

"대감의 위엄이 온 나라 안에 떨쳐 모든 사람들이 두려워하여 떠는데 저 순화 아우만은 어찌 감히 날마다 오리를 훔쳐 갑니까? 그리고 사태가 이런데도 대감께서는 왜 친히 가셔서 동생을 잘 이끌어 보시지 않습니까?"

이 말을 들은 임해군은 가서 말해야겠다며 가마를 준비하도록 시켜 순화군의 집에 가니 순화군이 문에서 맞이하였다. 순화군이 마루 위에서 절하며 말하였다.

"대감께서 기꺼이 불초한 저에게로 와 주셨으니 시중드는 계집종에게 명하여 진수성찬을 한 상 내오라 하였습니다."

임해군이 오리에 관해 이야기를 꺼내지도 못하고 있는데 순화군이 먼저 청하며 말하였다.

"아우가 집이 가난해 탈 말이 없습니다. 대감께서는 좋은 얼룩말을 가지고 계시는데 놀랍게도 그 말을 노둔한 말처럼 취급한다고 들었습니다. 원하옵건대 큰 옥이 달려 있는 청동 안장을 갖추어서 동생에게 주십시오."

임해군이 머뭇거리며 다른 말로 얼버무리려고 하자 순화군이 무릎 아래에서 보검을 꺼냈는데 칼날이 햇빛에 번쩍거렸다. 순화군이 칼을 재삼 어루만지며 한사코 청하니 임해군은 부득이 응낙을 하고 물러나올 수밖에 없었고, 결국 오리 돌려달라는 말은 감히 꺼내지도 못하고 도리어 연전마連錢馬에 보화로 꾸민 안장까지 더하여 주고 말았다.

임해군이 패하여 포졸砲卒이 궁문을 닫고 궁궐을 포위함에 미쳐서는 많은 가축이 거의 굶어 죽고 사냥개에게 섬멸되었다.

순화군은 사람을 죽이는 것이 끝이 없으니 선왕(선조)께서 그를 국문國門 밖에 여러 차례 가두었다. 그가 문자를 조금 알았는데 하루는 손수 글을 써서 지키는 아전에게 보여 주었다. 그것은 "높이 우뚝 솟은 외로운 집에 팔방에서 바람이 길게도 불어오니 정녕 얼어 죽겠네."라는 글이었다. 순화군을 지키는 아전이 이것을 임금에게 아뢰니 임금이 불쌍히 여겨 풀어 주었는데 그다음 해를 넘기고 죽었다.

## (31) 제안대군의 몸조심

제안대군[108]은 안평대군 및 여러 대군들의 종말이 좋지 않은 것을 보고 거짓으로 어리석은 체하여 환란을 피하고자 하였다. 또 자식을 두면 우환을 초래할까 두려워한 나머지 평생 동안 여색을 가까이하지 않으며 말했다.

"여자의 음부는 곡도穀道[109]와 가까우니 더러워서 가까이할 수 없다."

---

108 제안대군(齊安大君: 1446, 세조 12-1525, 중종 20): 예종의 둘째 아들. 이름은 현(琄), 자는 국보(國寶). 어머니는 예종의 계비(繼妃) 안순왕후(安順王后) 한씨(韓氏)이다. 1498(연산군 4)년 안순왕후가 상을 입은 뒤 여색을 가까이하지 않았다. 성악(聲樂)을 즐겼고 사죽관현(絲竹管絃)도 잘 연주했다.

109 곡도(穀道): 대장(大腸)과 항문(肛門).

그의 부인이 몰래 어여쁜 계집아이를 시켜 밤을 틈타 가까이서 모시도록 하였더니 잠에서 깨어난 제안대군은 크게 노하여 그녀에게 태형을 가했다. 그 이후로 시중드는 계집종들이 감히 그를 가까이하지 못했다.

일찍이 어떤 성균관의 진사進士가 집 안에 심부름하는 아이가 없어 친히 대장장이에게 칼을 구하러 갔는데, 그때 대장장이가 제안대군의 집 안에 있었다. 진사가 몸소 문안에서 철을 두드리자 제안대군이 안에서 그를 보고 저자가 누구냐고 물으니, 대장장이가 태학 진사라고 대답하였다. 그 당시에 인사들은 절도 있는 품행을 각별히 중하게 여겼으므로 명망 있는 유학자들은 지체가 높은 사람의 집에 출입하지 않았다. 제안대군이 처음으로 선비를 보게 되자 예를 갖추어 공경하고 안으로 맞아들여 접대하였다. 뜰에서 예를 나눈 뒤 마루에 올라 자리를 마주하고 앉은 후 시비를 시켜 음식을 큰 상에 성대하게 차려와 술을 대접하였다. 조금 있으니 정1품 사대부들 셋이 명함을 들여보내어 뵙기를 청했다. 이에 선비가 마루 아래로 내려가려 하자 제안대군이 내려가지 못하게 말리면서 말했다.

"내 손님이 내려가는 것은 옳지 않소."

사대부들이 들어와 뜰에서 절을 올리자 그들에게 계단 위의 자리에 앉게 했다. 진사가 이번에도 내려가 앉으려고 하자 제안대군이 또 만류하면서 말했다.

"내 손님이 내려가는 것은 옳지 않소."

진사는 황송하고 두려운 나머지 땀을 줄줄 흘리다가 결국에는 취하여 부축을 받고 돌아갔다.

## (32) 홍수 피해

가정 임인년(1542, 중종 37)에 서울에 홍수가 나 대궐 냇물이 불어나자 홍문관 유신들은 목욕탕의 욕조를 타고 출입하며 숙직했다고 한다. 외숙고부外叔姑夫인 동지同知 이조李調에게 들었다.

만력 임인년(1602, 선조 5)에는, 내가 전한典翰[110]으로 대궐에 들어가 숙직할 때였는데 큰 비를 만났다. 이때 대궐 안의 내와 도랑의 물이 넘쳐 들어와 홍문관의 서책이 물에 젖고 흩어져 없어지는 판국이었으므로 교대로 숙직을 들던 사람들이 책을 모두 머리에 얹거나 등에 짊어지고 출입하였다.

정덕正德 경진년(1520, 중종 15)에도 홍수가 져서 삼강三江이 넘쳐흘렀는데 백 년 동안에 홍수로 인해 이같이 큰 상흔이 남았던 적은 없었다. 만력 경진년(1580, 선조 13)에 나는 서호西湖[111]에 살고 있었는데 큰 홍수가 갑자기 닥쳤다. 연로한 노인들이 "이번 장마

110 전한(典翰): 홍문관에 소속된 종3품 관직.

111 서호(西湖): 경기도 수원(水原)에 있는 못.

는 한 길이나 되는 큰물이 닥쳤던 정덕 경진년의 참화에는 미치지 못하지만 근래에는 없었던 장마다."라고 말씀하셨다.

이때 율도栗島에 살고 있던 백성들은 모두 뽕나무 위에 올라가 피신하였는데 뽕나무가 물에 반쯤 잠기자 울부짖다가 기진맥진하였다. 내가 이웃 사람들에게 그들을 구해 줄 것을 권유하였으나 사람들은 놀라고 두려워한 나머지 감히 배를 출발시키지 못하는지라 내가 친히 배를 밀어 보내어 그 일대를 두루 돌아다니게 하였다. 새벽부터 오후까지 뽕나무 위에 있던 사람들이 거꾸로 배 가운데 떨어져 배를 가득 채우고 돌아왔다.

사람들이 모두 "수재秀才가 착한 일을 하였으니 마땅히 음덕이 있어서 금년에는 반드시 아들을 낳을 것이오."라고 하였는데 이 해에 약瀹을 낳았다.

대개 홍수와 가뭄이 생기는 것 또한 간지干支에 응당 하는 계산에 따르지만, 쇠양지설衰穰之說[112]도 헛된 것은 아니다.

## (33) 광대 귀석의 풍자극

예부터 광대놀이를 설치한 것은 미관을 위함이 아니라 세교[113]에

112 쇠양지설(衰穰之說): 인간의 덕에 따라 가뭄과 홍수가 온다는 설.

113 세교(世教): 사회의 풍교(風教).

보탬이 되도록 하는 데 있었으니 우맹[114]과 우전[115]이 그 예이다.

명종께서 대비전을 위해 진풍정[116]을 대궐 안에서 베풀었을 때 서울의 광대 귀석貴石이 좋은 광대놀이를 진상하였다. 그는 풀을 묶어 꾸러미 네 개를 만들었는데 큰 것 둘, 중간 것 하나, 작은 것 하나였다. 그는 자칭 수령이라고 하면서 동헌東軒에 앉더니 진봉색리[117]를 불렀다.

한 광대가 자칭 진봉색리라고 하면서 무릎으로 기어 앞으로 나왔다. 귀석이 목소리를 낮추더니 큰 꾸러미 한 개를 들어 그에게 주면서 말했다.

"이것을 이조판서에게 드려라."

또 큰 꾸러미 하나를 들어 그에게 주면서 말했다.

"이것은 병조판서에게 드려라."

중간 크기의 꾸러미를 들어 그에게 주면서 말했다.

"이것을 대사헌에게 드려라."

그런 후에 작은 꾸러미를 들어 그에게 주며 말했다.

"이것은 임금님께 진상하여라."

---

114 우맹(優孟): 옛날 초(楚)나라의 이름난 배우. 죽은 손숙오(孫叔敖)의 의관을 차리고 손숙오 아들의 곤궁을 구해 냈다는 고사가 전함.

115 우전(優旃): 진(秦)나라의 광대. 우스갯소리를 잘하였는데 대도(大道)에 들어맞았다.

116 진풍정(進豊呈): 대궐 잔치의 일종.

117 진봉색리(進奉色吏): 색리(色吏)는 담당 아전이라는 뜻으로, 감영(監營) 혹은 군아(郡衙) 등의 아전을 일컫는 말이다. 그러므로 본 이야기 속에서의 진봉색리란 진상하여 바치는 것만을 담당하는 아전이라는 의미를 지님.

귀석은 종실의 노비이다. 그 주인이 시예[118]에 참여하여 승자[119]하였는데도 실직[120]을 가지지 못하고, 봉록도 더 받지 못하였으며, 추졸[121]도 갖추지 못하였는데다 각 능전陵殿에 차출되어 거의 조금도 쉴 틈이 없었다. 귀석이 진풍정에 들어갈 때 여러 광대들과 더불어 약속하여 한 사람은 시예종실試藝宗室이라 칭한 뒤 삐쩍 마른 말을 탔고, 귀석은 그의 노비가 되어 스스로 말고삐를 잡고 들어갔으며, 다른 한 사람은 재상으로 분장하여 준마를 타고 들어갔는데 말고삐를 잡은 자들이 옹위하고 갔다. 앞장 선 졸개가 벽제[122]하는데도 종실이 범필[123]하자 귀석을 잡아다가 매를 치니 귀석이 큰 소리로 하소연하였다.

"소인의 주인은 시예종실입니다. 관의 높음으론 영공보다 아래에 있지 않지만 봉록이 더해지지 않고 추졸도 갖추어 있지 않은데다 각 능과 각 전의 제사에 차출되어 쉬는 날이 거의 없으니 도리어 시예로 자품이 오르기 전보다도 못하옵니다. 소인이 무슨 죄가 있습니까?"

---

118 시예(試藝): 시재(試才). 재주를 시험하여 봄.

119 승자(陞資): 당하관(堂下官)이 당상관(堂上官)의 자급(資級)에 오름.

120 실직(實職): 실무를 맡아 하는 실제의 관직.

121 추졸(騶卒): 상전을 따라다니는 하인.

122 벽제(闢除): 지위 높은 사람이 지나갈 때 구종별배(驅從別陪)가 잡인의 통행을 통제하던 일.

123 범필(犯蹕): 임금이 거둥할 때 연(輦)이나 가교(駕轎)에 접근하거나 또는 그 앞을 지나가는 무엄한 짓.

재상 역의 광대가 놀라 탄식하며 그를 풀어 주었다.

이 일이 있은 지 얼마 후 특명으로 귀석의 주인에게 실직을 더해 주었다.

## (34) 이지번의 풍류

이지번[124]은 고매한 선비다. 명종조에 사평[125]이 되었다. 그때 윤원형[126]이 권력을 마음대로 부리면서 비리非理로 송사를 판결하려고 하자 이지번은 관직을 버리고 시골로 돌아왔다. 단양강丹陽江 기슭에 초가집을 짓고 정신을 수양하니 기거하는 방에 밝은 빛이 생겨 나왔다. 여러 고을에서 그에게 양식을 제공하고자 하였으나 그는 이를 모두 사양하고 받지 않았다.

집에 푸른빛을 띤 소가 있었는데 두 뿔 사이가 여덟·아홉 마디나 되었고 항상 이 소를 타고 강 위로 놀러 나갔다. 하루는 눈이 내려 산 가득히 쌓였다. 푸른 소를 타고 산기슭에 올라 경치를 감

---

124 이지번(李之蕃: 1469, 예종 1-1522, 중종 17): 학자. 자는 성중(盛仲), 호는 송계(松溪). 유일로 천거되어 무장 현감(茂長縣監)에 제수되자 선정을 베풀어 수안 군수(遂安郡守)에 승진했으나, 1498년 무오사화가 일어나자 벼슬을 단념하고 고향에 돌아가 학문에 전념했다.

125 사평(司評): 조선조 때 장례원(掌隷院)의 정6품 벼슬. 소송과 노비의 적(籍)에 관한 일을 맡아 보던 관청.

126 윤원형(尹元衡: ?-1565, 명종 20): 자는 언평(彦平). 문정왕후(文定王后)의 동생으로 벼슬은 영의정에 오름. 명종이 즉위하자 을사사화를 일으켜 윤임(尹任) 등 대윤(大尹) 일파를 거세함.

상하였는데 그를 따라와 구경하는 사람이라곤 아무도 없었다. 다만 어린아이 하나가 소를 타고 따라오고 있었다. 이지번이 청아한 감흥을 이기지 못하고 어린아이를 돌아보며 "이 즐거움을 너 또한 아느냐."라고 묻자 동자는 "소인은 추워서 즐거운 줄 모르겠습니다."라고 대답하였다.

이지번의 아들 산해山海는 그 당시 명망 있는 자였는데 그를 아끼는 사람이 이지번을 기용하여 단양丹陽 수령으로 삼았다. 그는 단양의 양 언덕 사이에 두 개의 봉우리가 대치하여 있는 것을 보고 하늘을 날아다니는 선인 놀이를 하고 싶었다. 그래서 관청에 송사하러 온 백성에게 칡으로 된 새끼줄을 구하여 두 개의 봉우리 사이에 걸쳐 놓고서 날아다니는 학의 모양을 만들어 사람이 그 위에 앉고 그것에 고리를 부착하여 새끼줄에 매달아서 왕래하였는데 마치 공중을 나는 것 같았다. 백성들은 그 광경을 보고 그를 신처럼 여겼다.

얼마 후 관직을 버리고 귀향하니, 뒤에 최씨崔氏가 그 직임을 대신하였다. 최씨의 아들 남수男秀가 관청의 창고에 들어가 보니 다른 물건이라곤 아무것도 없었고 칡으로 만든 새끼줄만 가득하였다.

나의 아버님과 이지번 공은 사이가 무척 좋았는데, 재상 이산해는 매번 나에게 대대로 교분을 갖는다고 말하였다.

## (35) 도산 전투

경리經理 양호[127]가 도산[128]에 있는 왜적의 진을 장차 공격하려 할 때 왜장 가등청정[129]이 지극히 견고하게 방어하였다. 적진 중의 보루와 벽루壁壘에 함정을 몰래 숨겨 놓고 일찍이 사용해 본 적이 없는 병법을 사용했으므로 그 성을 함락시키려면 반드시 잘 정탐偵探한 후에야 들어갈 수 있었을 것이나, 양호가 거느리고 있는 군사 가운데는 이를 할 만한 자가 아무도 없었다. 그런데 항복한 왜인 둘이 있었는데 그들이 그곳에 들어가겠다고 자청하였다. 양호가 말했다.

"너희들이 아무도 들어갈 수 없는 곳에 들어갈 수 있다면 반드

127 양호(楊鎬): 명나라 장군. 1597(선조 30)년 정유재란 때 경략조선군무(經略朝鮮軍務)가 되어 총독 형개(邢玠), 총병(總兵) 마귀(麻貴), 부총병 양원(楊元) 등과 원병을 거느리고 조선에 입국하였다. 울산(蔚山) 싸움 후 패전의 책임을 지고 소환당했고 명나라 황제로부터 처형의 명이 내려졌으나 좌우의 만류로 용서되고 병부우시랑(兵部右侍郎)에 올랐다. 1610(만력 36)년 하남(河南) 지방 토벌 중 군사 기밀이 누설되어 대패하자 주살되었다.

128 도산(島山): 왜장 가등청정(加藤淸正, 가토 기요마사)이 울산의 해변가 험준한 곳에 쌓은 도산성(島山城)을 말한다. 1597년 12월에 양호가 울산으로 진군하여 반구정과 태화강의 왜적 소굴을 공격하자 왜군은 미리 만들어 놓은 도산성으로 도망을 가 항거하였다.

129 가등청정(加藤淸正, 가토 기요마사): 일본의 무장(武將). 풍신수길(豊臣秀吉, 도요토미 히데요시)의 가신(家臣). 임진왜란 때 일본군의 선봉장이 되어 우리나라에 내침했으며, 정유재란 때 다시 5만 군사를 이끌고 내침하여 울산에서 포위되어 악전고투했고, 풍신수길이 죽자 일본으로 철수했다.

시 믿을 만한 증거를 보여야 하는데 무엇으로 증명하겠느냐?"

그들이 말했다.

"적중에 들어가서 적의 머리를 베어 와 증거로 제시하겠습니다."

이에 양호는 "좋다."라고 허락했다.

그들은 면도칼을 꺼내어 머리털을 깎고 낡은 주머니를 뒤져 착복할 띠와 왜놈이 사용하는 칼날이 넓은 낫을 꺼내어 나무하는 왜놈 모양을 한 채 왜놈의 진 밖에서 땔나무를 하고 있다가 날이 저물자 적진의 나무하는 왜인들과 더불어 적진에 들어갔으나 아무도 그들을 알아보지 못했다. 그들은 성호城壕의 금지구역, 소굴의 안팎, 목책木柵과 돌무더기의 높낮이, 자물쇠를 채워 놓은 관문 등을 빠트림 없이 상세하게 조사해 가지고 돌아왔다. 진 밖으로 나오니 수십 리에 걸쳐 매복해 있는 5백 명의 병사가 있어 그중 세 사람의 머리를 베어 가지고 돌아와 경리에게 증거로 바쳐 제시하니, 경리가 크게 기뻐했다.

왜놈들이 잠든 틈을 이용하여 밤에 습격을 가했다. 5백 명의 병사를 난작亂斫하여 단 한 명도 남기지 않았다. 마침내 대군은 대로를 따라 나가고, 좌우의 지병枝兵은 항복해 온 두 명의 왜인으로 하여금 산로를 따라 이끌고 도산을 향하게 해서 그곳을 세 겹으로 포위하였다. 가등청정은 문을 활짝 열어젖히고 병사를 내어 항거하니 중국 병사들은 한참을 싸워 목 벤 왜병의 수가 헤아릴 수 없을 정도로 많았으며 살아남은 왜병들은 모두 성문 안으로 들어갔다.

중국 병사들은 곧바로 뒤쫓아 습격하였지만 진 가운데 이중으로 되어 있는 성은 모두 언덕배기에 위치하여 높고 험하였으며, 성 위에 세워 놓은 너럭바위에는 모두 구멍이 뚫려 포를 쏘기에 편리하도록 되어 있었다. 중국 병사들이 그 성 아래에 붙어 오르려 했으나 철환鐵丸이 비오듯 쏟아져 시신들이 깔리고 깔리는지라 도저히 성을 기어오를 수 없었다. 토굴 밖에는 목책木柵이 또 겹겹이 둘러 있어 방어에 많은 곡절을 두었으니 그 기세가 한 사람으로도 백 사람을 대적할 수 있을 정도였다. 진영 안에서는 한 명의 왜병도 붙잡지 못하고 우리 군사는 패배하였으며 승리할 계책도 거의 없었다.

항복해 온 왜인이 말했다.

"진의 견고함이 옛날부터 이와 같았으므로 일단 그 토굴에 들어가면 비록 신병神兵이라도 함락시킬 수 없습니다. 그러니 병법을 아는 자라면 반드시 병사를 거두어 퇴각시켜 살상당하지 않도록 해야 할 것입니다. 모름지기 군사를 퇴각시키시어 편리한 때를 기다리십시오."

이에 군사들을 모아 여러 겹 포위하고 여러 날을 지내는데 왜병이 산에 불을 질러 들판에는 붉은 흙이 드러나고 주변 30~40리를 빙 둘러 초목이라곤 남아 있지 않았으므로 중국 병사들이 꼴을 베려면 먼 길을 가야만 했다. 그러므로 사람과 말이 모두 굶주렸으며 게다가 날씨는 춥고 눈비가 내려 많은 병졸들이 얼어 죽었다.

왜진에서는 성문을 굳게 닫고 보루를 견고하게 지키면서 거짓으로 화해를 애걸하는 말을 하였고 비와 이슬로 옷을 적셔서 그것으로 물을 취하여 갈증을 달래는 모양을 지어 보였다. 그러나 실상은 개천을 진 가운데 끌어들여 길게 흐르는 물이 마르지 않았다. 또 성 밖으로 보화를 던져 중국 병사들이 마음대로 가지도록 하였고 조만간에 곧 항복하겠노라고 선언하여 중국 병사들로 하여금 해이해지도록 유인했다.

한편, 밖에는 작은 배 40~50척을 벌여 두고 파도 사이에 출몰하게 하여 중국 병대로 하여금 방어에 힘을 분산시키도록 하였다. 이렇게 열흘의 시간을 질질 끌면서 밖에서는 지원병이 대거 이르기를 기다렸다.

이때 왜장 심안도沈安道가 사천泗川에서 대군大軍을 일으켜 배가 줄지어 잇달아 바다를 가득 메운 채 와서 습격하니 성 밖의 중국 병대가 어지럽게 무너지며 서로 짓밟아 세력을 지탱할 수 없었다. 그러자 가등청정이 비로소 성문을 활짝 열고 토굴 안에 있던 병사들을 모두 내보내 좌우로 가 공격하며 살상하니 중국 병사들은 감당해 낼 수 없었다. 이에 양호는 어쩔 수 없이 병대를 거두어 서쪽으로 돌아왔다.

이해에 일본의 관백關白[130] 평수길平秀吉이 죽자 그다음 해에 왜교倭橋[131] 적진의 장수 평행장平行長이 사신을 보내어 명나라 장수 유정劉綎을 꾀어 말했다.

"이제는 싸움을 그만두고 돌아가고자 하는데 다만 수병水兵들이 우리가 돌아가는 길을 끊어 버릴까 두렵습니다. 장군과 더불어 강화하기를 바랍니다."

유정이 크게 기뻐하며 말했다.

"무엇을 증거로 삼겠소?"

평행장平行長은 왜병 진중에서 포로로 붙잡힌 아국의 병사 및 중국 병사들 중 재간이 있는 자 4, 5백 명을 뽑아 유정에게 돌려보냈고, 유정 또한 왜병[132] 4, 5백 명을 뽑아 보답하였으니, 이는 춘추전국시대에 양국이 강화했던 고사에 의거한 것이었다.

평행장이 전쟁을 끝내고 돌아가니 수군 제독 진린陳隣이 크게 노하여 1천 척의 배를 결집하여 길목에서 기다렸고, 우리나라의 통제사 이순신李舜臣 또한 크게 노하여 거북선 수백 척을 발동시키고 수졸들을 선발해서 막도록 하여 왜병을 크게 부수었는데, 바다에 갑자기 심한 안개가 끼어 그 틈을 타서 평행장은 몰래 도

130 관백(關白): 옛날 일본의 벼슬 이름. 천황(天皇)을 보좌하여 정사를 집행하는 중직(重職).

131 왜교(倭橋): 순천부(順天府)의 한 지역으로, 정유재란 때 소서행장(小西行長)의 군대가 겨울을 나기 위해서 성을 쌓고 주둔한 곳이다.

132 원문에는 중국 병사[天兵]로 되어 있으나 오기(誤記)로 판단됨.

망쳤고 진 유격陳遊擊과 이 통제李統制는 이때 죽었다.

아! 적군을 모두 섬멸하지 못하였고 중국 군대의 위엄 또한 조금도 꺾이지 않았는데 신이 돕지 않으시어 비안개가 일을 망쳐 요적妖賊의 괴수로 하여금 마침내 목숨을 온전히 하여 돌아가게 하였으니 이를 어찌 애통해하지 않을 수 있겠는가. (이때 중국 병사가 머리를 베어 바쳤는데, 어떤 한 병사가 20여 개의 수급首級을 바쳤다. 양호가 한 수급을 손에 들고 말했다. "이는 탐정 역할 했던 항복한 왜인인데 너는 어디에서 이것을 얻어 왔느냐?" 그 병졸이 감히 대답하지 못하자 양호는 그 즉시 병졸의 머리를 베었다.)

## (36) 당제를 보전한 조선의 의제

예전에 우리나라가 왜구의 침입을 입었을 때 명나라 10만 병사가 와서 우리나라를 구원하였다. 그때 중국인들이 우리나라 사람들이 옷을 크게 입는 것을 보고는 모두 크게 웃었다.

우리나라 사람들이 몸을 움직일 때마다 명나라 군사에게 모욕당하여 몹시 괴로운데다 넓은 소매와 큰 도포가 말 타고 활 쏘는 데 적합하지 않았으므로 행재소[133]에서 각 읍에 공문을 보내어 의제衣制를 바꾸도록 하였다.

133 행재소(行在所): 임금이 멀리 거둥하여 임시로 머물러 있는 곳.

그때 내가 시강원侍講院 문학文學으로서 사서[134] 황신黃愼, 설서[135] 이정구李廷龜 등과 강학講學하는 일 때문에 같이 시랑侍郎 송응창宋應昌의 군문軍門에 있었다. 그 군문에 중국의 선비 여영명呂榮明이 있었는데, 우리나라가 의복의 제도를 바꾸려 한다는 소리를 듣고 몹시 애석해 하면서 말했다.

"내가 중국에 있을 때 일찍이 어떤 사람이 옛 그릇과 옛 옷을 모으고 있는 것을 보았습니다. 당신 나라에서 날마다 쓰는 그릇과 크고 작은 겉옷 및 속옷들은 모두 당나라 때의 제도를 모방하여 자못 옛사람의 모습을 가지고 있습니다. 반면에 지금 중국의 의제는 옛것과는 너무도 다르고 사치스러우며 그릇 또한 옛것이 아니어서 당신 나라의 옛스럽고 질박한 제도에는 미치지 못합니다. 각각 자신들의 풍속을 따르면 그만이지 반드시 남을 본받을 필요는 없습니다."

그때 제독 이여송도 우리나라 의상을 보고 우리 의상이 옛것에 가까운 것을 가상히 여겨 말했다.

"당신 나라 의복의 제도가 이처럼 옛것에 가까운데 무슨 연유로 중국을 본받아 제도를 고치려고 하오?"

대개 우리나라는 신라 때부터 중국과 통하여 당나라 예제禮制

134 사서(司書): 세자 시강원에서 경사(經史)와 도의(道義)를 가르치던 정6품 벼슬.

135 설서(說書): 세자 시강원의 정7품 벼슬. 경사(經史)와 도의(道義) 가르치는 것을 맡아 봄.

를 많이 배워 조정의 제도로 삼았던 까닭에 그릇과 의복은 모두 반드시 당나라 제도를 모방하여 만들었던 것이다. 이 같은 사실을 우리나라 사람들은 알지 못하는 바이고 오직 중국에서 옛것에 박학한 사람들만이 알고 있으니, 여영명과 이여송의 말이 바로 이러한 실상을 잘 보여 준다.

## (37) 류성룡의 아동포살수대

서애 류성룡[136]이 도체찰사[137]가 되었을 때 여러 고을에 공문 보낼 일이 있어 문서가 작성되자 역리驛吏에게 위임하였다. 그런 지 3일이 지나 다시 그 공문을 거두어들여 고치려 하자 역리가 그 공문을 가지고 왔다. 류 상국이 역리를 꾸짖었다.

"너는 어찌하여 문서를 받은 지 3일이 지났는데도 열읍列邑에 배분하지 않았느냐?"

역리가 대답하였다.

---

136 류성룡(柳成龍: 1542, 중종 37－1607, 선조 40): 조선시대의 정치가이자 학자. 자는 이현(而見), 호는 서애(西厓). 임진왜란이 일어나자 삼남도체찰사(三南都體察使)가 되어 국난에 대처하였으며, 군대 양성을 위하여 훈련도감(訓練都監)을 설치하였음.

137 도체찰사(都體察使): 의정대신(議政大臣)이 군무(軍務)로 명(命)을 받들어 출사(出使)할 때의 군직명(軍職名).

"속담에 조선공사 3일이라고 합니다. 소인은 3일 후에 다시 바뀔 줄 알았기 때문에 오늘까지 지연해 두었던 것이옵니다."

류 상국은 그를 벌주고자 했으나 다시 생각해 보고는 말했다.

"그 말은 세상을 깨우칠 만하구나. 내 허물이로다."

마침내 공문을 고쳐 반포하도록 시켰다.

그 당시 왜적이 아직도 경내에 남아 있었으므로 팔도에서는 조련操鍊을 익혔다. 류성룡은 수상의 직분에 있으면서도 조련하는 일에 대해서는 도무지 비방만 하면서 아동포살수대兒童砲殺手隊[138]를 설치하여 교습시켰다. 어떤 한 무사가 도감都監에 나아가 면포 백 필로 준마 백 마리를 사들이자고 청하였다. 류성룡이 그 말을 매우 이상하게 여기고 까닭을 물으니, 무사가 대답했다.

"면포 한 필이면 갓 태어난 망아지 한 마리는 살 수 있습니다. 그것을 3, 4년 잘 기르면 아동 군대가 성장한 후 잘 쓸 수 있을 것입니다."

이 말을 들은 류성룡은 몹시 불쾌해하였다. 그때는 왜적과 보루를 대치하고 있는 상태였는데도 아동에게 창칼로 치고 찌르는 법을 가르치고 있어 어린애 놀이 같은 점이 있었으니 이러한 행태를 몰래 비웃는 자들도 있었다.

지금까지 수십 년 동안 과거를 설치하여 기예가 뛰어난 무사를

138 아동포살수대(兒童砲殺手隊): 임진왜란 당시 미성년자들에게 총포 사격과 활쏘기 연습 및 검술 훈련을 시키고자 훈련도감에 설치한 임시부대.

취하여 왔다. 접때 중국을 도와 노아합적奴兒哈赤[139]을 공격하였을 때 우리 병사들은 각자 화포를 다루는 데 뛰어나 노아합적을 두렵게 만들었고 중국은 이를 힘입었으니, 구천[140]의 태교법胎教法이 실로 병가兵家의 본보기로다.

## (38) 무인 선발과 조총

옛날에 임금님의 수레가 영유[141]에 머무르고 있을 때 과거시험을 실시하여 무사를 2백 명 선발하였다. 그때 조총鳥銃이 무사를 뽑는 과목에 들어 있었는데 시험을 보는 사람들이 총을 잡고는 있었지만 총을 쏘는 방법을 몰랐다. 군사로 하여금 불을 붙이게 하자 포성이 갑자기 진동하였고 이에 깜짝 놀란 응시자들은 총을 손에서 떨어뜨렸다.

내가 그때 사헌부 지평[142]으로서 감시관이 되었는데 이 모양을 보고 냉소하며 말하였다.

---

139 노아합적(奴兒哈赤: 누르하치, 1539-1626): 청나라 초대 황제.

140 구천(句踐): 중국 춘추시대 말기 월(越)나라의 임금. 오왕(吳王) 부차(夫差)에게 패하여 회계산(會稽山)에서 항복, 그 후 명신(名臣)인 범여(范蠡)와 와신상담(臥薪嘗膽)하기 20년, 마침내 부차를 죽여 회계의 치욕을 씻어 패자(霸者)가 됨.

141 영유(永柔): 지금의 평안남도(平安南道) 평원군(平原郡) 영유면(永柔面).

142 지평(持平): 조선조 때 사헌부에 딸린 정5품 벼슬. 정원은 2명.

"중요한 국가시험인데 어찌 군사들에게 점화點火하게 하여 사람을 뽑는가?"

당시 무장武將 이일李鎰 또한 시험관으로 그 자리에 있었는데 그가 홀로 말하였다.

"지금 나라에서는 이미 조총으로 인재를 취하니 10년 안에 온 나라에 조총을 쏘는 재주가 이루어질 것이오. 그런즉 지금 우리 나라에서 쓰고 있는 우리 병무에 관한 것은 도외시되고 조총 쏘는 기술은 정교해져 일단 쏘면 맞지 않음이 없게 될 것이오."

아! 이 장군李將軍의 말이 실제로 실현되었도다.

## (39) 강석에서의 소심증

나급羅极이라는 자는 호남 사람으로 생원이 되었다. 그는 경학에 대단히 숙달했지만 위인이 겁이 많아 강시講試[143]에 능숙하게 응할 수 없었다. 일찍이 시험장에 들어갔을 때 시권試卷에 도장을 받아 그것을 거꾸로 말아 버려 봉封[144]이 시권의 맨 안쪽에 있고 시권 밖에서부터 글의 초를 잡았다. 이윽고 끝 종이에 거꾸로 쓴

143 강시(講試): 시관(試官)이 듣는 앞에서 글을 외어 바치는 시험.

144 봉(封): 과거의 답안지 오른쪽 끝에 응시자의 성명 · 생년월일 · 주소 · 사조(四祖) 등을 쓰고 봉하여 붙인 것.

것을 섬돌 아래에서 횃불에 비춰 읽으니 그의 벗이 말했다.

"자네의 시권은 어째서 초장初張이 없는가?"

나급은 깜짝 놀라 시관에게 하소연했다.

"선비의 풍습이 무례하여 저의 비봉秘封을 잘라 가 버렸습니다."

조금 있다가 명첨名籤[145]이 안에 드리워 있는 것을 보자 또 시관에게 하소연하였다.

"봉封을 잘라 버리고 다시 도장을 찍어 주십시오."

시관들이 모두 크게 웃었다.

정사신鄭士信이 경서를 강講하려고 강석講席에 있으면서 잠깐 사이에 청심환을 청하여 거듭 두 번 복용하더니 또 한 알을 청하는 것이었다. 대간臺諫이 장막 밖에 있다가 말했다.

"차가운 성질의 약을 두 알 복용한 것도 이미 지나치오. 만약 세 알을 복용한다면 반드시 사람을 상하게 할 것이오."

정사신이 말했다.

"제가 집에서 날마다 복용하는 청심환 수는 이것의 서너 배는 됩니다."

대간과 시관들이 모두 크게 웃었다.

생원 김구金球는 말도 많고 또 겁도 많았다. 시험장에 들어가 시권에 임하자 문득 천天 자를 잊어버리고 말았다. 그래서 벗에

145 명첨(名籤): 이름을 쓴 찌. 비봉(秘封)과 같은 뜻.

게 물었다.

"천 자를 어떻게 쓰지?"

벗이 대답했다.

"일一 자 아래에 대大 자를 붙여 쓰네."

김구가 마침내 일壹 자 아래에 대大 자를 쓰니, 글자의 몸체가 장대했다. 김구가 곁눈질로 좌우를 둘러보며 말했다.

"이는 천天 자가 아니라 천사天使가 왔을 때 맞이하는 산대山臺[146]이네."

많은 사람들이 모두 다 크게 웃었다.

박대립朴大立은 사서삼경을 모두 익숙하게 외웠으나 겁이 많아 강講하는 자리에 들어가면 그때마다 못하겠다고 말하였고, 오히려 응구첩대하여 술술 외우면서도 매번 나가 달아나고 싶어 했다. 그래서 시관이 군사를 시켜 그를 부축하여 끼게 한 뒤 외우도록 시켰는데, 다 외우고 난 뒤 자리에는 오줌이 가득하였다.

임제林悌는 본래부터 조금도 겁이 없었다. 시험장에 들어가 어떤 선비가 맛 좋은 배를 전대에 가득 넣어 둔 것을 보고, 그와는 교분이 없는데도 불구하고 곧바로 전대 앞으로 가더니 마음

146 산대(山臺): '산디'의 원말. 산디놀음을 하기 위해 큰 길가나 빈터에 임시로 대(臺)를 높이 쌓아 만든 임시 무대. 산대놀음은 조선조에 와서는 궁중연극으로 행하여졌는데 세종 때부터 특히 중국 사신을 맞이하기 위해서 도감(都監)을 두고 상연하게 되어 산대도감극(山臺都監劇)이라 하였음.

대로 배를 꺼내 먹어 전대가 거의 비게 되었다. 그러자 주인이 말했다.

"내 배를 다 먹어 치우다니 이건 너무 지나치지 않소?"

임제가 말했다.

"내가 심하게 겁을 먹었구려! 남의 배를 다 먹고 말다니!"

그러더니 크게 웃고 가 버렸다.

## (40) 진미 자라탕

이제신李濟臣, 김행金行, 김덕연金德淵은 어려서부터 서로 벗하며 함께 공부하여 별시에 응시하였다. 그 세 사람이 공부하며 지었던 책문[147]을 모아 한 책冊으로 만들어 제목을 「분주탑시군焚舟[148]榻試軍」이라 하였는데, 그 책이 세상에 유행하였다.

김행과 김덕연은 자라탕을 좋아하였는데 이제신은 침을 뱉으며 말하였다.

"저처럼 흉악하고 추한 물건을 선비가 어찌 입에 가까이하는가! 선비 족속이면서도 자라를 먹는 사람은 그 사람됨이 어떠한

---

147 책문(策問): 정치에 관한 계책을 물어 적게 하는 문과(文科) 시문(試問)의 한 가지.

148 분주(焚舟): 배를 불태움. 전쟁에서 군대가 물을 건넌 후 배를 불태워 버리는 일. 다시 돌아오지 않는다는 일이나 필사의 각오를 비유.

지 군이 물어보지 않아도 틀림없이 용렬한 사람일 것이네!"

김행과 김덕연은 부끄러워하면서 이제신에게 말하였다.

"반드시 곤란한 일을 겪게 될 것이네!"

김덕연은 성산城山 호수 위에 별장을 가지고 있었는데 모일某日 고기를 낚으며 연꽃을 감상하기로 서로 약속하였다. 김행과 이제신 두 사람이 약속대로 서둘러 도착하였더니 그 자리에는 다른 사람들도 많이 참여하고 있었다.

김덕연이 손님들을 위하여 점심밥을 준비하였는데 잘 삶은 계탕鷄湯이었다. 생강과 산초를 섞어 큰 주발 가득히 내어 놓으니 맛있는 냄새가 코를 감쌌다. 세 사람이 모두 이 계탕을 한 그릇씩 다 비웠다.

김덕연이 이제신한테 겸손하게 말하였다.

"집이 가난하여 다른 반찬은 준비한 게 없으나 어미 닭이 기장을 쪼아 먹어 살이 자못 쪘으니 맛이 없다고 정녕 사양하지는 마시오."

이제신이 말하였다.

"내 평생 먹어 본 닭죽 중에서 이같이 맛있는 것은 없었소."

김덕연이 말했다.

"더 드시지요."

이제신이 말했다.

"한 그릇 더 먹고 싶소."

김덕연이 하인에게 명하여 다시 한 주발을 내어놓으니 이제신은 한번에 들이마셔 그 그릇마저 다 비웠다.

이것을 보고 김행과 김덕연이 말하였다.

"이 맛이 자라탕과 비교해 어떤가요?"

이제신이 손을 저으면서 말했다.

"맛있는 음식을 먹어 배부른데 어찌하여 추악한 말을 하시오?"

김덕연이 말하였다.

"그대가 먹었던 두 그릇 음식이 자라탕 아니오!"

집안 가득히 있던 사람들이 박수를 치며 크게 웃었다. 제신이 크게 놀라며 짐짓 땅에 대고 뱉어 내는 체하였지만 그 이후로는 자라죽이 가장 좋아하는 음식이 되었다.

## (41) 무당을 혐오하게 된 정문부

동지同知 정문부[149] 자허는 함경도 평사評事였을 때 왜변을 만났

149 정문부(鄭文孚: 1565, 명종 20－1624, 인조 2): 문신. 자는 자허(子虛), 호는 농포(農圃). 1592년 임진왜란 때 회령(會寧)의 국경인(鞠景仁) 등이 반란하여 적에 투항하자, 산속에 숨었다가 관민합작의 의병대장이 되어 경성(鏡城)을 승복시키고 회령에 진격하여 두 왕자를 왜군에 넘긴 반란자 국경인의 숙부 세필(世弼)을 죽이고 반란을 평정하였다. 관직은 길주 목사(吉州牧使)까지 이름. 1624(인조 2)년 초 회왕(楚懷王)에 대해 지은 시로 이괄(李适)의 난에 연루되어 고문받던 끝에 죽었다.

다. 두 왕자가 포로로 잡히고, 크고 작은 읍의 관리 및 사족士族들은 모두 백성들에게 묶여 왜장에게 바쳐졌다. 그때 정자허는 평민 복장을 하고 길을 가다 순라하는 왜졸을 만나 손이 뒤로 결박당한 채 왜장에게 바쳐졌는데 감시하는 자가 조금 해이한 틈을 타 결박한 끈을 당겨 달아나니 왜졸들이 뒤쫓아 왔지만 그를 잡지는 못하였다. 그는 몸을 숨기고 고용살이로 입에 풀칠하고 살았다. 어떤 무녀巫女가 그를 데려가 하인으로 삼아 북을 메게 하였는데, 그 무녀는 민간을 돌아다니며 밤에 굿하는 것으로 일을 삼았고 남은 술과 떡으로 그를 먹였다.

어느 날 밤 무녀가 남편에게 말했다.

"여보, 당신 혹 새로 지은 감색 옷을 입고 싶지 않으세요?"

남편이 말했다.

"무슨 말이오?"

무녀가 말했다.

"아무개 집 주인 늙은이가 새로 지은 감색 옷을 입고 있던데 내가 당장 그것을 뺏어와 당신에게 입혀 드리리다."

남편이 대답했다.

"좋지, 좋아."

다음 날 무녀가 자허에게 북을 메게 하고 민가에 갔는데, 주인 늙은이가 과연 감색 옷을 입고 있었다. 상 앞 휘장 안에서 무녀가 소매로 북채를 감싼 채 북을 두드리자 북소리가 나지를 않았다.

무녀는 이어 귀신 소리를 내며 재앙이라고 협박해 공포심을 일으키니 주인이 크게 두려워한 나머지 자신의 옷을 벗어 신에게 바치며 빌었고, 무녀는 마침내 그 옷을 취하여 가지고 집으로 돌아와 남편에게 입혔다. 자허는 그것을 눈으로 지켜보고 매우 분하게 여겼다.

얼마 있지 않아 자허에게 방어사防禦使를 제수하는 명이 내려지고 은비銀緋[150]가 더해졌으며 또 길주 목사 및 안변 부사를 제수받았다. 이로부터 자허는 무격巫覡을 몹시 미워하여 힘든 역사役事로 그들을 힘들게 하면서 조금도 관대하게 보아 주지 않았으며 말을 듣지 않는 자들에게는 엄한 형벌을 가했다.

## (42) 무고 풍조

이위빈李謂賓이라는 사람이 있었는데 위인이 크고 거칠어서 문무과文武科 시험을 일삼지는 않았으나 명류名流들 사이를 분주하게 돌아다니며 기세 부리는 것이 남에게 뒤지지 않았다.

호남 우도에 흘러들어가 바닷가 후미진 맹곶孟串 땅에 거처하였는데, 그가 이웃 사람들의 요역[151]을 유능하게 면제시켜 주었더

150 은비(銀緋): 은대(銀帶: 정9품부터 정6품까지의 문무관이 띠는, 가에 은으로 새겨 장식을 붙인 띠. 은띠)와 비옥(緋玉: 비단옷과 옥관자). 당상관의 관복을 일컬음.

니 그를 추종하는 자가 백여 호나 되었다. 상작리常作里에 거처하던 호걸들이 매번 큰 요역徭役이 있을 때마다 그의 소리에 응하여 일어나는 자들이 구름 같아서 온 읍이 이위빈을 '맹곶왕'이라 칭하였으므로 이위빈을 원수로 여기는 사람이 "이위빈이 반란을 일으키려 한다."고 고변하였다. 서울에서 이위빈을 국문하여 보니 이위빈이 모반한 실상은 없었으므로 무력을 함부로 사용했다는 죄명을 씌워 평안도 증산甑山에 귀양 보냈다.

이위빈이 떨어진 옷을 입고 파리한 말을 타고 구걸하는 객이 되어 함종咸從 수령 민여임閔汝任[152]에게 뵙기를 청하였다. 민여임이 그의 용모가 누렇게 떠 수척하고 행장도 낡고 누추한 것을 보고 희롱하며 말하였다.

"옛날의 맹곶왕이 지금은 어찌 이리 곤란한가!"

이위빈은 부끄러운 기색을 지었다.

아! 인심의 착하지 못함이여. 영예와 복록福祿을 바라는 자들이 남의 밥숟가락이 저보다 조금 큰 것을 보면 그때마다 문득 고변을 하는구나.

만력 갑오년(1594)에 진사 이철광李哲光의 계집종 남편이 이철광이 반란을 일으키려고 군사軍司를 위무한다고 고변하자 재상 이

151 요역(徭役): 국가가 국민에게 무상으로 그 노동력을 사역하는 것.

152 민여임(閔汝任: 1559, 명종 14－1627, 인조 5): 문신(文臣). 자는 성지(聖之), 호는 취옹(醉翁)·진의(振衣). 인조(仁祖) 초에 남원 부사, 공조참판을 지냄.

항복이 말하였다.

“내가 철광을 잘 아는데 그는 모반할 재주와 기개가 없는 사람이다.”

이항복의 말대로 과연 그는 모반하려 한 실상이 없었으므로 계집종의 남편은 반좌反坐[153]되었다.

후에 이질수李質粹가 온양溫陽 수령이 되었는데 체포되어 오는 사람이 있으면 그때마다 불에 달군 철을 가져와 그것을 양 다리 사이에 끼워서 거짓 자백을 받아냈다. 그러므로 체포된 죄수들은 관아 문에 들어와 뜰에 들어가기도 전에 먼저 스스로 적과 내통했다고 자칭하고 포승줄에 묶여 서울로 이송되는 자가 이루 헤아릴 수 없이 많았다. 이질수는 이로 인하여 은배銀拜[154]의 직계에 오르게 되었다. 이로부터 착하지 못한 사람들이 이를 본받았으니 유식한 사람들도 서로 뒤를 이어 고변하였다.

## (43) 이사호의 모반 시

이전에 나는 학가[155]를 모시고 홍주洪州에 있으면서 유학을 욕되

153 반좌(反坐): 사람을 무고(誣告)한 자는 무고를 입은 사람에게 과(科)한 죄만큼 과죄(科罪)하는 것.

154 은배(銀拜): 종3품부터 종6품의 관직.

게 하였다. 그때 한 연소한 유생이 있었는데 그의 이름은 이사호[156]였다. 그는 상소를 올려 도원수가 되어 왜적을 토벌하겠노라고 자청하였다. 그 문장을 보니 높고 예스럽기가 진실로 전국시대의 합종연횡설과 같은 수준이었다. 나와 필선弼善 윤돈尹暾은 감탄하며 사호에게 말했다.

"국가에서 사람을 쓰는 법은 반드시 관작官爵으로 하는데 관작에는 자고로 계급이 있네. 일개 포의布衣로 어찌 도원수가 될 수 있겠는가? 종군從軍하는 책사策士가 되어 나라 위하는 뜻을 이루도록 하게나."

이 말을 들은 사호는 옷깃을 떨치고 가 버렸다.

그 후 10년 동안 그의 모습이 보이지 않더니 신해년 사이에 생원시生員試의 장원이 되었으나 거자[157]의 일을 대수롭지 않게 생각했기 때문에 병가兵家에 종사하여 놀았으니 유사儒士는 아니었다. 그런데 갑자기 서양갑徐羊甲의 옥사[158]에 걸려 전정[159]에서 죽었으므로 내가 항상 이상하게 여겼었다. 그러다 그 후에 그

155 학가(鶴駕): 태자(太子)가 타는 수레.

156 단순한 오기인지 의도적인 오기인지는 알 수 없지만, 이사홍(李士洪)인 듯함. 그는 1606(선조 37)년 생원시에 합격, 유생으로 일본 정벌을 주장하는 소를 올려 주목을 받았음. 허균 · 서양갑 · 박응서 등과 교유하다 1613년 계축옥사(癸丑獄事)에 연루되어 사형되었음.

157 거자(擧子): 과거를 보는 선비.

158 계축옥사를 가리킴.

159 전정(殿庭): 궁전의 뜰.

가 지은 절구 한 편을 보고 그가 모반할 마음을 이미 오래전부터 가지고 있었다는 사실을 비로소 깨닫게 되었다. 그 시는 다음과 같다.

남자의 공명은 이루지 못할 것을 이루니,
높은 곳 올라 해 바라보니 눈이 별 같도다.
푸른 강물에 한가롭게 낚시 드리우고서,
누운 채 천지에 이는 비바람 소리 듣도다.

이는 난리가 일어나기를 바라는 뜻이니 읊는 자로 하여금 모발이 쭈뼛하도록 만든다.

## (44) 곽준 일가의 충절

현풍玄風 사람 곽준郭䞭의 자字는 양정養靜이다. 독실하게 공부하고 힘써 실천하였으며 효성과 우애를 아울러 갖추었으므로 그를 흠모하고 공경하지 않는 사람이 없었다. 임진년의 난리에 동지와 함께 의병을 일으켜 적을 토벌하니 조정에서는 그에게 특별히 안음[160] 현감을 제수하였다. 안음에는 황석산성黃石山城이 있어 웅거할 만한 험지였으므로 그는 성을 잘 수선해 굳게 지킬 계책으로 삼았다.

체찰사[161] 이원익[162]은 곽준이 유생이므로 장수로는 부적합하다고 생각하고 김해 부사金海府使 백사림白士霖을 전쟁터 장수로 삼았다. 그러자 곽준은 백사림을 잘 대접하고 죽을 힘을 다할 것을 기약하였다. 또 함양 군수咸陽郡守 조종도趙宗道와도 이곳을 굳게 지키기로 결의하였다.

조종도에게 시를 써 권면勸勉하였다.

공동산[163] 밖의 삶 비록 즐거워도
종군하여 먼 성중에서 죽는 것 또한 영광되리

그들이 적에게 포위될 즈음, 백사림 휘하의 백성들 중 암암리에 적을 도왔던 자들은 모두 몰래 적과 내통하여 밤을 틈타 도망쳐 버렸고 왜적은 어지럽게 성으로 들어오니 군인과 백성들이 놀라 왜적에게 무너졌다. 곽준과 조종도는 단정히 앉아 동요하지 않았고 곽준의 두 아들 이상履常과 이후履厚도 도망가지 않고 있

160 안음(安陰): 경상남도(慶尙南道) 안의(安義)의 옛 이름.

161 체찰사(體察使): 조선조 때 지방에 군란(軍亂)이 있을 때 임금을 대신하여 그 지방에 나아가 일반 군무를 총찰하던 임시 벼슬. 재상이 겸임함.

162 이원익(李元翼: 1547, 명종 2-1634, 인조 12): 정치가. 자는 공려(公勵), 호는 오리(梧里). 임란 때 대동강 이서(以西)를 잘 방어하여 호성공신(扈聖功臣)이 되었고, 대동법(大同法)을 시행하여 공부(貢賦)를 단일화함.

163 공동산(崆同山): 신선이 사는 곳.

다가 일시에 해를 입었다.

곽준의 딸은 남편을 따라 성 밖으로 나가 같이 도망가다가 남편과 서로 헤어지게 되었다. 그녀는 자기 남편이 이미 죽었을 것이라 생각하고 홀연 다리(髢)[164]를 풀어 계집종에게 주면서 말하였다.

"내가 이 지경에 이른 것은 모두 하늘의 뜻이다. 지금 문득 남편과 서로 고별하고 말았으니 내가 어찌 왜적 가운데 몸을 던져 구차히 살겠느냐? 너는 살아 돌아가서 시부모님께 이를 알려라."

그녀는 곧 목을 매달아 죽었다.

이상의 아내는 단성丹城에 있었는데 시댁이 전몰하였다는 소리를 듣고 역시 목매달아 죽었다.

아버지는 충에 죽고 아들은 효에 죽고 딸과 며느리는 절개에 죽었으니 일가一家 다섯 사람이 모두 절의를 위해 죽었다. 지금 세상에 아무리 찾아보아도 또한 보기 드문 일이다. 곽준은 예조참의에 증직되었고, 이상과 이후는 예조정랑에 증직되었다.

## (45) 홍경신의 삼각산 시

부제학副提學 홍경신洪慶臣은 젊어서부터 시로 명성을 날렸다. 만

164 다리[髢]: 지난날, 여자의 머리숱이 많아 보이도록 덧넣었던 딴머리. 월자(月子).

력 기미년에 삼각산에서 노닐며 시 두 수를 지었는데 그중 첫 번째 시는 아래와 같다.

대여섯 사람이 조출한 봄옷 입고,
청산에 행보하여 가네.
구름 낀 누대는 최영崔瑩이 오르던 곳이요,
돌 궁궐은 공민왕이 거처하던 곳이네.
푸른 나무에는 우는 새 숨어 있고,
푸른 시내에는 물고기 뛰어노네.
어지러운 꽃들로 길을 모르겠으니,
어느 곳으로 진여[165]를 방문할 것인가.

두 번째 시는 다음과 같다.

2월이라 봄기운 아직 이르니,
봄 산에 두견새 없네.
사람들 흐르는 물 따라 들어가니,
얽히고설킨 봉우리 앞에 절이 있네.
밤이슬은 세 봉우리 흠뻑 적시고,

165 진여(秦餘): 진(秦)의 유적. 여기에서는 무릉도원을 일컫는다.

천풍天風은 만년 세월 불어오네.
고승이 때때로 나를 찾아오니,
서로 마주하고 잠들 줄 모르네.

시격이 자못 당시唐詩와 가깝다. 만약 약진하기를 그치지 않았던들 어찌 오늘의 홍경신에만 그쳤겠는가? 그의 시를 전하지 않는 것은 옳지 않다.

## (46) 휴정의 시

휴정休靜은 스스로 호를 청허도인淸虛道人이라 하였는데 조선의 이름난 스님이었다. 그가 금강산에 있을 때 다음과 같은 시를 지었다.

춤추는 달빛에 가녀린 선녀는 천길 노송나무요,
먼 숲 청아한 비파 소리는 한 가닥 여울물 소리네.
금강산의 진면목을 알고자 하니,
흰 구름 쌓인 가운데 봉우리 줄지어 서 있네.

그가 향산香山에 있을 때는 다음과 같은 시를 지었다.

만국의 도성은 개미 둑 같고,
천가千家의 호걸은 모두 초파리네.
하늘의 밝은 달을 청허淸虛가 베니,
무한한 솔바람 소리 가지런하지 않네.

## (47) 남곤이 무고한 이유

김정[166]은 문과에 급제하여 벼슬하기 전부터 시로 명성을 떨쳤으며 지조와 절개가 남달라 선비들이 그를 앙모하였다. 남곤[167]의 문장과 절개 있는 처신도 그 당시 김정에 뒤지지 않았지만 선비들은 모두 그를 천대하며 소인이라고 지목했다.

남곤이 직제학이었을 때 김정은 아직도 유생이었다. 벗의 집에

166 김정(金淨: 1486, 성종 17–1521, 중종 16): 유학자 · 문신. 자는 원충(元冲), 호는 충암(冲菴). 조광조와 더불어 지치주의(至治主義)의 실현을 위해 미신을 타파하고 향촌(鄕村)의 상호부조를 위한 향약(鄕約)의 전국적인 시행 등 많은 업적을 남겼다. 1519년 기묘사화 때 조광조 등과 함께 투옥되어 금산(錦山)에 장배(杖配)되었다가 다시 제주에 안치되었으며 후에 사사되었다. 시문(詩文)은 물론 그림에도 능하여 새 · 짐승 등을 잘 그렸다.

167 남곤(南袞: 1471, 성종 2–1527, 중종 22): 문신. 자는 사화(士華), 호는 지족당(知足堂) · 지정(止亭). 1519(중종 14)년 훈구파(勳舊派) 대신으로 심정(沈貞) 등과 함께 기묘사화를 일으켜 집권자 조광조 등 신진 사류들을 숙청한 후 좌의정이 되었고, 1523년 영의정에 올랐다. 문장에 뛰어나고 글씨에도 능했으나, 만년에는 죄를 자책하여 자신의 글로 뒤에 화를 입을까 우려하여 사고(私稿)를 불태웠다.

서 서로 만나게 되었는데 김정은 크게 취해 잔뜩 토해 놓고 누워서는 남곤이 온 것을 보고서도 예를 갖추지 않았다. 주인이 그를 발로 차 일어나게 하니 그때야 비로소 쑥대머리를 하고 앉아 눈을 부릅뜨고 남곤을 바라보며 말했다.

"어떤 소인 놈이 와서 내 꿈을 깨는 것이냐?"

남곤은 공경을 다하며 말했다.

"조대[168]의 이름을 듣고 항상 책 속에 있는 사람으로 여겼습니다. 한번 받들어 뵙고 싶었으나 인연이 없었는데 오늘 다행히도 인사를 드릴 수 있게 되었습니다. 제가 새로 얻은 〈망천[169]도輞川圖〉 족자가 있으니, 선생의 뛰어난 시를 얻어 그것을 꾸밀 수 있었으면 합니다."

남곤은 사내 노비에게 집에 가 족자를 가져오라고 명령하였다. 그러자 김정은 취한 채 붓을 휘둘렀는데 별로 사양하지도 않고 또한 깊이 생각하지도 않고 즉석에서 시를 지었다.

강남에 낙원 있어,
밤 꿈속에서 거닐었네.
내가 화촌花村에서 술을 사,
분명 이 다리를 지났었네.

---

168 조대(措大): 서생(書生). 큰 일을 조처할 수 있다는 뜻으로 서생의 미칭으로 쓰임.
169 망천(輞川): 당대(唐代) 왕유(王維)의 별장이 있었던 섬서성 남전현의 지명.

이는 그림 속에서 어떤 사람이 술병을 메고 다리 건너는 것을 의미한 것이었다. 남곤은 거듭거듭 시를 읊으며 좋다고 칭찬하더니 사례를 하고 떠났다.

당시에는 기묘己卯의 현인賢人들이 모두 정암 조광조를 받들며 그에게 귀의하였다. 남곤은 명분과 절개를 스스로 좋아했는데도 사류士類들은 모두 그의 처신과 식견이 옳지 못하다는 선입견을 가지고 매번 그를 비방하고 꾸짖는 뜻을 말과 얼굴빛에 드러냈다. 남곤이 정성과 예를 다하여 순종했으나 현인 부류들이 여전히 그를 용납하지를 않았으므로 마음속으로 늘 불만족해 하다가 졸지에 허무한 짓을 날조하게 된 것이다. 그는 심정沈貞 제포綈袍와 더불어 신무문[170]으로 들어가 상변[171]하였고 그 결과 사헌부에 소속되었던 많은 현자들이 일망타진되었다. 남곤이 비록 자신을 사갈시하는 것을 견디지 못하여 이처럼 망극한 일을 초치하였지만 평생 두드러진 허물이라곤 없다가 다만 이 일을 저질렀으니 귀신도 미치지 못할 바였다.

그가 늙어서는 늘 자신의 허물을 후회하였다. 매일 홀로 앉아 혼잣말하면서 손으로 난간을 쳤으니 개탄하는 기색이 밖으로 드러난 것이다. 평생 동안 지은 문장들도 모두 불 가운데 던져 버렸

170 신무문(神武門): 서울 북악산 남쪽에 위치한 경복궁의 북문. 임금이 경무대에서 거행되는 과거장에 행차할 때만 씀.

171 상변(上變): 변(變)을 상고(上告)함.

다. 남곤의 문장은 매우 높아 동방의 선비들 문집 가운데 그의 문장과 짝할 수 있는 것이 드물었는데 그 우수한 문장들을 스스로 없애 버렸으니 이는 자신의 불선함이 후대에 더욱 드러나게 될 것을 두려워했기 때문이었다. 지금은 다만 『지정집止亭集』만이 남아 있을 뿐인데 이것도 그의 외손인 여성군礪城君 송인宋寅이 남곤이 지은 문장으로 세상에 흩어져 있는 것들을 거두어 모은 것이지 집안에 있는 원고 가운데서 나온 것은 아니다.

## (48) 박지화의 만사

학관學官 박지화朴枝華의 호는 수암守菴이다. 어려서부터 이름난 산에 노닐면서 솔잎을 먹고 곡기를 끊었다. 일찍이 학자들과 함께 산사에 기거한 적이 있는데 한 달 내내 항상 한 벌의 베옷만 입고 지냈고 밤이면 책을 베고 15일 밤은 왼쪽으로 누워 자고 15일 밤은 오른쪽으로 누워 자니 베옷에는 주름 하나 없이 언제나 새로 다림질한 것 같았다.

그는 유·불·도 세 학문을 모두 공부하였고 세 분야 모두에 학문이 상당히 깊었으며 예서禮書에는 더욱 정통하였다. 문장에서는 시와 산문이 모두 뛰어났다. 일찍이 그가 부마駙馬 광천위光川尉의 만사挽辭를 지었는데 시인 정지승이 그 시를 칭찬해 마지않으면서 말했다.

"이 사람이 문벌과 지위는 비록 낮으나 문단에서의 지위는 몹시 높도다."

그 시는 다음과 같다.

천손 하고[172]는 본국 동서를 돌아다니며
인간의 오복을 모두 얻었네.
끓인 국, 빚은 떡으로 해마다 옥체를 닦고
이 날은 소대簫臺에 함께 봉황 타고 가네.
여러 사람들이 예를 갖추고 의식을 베풀지만
화려한 침방 무르익은 욕정에 미망이 베풀어지네.
집이 심수 동산(沁園)에 있어 서로 바라보이니
감당 못할 봄풀 또한 무성하네.

나이가 70이 넘어서는 항상 두문불출하였다. 성의 저잣거리에 기거하지만 한방에만 종일토록 단정히 앉아 있어 적막하기가 마치 산림 속에 있는 것과 같았다.

임진년에 왜구가 한양에 난입했을 때에는 백운산白雲山 사탄촌史呑村으로 피신하였는데 친구 정굉鄭宏과 같이 갔다. 왜구가 사

172 하고(何鼓): 별 이름. 즉 하고(河鼓). 견우(牽牛)를 가리킴.

탄촌에 이르자 친구인 정생은 가족을 이끌고 피난가게 되어 수암과 더불어 작별하였다. 수암이 말하였다.

"나는 늙고 고단하여 따라갈 수 없으니 훗날 이곳에 와서 나를 찾아보게나."

며칠 후에 왜구가 조금 물러가자 정생이 수암을 찾아왔으나 그를 찾지는 못하고 시내 위 나뭇가지에 매여 있는 작은 종이만을 보았는데 두보의 오언율시 한 수가 적혀 있었다. 수암은 돌을 안고 나무 아래 물속에 빠져 죽었던 것이다. 그 시는 다음과 같다.

서울은 저 멀리 구름 낀 산 밖에 있는데,
소식 잠잠하여 이르지 않네.
신교神交하며 글 짓던 나그네는,
기진맥진한 채 고향 누대를 바라보네.
기운이 쇠하여 강변에 누우니,
친한 벗 저물녘에 돌아오네.
백구는 원래 물에서 사니,
무슨 일로 남은 슬픔이 있으리오.

이 시를 보건대 이 시의 내용과 수암의 행적이 서로 들어맞는다. 진실로 수암이 자신을 위해 지은 만사임에 틀림없다. 정광이 그의 시신을 거두어 간단히 장사 지내고 갔다.

어떤 사람들은 그가 혹 수해水解한 것이 아닌가 여기기도 한다. 도서道書에서 말하기를 시해尸解[173]는 금金·목木·수水·화火·토土 다섯 종류가 있다고 한다.

## (49) 정지승의 시재

정지승이 어려서 아직 장가들지 않았을 때 사통하던 창기가 있었다. 부모는 공부하는 데 방해될까 근심한 나머지 의관을 빼앗고 정지승을 밀실에 가두어 두었다. 그런데 정지승의 벗이 창기의 서찰을 전해 주니 정지승 또한 시를 지어 그녀에게 답하였다.

배꽃 비바람에 중문重門을 가리니,
청조[174] 날 때 눈물 흔적 보았네.
한번 죽은들 이 이별 잊을 수 있으리,
구천에서 오히려 애끊는 혼 되리라.

---

173 시해(尸解): 도가(道家)의 술수를 이름. 몸만 남겨 놓고 혼백이 빠져 가 버린다는 뜻으로, 신선으로 화함을 이름.

174 청조(青鳥): 사자(使者). 동방삭(東方朔)이 푸른 새가 온 것을 보고 서왕모(西王母)의 사자라고 한 데서 유래됨.

정지승이 그의 외삼촌을 따라 덕천德川에 갔을 때 비로소 덕천 찰방察訪과 더불어 논의를 교환하게 되었다. 절간[175]으로 서로 안부를 물었는데 속간의 편지 문구를 사용하여 시를 지었다.

삼가 문안 편지 받고서 그 위로됨은 이루 말할 수 없습니다.
이 몸이 보전함은 거듭 염려하신 덕분이올 뿐입니다.
가는 버들 늘어진 감영 안에서 처음 얼굴 대면했을 적,
생양관生陽館 안에서 등잔불 심지를 거듭 돋우었지요.
쓸쓸히 구름 낀 해질녘에 함께 마주했던 것 회억하면,
말술 장편의 시만으로는 어찌할 수 없었지요.
편안하시기를 누누이 가슴에 품노니,
살펴봐 주십시오. 정지승 올립니다.

그가 말만 내면 시가 이루어졌으니 재기의 넘쳐흐름이 이와 같았다.

어떤 중이 소요산逍遙山에서 묘향산까지 노닐다가 돌아오는데, 덕천의 길 가운데서 정지승과 서로 만났다. 정지승은 그 중의 시권詩卷에 다음과 같은 시를 써 주었다.

175 절간(折簡): 종이를 둘로 접은 편지.

그대는 서쪽에서 오고 나 또한 서쪽으로 가니,
봄바람 속을 한 지팡이 짚고 오르락내리락하네.
어느 해나 달 밝은 소요사에서,
동림東林의 두견새 우는 소리 함께 들을까.

묘향산과 소요산은 내가 소중히 아끼던 바인데 이 시를 보니 더욱 잊지를 못하겠다. 아아! 애석하도다. 이 사람은 이와 같은 재주를 가지고도 한 명성도 이루지 못하고 요절하고 말았음이여. 그의 외삼촌이었던 덕천 군수는 내 처의 조고祖考 신여량申汝樑이다.

## (50) 시인의 곤궁함

무릇 만물을 새기고 치장하여 만물에게 각각의 형체를 부여하는 것은 하늘의 재주이며, 만물의 조화造化를 열어 헤쳐 희롱하며 만물의 형태를 모방하여 형상해 내는 것은 시인의 재주이다. 오직 하늘만이 만들어 낼 수 있는데 시인은 어찌된 물건이기에 하늘이 만드는 것까지 빼앗는 것인가? 재능 있는 자들이 좋지 않은 운명을 가진 것은 하늘이 그렇게 만든 것임을 알 수 있으니, 하늘도 또한 시기심이 많은 것인가? 이미 재주를 부여해 주고 어째서 그들을 곤궁하게 하는 것인가!

나의 벗인 성여학成汝學은 시 짓는 재주가 뛰어나 같은 시대에 그와 더불어 견줄 자가 드문데도 지금 60여 세가 되도록 아직까지 한번도 관직에 나아가지 못했으니, 내가 항상 이를 괴이하게 생각하였다. 그의 시에 다음과 같은 것이 있다.

이슬 맺힌 풀에 곤충의 소리 젖어들고,
바람 부는 가지에 새의 잠은 위태롭네.

또 다음과 같이 읊었다.

내 얼굴을 오직 벗만이 알아보고,
먹는 것은 장부의 슬픔이 되네.

또 다음과 같이 시를 지었다.

비 내릴 기색은 유독 꿈을 엄습하고,
가을빛은 시를 물들이고자 하네.

그의 말이 비록 위와 같이 지극히 공교로우나 그 차갑고 담담하고 쓸쓸한 것은 전혀 영화롭고 귀한 사람의 기상이 아니다. 어찌 유독 시만이 그를 곤궁하게 했겠는가! 시도 또한 그의 곤궁함에 울고 있다.

또 이정면李廷冕은 이홍남李洪男의 손자인데, 어려서부터 키가 작고 얼굴에는 상처가 있었다. 이 때문에 자신의 호를 단사[176]라고 했다. 일찍이 비 온 뒤에 다음과 같은 시를 지었다.

뜰의 음지에 키 작은 지렁이 기어가고,
햇볕 쪼인 벽에 추운 파리 모여들도다.

이정면의 친구 이춘영李春英은 문인文人이었는데, 항상 이정면 시가 공교롭다고 칭찬하면서도 그 시가 지닌 곤궁함은 싫어하였다. 이정면은 후에 과거에 합격하였다가 얼마 지나지 않아 죽었으니, 위의 시에서 '뜰 음지의 키 작은 지렁이'는 천한 것의 표시요, '햇볕 쪼인 벽의 추운 파리'는 요절할 기미였다.

내가 수찬[177] 윤결[178]을 시인 윤효원尹孝源 집에서 계속 만나 술을 마시면서 즉석에서 시를 지었는데, 윤결이 1연을 다음과 같이 읊었다.

---

176 단사(短瘡): 키가 작고 상처 있는 사람이라는 뜻.

177 수찬(修撰): 조선조 때 홍문관의 정6품 벼슬.

178 윤결(尹潔: 1517, 중종 12–1548, 명종 3): 1548년 부수찬(副修撰)이 되었으나 시정기 필화사건으로 참형된 안명세를 변명하다가 사형당함. 시문(詩文)에 능하였다.

천리 떠도는 벼슬살이 사탕 단맛 다하고,

세상일은 한 봄의 꿈이니 꽃잎 지기 바쁘도다.

좌중의 모든 사람들이 그 시의 아름다움을 칭찬하였는데, 나는 "나이 어린 사람이 어찌 이 같은 글을 지을 수 있는가."라고 말하였다. 과연 얼마 있지 않아 윤결은 요절하였다.

아! 시는 성정性情에서 나오니 텅 비어 영활한 마음이 요절하고 비천하게 될 것을 먼저 알아 함축적으로 나타내므로 기필하지 않아도 그렇게 되는 것이다. 시가 사람을 곤궁하게 하는 것이 아니라 시인이 스스로를 곤궁하게 하는 것이다. 그러므로 시가 스스로 기약한 것같이 하는 것이다. 다만 재주 있는 자는 하늘 또한 시기하니 하물며 세상 사람들은 또 얼마나 더 시기하겠는가.

## (51) 이홍남의 조숙

이홍남[179]과 나세찬[180]이 서로 시를 주고받으며, '소簫' 자로 운을

179 이홍남(李洪南: 1515, 중종 10-?): 문신. 자는 사중(士重), 호는 급고자(汲古子). 평소에 사이가 나쁘던 동생 홍윤(洪胤)이 조정을 비난하는 말을 하자 모반을 꾀한다고 무고, 동생을 처형케 하였는데, 후에 동생을 무고했다는 사실이 드러나 삭직됨.

180 나세찬(羅世纘: 1498, 연산군 4-1551, 명종 6): 문신. 자는 비승(丕承), 호는 송재(松齋). 김안로(金安老)의 전횡이 심해지자 중시(重試)에 응시할 때 대책(對策)에

삼았다. 매 편篇 아래에 '이李' 자와 '나羅' 자를 썼는데, 맨 나중에 이홍남이 '소簫' 자를 차운하여 쓰자 나세찬이 마침내 붓을 내려놓으며 항복했다. 그 시는 다음과 같다.

나리리나 나리리,
양인 번갈아 태평소[181] 부노라.

나는 늘 이 구절을 기특하게 여겼는데 그 후 중국에서 『태평광기太平廣記』를 얻게 되어 보니 '나리羅李'로 퉁소 소리를 삼은 것이 당나라 사람으로부터 나온 것이었다.

이홍남은 어렸을 적에 재주로 이름을 날렸다. 어떤 어른이 반달을 가리키며 운을 부르는데 그 운을 '어魚' 자로 하여 잇기가 어려웠다. 이홍남이 운자가 떨어지자마자 말했다.

반벽半璧이 희미하니 바닷고기 나오도다.

또 '저蛆'로 운을 부르자 이번에도 즉시 대답하였다.

---

서 김안로를 통박한 것이 그의 귀에 들어가 모함을 받고 고성(固城)에 위리안치(圍籬安置)되기도 함.

181 태평소(太平簫): 대를 재료로 만든 죽부(竹部)에 딸린 우리 관악기의 한 가지. 나무로 지은 관대에 여덟 구멍을 뚫고 그 아랫도리에 나팔 형상의 동판(銅板)을 붙이고 위는 갈대로 작은 혀를 끼워서 붊.

엷고 맑은 그림자 부저[182]를 비치도다.

그의 재주가 일찍부터 성숙했음이 이와 같았다.

우리나라의 문장 하는 선비들은 모두 『태평광기』를 공부하였기 때문에 이홍남도 일찍이 이에 종사하였던 것이다.

(문장 『한림별곡翰林別曲』에서 칭하기를 『태평광기』 5백 권이라고 하여 내가 항상 그 전질을 얻어 보고 싶었다. 그런데 얻어 보니 그 글이 고문에 가까워 자못 간략했지만 당나라 사람들의 산문은 많이 비천하고 연약하여 시에는 훨씬 못 미쳤다. 한퇴지韓退之가 문장의 쇠약함을 떨치려고 한 것이 바로 이 때문이다.)

## (52) 유극신의 문장과 능변

유극신은 유몽학의 아들이다. 유몽학이 학문과 덕행이 있어 음관[183]으로 사헌부 지평에 임명되었다. 외직으로 양양 부사가 되어 양양에 나갈 때 유극신도 아버지의 행차를 따라갔다.

그때 나라의 의론은 동서東西로 나뉘어 있어 많은 선비들이 그 둘 중 한 가지 의론에 속해 있었다. 유극신은 동인이었으나, 항상

182 부저(浮蛆): 술 위에 뜬 거품.

183 음관(陰官): 과거시험을 거치지 않고 관직에 나감.

국론이 동서로 나뉘어 있는 것을 개탄하였다. 행차가 미수파彌秀坡에 도착했을 때 '미수파'라는 시를 지었다.

파坡의 동쪽 파의 서쪽 두 물줄기는,
동류는 동해로, 서류는 서해로 흐르도다.
흐느껴 울기를 마지 않으니,
누군들 이에서 눈물 흘리지 않으리.
내가 장차 궁민穹民의 삼형三兄을 맞이하여,
맛 좋은 술 만종萬鍾, 삶은 용탕 천 솥으로 예 갖추리.
천후산[184] 가운데 천·만길 되는 것 몇 봉우리인가.
청천 밖에서 거문고 타는 선녀로 하여금
두 줄기 물 한 줄기 물로 만들게 하여,
동으로 한금漢今의 성두에 모여
넓고 크게 만만년 흐르게 하리.

장계長溪 황정욱黃廷彧은 문장을 잘하는 사람인데, 이 시를 보고 크게 기특하게 여겨 "이 시는 진짜 잘된 문장이다."라고 하였다.

---

184 천후산(天吼山): 설악산(雪岳山) 동쪽 기슭의 산으로 수성[迂城: 간성(杆城)의 옛 이름] 남쪽 경계에 있다. 돌산이 신기하고 빼어나게 아름다운데 아홉 개의 봉우리로 되어 있으며 동쪽으로 너른 바다가 내려다보인다. 산이 크게 울면 큰 바람이 불기 때문에 산 이름을 천후라고 하였는데, 산에 풍혈(風穴)이 있다.

어떤 사람이 '궁민삼형'이 어떤 사람이냐고 물으니 반고[185]의 할아버지라고 대답하였다.

유극신은 성품이 호방하고 컸으며 언변이 좋았고, 기롱하며 의론하기를 좋아하였다. 이승李昇이라는 사람이 있었는데 말재주가 있고 또 경제적으로 재산을 늘리는 재주도 있었다.

저자 사람들이 이를 희롱하여 말하였다.

"이승이 왔으니 요즈음 시장의 물건 값이 어떠한가?"

이승이 이에 대꾸하였다.

"요즘 시중의 기장과 쌀 반 되(升)면 남쪽으로 행차한 대간 5, 6명을 바꿀 수 있네."

대간으로 남쪽에 행차하였던 유극신이 말이 막혀 아무 대꾸도 하지 못하자 좌중의 모든 사람들이 포복절도하였다.

## (53) 고경명과 서익의 작시 경쟁

고경명[186]의 자는 이순이다. 그가 광주光州에서 한가롭게 지내고

---

185 반고(盤古): 중국 태고(太古)의 전설상의 천자(天子).

186 고경명(高敬命: 1533, 중종 28－1592, 선조 25): 조선조 선조 때의 의병장. 자는 이순(而順), 호는 제봉(霽峯). 1591년 동래 부사(東萊府使)로서 서인(西人)이 제거될 때 이를 사직하고 고향으로 내려감. 이듬해 임진왜란이 일어나자 의병 7천 명을 이끌고 평안도를 향해 진격하던 중 금산(錦山)에서 왜군과 싸우다 전사함. 시·글

있을 때 서익[187]이 이웃 군의 태수가 되었는데, 서익과 친분이 두터운 어떤 중이 그 읍에 여러 날 머물다가 광주로 가 고경명을 알현하고자 했다. 서익이 그 중에게 말했다.

"내 아무 날 고 군을 찾아갈 터이니 그에게 문안을 정성스럽게 전해 주오."

중이 광주에 가서 고경명을 알현하고 서익의 말을 전하니 고경명은 중을 무척 정성스럽게 대접하고 시권詩卷 안에 있는 시를 차운하여 주며 물었다.

"서군수徐君受가 요즈음 지은 시는 무엇이오?"

중이 대답했다.

"사운 율시 네 수를 지었습니다."

경명이 물었다.

"그 운을 기억하고 있소?"

중이 대답했다.

"기억할 수 있습니다. 대개 운雲, 분濆 등으로 운을 삼았습니다."

고경명은, '군수君受가 만약 온다면 반드시 시와 술로 나에게 도전할 것인데 그의 재주로는 술자리에서 창졸간에 즉각 응하지는

씨 · 그림에도 뛰어나 이름을 떨쳤음.

187 서익(徐益: 1542, 중종 37 – 1587, 선조 20): 조선조 선조 때의 문신. 자는 군수(君受), 호는 만죽(萬竹). 선조 2(1569)년에 문과에 급제, 의주 목사가 되었으나 탄핵을 받은 이이(李珥)를 변호하는 상소를 올렸다가 파직되었음.

못할 것이고 틀림없이 미리 시 몇 수를 구상해 두어 나를 군색하게 하려고 할 것이다. 그렇다면 저 중이 말한 네 수를 틀림없이 술자리에서 쓰겠지'라고 생각하고, 고경명 또한 그 운을 사용하여 여섯 수를 미리 구상해 두고 기다렸다.

그날이 되자 서익은 과연 술을 싣고서 약속한 대로 왔다. 술이 반쯤 취했을 때, 서익이 말했다.

"잉어는 새우로 낚고(釣鯉者以蝦) 사슴은 들에서 잡으니(卽鹿者以田) 내 마땅히 먼저 하겠네."

그러더니 마침내 사운으로 된 오언율시 한 수를 쓰니 그것은 곧 중이 말해 준 운이었다. 고경명은 마치 구상하는 것처럼 뜸을 들이다가 한 수를 지어 화답하였다. 서익이 다시 그 운을 사용하니, 고경명 또한 곧 차운하여 지었다. 이같이 하여 이미 네 수를 다 짓게 되었다. 계속 큰 술잔을 서로 권하여 이미 여러 차례 돌렸으나, 그래도 정신이 혼란한 지경에는 이르지 않았다. 고경명이 말했다.

"예에 답하지 않는 법은 없으니, 나 또한 보답하겠네."

또 앞서 썼던 운을 사용하여 시를 지었다.

그윽한 꽃향기 골짜기에 가득하고,

괴물은 큰 강에서 물을 뿜는다.

나머지 구는 잊어버렸다. 서익은 주저하다가 눈을 감고 술잔을 내던지더니 거짓으로 몹시 취한 체하며 오줌 누러 가겠다는 핑계를 대는지라 고경명이 시중들던 계집종을 시켜 붙잡게 했으나, 그는 이미 옷소매를 떨치고 말을 타고 가고 있었다.

## (54) 삼구서당과 사구한림

조선시대에는 동호東湖에 독서당[188]을 설치해 놓고 문학 하는 선비들을 가려 뽑아 휴가를 주어 이곳에서 독서하게 하였는데, 여기에 뽑히는 자들은 모두 재주와 덕망을 아울러 갖추고 있었다.

이성중李誠中이 독서당의 참가 인원 후보에 오르내리자 독서당에 들기에는 그의 재주가 부족하다고 이야기하는 사람이 있었다. 어떤 한 선생이 이에 대해 반박하면서 말하였다.

"이성중의 시에 다음과 같은 것이 있소.

사창紗窓이 눈처럼 흰 달에 가까이 있어,

188 독서당(讀書堂): 조선시대 성종 임금 때 젊고 유능한 문신을 선발해 학문 연구와 독서에만 몰두하도록 한 '사가독서' 제도에서 나온 이름이다. 용산의 독서당을 '남호독서당(南湖讀書堂)'이라 하고, 두모포의 독서당을 '동호독서당(東湖讀書堂)'이라고 불렀다.

등잔불 끄고 푸른빛을 들이네.

한잔 술 정중히 올리니,

밤늦도록 돌아갈 줄 모르네.

그의 시가 이와 같으니 그를 뽑지 않을 수 없소."

이로 인해 이성중은 사가독서에 참여하게 되었다. 그러나 이성중의 시 중에 나오는 '등잔불 끄고 푸른빛을 들이네(滅燭延淸暉)'는 이백李白의 시구이다. 이성중의 시 4구四句 중에서 한 구(一句)는 옛 시이니 성중은 삼구서당三句書堂이라 이를 만하다.

남성신南省身이 장차 한림에 뽑히려고 할 때 이에 대해 이의를 제기하는 사람이 많았다. 그때 유축柳潚이 부제학이었는데, 한림 선생에게 말했다.

"남성신이 일찍이 사운시四韻詩를 지었는데 그 사구四句를 다음과 같이 읊었습니다.

일만이천 봉우리 위를,

임인년 경자년 사이에 거닐었네.

눈 아래 바람에 날리던 연기 지금도 선명하고,

공중의 젓대와 학 울음도 옛 소리 그대로이네.

이러한 시를 지은 자가 어찌 한림이 될 수 없겠습니까?"

남성신도 유축의 이 말로 인해 한림에 선발되었으니, 남성신은 가히 사구한림四句翰林이라 이를 만하다.

## (55) 중국 사신과 빈접사의 시격

『황화집』[189]은 길이 전하여질 책은 아니니 중국에서라면 틀림없이 알려지지도 않았을 것이다. 중국 사신이 지은 것은 잘되고 못되고를 불문하고 우리나라에서는 감히 가리거나 물리치지 못하고 그대로 받아서 간행하였다. 우리나라 사람들은 중국 사신 가운데 문장에 능한 자를 말할 때면 반드시 공용경龔用卿을 일컬었는데, 주지번朱之蕃에게 물어보니 그의 이름은 들어본 적도 없다고 하였다. 기순祁順과 당고唐皐가 그중에서 이름 높았지만 그들 또한 시가詩家 중에서 뛰어난 장인匠人은 아니다. 장녕張寧이 조금 청아한 듯하나 여리고 뜻이 없어 끝내 소가小家에 그치고 말았으니, 그 나머지는 말할 것이 없다.

서거정[190]이 기순祁順을 대하여 감히 선창先唱했으니 마치 도전

189 『황화집(皇華集)』: 조선시대에 명나라의 사신과 조선의 원접사(遠接使)가 서로 주고 받은 시를 모은 책.

190 서거정(徐居正: 1420, 세종 2-1488, 성종 19): 문신, 학자. 자는 강중(剛中), 호는 사가정(四佳亭) · 정정정(亭亭亭). 4대 세종 이후 5조(祖)에 걸쳐 벼슬하였으며 문장과 글씨에도 능했음. 성리학을 비롯한 천문 · 지리 · 의약 · 복서(卜筮) · 성명(星命)

하는 듯했다. 그러나 끝내는,

백제 지형은 물에 다다라 다하였고,
오대산 산맥은 하늘로부터 왔네.

라는 구절에 결국 굴복하고 말았다. 율곡이 그를 기롱하여 말했다.

"사가四佳가 마치 씨름하는 자같이 덤비니 먼저 다리를 걸었다가 나중에 넘어진 격이다. 하방下邦 사람이 중국 사신을 대접할 때는 마땅히 받들어 화답하는 정도에 그칠 뿐이지 어찌 감히 선창先唱하겠는가."

이는 진실로 실력 있는 자의 말이다.

우리나라에서는 중국의 사신을 대접할 때 조금이라도 시에 능한 문인들을 모아놓고 시를 지어 응대하게 하여 선별하였는데 그래도 정밀하지 못하여 중국 사신에게 웃음을 끼친 자들이 한없이 많았다. 정사룡이 문장에서는 장수 격이라고 일컬어지지만 그의 시는 견강부회로 이루어져 흠 있는 병통이 저절로 드러났다. 오직 이행[191]만이 혼연하게 빛났지만 격조가 매우 비루하여 과거에

---

등 각 부분에 정통하였음. 시호는 문충(文忠).

191 이행(李荇: 1478, 성종 9-1534, 중종 29): 문신. 자는 택지(擇之), 호는 용재(容齋)·청학도인(青鶴道人). 갑자사화 때 응교(應敎)로서 폐비 윤씨의 복위를 반대하다가

응시하는 문장과 유사한 면모가 있다. 그러나 시를 지을 때면 늘 잠시 천장을 올려다본 뒤 물 쏟아지듯 응수하였으므로 시가 완전宛轉하여 어그러짐이 없었으니 이는 평소에 익달해 있지 않으면 불가능한 수준이었다.

주 천사朱天使의 시는 잡박하고 형상이 없어 도리어 웅 천사熊天使의 위약함만도 못하였다. 소세양[192]과 이희보[193]가 비록 당시의 사종[194]에게 굴하였지만 요즘 세상에 동방의 글이나 읽고 사운 율시나 익히는 유근[195] 같은 자와는 같은 반열에 놓고 논할 수 없다. 문장의 수준이 점점 낮아지는 것이 마치 물이 흘러가는 것 같으니, 탄식할 일이로다.

---

충주(忠州)에 유배, 중종반정으로 풀려 나와 대제학·이조판서·우의정을 지냄. 김안로(金安老)의 전횡을 논박하다가 함종(咸從)으로 귀양가 그곳에서 죽음.

192 소세양(蘇世讓: 1486, 성종 17-1562, 명종 17): 문신. 자는 언겸(彦謙), 호는 양곡(陽谷)·퇴재(退齋)·퇴휴당(退休堂). 벼슬은 대제학·좌찬성에 이름. 중종 16(1521)년 명나라 사신을 맞아 시문(詩文)으로 응답, 문명을 떨쳤고, 중종 33(1538)년 왕명으로 춘추관의 실록을 등사하여 성주(星州) 사고에 보관함.

193 이희보(李希輔: 1473, 성종 4-1548, 명종 3): 문신. 자는 백익(伯益), 호는 안분당(安分堂). 중종 1(1506)년 직제학이 되었으나 연산군 때 나인(內人) 장녹수(張綠水)에게 아부했다는 사헌부의 탄핵을 받아 이듬해 파직됨. 중종이 여러 번 대사성(大司成)에 임명하려 했으나 사헌부의 반대로 임명되지 못하다가 1536년 마침내 대사성이 됨. 그 후 대호군(大護軍)·첨지중추부사(僉知中樞府事) 들을 지냄.

194 사종(詞宗): 사백(詞伯). 시문(詩文)에 뛰어난 사람. 시문의 대가.

195 유근(柳根: 1549, 명종 4-1627, 인조 5): 조선조 때의 명신. 자는 회천(晦天), 호는 고산(孤山)·서경(西坰). 선조 5(1572)년에 별시문과(別試文科)에 장원. 한성부 판윤·대제학·좌찬성을 지냄. 정묘호란 때 임금을 강화로 호종하던 중 통진(通津)에서 죽음.

## (56) 문장의 결점 지적을 수용하는 여부

문장을 짓는 선비들 중에, 혹자는 누군가 그의 글의 잘못된 점을 말해 주면 기뻐하고 충고를 즐겨 들으며 고치는 것을 물 흐르듯 하지만, 또 혹자는 발끈 성을 내며 스스로 자신의 문제점을 알면서도 일부러 고치지 않기도 한다.

고봉高峰 기대승奇大升은 자신의 문장이 어떤 사람보다도 못하지 않다고 자부하였다. 그가 지제교[196]로서 임금님 명령에 응해 시문을 지어 바치자 승정원 승지가 그 시문의 잘못된 곳을 지적하여 표를 붙여 놓았다. 기대승은 이에 노하여 심부름하는 아전을 꾸짖고 한 글자도 고치지 않았다.

유근이 도승지가 되었을 때 이호민이 임금님 명령에 따라 시문을 지어 바쳤다. 유근이 여러 곳에 표를 붙여 고칠 것을 이호민에게 청하니 이호민은 어떤 곳은 고치고 어떤 곳은 고치지 않았다. 이에 유근이 다시 아전을 보내어 이호민에게 고치기를 재삼 청하였고, 또 합欱 자에 표를 붙여 이 자가 무슨 자인지를 물었다. 이호민은 이를 보고 냉소하며 말하였다.

"유근은 우리나라 시문만 읽고 중국의 문선文選[197]은 읽지 않았

196 지제교(知製敎): 조선조 때 임금이 반포하던 교서(敎書)의 글을 짓는 일을 맡아 보던 벼슬. 집현전이나 홍문관 등의 관원이 겸임하는 경우와 6품 이상의 관원을 뽑아서 겸임시키는 경우가 있었는데, 전자를 내지제교, 후자를 외지제교라 하였다.

단 말인가?"

곧 붓을 들어 설명하여 말하였다.

"문선부文選賦에 '들을 들이마시고 산을 내뿜어 예국의 호읍隔邑을 들이마신다(欲野噴山欲禮國隔)'라 하였으니 합欲은 흡吸의 고자古字입니다."

또 유근이 아전을 보내어 문장에 표해 놓은 곳을 모두 고치기를 청하니 이호민은 드디어 성을 내어 유근을 질책하였고 유근은 몹시 부끄러워하였다. 이로부터 비록 신진관료의 보잘것없는 글이라도 감히 고치라고 청하지 못하였으니, 그 이유는 이들도 역시 성을 내었기 때문이다.

유근과 재상 심희수가 홍문관 대제학이 되었을 때 그들 글의 잘못된 점을 지적하는 사람이 있으면, 그들은 그때마다 성난 빛을 얼굴에 드러냈지만 다른 사람들에게 감히 말하지는 못했다.

정사룡은 시를 지으면 대개 다른 사람에게 보여 주었다. 사람들이 혹 잘못된 점을 말하면 그때마다 흔연히 마음을 비우고 충고를 받아들여 고쳤는데 물 흐르듯이 유연하였다. 또 그가 지은 바를 이퇴계에게 많이 보여 주었는데 퇴계가 혹 문장의 잘못된 점을 지적하면 정사룡은 그 즉석에서 붓을 들어 고쳐 곤란해 하는 기색이 없었다. 퇴계 역시 정사룡이 그의 충고를 어기지 않는

---

197 문선(文選): 주대(周代) 이후 양대(梁代)까지의 시문(詩文)을 모은 책.

것을 가상히 여겼다.

일찍이 정시[198]에서 퇴계가 왕각배율 20운(王閣排律二十韻)을 지어 정서한 뒤 호음 정사룡에게 그가 지은 율시를 보여 달라고 청하였다. 호음이 이미 초고한 율시를 보여 주니 퇴계가 이를 읽었는데,

해 지는 처마 텅 비어 새벽 전에 흰빛 나고,
바람 통하는 집의 발 아직 서늘한 가을은 아니네.

라는 구절에 이르러서는 퇴계가 무릎을 치면서 감탄하고 칭찬하였다.

"금일의 시험에서 당신 아니면 누가 장원을 하겠소."

퇴계는 자신의 시를 소매에 감춘 채 끝내 내놓지 않았으며 또한 시권을 제출하지도 않고 집으로 돌아갔다.

## (57) 귀신의 노래

진이는 송도의 창기이다. 일찍이 송도의 옛 활터에서 기거하였다. 어느 날 밤 달빛이 어렴풋이 비치고 행인도 없어 고요한데 백

198 정시(庭試): 대궐 뜰에서 보는 특별시험.

마를 탄 어떤 장군이 말을 멈추고 머뭇거리면서 소매로 눈물을 닦더니 노래를 불렀다.

5백 년 옛 도읍지를 필마로 돌아오니,
산천은 의구한데 인걸은 어디로 갔느뇨.
말지어다!
고국의 흥망을 물어 무엇하리오.

노래를 마치자 말채찍을 휘두르며 갔는데 향하여 간 곳을 알 수 없었으니 그때야 비로소 그가 사람이 아니라는 사실을 알았다. 그 노래는 비장하여 아녀자가 지을 수 있는 것이 아닌데도, 요즈음 사람들은 잘못 전하여 진이가 지은 것이라고 한다.

위의 내용은 송도 사람이 말한 것이다.

## (58) 문장가 왕세정

명나라 사람 왕세정[199]은 일생 동안 문장을 연구하였다. 집에 다섯 개의 방이 있었는데 가운데 방은 아내가 거처하고 나머지 네

199 왕세정(王世貞): 명나라의 문인. 자는 원미(元美). 시문에 뛰어나 이반룡(李攀龍)과 이름을 나란히 하였으므로 세상에서 이왕(李王)이라 일컬어짐.

방에는 첩 한 사람씩이 각각 거처했다.

가운데 한 방에는 유가儒家의 책을 비치해 두고 유객儒客이 오면 그 방에서 만나 유학에 대해 토론했고 그 방에 거처하는 첩이 유가의 음식을 마련해 손님을 접대했다.

또 한 방에는 불가佛家의 서적을 비치해 놓고 불교에 정통한 중이나 불도가 오면 그 방에서 만났으며 그 방에 거처하는 첩이 불가의 음식을 마련해 손님을 접대하였다.

또 다른 한 방에는 시가詩家의 서적을 비치해 놓고 시를 좋아하는 시객詩客이 오면 그 방에서 만나보고 시에 대해 토론하였으며 그 방에 기거하는 첩 또한 시가의 음식을 마련하여 손님을 대접하였다.

나머지 한 방에는 선가仙家의 서적을 비치하고 도객道客이 찾아오면 그 방에서 만나 도서道書에 관해 토론하였고 그 방에 거처하는 첩이 도가의 음식을 마련해 대접하였다.

손님과 주인 앞에 각각 붓과 벼루와 종이를 갖추어 놓고 항상 글을 써 주고받는 것으로 이야기했으며 말로는 상대하지 않았다. 손님이 가고 나면 주고받은 글을 묶어서 책을 만들었다.

하루는 어릴 적 친구가 찾아왔는데 그 친구는 아직도 가난하고 권력 없는 선비였다. 조금 후에 총병관[200]이 자기 아버지의 비명

200 총병관(總兵官): 명대(明代)에 지방에서 군사를 통솔하던 지휘자의 관명(官名).

碑銘을 얻기 위해 천리마 3필, 수놓은 비단 40필, 백금 4천 냥을 보수로 내놓았다. 왕세정이 그 심부름꾼을 세워 놓고 종이를 펼쳐 붓을 날려 비명을 써 주었다. 그리고 비명을 써 준 대가로 받은 보수에서 자신은 한 물건도 취하지 않고 모두 다 친구에게 주었는데 그 값어치는 수만금에 해당되었다.

한림학사 주지번朱之蕃은 왕세정의 제자이다. 일찍이 왕세정의 손님으로 있었는데 어떤 사람이 아버지의 비문을 구하러 왔다. 그 사람의 행장行狀은 큰 책 한 권으로 이루어져 거의 만 마디의 말에 이르렀다. 왕세정이 한 번 그 행장을 읽고 난 뒤 책을 덮더니 글을 쓰는 이에게 명하여 붓을 잡게 하고 입으로 비문의 내용을 불렀는데, 한 번도 그 책을 다시 펼쳐 보지 않았다. 비문을 다 쓰고 나자 주지번으로 하여금 읽어 보게 하였는데, 행장과 비교해 보니 그 사람이 평생 지낸 이력의 연월일, 관작 등과 한 가지도 틀림이 없었다. 왕세정의 총명함과 뛰어난 기억력이 이와 같았으니 어찌 문장만 만고에 뛰어났다고 하겠는가!

## (59) 광주의 성연

오겸[201]이 광주光州 목사가 되었을 때, 고봉 기대승[202]과 청련 이후백[203]이 모두 남중[204]에 있었는데, 문장이 둘 다 그 당시에 제일이었다. 오겸이 「요위사림기회邀爲士林奇會」라는 편액을 내걸고, 광주의 아전들을 새로 지은 채의[205]로 화려하게 꾸며 입히고 성대한 술자리를 진설하여 위엄 있는 광경을 갖추도록 신칙한 뒤, 기대승과 이후백을 청하니 그들이 같은 시각에 함께 도착하였다.

술 마시던 도중 오겸이 술잔을 들고 말했다.

"오늘 두 분을 청한 것은 한바탕 한담을 베풀어 회포를 풀고 술 마시기를 겨루는 것에 그치려고 한 것이 아닙니다. 내가 서울에 있을 때부터 본디 두 분 종장[206]의 유림에게 심복하였습니다. 그래서 소단백전[207]으로 현판을 달고 백 년에나 한번 볼 수 있는 필

---

201 오겸(吳謙: 1496, 연산군 2 – 1582, 선조 15): 문신. 자는 경부(敬夫), 호는 지족암(知足庵)·금양(錦陽). 이조·병조·호조 판서 등을 역임하였으며, 1571(선조 4)년 좌찬성(左贊成)으로 지춘추관사(知春秋館事)가 되어 『명종실록(明宗實錄)』의 편찬에 참여하고, 우의정에 이르렀다.

202 기대승(奇大升: 1527, 중종 22 – 1572, 선조 5): 성리학자. 자는 명언(明彦), 호는 고봉(高峯)·존재(存齋). 어려서부터 문학에 특출하여 이름을 떨쳤을 뿐 아니라 고금의 전고(典故)에 널리 통했음. 명종 13(1558)년에 문과에 급제한 후, 선조 때에 벼슬이 대사간에 이르러 혁신정치를 꾀하였으나 뜻을 이루지 못하고 벼슬자리에서 물러났음. 고부(古阜)에서 객사함. 32세에 이퇴계와 사단(四端)과 칠정(七情)을 주제로 편지를 통해 논란한 사칠론(四七論)은 유명함. 성리학을 문답하여 학설을 더욱 명확히 하였음.

203 이후백(李後白: 1520, 중종 15 – 1578, 선조 11): 문신. 자는 계진(季眞), 호는 청련(靑蓮). 16세 때 향시(鄕試)에 수석 합격하여 상경, 이의건(李義健)·최경창(崔慶昌)·백광훈(白光勳) 등을 사사(事師)했다. 대사간·이조판서·호조판서를 역임함.

204 남중(南中): 남도(南道). 경기도 이남 땅. 곧 충청도, 경상도, 전라도를 통틀어 일컫는 말.

205 채의(綵衣): 때때옷.

206 종장(宗匠): 경학(經學)에 밝고 글을 잘하는 사람.

묵의 장관을 이루고자 합니다. 원하옵건대 두 분께서는 사양하지 마십시오."

기대승은 즉석에서 어린 기생에게 명령하여 먹을 갈고 종이를 펼치게 한 뒤 붓을 달려 칠언율시 여덟 편을 지었는데 글자의 한 획도 수정함이 없이 붓을 휘두르는데 마치 나는 듯하였다. 이후백 또한 화전華牋을 쌓아 두고 기대승과 어깨를 나란히 하고 붓을 마음대로 휘둘러, 교방[208]에 속해 있는 80여 기생들로 하여금 자신이 지은 장편·단편·율시·고시를 각자 자기들 마음대로 골라 가지도록 하였다. 그들은 이처럼 극진하게 즐기고 주연을 끝마쳤다.

그다음 날 또 오겸은 전날의 화려하고 성대하게 차렸던 도구들을 모두 치우더니 별재別齋로 가서 술자리를 간략하게 배설하였다. 술기운이 조금 오르자 오겸이 또 청하며 말했다.

"어제 두 분의 시전詩戰을 기분 좋게 보았으니 원하옵건대 오늘은 천고千古를 자세하게 논하고 평생 보고 기억하는 것들을 각각 말씀해 주십시오."

이후백이 강목[209] 가운데 표表를 다스리는 데 가장 숙달하여 현

207 소단백전(騷壇白戰): 시인들이 글재주를 겨루는 싸움.

208 교방(敎坊): 조선조 때 장악원(掌樂院)의 좌방(左坊)과 우방(右坊)을 아울러 이르는 이름. 좌방은 아악을 우방은 속악(俗樂)을 받았음.

209 강목(綱目): 자치통감강목(資治通鑑綱目). 『자치통감(資治通鑑)』에 의하여 강목을 만든 것. 송나라의 주희(朱熹)가 엮었음. 중국의 역조(歷朝)에 관하여 정통·비정

저한 표表 이외에도 150책 중 자질구레한 장구章句에 이르기까지 응구첩대하여 외우지 못하는 것이 없었다. 기대승은 또한 강목 가운데서 이후백이 논하기 어려웠던 곳인 본전本傳 본기本記의 출처에 관해 모두 두루 통달하였으며 제가諸家의 크고 작은 논설들이 취급한 것들을 전편 혹은 수십 행씩 외어 내는데 마치 모든 문자를 눈앞에 나열해 놓고 읽는 것처럼 막힘이 없었다. 오겸이 이석[210]하여 절하며 말했다.

"어제의 싸움에서는 계진(이후백 자)이 능히 명언을 이기더니, 오늘의 싸움에서는 명언(기대승 자)이 계진을 이겼습니다. 이번 양일간의 모임은 진실로 사림詞林에 다시 없을 승사勝事입니다. 비록 동정호[211]의 구천광악[212]이나 월전月殿의 예상우의곡[213]을 진설한다 해도 이번 광주의 잔치보다 더 성대하지는 못할 것입니다."

---

통을 분별하고 대요(大要)와 세목으로 나누어 서술했음. 주희는 강「대요」만을 쓰고 목「세목」은 그의 제자인 조사연(趙師淵)이 썼음.

210 이석(離席): 옛사람들은 자리를 깔고 앉았는데, 경의를 표할 바가 있으면 자리에서 일어나는 것을 일컫는다.

211 동정호(洞庭湖): 중국 호남성 북부에 있는 중국에서 가장 큰 호수. 양자강의 흐름을 조절하는 구실을 하며 예로부터 많은 시인들에 의해 읊어진 명승지임.

212 구천광악(句天廣樂): 천상의 음악.

213 예상우의곡(霓裳羽衣曲): 월궁(月宮)의 음악을 모방하여 만든 악곡 이름.

## (60) 김영남의 작시

참의參議 김영남金穎男은 시 짓기를 좋아하여 그가 일생 동안 지은 시가 헤아릴 수 없이 많았다. 그는 시를 짓다가 막히면 모름지기 운韻에 의지하여 시를 지었는데 한 운에 수십 수를 지어도 능란하여 궁색하지 않았고 운에 의지하지 않으면 문장을 완성시키지 못하였다.

판서 서성徐渻이 이를 기롱하여 말하였다.

"그대의 시운詩韻은 진실로 나주羅州 교생의 형틀(刑枷)과 한 가지이네!"

"그게 무슨 말입니까?"

"나주에 한 교생이 있었는데 11세 되던 해 도장 위조범으로 형벌을 받아 스무 살이 될 때까지 감옥에 갇혀 있었소. 처음에는 짧은 칼(枷)을 차고 있었으나 키가 조금씩 자람에 따라 해마다 그 칼의 길이도 길어지게 되었소. 이 교생은 앉거나 눕거나 생활할 때도 항상 칼에 의지했으므로 이는 마치 맹인이 지팡이에만 의지하는 것과 같았소. 임진란이 터지자 나주 목사가 옥문을 열고 죄수를 풀어 주었소. 이 교생은 칼 속에서 성장하다가 하루아침에 갑자기 칼을 벗게 되니 전후좌우에 의지할 데가 없어 걷지를 못했소. 그런데 지금 그대가 시를 지음에 운을 칼(枷)로 삼으니 그것을 풀어 버리면 엎어져서 걷지 못할 것이오."

이 말을 들은 많은 사람들이 크게 웃으면서 격언이라 하였다.

## (61) 태의 양예수의 신술

양예수[214]는 선조 때의 태의[215]이다. 어렸을 적에 호음 정사룡을 숙직실에서 알현하였는데 그때 호음이 「양절반씨역대론陽節潘氏歷代論」을 읽고 있었다. 호음이 양예수에게 말했다.

"너도 배우는 데 뜻이 있느냐?"

그리고는 자신이 읽고 있던 논論을 가르쳐 준 뒤 책을 치우고 논의 내용을 외우도록 시키자 양예수는 거침없이 외워 편을 끝마칠 때까지 틀리는 곳이 없었다. 호음이 크게 놀라 말했다.

"너 같은 재주로 문장을 배운다면 내 마땅히 의발[216]을 전해 주겠다."

양예수는 보잘것없는 가문의 출신이어 녹사[217]에 다급했던 나

---

214 양예수(楊禮壽: ?-1597, 선조 30): 의관(醫官). 박학하고 의술에 능하였음. 1565년 어의(御醫)로서 명종의 총애를 받다 통정대부(通政大夫)에 오르고, 명종을 임종까지 간호했다. 1580(선조 13)년 가선대부(嘉善大夫), 1595년 동지중추부사(同知中樞府事)가 되었으며, 이듬해 태의(太醫)로서 『동의보감(東醫寶鑑)』의 편집에 참여했음.

215 태의(太醫): 의약의 일을 맡은 벼슬.

216 의발(衣鉢): 스승이 제자에게 전법의 표로서 주는 가사(袈裟)와 식기(食器). 전(轉)하여 스승에게서 전수받은 도법.

217 녹사(祿仕): 녹(祿)을 타기 위해 벼슬함.

머지 마침내는 의과醫科에 응시해 명의가 되었다. 그는 패술[218]을 사용하여 온갖 병을 치료하였는데 그 신속한 효과는 마치 신이 하는 것 같았다.

어떤 여자가 출산 후 마음의 병이 발생하여 미친 듯이 말을 하는데 늘 "흰옷 입은 어린애가 왔다."라고 헛소리를 하며 그때마다 미친 짓을 하곤 했다. 사람들이 양예수에게 그 까닭을 물으니, 그가 대답하였다.

"귀신이 빌미한 것은 아니오. 태상[219] 소녀小女의 폐肺가 아직도 희니, 이는 바람의 나쁜 기운(風邪)이 폐에 들어간 것이오. 오로지 폐풍肺風만 치료하면 병이 나을 것이오."

또 어떤 한 사람이 창병瘡病을 앓았는데, 문을 닫은 밀실 안으로 마치 버들개지 같은 어떤 물체가 방안 가득히 날아들어 오더니 몸에 떨어져 피부를 뚫고 들어가자마자 창병이 생겼다. 양예수에게 그 까닭을 물으니 대답하였다.

"이 병에 관한 것이 방서[220]에는 나타나 있지 않소. 마치 버들개지 같은 벌레 기운이 요사스러운 귀신의 도움을 받는 것이오. 벌레를 죽이고 요사스러운 귀신을 몰아내는 약제를 쓰면 즉시 효력

---

218 패술(伯術): 패술(覇術), 즉 패자(覇者)의 술수.

219 태상(兌象): 팔괘(八卦)의 하나, 즉 ☱. 못[澤]을 상징하며 서방(西方)에 배당됨. 소녀(小女)를 상징하기도 함. 상(象)은 괘(卦)와 같은 의미임.

220 방서(方書): 방술(方術), 즉 장생불사(長生不死)에 관한 책.

이 있을 것이오."

양예수는 구변이 무척 좋았다. 어떤 사람이 와서 자신의 병에 관해 말했다.

"한기가 도는 듯하다 곧 열이 나고 피곤해 눕고 싶은 생각만 납니다. 기운이 딸리고 몹시 허하여 식은땀이 나는데 이러한 증상이 날마다 점점 심해집니다."

그때는 봄과 여름이 교체하는 때로 낮이 길어지고 먹는 것이 모자랐으므로 그의 병은 곧 굶주림에서 나온 것이었다. 양예수가 말했다.

"새로 나온 쌀로 밥을 지어 그것을 상추 잎에 싸서 주먹 크기만 한 덩어리로 만든 뒤 그 위에 신선한 생선구이를 곁들여서, 정오에 열다섯 덩어리만 삼키면 병이 틀림없이 나을 것이오."

이 말을 들은 자들이 배를 움켜쥐고 웃었다.

## (62) 신막정 집 귀신

경성 남부 소공주동小公主洞에 신막정申莫定의 집이 있었는데, 그 집은 항상 주인이 살지 않고 남에게 빌려주어 살게 하였다. 그 까닭을 알아보니 다음과 같았다.

처음에 주인이 새로 그 집을 사서 살았는데 그 집에는 귀신이 있어서 밤낮을 가리지 않고 항상 곁을 떠나지 않았고, 귀신의 언어는 보통 사람과 같았으나 형체만은 드러내지 않았다. 집 주인을 주인님이라 부르며 노예같이 주인을 섬기면서 요청하는 것이 있으면 들어주지 않음이 없었다. 그런데 항상 불시에 먹을 것을 구했는데 만약 주지 않으면 그때마다 성을 내고 괴상한 짓을 하였다.

일찍이 밤에 주인 부부가 함께 침상에 누워 잠을 자는데, 귀신이 침상 아래 누워 웃으니 주인 부부가 이를 괴롭게 여겨 다른 곳으로 피하려고 계획하였다. 귀신도 역시 따라가기를 청하니 주인이 말했다.

"네가 우리 집에 있은 지 이미 여러 해 되었지만 아직 형체를 드러낸 적이 한번도 없었다. 원하건대 네 모습을 벽에 그려 보아라."

귀신이 대답했다.

"만일 내 형체를 보면 반드시 놀라실 것입니다. 저는 주인님께서 놀라시는 것을 원치 않습니다."

주인이 시험 삼아 한번 그려 보라고 하니 이윽고 벽 위에 형체를 그렸는데, 머리는 두 개고 눈은 네 개였으며 높이 솟은 뿔이 뾰족하였고 입술은 처지고 코는 찌그러졌으며 눈동자와 눈알이 모두 붉어 그 형상은 차마 눈뜨고는 볼 수 없을 정도였다. 주인이 얼굴을 가리고 속히 지우라고 하니 벽 위에 한 점의 획도 남기지 않았다.

주인이 몰래 도사道士에게 귀신을 죽일 방법을 물어보니 도사가 말했다.

"귀신이 굶주려서 먹을 것을 구하면 구운 들쥐 고기를 주십시오. 그러면 반드시 죽을 것입니다."

주인이 그 말대로 들쥐 고기를 구워서 시렁 위에 올려놓고 귀신을 기다렸다. 귀신이 밖에서 들어오더니 말하였다.

"오늘은 멀리까지 나갔다 왔더니 배가 무척 고픕니다. 원하옵건대 주인님 소인에게 먹을 것 좀 주십시오."

주인이 "우연히 맛좋은 고기를 얻어 네가 오기를 기다리고 있었다."라고 하면서 곧 음식을 주었더니 귀신이 단번에 그릇을 다 비웠다.

잠시 후에 귀신이 큰 소리로 통곡하며 말하였다.

"주인이 나를 속였구나! 이는 들쥐 고기다. 이제는 내가 죽는구나!"

드디어 울부짖으며 집을 나가 다시는 돌아오지 않았다. 이로부터 그 집에는 괴기한 일이 없게 되었다. 주인은 이 일로 인하여 노량강露梁江 가에 거처하면서 다시는 이 집에 오지 않고 다른 사람에게 집을 빌려주고 집세만 취했을 뿐이었다.

나의 큰형이 일찍이 그 집에 임시로 붙어살다가 그 집 노비한테서 자세히 전해 들은 이야기이니 허탄한 말은 아닐 것이다.

## (63) 성황신을 복위시킨 김효원

선왕(선조) 초기에는 조정에 붕당이 없었다. 심의겸과 김효원이 서로를 비방하고 배척하자 그로 인해 동서로 나뉘어 당이 만들어졌고 조정의 의론도 그에 따라 나뉘어 둘이 되었다. 선왕께서는 이에 노하시어 심의겸을 하도[221] 방백으로 내려보냈고, 김효원은 관직을 옮기어 부령 부사로 임명하였다. 이때 율곡이 글을 올려 말했다.

"두 사람이 진실로 죄가 있기는 하지만 효원은 원래 병이 많아 지금 만약 북쪽 변방으로 간다면 반드시 죽을 것이옵니다. 이런 일이 태평성세에 있어서는 아니되오니 다른 곳으로 옮겨 주시기를 청하옵나이다."

임금께서는 율곡의 말을 윤허하시고 김효원을 결국 삼척 부사에 임명하셨다.

삼척은 영동지방으로 부유한 읍이었지만 그곳에서는 귀신에게 홀리는 일이 많이 일어나 부사들이 잇달아 죽었다. 그때 전관[222]이 모두 심의겸의 당이었기 때문에 김효원을 사지로 쫓아 보냈던 것이다.

김효원이 삼척읍에 가자 읍의 아전들은 그를 관아에 거처시키

221 하도(下道): 서울에서 떨어져 있는 충청도·전라도·경상도를 통틀어 일컫는 말.

222 전관(銓官): 문무관 전형(銓衡) 사무를 맡아 보는 이조(吏曹)와 병조(兵曹)의 관원.

지 않고 마을 집에 거처시켰다. 김효원이 괴이하게 생각하고 그 까닭을 물으니 관아의 아전이 대답하였다.

"관아에 요괴스러운 일이 있어 읍의 태수들이 근래에 창병瘡病이 들어 많이 죽었습니다. 그래서 관아를 폐쇄시킨 지 이미 오래되었습니다."

김효원은 엄하게 명령을 내려 관아를 물 뿌려 쓸게 한 뒤 그곳에 거처하였다. 그때는 춘분이 막 지난 후여서 관아에 거처할 권속들은 서울에서 감히 따라올 엄두를 내지 못했으므로 김효원 혼자서만 텅 빈 관아에 거처하였다.

문을 잠그고 잠이 들었다 깨어 보니 협문이 저절로 열리며 한 점 푸른 불꽃이 나타났다. 이 불꽃이 뜰 가운데서 좌측으로 구르면 그 작기가 반딧불이만 하고 우측으로 구르면 크기가 주발만 했다가, 좌측으로 구르면 작기가 등잔만 하고 오른쪽으로 구르면 크기가 동아리만 했다. 작아지기도 하고 커지기도 하다가 끝내는 큰 항아리만 해졌다.

조금 있으니 그 한 점이 침실로 날아들어 왔다. 처음에는 작더니 결국에는 커져 뜰에 있을 때만 하였다. 그 점이 김효원이 누워 있는 침상으로 가까이 다가왔을 때 그는 이불을 끼고 일어나 앉아 정색하고 말했다.

"사람과 귀신의 길이 다른데 어찌 사람을 상대로 액을 끼치는 것인고? 어찌 이처럼 괴이한 일을 한단 말이냐. 만약 원한이 있다면 자세히 진술할 것이요, 그렇지 않다면 마땅히 속히 물러나라. 어찌 감히 인간을 업신여기느냐!"

말을 마치자 불빛이 홀연히 사라져 어디로 갔는지 알 수 없었다. 이에 김효원은 문을 굳게 잠그고 잠이 들었는데 꿈에 어떤 한 사내가 갑자기 문으로 들어오더니 아뢰었다.

"저는 이 읍을 지키는 성황신이옵니다. 이 읍이 존재하면서부터 산사山祠에 저의 위패를 설치하고 제사를 베풀더니, 중년中年에 신라 왕의 제 삼녀三女인 요괴한 무당귀신이 소백산에서 내려와 백성 사이에 괴이한 일을 만들고 혹은 백성을 불러들여 미혹시켰습니다. 그러자 읍에서는 마침내 나를 쫓아내고 그 산사에서 그녀에게 제사를 지내게 되었으므로 나의 위판을 철수해 관청 안 시렁 위에 걸어 두었으니 그 욕됨이 막심하옵니다. 성주께서 속히 그 신위神位를 꺼내어 나의 옛 사당에 돌려주신다면, 진실로 다행스러울 것입니다."

그 사내가 말을 마치자 잠에서 깨어났는데 이미 하늘이 밝아 있었다.

김효원이 일찍 자리에서 일어나 말 갖추기를 재촉하였다. 읍 사람들은 태수가 밤중에 틀림없이 죽었으리라고 생각했는데 새벽까지 무사하자 모두들 신이하게 여기면서 김효원에게 물었다.

"어디 가십니까?"

김효원이 대답했다.

"성황당에 가네."

그는 유생 몇을 거느리고 사당 안으로 들어갔다. 그곳에는 수놓은 협문, 비단 휘장, 비단 깃발, 의물儀物들이 잘 갖추어져 있었다. 아전에게 그것들을 모두 철거하라고 명령하니, 그들이 말하였다.

"이 신의 영이함은 비할 데가 없습니다. 이렇게 하신다면 반드시 큰 재앙이 닥칠 것이옵니다."

모두들 눈을 크게 뜬 채 감히 앞으로 다가가지 못하였고 어떤 자는 조금씩 조금씩 달아나 숨기도 하였다. 서너 명의 유생을 시켜 위판과 휘장과 기치 등의 집물을 철거하여 마당 가운데 쌓아 놓고 불사르도록 하였다. 그 가운데 순금으로 만든 큰 비녀와 순금으로 만든 큰 방울 같은, 불살라도 타지 않는 것들은 두들겨 부수어 조각으로 만들어 버렸다. 그리고 나서 다시 관청에 가서 보니 관청의 시렁 위에 신의 위판이 있었다. 아전에게 명령하여 그 위판을 사당에 안치하도록 시키고 희생과 술을 조촐하게 갖추어 제사 지내 주었다.

그날 밤 성황신이 다시 꿈속에 나타나서 감사를 표하고 떠났는데, 그때부터 읍에 다시는 재앙이 없었다.

그때 유생 가운데 이오李璈라는 자가 있었는데, 그 사건에 참여하여 직접 목격하였다. 지금은 평창군平昌郡 군수가 되었는데 나에게 그 일에 대해 매우 자세하게 말해 주었다.

## (64) 유조생의 양생

만력 병신년(1596)에 선전관 유조생柳肇生이 친구들과 더불어 한가롭게 이야기를 나누었는데, 이야기가 장수하는 법에 미치자 혹자가 말하였다.

"장자莊子는 태식胎息[223]으로 장생하였다."

어떤 사람이 말하였다.

"들이마시되 내뿜지 말고 기를 아주 오래 끌어들여, 숨을 한 번 쉬는 사이에 해질녘이 되면 장수할 수 있을 것이다."

이 말을 들은 선전관 유조생이 집으로 돌아와 첩과 약속하였다.

"내가 숨을 한 번 쉬는 사이에 50을 세어라. 만일 나의 숨이 이 수에 미치지 못하면 내가 너를 업어 줄 것이고 나의 숨이 이 수를 넘는다면 네가 나를 업어 주어야 한다."

처음에는 한 번 숨을 쉼에 50에 미치지 못함이 많았지만 마침내는 50을 세고도 남음이 있었다. 이렇게 여러 달을 지나니 한 번 숨쉼에 100을 세어도 숨이 가쁘지 않게 되었다. 이와 같이 여러 달 한 뒤, 강을 건너다 배가 부서져서 물밑에 빠지게 되었다. 마침내 유조생은 기를 차단하여 숨 쉬지 않고서 물밑으로 암행暗行

223 태식(胎息): 고대 도가 수련의 한 방법. 입과 코로 숨을 쉬지 않고 마치 뱃속에 있는 것같이 가만가만 숨을 쉬어서 기운이 배꼽 아래에 미치게 하여 이것이 익어지면 오래 산다고 함.

하여 해안에 도달했는데 한 번도 물을 들이마시지 않았으므로 물고기 밥이 되는 것을 면할 수 있었다.

후에 재상으로 봉훈되자 이때부터 선전관청의 면신허참례[224]에서는 대궐의 문루門樓 기와에 새겨진 10신神을 반드시 외우도록 시켜, 단숨에 열 번을 외우지 못하는 자는 선전관청의 면신허참례에 참여하는 것을 허락하지 않았다. 소위 10신이라는 것은 1. 대당사부大唐師傅, 2. 손행자孫行者, 3. 저팔계猪八戒, 4. 사화상沙和尙, 5. 마화상麻和尙, 6. 삼살보살三殺菩薩, 7. 이구룡二口龍, 8. 천산갑穿山甲, 9. 이귀박二鬼朴, 10. 나토두羅土頭이다.

## (65) 이인 한무외

한무외韓無畏는 서원[225]의 선비이다. 젊었을 적에 의협심을 좋아하여 서원의 관기들을 마음대로 뒤흔들었다. 하루는 기생의 기둥서방을 죽이고는 원수를 피하여 관서지방의 영변에 들어가 살았다. 희천熙川의 교생[226] 곽치허郭致虛를 만나 비방을 배워 선도仙道

224 면신허참례(免新許參禮): 새로 출사(出仕)하는 관원이 재직(在職) 관원을 초청하여 음식을 접대하는 예.

225 서원(西原): 서원경(西原京). 충청북도 청주의 옛 이름.

226 교생(校生): 지방 향교나 서원에 다니는 생도. 원래 상민(常民)으로 향교에서 오래 공부하면 유생(儒生)의 대우를 받았으며 우수한 자는 생원초시(生員初試)나 생원

와 불도佛道에 두루 통하였으므로 나이 80에도 두 눈이 빛났고 턱 수염은 칠흑 같았다.

허균이 원접사[227]의 종사관[228]이 되었을 때 한무외는 순안順安의 훈도[229]가 되어 있었다. 허균은 그와 더불어 말을 나눠 보고는 그가 기이한 존재라는 사실을 알아채고 동숙하기를 청하여 신선술을 배우는 방법에 대해서 물으니, 한무외가 대답하였다.

"신선이 되는 방법의 큰 요체는, 음모와 비밀스런 계획을 짓지 않으며, 무고한 사람에게 형벌을 내려 죽이는 일을 하지 않으며, 사람을 속이지 않으며, 재물을 경영하지 않으며, 곤궁한 사람을 보면 재물을 아끼지 않으며, 여색을 가까이하여 즐기는 일을 하지 않는 데 있습니다."

한무외는 홀아비로 40년을 살았는데 집안이 궁핍했기 때문에 몸을 욕되게 하면서까지 훈도訓導가 되어 그로써 조석의 끼니를 이었다. 그리고 일선[230]에서 휴정[231]과 홍정洪正 등의 고승들을 좇

---

복시(生員覆試)에 응할 자격을 얻었음. 뒷날에 와서는 향교의 심부름꾼이 되었음.

227 원접사(遠接使): 중국의 사신을 맞아들이는 임시 벼슬. 또는 그 벼슬아치.

228 종사관(從事官): 통신사(通信使)를 따라가는 임시 벼슬. 당하(堂下) 문관을 시켰으며, 지위는 서장관(書狀官)과 같았다.

229 훈도(訓導): 각 도(各道)의 군(郡)·현(縣)에 배치되는 외관직(外官職)의 종9품 벼슬.

230 일선(一善): 경상북도(慶尙北道) 선산(善山)의 옛 이름.

231 휴정(休靜: 1520, 중종 15－1604, 선조 37): 중. 승군장(僧軍將). 자는 현응(玄應), 호는 청허(淸虛)·서산(西山). 조선불교의 고승으로서 좌선견성(坐禪見性)을 중히 여기고 교(敎)를 선(禪)의 과정으로 보고 선종(禪宗)에 교종(敎宗)을 포섭함으로써 이후 조선불교는 선종인 조계종으로 일원화되었다. 한편 유·불·도가 궁극적으로

아 교유하였으나, 유정[232]은 비루하게 여겨 같은 반열에 끼워 주지도 않았다.

휴정은 여색을 가까이하여 그로 인해 장형杖刑을 당했는데 어떻게 해서 견성[233]한 인물이 되었느냐고 허균이 묻자 한무외가 대답하였다.

"휴정 선사는 위대한 분이시어 견성이 자못 빨랐습니다. 세세한 것을 이유로 그분의 장단을 평가할 수는 없습니다. 다만 홍정洪正이 휴정보다 덕이 높으니 그가 능히 일선의 정통 맥을 이을 것입니다."

한무외는 80여 세에 이르러 무병좌화無病坐化하여 순안에 묻혔다. 한무외가 죽은 지 5, 6년 후에 벗이 묘향산에서 그를 만났는데 얼굴빛이 조금도 늙지 않았으므로 벗이 그에게 물었다.

"사람들은 그대가 죽었다고 말하던데, 어찌하여 얼굴빛이 예전보다 더 좋소?"

한무외가 대답하였다.

"그 말을 전한 자가 잘못 전한 것이오."

곽치허는 환술과 호풍환우를 잘하여 신이한 일이 많았다. 한무

---

일치한다고 설(說)하여 삼교통합의 기원을 이루었음.

232 유정(惟正: 1544, 중종 37－1610, 광해군 2): 중. 의병장. 호는 사명당(泗溟堂)·송운(松雲)·종봉(鍾峯). 성(姓)은 임(任). 자는 이환(離幻). 휴정의 제자임.

233 견성(見性): 견성성불(見性成佛)의 약어로, 본래의 천성을 깨달아 부처가 되는 것을 일컬음.

외의 말은 모두 허균의 마음을 꿰뚫은 것이었으니 진실로 이인이었다.

## (66) 설중 대화

이춘영李春英, 윤길원尹吉元, 남이영南以英 등이 눈이 오자 성호선成好善의 집 벽재碧齋에서 이야기를 나누었다. 이춘영이 눈 속의 흥취 중에 무엇이 가장 즐거운지 각자의 생각을 말해 보자고 하며 먼저 말했다.

"두세 동지와 더불어 강변 누각에 둥글게 모여 앉아 화로를 끼고 잔을 기울인다면 그 즐거움이 어떠할까?"

윤길원이 말했다.

"절대 미인과 더불어 갖옷을 걸치고 이불을 끼고 앉아 청루青樓 위에서 대작하면서 백설白雪의 곡조를 높이 부른다면 그 즐거움이 어떠할까?"

남이영이 말했다.

"아름다운 아이에게 맛있는 술을 짊어지고 따르게 하고, 평소 좋아하던 친구와 강가에서 흩날리는 눈 속에서 말을 탄다면 그 즐거움이 어떠할까?"

성호선이 말했다.

"나의 즐거움은 그대들이 말한 것과는 다르오. 눈이 세 길 높이 쌓인 천산天山에서 담비 갖옷을 입고, 10만의 날랜 기병을 거느리고 좌현왕左賢王[234]을 내쫓는다면 그 즐거움이 어떠할까?"

이에 이춘영 등이 서로 돌아보고 술잔을 잡으면서 말하였다.

"우리들 각자가 즐기는 바가 있으나 모두 칙우則優의 호방하고 장쾌한 즐거움에는 미치지 못하겠네." (칙우는 성호선의 자字이다.)

## (67) 아들 살해자를 목 벤 이순신

만력 임진년(1592)에서 계사년(1593) 사이에 통제사 이순신의 군대가 한산도에 주둔하였다. 그의 아들도 종군하여 충청도 아산현에서 적을 만났다. 적군 서너 명의 목을 베고 멀리까지 용맹스럽게 적을 추격하였는데 어떤 한 왜병이 숲속에 엎드려 숨어 있다가 뜻하지 않은 틈을 타 갑자기 뛰쳐나와 공격하였으므로 그는 말에서 떨어져 죽었다. 이순신이 아직 그 사실을 듣지 못하고 있었는데, 충청도 방어사가 왜병 열세 명을 사로잡아 한산도로 데려왔다. 그날 밤 이순신의 꿈에 아들이 온몸에 피를 흘리며 와 이야기했다.

234 좌현왕(左賢王): 흉노(匈奴)가 창돈(昌頓)에 있을 때 최고로 강대했는데, 그 귀족의 봉호(封號)에 좌우현왕(左右賢王)이 있었다.

"항복한 왜놈 열세 명 가운데 나를 죽인 자가 있습니다."

놀라 깨어난 이순신은 그때야 비로소 아들이 죽은 것이 아닌가 생각하게 되었고 조금 있으니 부음이 도착하였다. 이순신은 항복한 왜병들을 끌어내 물었다.

"아무 날 충청도 아무 땅에서 어떤 사람이 적백색의 얼룩말을 타고 너희들과 마주쳤을 텐데 그를 죽이고 말을 빼앗은 뒤 그 말은 어디에 보냈느냐? 그 말을 찾고자 하노라."

그중 한 왜인이 앞으로 나와 말했다.

"아무 날에 한 소년을 만났는데 적백색의 얼룩말을 타고 추적해 와 우리 동료 서너 명을 죽였습니다. 우리들은 숲속에 매복해 있다가 갑자기 뛰쳐나가 그를 공격한 뒤 말은 가져다가 진鎭의 장군에게 헌납하였습니다."

여러 왜인들에게 물어보니 사실이었다. 이순신은 크게 통곡하고 그 왜인을 끌고 나오라고 명령하여 목을 벤 뒤, 아들의 혼을 불러 제사를 지내 주며 조문을 지어 위로하였다.

## (68) 신숙주를 수호한 신동

신숙주가 젊었을 때 알성시[235]를 보러 갔다. 한밤중에 벗과 함께 성균관에 가다가 길 위에 한 물체가 입을 벌려 길을 다 막고 있는 것을 보았는데, 윗입술은 하늘에 붙어 있고 아랫입술은 땅에 붙어 있었다. 같이 가던 친구는 겁을 내고 뒷걸음질 쳐 달아나 다른 길로 갔으나 신숙주는 곧장 양 입술 가운데로 들어갔다. 그 입술 안에는 푸른 옷을 입은 한 동자가 있어 절을 하고 말했다.

"선비를 따라 놀기를 청하옵나이다. 오직 분부하는 대로 따르겠습니다."

신숙주가 고개를 끄덕이니 이때부터 동자는 따라다니며 신숙주에게 조금도 어려운 일이 없도록 해 주었다. 신숙주는 마침내 과거에 갑과甲科로 급제하였고, 무릇 좋은 일이나 나쁜 일 등이 있으면 미리 먼저 그 일의 길흉을 동자에게 물었으며, 그의 지도를 따르면 불길한 일이 발생하지 않았다.

신숙주가 일본에 갈 때도 동자가 바람을 잔잔하게 하고 파도를 고요하게 하여 마침내 바다를 쉽게 건너갔다 올 수 있었다.

신숙주가 세조를 섬겨 수훈首勳에 봉해져 태정[236]의 지위에 오르기까지 동자는 반드시 미리 일의 길함을 알려주었다. 신숙주가 죽을 때가 되자 동자가 울면서 작별을 고하고 떠났으며 동자가 떠난 지 얼마 있지 않아 신숙주도 죽었다.

일찍이 고서古書를 보니 이임보[237]에게 신동神童이 있었고 안록

235 알성시(謁聖試): 임금이 성균관에 거둥하여 문묘(文廟)의 공자 신위(神位)에 참배하고 보이는 과거.

236 태정(台鼎): 삼정승(三政丞)을 달리 이르는 말.

산安祿山에게 신병神兵이 있었다고 하던데, 신숙주의 신동도 이와 같은 부류가 아니겠는가!

## (69) 이지함의 기략

이지함[238] 선친의 묘가 보령保寧의 해변에 있었다. 그곳의 바다 가운데에는 큰 바위가 있었는데 그 바위가 묘지의 안산案山[239]을 이루어 풍수상 불길하였으므로 제거해 버리고 싶었지만 제거할 수 있는 방법이 없었다. 그런데 이지함이, "그것을 제거하는 것은 어렵지 않다."라고 말하더니, 마침내 바다 섬으로 들어가 목재를 베어내 1천 석을 실을 수 있는 거함巨艦 네 척을 마련한 뒤, 1백 척 길이의 긴 재목을 바위의 사면에 대고 그것을 네 척의 배에 묶었다. 조수가 크게 불어나 바위가 수력水力 때문에 뜨게 되자 돛을 펴고 바다 깊은 곳에 들어가서는 그 바위를 풀어 바다에 던져

---

237 이임보(李林甫: ?-752): 당(唐)나라 종실(宗室). 현종 때의 재상. 환관, 비빈들과 두텁게 결탁하여 현종의 뜻을 맞춤.

238 이지함(李之菡: 1517, 중종 12-1578, 선조 11): 학자 · 기인. 자는 형백(馨伯) · 형중(馨仲), 호는 토정(土亭). 목은(牧隱) 이색(李穡)의 후손. 물욕이 없어 평생토록 가난한 생활을 했고, 의약(醫藥) · 복서(卜筮) · 천문(天文) · 지리(地理) · 음양(陰陽) · 술서(術書)에 모두 능통했으며, 괴상한 거동 · 기지 · 예언 · 술수에 관한 일화가 많다. 『토정비결(土亭秘訣)』의 저자로 알려져 있다.

239 안산(案山): 집터나 묏자리 맞은편에 있는 산.

버렸다.

그의 기발한 지략이 이처럼 출중하였다. 사람들은 그가 대장이 되어 삼군을 거느릴 인물이라고 생각했지만 종신토록 아무것에도 얽매이지 않고 살다가 죽었으니 애석할 뿐이다.

## (70) 명당을 쓴 소세양 집안

소세양의 부친이 귀인이 되기 전에 상지법相地法[240]을 알았는데 부친이 돌아가시자 장지를 선택하게 되었다. 지관이 "이곳이 이른바 명당입니다."라고 말하고 그 점친 구덩이에 표지를 세우니, 소 공이 말했다.

"내가 보기에 이곳은 정말로 좋은 명당은 아닐세. 여기서 조금 북쪽으로 몇 보 떨어진 곳이 곧 명당일세."

그러자 지관이 대답하였다.

"제가 그것을 모르는 바는 아니나 만일 이 구덩이를 열면 지관이 반드시 죽습니다."

소 공은 지관의 말을 듣지 않고 마침내 그 구멍을 파 내려갔다.

이를 보고 지관이 말하였다.

240 상지법(相地法): 땅의 길흉을 판단하여 보는 법.

"원하옵건대 조금만 늦춰 주십시오. 제가 집에 돌아간 후에 구덩이를 열어도 늦지 않을 것입니다."

말을 마친 뒤 지관은 곧장 말을 달려 집으로 돌아갔으므로 소공이 그 구덩이를 열어 보니 구덩이 안에 돌이 있어 돌을 뚫어 깨어 보니 주먹만 한 큰 벌 세 마리가 휙 날아갔다. 지관이 집으로 돌아가 미처 문에 다다르지 못했을 때 큰 벌이 지관의 머리 뒷부분을 쏘아 그는 땅에 쓰러져 죽고 말았다. 그 후 소세양은 이상[241]에 이르렀고 자손들은 대대로 높은 벼슬을 하였다.

## (71) 추측하기 어려운 풍수

부원군[242] 박소朴紹[243]는 선조대왕의 국구이다. 그가 죽자 장지를 택하였는데 묘혈墓穴 뒤에 주인 없는 오래된 무덤이 있어서 땅을 파고 묘혈을 열어 보니 옛 비석이 땅에 묻혀 있었고, 그 또한 옛

241 이상(二相): 이상(貳相). 의정부(議政府)의 좌찬성(左贊成)과 우찬성(右贊成)의 별칭. 삼정승(三政丞)의 다음 가는 벼슬이라는 뜻으로 이 별칭이 생겼음. 소세양은 좌찬성을 지내다가 사직하였음.

242 부원군(府院君): 왕비(王妃)의 친정아버지나 정1품 공신(功臣)의 작호(爵號).

243 박소(朴紹)가 아니라 그의 아들 박응순(朴應順)이어야 한다. 1568(선조 1)년 박응순의 딸이 선조의 비(懿仁王后)로 책봉되자 반성부원군(潘城府院君)에 영돈령부사(領敦寧府事)가 되고 도총부 도총관(都摠府都摠官)을 겸임했다. 청렴결백하여 사람들이 국구(國舅)인 줄 모를 정도로 검소한 생활을 했다.

부원군의 묘였다. 그래서 계啓를 올려 다른 곳으로 옮겨 달라고 청하였지만 윤허하지 않으셨다.

금세의 대원군帶原君 윤효전尹孝全이 상지[244]인 박상의朴尙義에게 부친 부정[245]공의 묘자리를 봐 달라고 시키니 박상의가 말했다.

"이것은 귀문혈鬼門穴을 범하고 있어 광중[246]에 괴기한 기운이 있으니 속히 묘자리를 옮기도록 하십시오. 그렇게 하지 않으면 틀림없이 재앙이 닥칠 것입니다."

이 말을 듣고 광중壙中을 열어 보니 광중의 목로[247]에 모두 수염이 나고 목비[248]에는 모두 머리털이 나 있었는데 그 길이가 수척이었고 바람을 따라 풀어 헤쳐졌다. 매우 괴이하게 여기고 머리털을 뽑자 모근이 모두 하얀 것이 사람의 살 속에서 생겨난 머리털과 마찬가지였다. 그래서 불길하다고 여기고 다른 산을 다시 골라 장사 지냈는데 광중에서 지석誌石을 얻었고 그곳 또한 옛 부정副正의 묘였다.

장자莊子가, "그의 아들을 신빙하지 않고 영공靈公이 빼앗아 매

244 상지(相地): 땅의 생김새를 살펴보고 길흉을 판단하는 일. 조선조 때에는 상지관(相地官)이라는 관직이 관상감(觀象監)에 딸리어 대궐 자리, 능(陵) 자리 등을 잡는 일을 맡아 보았음.

245 부정(副正): 조선조 때 종친부(宗親府)·돈령부(敦寧府)·봉상시(奉常寺)·사복시(司僕寺)·군기시(軍器寺)에 둔 종3품의 벼슬.

246 광중(壙中): 무덤의 구덩이 속.

247 나무로 만든 종 인형.

248 나무로 만든 계집종 인형.

장하였다. 영공이 혼령이 된 지 오래이다. 어찌 장담하겠는가? 영공 이전에 옛 영공이 있지 않았다는 것을"이라고 했는데, 이는 부원군府院君·부정副正 묘에 고부원군古府院君·고부정古副正의 묘가 있는 것과 마찬가지이다. 땅의 이치는 추측하기가 쉽지 않다. (박소의 아들 응순應順이 선조의 국구國舅가 되어 부원군으로 봉封해졌었다.)

## (72) 장수한 홍유손 부자

세조조의 처사處士 홍유손은 나이가 90인데도 부인이 없었다. 후사를 두려고 처를 구하였는데 중매인을 처자들 집에 보내면 처자들 집에서는 모두 몽둥이를 들고 중매인을 쫓아냈다. 그런데 어떤 한 처자가 자기 부모에게 말했다.

"시집가서 하루 만에 청상이 될지라도 어진 사람의 처가 되고 싶습니다."

처녀의 부모들이 허락하여 홍유손은 마침내 그 처자를 부인으로 삼았다. 홍유손은 나이 90에 아들을 낳았는데, 이름은 지성志成이었다. 지성은 박학다문博學多聞하여 다른 사람을 가르칠 수 있는 사람으로 세상에 알려지게 되었다. 그 후 높은 관직에 오른 사람 중에 많은 사람들이 지성의 문하에서 나왔다. 선조조 정유년(1597)에 이르러 거의 80세 가까운 나이로 죽었다. 두 세대의 부자가 8, 9명의 임금님을 거쳤고 햇수로는 거의 200년이니 기이하지 아니한가! (일설에는 홍유손이 76세에 장가를 들어 두 아들을 낳았는데 지성은 둘째 아들이라고 한다.)

## (73) 경귀석

원사안元士安은 선조조의 문관이며 명사이다. 그의 형수 남씨南氏가 일찍 죽었는데, 원사안의 작은 누이동생 원씨元氏는 아직 시집을 가지 않은 상태였다. 하루는 누이동생 원씨가 갑자기 정신이 멍해지더니 이치에 맞지 않는 소리를 제멋대로 지껄이며 자칭 남씨라고 하였다. 원사안 형제가 '누이동생'이라고 부르면 곧 "나는 당신들 누이동생이 아니고 형수 남씨요. 당신들 누이동생 혼은 저기에 있소."라고 말하면서 창 사이의 빈 공간을 가리켰으니, 이는 남씨 혼이 원래 있던 곳을 떠나 원씨 몸으로 들어왔기 때문에 목소리와 행동거지가 다 남씨였던 것이다. 어떤 때는 혼이 떠나기도 하고 어떤 때는 들어오기도 하였는데, 혼이 떠나가면 누워서 신음하며 아파했고 혼이 들어오면 일어나 용모를 바르게 하고 남씨의 말씨로 말하였다. 이렇게 일 년여를 지내니 원씨의 기운은 더욱 상하여 거의 구할 수 없을 지경이 되었다.

원주原州는 원씨 집안의 본관으로 거기에 옛 별장이 있었다. 원씨 부모가 딸을 데리고 원주로 돌아갔는데 원래는 귀신을 피하고자 한 것이었지만 그 귀신 또한 그들을 따라와 원씨를 못살게 굴었으므로 증세가 더욱 심해졌다.

하루는 그 귀신이 나가 놀면서 돌아오지 않았는데, 수염과 눈썹이 희고 풍채와 거동이 범상치 않은 장부가 정당[249]에 내려와 말하였다.

"나는 너희 선조다. 내 자손이 귀신 씌었다는 말을 듣고 너에게 좋은 처방을 알려주러 왔다. 여주와 원주의 경계에 우만雨灣이라는 강江이 있다. 강 속으로 수십 걸음 들어가면 길이는 수 촌數寸이고 둘레는 한 촌쯤 되는 자줏빛 돌이 수십 개 있을 것이다. 너희 형제 중에 사용士容은 용렬하고 노둔하니 이 일을 맡기에 부적합하다. 사안 네가 그곳에 가서 돌을 가져오면 내 마땅히 선택해 주겠다."

원사안이 그 말에 따라 우만에 가니 강 가운데 사주[250]가 있었다. 그곳에서 과연 자줏빛 돌 수십 개를 주워 와 장부에게 바치자 장부가 꾸짖으면서 말하였다.

"모두 진짜가 아니다. 다시 가서 살펴보아라."

원사안이 다시 가서 강의 옅은 여울을 살펴보니 또 수십 개의 돌이 있었다. 모두 주워 가지고 오자 장부가 손수 가려 뽑더니 그

249 정당(正堂): 가장이 거처하는 곳, 몸체.

250 사주(沙洲): 강이나 해안에 저절로 생기는 모래톱.

중 하나를 골라 주면서 말하였다.

“이것이 경귀석警鬼石이라고 이름하는데 암컷 수컷이 있으며 항상 용왕의 책상 위에서 잠시도 떠나지 않는다. 마침 근자에 용왕이 밖에 나가 노닐자 이 돌이 잠깐 나와 호수에 온 것이다. 수컷은 네가 다시 찾을 줄 알고 호수의 깊은 곳으로 피해 들어갔으니, 지금 네가 얻어 가지고 온 것은 암컷이다. 애석하다! 네가 처음 갔을 때 두 개를 다 얻어 왔어야 했는데…… 그러나 이 돌의 영이함은 다른 것과 비교도 할 수 없다. 모든 귀신들이 이 돌의 그림자만 봐도 피해 달아날 것이니 마땅히 허리띠에 이것을 차고 있어라. 절대로 몸에서 떼어내지 말 것이며, 다른 사람들이 혹 와서 구해도 주는 것을 삼가해라.”

원씨가 이로부터 밤낮으로 이 돌을 차고 있으니 그 귀신이 문밖에 와서는 서성대다가 결국 들어오지 못하였고 그로 인해 이후로 다시는 오지 않았다. 이후로 장안의 사대부 집에서 귀신이 들면 이 돌의 영이함을 듣고 와서 지극정성으로 구걸하였다. 원사안이 차마 거절할 수 없으면 혹 주어 차게 하였는데 그때마다 효험이 있었다.

일찍이 이 돌을 벽 위에 걸어놨다가 간 곳을 몰랐는데 후에 술독에서 찾았다. 이는 벽 위에 걸려 있던 돌이 술독 안으로 잘못 떨어진 것이었다. 그 이후로는 돌의 신령한 기운이 조금 손상되어 대부분 효험이 없었다.

## (74) 노비 출신 반석평

반석평[251]은 재상집의 노비였다. 어렸을 적 재상이 그의 순박하고 명민함을 사랑한 나머지 시서詩書를 가르쳐 아들, 조카 들과 함께 배우도록 하였다. 석평이 조금 자라자 재상은 그를 먼 시골의 자식 없는 자에게 주어 자취를 감추고 배움에 힘쓰면서 주인집과는 관계를 끊고 통하지 못하게 하였다.

석평은 성장함에 법을 무릅쓰고 과거에 응시하였으나 그 사실을 아는 사람은 아무도 없었고 드디어는 과거에 합격하여 재상 반열에 이르렀지만 겸손하고 청량하였다. 나라의 뛰어난 신하가 되어 팔도의 관찰사를 역임하고 지위가 2품에 이르렀다.

주인집의 재상은 이미 죽고 그의 자손들은 모두 빈궁하고 천하게 되어 외출할 때에 나귀도 없이 거리를 걸어가야 할 정도였다. 반석평은 그들을 길거리에서 만날 때마다 매번 초헌[252]에서 내려 진흙탕길을 종종걸음으로 달려 나가 절을 올리니, 길가에서 이를 지켜본 사람들은 매우 이상하게 생각하였다. 그러자 반석평은 글을 올려 사실을 실토하고 관작을 삭탈해 줄 것을 청하였다. 주인

---

251 반석평(潘碩枰: ?-1540, 중종 35): 문신. 자는 공문(公文), 호는 송애(松厓). 조광조의 문인. 1507(중종 2)년에 식년문과에 병과로 급제, 여러 관직을 거쳐 형조판서에까지 오름. 청렴한 관리로 이름났다.

252 초헌(軺軒): 종2품 이상의 관원이 타는 소형의 수레로서 사방을 관망할 수 있고, 앉는 데는 의자 모양으로 되어 있음.

집의 자손과 조정에서는 이를 의롭게 여겨 그를 표창하고 노비 문권을 찢어 본래 직분에 나가 전처럼 계속 관직을 지니도록 하였다. 그의 주인집의 아들 고흥 유씨가 말하였다.

"우리 동방의 땅은 치우쳐 있고 작아서 인재의 산출이 중국의 천분의 일도 되지 못하는데다 기자箕子가 남긴 법에 국한되어 노비가 벼슬길에 오르는 것을 허락하지 않는다. 현자賢者를 세움에 출신을 따지지 않는 것이 삼대三代의 성법盛法인데도 우리나라에 이르러서는 벼슬길에 오르지 못하도록 막는 것이 매우 견고하니 사대부의 의론은 편협하고도 시기심이 많다."

반석평은 충성스럽고 의리있는 사람이다. 자신은 법망法網에서 벗어나 조정의 높은 벼슬아치가 되었는데도 상정常情으로 말미암아 종적을 가리고 감출 겨를 없이 수레에서 내려 한미한 선비에게조차 몸을 굽힐 수 있었다. 또 조정에 아뢰어 스스로 자신의 천한 신분을 드러냈으니 이는 진실로 동방에서 듣기 어려운 아름다운 소문이다. 또 주인집의 재상은 법에 통분했을 뿐만 아니라 편협과 시기를 버리고 인간의 미덕을 이루었으니 이 같은 인仁을 두고 "지인知人이 선비를 얻었다."라고 이를 만하다.

## (75) 이문학관 안정란

안정란安庭蘭은 이문학관[253]이다. 중국말에 해박하여 중국에 간 것이 여러 차례였다. 작은 모자를 쓰고 검푸른 도포를 입고 운혜雲鞋를 신어 중국 사람 모습을 하고 서넛 중국인과 함께 양한관養漢官 창가娼家에 들어가서 자칭 섬서성陝西城에서 온 장사치라고 칭하면서 창가에서 기숙할 것을 청하였다. 양한관의 창기는 본래 자신의 몸값을 높게 매기면서 외국인과는 사귀지 않았다. 안정란이 말을 조금 떠듬거리는 것을 들으면서도 중국 팔방의 지방 말들이 동일하지 않아서 같은 중국인이라도 서로 알지 못하는 경우가 많기 때문에 의심하지 않고 그를 중국인으로 믿었다. 창가에서 술과 안주를 마련하여 먹였는데, 상을 마주하고 앉아 있다가 창기가 안정란의 귀에 귀고리 구멍이 뚫려 있는 것을 유심히 보더니 비로소 의심하여 말하였다.

"당신 귓불에 구멍이 있군요. 조선 사람 아닌가요?"

안정란이 대답했다.

"내가 어렸을 적에 부모님이 나를 지극히 사랑하여 계집아이 옷을 입히고 계집아이 치마를 두르게 하였으며 양쪽 귀를 뚫고

253 이문학관(吏文學官): 조선조 때 이문학(吏文學)에 정통한 승정원(承文院)의 한 벼슬. 음관(蔭官)이고 외교문서를 처리함. 11대 중종 19(1524)년에 설치하였는데 뒤에 한리학관(漢吏學官)으로 고침.

귀걸이를 늘어뜨려 여자아이 모양으로 만들고는 희롱하였소. 이런 까닭에 귀에 두 개의 구멍 자국이 있는 것이오."

창기는 웃으면서 그 말을 믿었다. 술잔을 들어 서로 술을 권함에 이르러 안정란도 술잔을 잡았는데 엄지손가락이 술에 잠겼다. 중국인들은 술잔을 잡을 때 으레 두 손가락으로 술잔 바깥을 잡기 때문에 엄지손가락이 술 속으로 들어가지 않았다. 이런 까닭에 창기는 안정란이 술잔 잡는 것을 보고 크게 놀라 말했다.

"술잔 잡는 것을 보니 정말로 진짜 조선 사람이구려!"

이윽고 손바닥으로 안정란의 등을 치면서 크게 노하여 내쫓았다.

## (76) 이옥견의 솜씨

이옥견李玉堅은 왕손이다. 그의 부친 흥안군興安君과 조부 한남군漢南君이 모두 군에서 폐해져 이옥견은 서인庶人이 되었다. 이옥견은 사람됨이 순박하고 성실하였다. 직접 종사하여 생계를 이어갈 수 있는 일이 없자 이웃에 사는 장인에게 가죽신 만드는 법을 배워 입에 풀칠하였는데 마침내는 그 솜씨가 대단히 정교해졌다. 그래서 장안長安의 자제들 중 창기娼妓를 위해 당혜[254]를 사

254 당혜(唐鞋): 울이 깊고 코가 작은 가죽신의 한 가지. 앞코와 뒤에 당초문(唐草紋)을 새긴 마른 신인데 남녀가 다 신음.

주는 자들은 반드시 창기에게 가, '옥견이 손수 만든 것'이라고 말하였다.

그 후 조부의 관작이 복직되어 예전대로 되자 이옥견도 회천懷川의 정[255]이 되어 종실의 품직을 갖게 되었다. 이옥견이 비황飛黃[256]을 타고 담비 모자를 쓴 채 날마다 조정에 나아갔는데, 가죽신 짓는 일을 같이하던 동업자를 만나면 반드시 말에서 내려 읍하였고 동업자 중의 어른을 보면 비록 진흙길이라 할지라도 반드시 큰절을 올리니, 갖바치들은 황송하고 두려워 불편했으므로 멀리서 그가 오는 것을 보면 먼저 피하였다.

이옥견이 일찍이 관대를 하고 길을 가다가 동업자를 만나자 그의 손을 잡고 초막에 들어가 마주앉아 대작하는데 조금도 부끄러워하는 기색이 없었다. 길 가던 사람들이 이 광경을 보고 모두 이옥견을 의롭게 여겼다.

그의 자손 중에 의성군義城君이라는 자가 있었는데 그는 학문을 좋아하고 효행이 있었다. 일찍이 어떤 사람과 더불어 바둑을 두는데 의성군의 솜씨가 좋으므로 옆에서 바라보던 사람이 칭찬하며 말했다.

---

255 정(正): 종친부(宗親府)·돈령부(敦寧府)·상서원(尙書院)·봉상시(奉常寺) 등등의 정3품 벼슬.

256 비황(飛黃): 본래는 신마(神馬)의 이름. 등에 뿔이 있으며 천 년을 산다고 함. 여기에서 연유하여 준마를 일컬음.

"훌륭한 솜씨로다! 진실로 옥견이 가죽신 짓던 솜씨로구먼."

이 말을 들은 많은 사람들은 손바닥을 치며 웃었다.

## (77) 술사 정희량

정희량鄭希良은 성종조에 내한內翰이 되었는데, 운수학에 정묘하여 스스로 자기의 운명을 미리 헤아려 보고 큰 화를 피하기 어렵다는 것을 알았다. 연산군 초에 사화士禍가 일어났을 때 정희량이 부친상을 당하여 풍덕豐德에서 복服을 입고 있었는데, 조강변祖江邊에 상복과 상인喪人이 신는 삼신을 벗어 두어 물에 빠져 죽은 것처럼 위장하고 자취를 감추어 도망가 중이 되었다. 깊은 산사에 종적을 감춘 후 머리를 길러 거사居士가 되어서는 스스로를 이천년李千年이라고 불렀다.

그때 김륜金輪이라는 자가 있었는데, 집안이 보잘것없는 천한 사람이었다. 정희량을 좇아 장래의 운수를 미리 헤아리는 것을 배웠는데 그런 지가 이미 여러 해 되었다. 정희량이 일찍이 상·중·하 삼원三元[257]의 사람 운수를 헤아려 여러 편의 책을 만들었는데 터럭발같이 작은 글씨에 말(斗) 같은 큰 책 1백여 권으로 제

257 삼원(三元): 음력 정월 초하루로서 원단(元旦)의 다른 말이다. 연·월·일이 시작되는 날이라는 뜻에서 유래되었다.

목은 『삼원명경수三元明鏡數』라 하였다.

하루는 밤에 산방山房에 조용히 앉아 김륜과 더불어 현묘[258]에 대해 담소를 나누고 있는데 문득 앞산에서 여우 우는 소리가 몹시 다급하게 들렸다. 이를 듣고 정희량이 탄식하며 한참 애도하더니, 산을 향하여 주문을 여러 번 외고 손가락을 여러 번 튕겼다.

다음 날 아침 김륜으로 하여금 앞산에 가서 그 여우를 찾아보도록 하였는데 그 여우는 혀를 빼물고 죽어 있었다. 김륜이 크게 놀라 뜰에서 정희량에게 절하며 말하였다.

"선생님을 따라 오랫동안 운수학의 대강을 전수받았지만 부적을 쓰고 주술을 하는 신방을 아직도 배우지 못했으니 주술과 신방神方의 대강을 배우기 원하옵니다."

정희량이 대답하였다.

"네가 나의 운수학을 전수받아 평생 동안 입고 먹는 것은 절로 넉넉할 수 있을 텐데 어찌하여 꼭 이를 배우려고 하느냐?"

김륜이 가르쳐 달라고 떼를 쓰니 정희량이 말하였다.

"내가 너로 하여금 마음을 다스리게 하지 않고 먼저 이 일에 종사하게 하였으니 반드시 사람을 해치고 물건을 방해함이 있을 것이다. 결단코 가르쳐 줄 수 없도다."

김륜은 화를 내고 조르기를 그만두었는데, 훗날 정희량의 『삼

258 현묘(玄妙): 이치나 기예(技藝)의 경지가 깊숙하고 헤아릴 수 없이 미묘함.

원명경수三元明鏡數』 1백여 권을 몰래 훔쳐 가지고 달아났다. 김륜이 이 책을 얻어 사람들에게 점을 쳐 주고 복채를 받았는데 백에 한 가지도 어긋나지 않아 그 징험함이 귀신 같았다. 지금 난리를 겪으면서 그 책이 많이 산실되었다. 이광의李光義, 이화李華의 무리가 혹 이 책을 베끼기도 하였으나 1백여 권의 책을 모두 다 베끼지는 못하였으니 진실로 애석하다.

정희량이 중이 되었을 때 퇴계退溪 선생을 삼가三嘉에서 뵈었다. 퇴계가 주역을 논하는데 중이 이에 응대함이 물 흐르듯이 유연하였고 또 소견이 투철하니, 퇴계가 정희량이 아닌가 의심하여 중에게 말했다.

"정희량이 중이 되었다고 하던데, 그도 지금은 필시 늙었을 것이오. 이제 세상 일은 걱정할 것이 없는데 어째서 다시 조정에 나와 벼슬살이 하지 않을까?"

중이 대답하였다.

"정희량이 비록 죽지 않았다 하더라도 친상에 복을 입지 않았으니 불효한 것이요, 임금을 버리고 도망하였으니 불충한 것입니다. 불효불충한 이가 어찌 감히 다시 세상에서 행세하겠습니까?"

말을 마치자 인사를 하고 가면서 말하였다.

"뒷산 초막에 유숙하려고 합니다."

퇴계가 곧 정희량임을 깨닫고 사람을 시켜 초막을 찾아보게 하였는데 이미 행장을 갖추어서 도망가고 없었다.

## (78) 기지로 공훈을 얻어 낸 선비

연산조에 한 판서의 아들이 있었는데 글 하는 선비였으나 도리에 어긋나고 망령되게 처신하였다. 밤에 사청射廳[259] 앞에 있는 기생집에서 잠을 자는데 한밤중에 불량배들이 문을 열어젖히고 칼을 빼들고 들어왔다. 선비는 다급한 나머지 알몸으로 도망하여 훈련원訓鍊院 누대 판자 아래 숨으니, 불량배들이 그를 뒤쫓아왔으나 찾아내지는 못하였다.

조금 있으니 재상 10여 명이 수십 명의 군졸을 거느리고 누대 위에 모여 비밀리에 반정反正할 계획을 모의하며 말했다.

"대사를 일으키고자 하는데 판서 아무개를 죽이지 않으면 일이 성사되지 않을 것이오."

이 말을 들은 무리들은 옳다고 대답하였다. 판서 아무개는 곧 선비의 부친이었다. 그는 숨을 죽이고 엎드려 듣고 있다가 놀라고 두려워 어떻게 해야 할지 몰랐으나, 즉시 누대 아래에서 몸을 빼어 나와 뜰에 꿇어앉아 말했다.

"소자의 부친인 아무개는 여러 상공들께서 장차 거사를 일으키리라는 말을 들으시고 서둘러 이곳에 오시고자 했는데 마침 갑작스럽게 곽란을 앓게 되었습니다. 아버님은 그래도 몸을 일

259 사청(射廳): 조선조 때 무과의 시험장으로 쓰던 대청. 서울에서는 훈련원 대청을 일컫는다.

으켜 오시고자 했으나 도로 넘어지기를 세 차례 하신지라 소자에게 먼저 의거에 참여하라고 명령하셨습니다. 일이 급하여 의건衣巾을 착용할 겨를도 없었으므로 알몸으로 오게 되었습니다."

이 말을 들은 여러 재상들이 크게 기뻐하며 그를 허락하였다.

일이 평정되고 공로를 논하여 봉작封爵할 때 선비 부자에게는 영광스러운 대훈大勳을 봉해 주었다. (어떤 자가 말하기를 선비가 아니고 서얼 구현휘具玄暉라고 한다.)

## (79) 술사 황철

황철黃轍은 술사術士이다. 젊었을 때 산사에 놀러 갔는데 늙은 중이 객사에 유숙하고 있었다. 밤에 산골짜기에서 사슴 우는 소리가 들리니 늙은 중이 성내며 말하였다.

"천사天師가 여기에 있는데 저것이 어찌 감히 당돌하게 나쁜 소리를 내는고?"

사미승에게 날이 밝으면 절 문밖에 가서 죽은 사슴이 있는지 살펴보라고 하였다. 다음 날 아침에 사미승이 일어나 보니 문밖에 과연 큰 사슴이 죽어 있었다. 황철이 이를 이상히 여기고 늙은 중에게 사신[260]하기를 청원하여 종이 된 뒤 늙은 중의 술수를 모두 전수받아 세상에 행하였는데, 괴이하고 놀랄 만한 영이로운 일들이 많았다.

황철이 일찍이 말하였다.

"내가 일찍이 큰 길 가운데를 보니 사람과 귀신이 서로 섞여 있어 귀신이 길에 나다니는 것이 종로가에 행인들이 많은 것과 같았다. 귀신은 사람을 피하지 않고, 사람들은 스스로 귀신을 보지 못하니 길거리 사람들 사이에는 귀신을 만나는 자들이 많다."

황철에게 귀신을 물리쳐 달라고 청하면 반드시 효험이 있었다. 좌랑佐郎 김의원金義元의 조카 집 사람들이 모두 요괴에게 시달리는 병을 앓다가 황철에게 치료해 주기를 청하였더니 황철이 말하였다.

"이는 이 집안의 원수가 사람의 머리골을 잘게 부수어 온 집안에 두루 뿌려 놓았기 때문이오. 그래서 온갖 귀신들이 사람들을 괴롭히는 것이니 부적을 써 붙이고 주술을 외우면 그칠 것이오."

그래서 붉은 부적을 써서 벽에 붙여 놓고 주술을 두루 세 번 외자 마침내 반딧불이가 온 집안 가득히 날아다니다가 담 모퉁이에 모여들더니 첩첩이 쌓여 한 덩어리가 되었다. 그때는 겨울철이어서 반딧불이가 없는 때였기 때문에 온 집안 사람들이 괴이하게 생각하였다. 불로 태우니 뼈 가루가 모여서 두개골 한 개가 만들

260 사신(捨身): 불교어. 보은(報恩) 또는 수행(修行)을 위하여 자기의 생명 또는 속루(俗累)를 끊고 삼보(三寶)를 섬기는 일.

어졌다. 이를 깨끗한 땅에 묻었더니 이후로는 여러 사람의 병이 모두 나았다.

유생 안효례安孝禮의 유모는 나이가 70인데 학질을 앓아 고통이 심하였다. 황철을 부르니 그는 가지 않고 말했다.

"내가 비록 가지 않더라도 내일 정오면 반드시 이상한 일이 꿈에 나타날 것이고 이후에는 병이 반드시 나을 것이오."

과연 다음 날 정오가 되니 유모가 병중에 선잠을 자는데, 꿈에 한 여자가 황급히 유모의 등 뒤로 몸을 던지면서 목숨을 살려달라고 애걸하였다. 그러자 푸른 옷을 입은 한 장부가 곧장 유모의 등 뒤로 오더니 그 여자를 결박해 가지고 가 버렸다. 유모가 꿈을 깨고 나니 과연 병이 씻은 듯이 나았다.

또 황철이 일찍이 귀신을 잡아 대나무 상자에 넣어 봉하였더니 상자 안에서 불안한 소리가 들리고 상자가 스스로 날뛰었다. 상자를 돌에 매어 강에 던지자 요괴가 사라졌다.

## (80) 이하의 점

이하李賀는 중이었다가 환속한 자로 점을 잘 쳤다. 이웃집의 어떤 서생이 노비를 잃고 이하를 찾아가 물으니, 그가 대답하였다.

"혼자서 둔마를 타고 남쪽을 향해서 가면 반드시 노비를 찾을 수 있을 것이오."

이 말을 들은 서생이 이하가 말한 대로 노둔한 말을 타고 종도 거느리지 않고 홀로 길을 갔는데 말이 지쳐서 더 나아가지를 않았다. 서생은 말에서 내려 무성한 초목 가운데로 들어가 가지를 잘라 회초리를 만들었는데 도망간 노비가 바로 그 무성한 초목 아래에 엎드려 있었다. 서생은 마침내 노비와 함께 돌아왔다.

## (81) 피할 수 없는 운명

정랑正郎 유동립柳東立은 초명初名이 성惺인데 계유년과 갑술년(1573–1574) 사이, 즉 그의 나이 16, 17세에 꿈에서 헌납獻納 유성[261]이 죄를 지어 사형으로 논의되는 것을 보고 성이라는 이름이 상서롭지 못하다고 생각하여 이름을 고쳐 동립이라고 하였다.

후에 유성이라고 하는 자가 있었는데 그는 유영경[262]의 조카였

261 유성(柳惺: 1572, 선조 5–1616, 광해군 8): 문신. 자는 자경(子敬), 본관은 전주(全州). 참판 영길(永吉)의 아들. 1592년 진사(進士)로 정시문과(庭試文科)에 병과(丙科)로 급제, 주서(注書), 대동도 찰방(大同道察訪)을 거쳐 헌납을 지내다가, 1608년 소북(小北)으로서 정인홍(鄭仁弘) 등 대북이 집권하자 삼수(三水)에 유배, 1616년에는 사사(賜死)되고, 뒤에 부관참시(副棺斬屍) 당했다. 1623년에 신원(伸寃)되었다.

262 유영경(柳永慶: 1550, 명종 5–1608, 선조 41): 문신. 소북(小北)의 영수. 자는 선여(善餘), 호는 춘호(春湖), 본관은 전주(全州). 1572년 춘당대문과(春塘臺文科)에 병과(丙科)로 급제. 정언(正言) 등 청요직(清要職) 역임. 북인(北人)이 소북·대북으

다. 관직은 헌납이었는데 만력 무신년(1608)에 조정에서 유영경을 역적으로 논할 때 유성도 연좌되어 삼수三水에 안치되었다. 유동립이 그제서야 비로소 자기가 이름을 바꾼 연고를 이야기하니 사람들이 몹시 이상하게 여겼다.

유동립이 병으로 죽고 6, 7년이 지난 병진년(1616)에 이르러서 조정이 유성에게 죄를 더하여 사약을 내렸으니 유동립의 어릴 때 꿈이 그가 죽은 후에 바야흐로 징험된 것이다. 무척 이상하지 않은가.

## (82) 황건중과 궁녀 귀신

황건중黃建中은 탕자이다. 대대로 서울에서 살았는데 화류장花柳場을 마음대로 드나들었다. 선대부터의 일이 철원鐵原에 있어 그곳을 왕래하며 머무르는 것이 일 년 중 항상 반절이었다.

철원에 머물러 있던 어느 날 밤 혼자서 잠자고 있는데, 문득 어떤 한 미녀가 휘장을 젖히고 곧바로 들어왔다. 대단히 아름다운 미인으로 가까이 다가와서 희롱하며 웃더니 인하여 이불을 펴고

---

로 분당될 때 소북파의 영수로서 다시 같은 소북인 남이공(南以恭)과 불화하여 자기 동조자들을 이끌고 탁소북(濁小北)으로 분파, 선조 말 영창대군(永昌大君)을 광해군에 대신하여 세자로 옹립하려 하였으나 1608년 선조가 죽고 광해군이 즉위하자 정인홍(鄭仁弘), 이이첨(李爾瞻) 등 대북 일파의 탄핵을 받고 유배, 이어 사사(賜死)되었다. 인조반정(仁祖反政) 후 관작이 복구되었다.

가까이서 잤다. 황건중은 미혹해진 마음을 안정시킬 수 없고 욕정을 도저히 참지 못할 지경이었지만 혹한인데도 불구하고 여자가 입고 있는 옷이 모두 갈옷인지라 의심하지 않을 수 없었다. 그래서 한사코 거절하니 그녀는 부드러운 말씨와 교묘한 말로 온갖 교태를 부리면서 밤이 다 가도록 끝내 가지 않았다.

이로부터 새벽이면 갔다가 저녁이면 다시 와서 여러 방법을 써서 침범하였지만 황건중은 마음속으로 그녀가 사람이 아닌 사실을 알고 끝끝내 더불어 즐기는 것을 허락하지 않았다.

아내를 좌편에 있게 하고 그녀가 우측으로 들어오면 계집종으로 하여금 우측에 있도록 시키고, 베개 밖에 누우면 계집종으로 하여금 베개 밖에 눕도록 시키고, 발 아래 누우면 시중드는 아이로 하여금 발 아래 있도록 시켰는데, 그래도 그녀는 침상을 떠나지 않았다. 그래서 도사道士와 무격巫覡을 불러 방술을 써 그치도록 하니, 그녀가 화를 내며 말했다.

"나는 그대를 괴롭히려는 것이 아닙니다. 단지 그대의 선조에게 감동하여 그 은덕에 보답하려 할 뿐입니다."

황건중이 물었다.

"무슨 말이오?"

그녀가 대답했다.

"저는 동주[263] 궁예 시절의 궁녀입니다. 태봉泰封의 도읍이 멸망할 때 죽었는데, 병란 중에 그대의 선조 황계윤黃繼尹이 나를 도읍의 서산西山 밖 몇 리 떨어진 곳에 묻어 주었습니다. 그때는 날이 더워 갈옷을 입고 있었기에 지금도 그때의 옷을 입고 있는 것입니다. 바라옵건대 저를 의심하지 마십시오."

이에 황건중은 그녀를 떨쳐버릴 수 없다고 스스로 생각하고 내버려 둔 채 서울로 갔다. 그러자 그녀도 뒤쫓아 와서는 서울의 집에서도 여전히 이전처럼 황건중을 침범하려 하였고, 그는 더욱더 굳건하게 거절하였다.

그녀가 개를 두려워하였으므로 집안 사람이 개를 많이 길렀다. 목에 방울을 달아 창밖에 있도록 길들인 개가 그 수를 다 기억할 수 없을 정도로 많았다. 몇 달이 지나자 그녀가 흐느끼면서 작별을 고하며 말했다.

"그대가 나를 박대하고 배척하는 것이 더욱 심해질 뿐만 아니라 그대와의 인연 또한 다한 듯하니 이제 작별을 고하겠습니다."

황건중이 말했다.

"그대는 나의 처소에 오랫동안 머물러 있으면서 무례하게 나를 괴롭히다가 이제 이별을 하게 되었소. 앞날의 길흉이나 듣고 싶소."

그 여자는 다만 '금계옥상량金鷄屋上梁'이라는 오언일구五言一句만 써 주었는데, 온 집안 사람들이 그 의미를 이해하지 못하였다.

---

263 동주(東州): 강원도 철원의 옛 이름.

황건중은 방탕한 자였으므로 불량배들과 어울려 마을에서 멋대로 행동하다가 나라의 법을 어겨 감옥에 갇히게 되었다. 그런데 감옥의 대들보 위에 한 마리의 누런 닭이 깃들어 있어서 같은 방에 있는 죄수에게 그 까닭을 물으니 그가 대답하였다.

"근심 속에서는 밤이 길어 날이 밝음을 알기 어려우니 이 닭을 길러 시간을 알려고 한 것이오."

황건중은 이때야 비로소 '금계옥상량'이라는 구절의 의미를 알 수 있었다.

그 여자는 항상 궁예 시절의 일에 대하여 매우 자세히 이야기해 주곤 했는데, 나라 역사와 더불어 서로 같기도 하고 다르기도 하였다. 황건중의 집안 사람이 언문으로 그녀의 말을 차례대로 적어서 한 질의 책을 만들었지만 황건중의 벗 황린黃隣이 요사스럽다고 여겨 불살라 버렸다.

야사씨가 말한다.

"그 여자는 여우의 정령일 것이다. 그렇기 때문에 개를 두려워했던 것이다. 들여우의 정령이 궁중 사람에게 들어가 사특하게 사람의 빌미를 지었기 때문에 궁예 때의 일에 대해서 그처럼 모두 알고 있었다고 추측된다."

## (83) 영락의 소재처

태조가 풍양豊壤의 행관[264]에 납시었을 때 일찍이 낮에 앉아 잠이 드셨다. 환관들이 자기들끼리 서로 말했다.

"사람의 영화와 몰락이 하늘에 있는 것일까? 임금에게 있는 것일까?"

갑甲이 말했다.

"하늘에 있다."

을乙이 말했다.

"임금에게 있다."

이렇게 한참을 서로 힐문하였다. 태조가 잠결에 가만히 그 이야기를 들으시다가 이윽고 깨어나 "이 심부름 가는 궁중 내시에게 우품관[265]을 제수하시오."라고 쓴 밀서密書를 단단히 봉하여 을에게 주면서 을로 하여금 정종에게 바치도록 하였다.

을이 이윽고 봉해진 서찰을 받아가지고 나가는데 갑자기 음양陰陽의 병을 얻은지라 사사로이 갑에게 봉서를 주면서 대신 임금에게 바치도록 하였다. 갑이 밀서를 정종에게 바치니, 정종이 그 밀서를 열어 보고 곧 그 환관에게 고품관高品官을 제수하였다. 갑

264 행관(行館): 임금이 거둥할 때에 임시로 머무는 곳.

265 우품관(右品官): 우(右)를 상위(上位)로 여기므로 우품이라 함은 고품(高品)과 같은 뜻이다.

이 서둘러 달려 돌아와 태조에게 보고하자 태조가 그 봉서를 펴본즉 을이 아니고 갑인지라, 놀라시어 을을 신문하니 을이 사실을 토로하면서 사죄하였다. 그러자 태조가 탄식하며 말씀하셨다.

"조금 전에 갑과 을이 영화와 몰락이 하늘에 있느니 임금에게 있느니 하면서 서로 다투기에 내가 시험해 보고자 한 것이었는데…… 내 이제야 비로소 영락이 하늘에 있는 것이지 나에게 있는 것이 아님을 알겠노라."

## (84) 조헌의 인품

예조판서에 추증[266]된 조헌[267]은 경기 김포 사람이다. 가세가 한미하였으나 글 읽기를 좋아하였다. 문과에 급제하여 교서관[268] 정자[269]가 되어 향실[270]을 지키면서 제사의 분향을 담당하였다.

266 추증(追贈): 사후에 조정에서 벼슬을 내림.

267 조헌(趙憲: 1544, 중종 39－1592, 선조 25): 문신 · 의병장. 자는 여식(汝式), 호는 중봉(重峯). 벼슬은 공조좌랑에 이름. 임진왜란 때 옥천(沃川) · 홍성(洪城) 등지에서 의병을 일으켜 청주(淸州)를 수복한 후, 의병 7백 명과 함께 금산(錦山) 싸움에서 끝까지 용전하다 전사함. 이이(李珥)의 문인 중 가장 뛰어난 학자의 한 사람으로 기발이승일도설(氣發理乘一途說)을 지지하여 이이의 학문을 계승 발전시켰음.

268 교서관(校書館): 경적(經籍)의 인쇄 반포 · 향축(香祝) · 인전(印篆)의 일을 맡은 관사(官司). 운각(芸閣) · 운관(芸館) · 내서(內書).

269 정자(正字): 조선조 때 홍문관 · 승문원(承文院) · 교서관 등의 정9품 벼슬.

270 향실(香室): 교서관(校書館) 소속으로서 국가의 각급 제사에 사용하는 향(香)과 축

그가 이 직책을 맡기 이전부터, 나라에서는 조부모비祖父母妃가 현왕賢王을 탄생하여 삼한三韓을 통합하였다고 특별히 제사 지냈는데, 그 제사에 백단향白檀香을 사용하였다. 조헌은 그 제사는 음사[271]이므로 분향하는 것이 옳지 않다고 여겨 왕지王旨를 받들지 않고 항거하는 글을 올려 자신의 의견을 진술하였다. 그러자 조정에서는 그를 가상히 여기고 이로부터 그 제사의 향축香祝을 파하니 선비들의 의론이 분분하였다.

조헌이 여러 차례 글을 올려 조정의 득실得失을 말하였는데 그 당시에 기피하던 사안을 건드렸으므로 조정의 의론이 매번 그의 글에 답해 주지 않았다. 그러자 조헌은 대궐문 밖에 자리를 깔고 작두를 곁에 둔 채 땅에 포복하여 있었다. 그때 마침 조하朝賀[272]가 있어 백관들이 입궐하는데 문밖에서 조헌과 동년배인 어떤 재상이 말했다.

"헌, 이리 오게나. 조정에서 만약 자네를 죽이고자 한다면 도끼가 없어 못 죽이겠나? 무엇하려고 작두는 손수 가져왔는가."

이 말을 들은 조정의 신하들이 크게 웃었다.

만력 18, 19년 사이에 일본의 관백關伯 평수길平秀吉이 사천[273]

---

(祝)을 담당하는 직소(直所).

271 음사(淫祀): 부정한 귀신을 제사 지냄.

272 조하(朝賀): 백관이 모여 임금에게 하례함.

273 사천(射天): 존엄한 윗사람을 함부로 범하는 것을 지칭함. 이곳에서는 왜국이 조선을 침범하려는 것을 의미함.

할 뜻을 가지고 우리나라에 사신을 보내어 통신通信할 것을 요청하였는데 험악하게 공갈하는지라 우리나라 조정은 사신을 보내는 것이 옳지 않다고 의론하였다. 당시 영의정 류성룡이 건의하여 통신사를 일본에 보내 살펴보게 하니, 평수길은 우리나라의 사신을 50일간 머물러 둔 후에야 비로소 그 사신을 대면하였는데, 질그릇 잔으로 술을 마시며 잔을 비울 때마다 술잔을 깨뜨려 새것으로 갈았으며, 또 영아를 무릎 위에 안고 희롱하였다. 그 다음 해 평수길이 현소玄蘇를 보내 사과하니 조헌이 상소를 올려 말했다.

"술잔을 마시고 깨뜨린 것은 맹세를 깨뜨리는 것을 의미합니다. 영아를 껴안고 희롱한 것은 우리가 영아와 같다는 것을 의도적으로 보인 것입니다. 청하옵건대 왜놈 사신의 머리를 베고 그것을 중국 조정에 알리십시오."

그를 아는 자들은 이러한 상소를 의롭다고 여겼지만 조정의 의론은 미친 짓이라고 여겼다.

조헌은 고서古書를 널리 읽어 천문天文을 잘 보았다. 그는 임진란이 있을 것을 미리 알고 문하의 자제들에게 고달픔을 미리 익히게 할 목적으로 매일 밤 남자는 지고 여자는 이고 산을 오르내리도록 훈련시켜, 마치 도간[274]이 벽돌을 운반했던 것같이 하였다.

274 도간(陶侃): 동진(東晉)의 명장(名將). 심양(潯陽) 사람. 자는 사행(士行). 원제(元帝) 때 광주 자사(廣州刺史)가 되고 명제(明帝) 때 정서대장군(征西大將軍)이 되어 소준

임진년 정월 초하루 아침이 되자, 조상의 묘에 제사 지내고 향당의 부로[275]들을 모아 술과 음식을 대접한 뒤 이별하였는데, 눈물을 닦으며 떠났다. 그해 3월 어느 날 밤, 자제들과 더불어 앉아 있는데 유성이 큰 소리를 내며 지나갔다. 이에 조헌이 크게 놀라며 말했다.

"오늘 적이 바다를 건넜구나. 이는 천고성天鼓星 소리이다."

동쪽에서 보고가 이르렀는데 과연 그날 적이 육지에 내렸던 것이었다.

조헌은 수백 명에 이르는 의병을 모아 왜적과 더불어 싸웠다. 그때 우리나라 관병들은 멀리서 왜적이 보이기만 해도 달아나 왜적과 더불어 겨루는 자가 한 명도 없었는데 오직 조헌의 병사만이 왜적과 더불어 머리를 맞대고 힘을 겨루다가 죽었고 단 한 사람도 달아나 흩어진 자가 없었으니 당시 사람들은 이를 전횡[276]의 의로운 병사와 비교하였다.

---

(蘇峻)을 평정한 공으로 태위(太尉)가 되고 장사군공(長沙郡公)에 피봉되었음. 근면역행(勤勉力行)으로 유명하였고, 동진(東晋)의 주석(柱石)으로 지목되었음.

275 부로(父老): 한 마을에서 중심 인물이 되는 노인.

276 전횡(田橫): 제왕(齊王) 전씨(田氏)의 일족. 후에 자립하여 제왕(齊王)이 되었다가 한 고조(漢高祖)가 천하를 통일한 후에 그의 도당 5백여 명을 거느리고 도망하여 마침내 자살하였음.

## (85) 이이와 침향불

해주海州 산사에 침향목으로 만든 침향불沈香佛이 있었는데 중국으로부터 전래되어 몇백 년 된 것인지 알 수 없었다. 만력(1573-1615) 연간에 이르러 산사를 지나던 어떤 객이 말하였다.

"이 부처의 오장 속에 금은보화가 있다고 들었습니다."

시험삼아 부처를 열어 보니 오장 속에 금은보화는 없고 다만 두충엽杜冲葉에 금金으로 된 글자가 다음과 같이 쓰여 있었다.

이이李珥. 자는 숙헌叔獻, 호는 율곡栗谷, 도명道名은 의암義岩.

이율곡은 재상 이이李珥이다. 숙헌은 어렸을 적에 중이 되어 의암이라 호칭하였고 중년에 파산坡山으로부터 해주 석담石潭으로 옮겨 살았던 자이다. 이해에 이이가 죽으니 오산五山 차천로車天輅는 이 때문에 죽었다고 말하였다.

## (86) 빈집에 감추어져 있는 보물

고려가 막 멸망한 후 송도에는 한 빈집이 있었는데, 그 집에는 귀신이 많다고 모두 말하였으므로 사람들은 그곳에 사는 것을 불안해하였다.

어떤 상인이 싼 값으로 그 집을 사서 거처하며 세월을 보냈는데, 매번 절구를 찧을 때면 쟁그렁하는 쇳소리가 담장 벽 사이에서 은은하게 울렸다. 그래서 마침내 벽을 헐고 보니 벽을 중축한 속에 금은보화를 담은 그릇이 동우棟宇 가득하여 몇백 겹이 쌓였는지 알 수 없을 정도였다. 그곳에는 "중관中官 아무개가 모년 모월 모일에 감춰 둔다."라고 쓰여 있었다. 이곳은 고려가 망할 때에 환관이 달아나 숨은 곳으로 그 환관은 임금의 총애를 입어 권세가 있고 보물이 많았는데 난리가 나자 보물을 이중 벽에 감추어 두었으나 공격을 입어 다시는 그 집으로 돌아오지 못하고 말아 집이 비게 되었던 것이다. 그런데 그 집에 들어간 사람들은 이 쇳소리를 듣고 귀신이 그러는 줄로만 여겨 두려워하며 그곳에 사는 것을 불안해하였던 것이다.

상인은 이로 말미암아 집을 일으켜 송도에서 제일가는 부자가 되었다. 혹자는 이 상인이 충신 유극량劉克良이라고 말한다.

## (87) 서얼 협객들의 봉군

구현휘[277]는 서얼이다. 그의 선조 집이 경강京江에 있었는데 어떤 중이 이 집을 지나가다 말하였다.

"이 집 자손 중에 첩의 아들이 있을 것인데 그는 반드시 봉군[278] 될 것이다."

구현휘가 그 집 서자로 태어나 방종하고 얽매이지 않았으며 서얼 허상,[279] 민휘발閔暉發, 허총許聰, 허청許聽 및 선비 집안 사람 윤희평[280] 등과 체결하여 장안의 호방한 협객이 되어 다른 사람들을 때려 상해를 입혔으므로, 그들이 마을 길거리에 나타나면 사람들이 두려워하여 말을 하지 못하고 서로 눈짓으로 알려주었다.

폐조(연산군) 시에 구현휘가 법을 위반하여 죽임을 당할 판이었는데, 사형에서 감해져 외딴 섬으로 유배되었다. 그때 조정의 기강이 문란해진 상태여서 유배를 당한 자이면서도 개인집에 계속 머물면서 몰래 유순정柳順汀, 박원종朴元宗[281] 등과 교우를 맺었다.

훈련원에 모여 거의擧義를 의논할 때, 허총과 허청은 이름난 재상의 첩 소생이었는데 훈련원에 귀천貴賤들이 모두 모여 밤에 봉화를 밝히고 있다는 소리를 듣고 그 재상은 큰 일이 있을 것

---

277 구현휘(具玄暉): 중종반정(中宗反正)에 공을 세운 이들을 정국공신(靖國功臣)이라 하는데, 1등, 2등, 3등, 4등이 있었다. 정국공신 일람표를 보면 3등에 구현휘가 있는데, 현 자가 어질 현(賢) 자로 되어 있다.

278 봉군(封君): 조선조 때 임금의 적자를 대군(大君)으로, 임금의 서자·왕비의 아버지 또는 2품 이상의 종친(宗親)·공신(功臣) 등을 군(君)으로 봉하는 일. 여기서는 공신으로 봉해진 것을 의미함.

279 허상(許礫): 정국공신 3등에 입록되었다.

280 윤희평(尹熙平: 1469, 예종 1 – 1545, 인종 1): 정국공신 4등에 입록되었다.

281 유순정과 박원종은 정국공신 1등에 입록되었다.

이라고 의심하여 마침내는 허총과 허청을 빈 사당祠堂에 가두고 자물쇠를 단단히 채워 두었다. 그 나머지 호협객들은 모두 훈련원에 모였는데 다만 민휘발閔暉發이 어디에 있는지 아무도 알지 못하였다. 그의 집에 가서 그의 향방을 물었더니 집안 사람들 또한 알지 못했는데 민휘발이 홀연 훈련원 누각 위에서 알몸으로 내려와 무릎을 꿇는 것이었다. 사연인 즉 그날 밤 훈련원 앞에 있는 창가에서 잠을 자다 불량배들에게 쫓겨 알몸으로 훈련원에 숨어 있었던 것이었다. 여러 협객들이 그를 보고 크게 기뻐하며 드디어 군사의 청의青衣를 벗겨 민휘발에게 입혀주었다.

드디어 의거를 하여 중종께서 보위寶位에 오르자, 공훈에 대한 상을 크게 베풀어 여러 호방한 협객들은 모두 녹훈錄勳되어 군君으로 봉해졌으나 그들 가운데 허청과 허총만은 끼지 못하였다. 이들은 항상 개탄하며 벗들한테 말하곤 하였다.

"만일 우리 집 어른께서 우리를 사당에 가두지만 않으셨으면 우리의 훈공이 어찌 제군들만 못하였겠는가!"

윤희평은 진사로 무과에 응시하여 급제한 사람인데 공훈이 장부에 기록되었고 군君으로 봉해졌다.

## (88) 김여물의 용력

김여물[282]은 대단히 용맹스럽고 힘이 좋았다. 개암 열매와 잣을 먹는데 껍질을 이빨이 아닌 손바닥으로 벗겼다. 문과 알성시에 장원으로 급제하여 매일 아침 관아에 나갈 때면 도포와 신발을 정제하고 난 뒤 반드시 세 차례 도약하였는데 발을 모으고 양 손을 깍지 껴서 양 손이 발을 넘은 후에야 말을 타고 갔다. 병조 승여사乘輿司[283] 좌랑이 되어 최고 품질의 역말을 끌고 많은 하인들을 거느리니 어떤 사람이 말하였다.

"갑일에는 학익진[284]으로 행차하고 을일에는 장사진[285]으로 행차하도다."

---

282 김여물(金汝岉: 1548, 명종 3－1592, 선조 25): 충신. 자는 사수(士秀), 호는 피구자(披裘子)·외암(畏菴). 1592년 임진왜란이 일어나자 왕의 특명으로 신립(申砬)과 함께 충주 방어에 나섰다. 새재[鳥嶺]의 지세를 이용, 방어할 뜻을 건의하였으나 신립이 듣지 않아 충주 달천(㺚川)을 등지고 배수진을 쳤다가 적군을 막지 못하고 탄금대(彈琴臺) 아래에서 신립과 물에 투신 자결했다.

283 승여사(乘輿司): 조선조 때 병조(兵曹)의 한 분장(分掌). 노부(鹵簿)·승여(乘輿)·목마(牧馬)·역(驛)·경각사(京各司)의 사령(使令)에 관한 일을 맡아 봄.

284 학익진(鶴翼陣): 중앙이 비고 좌우가 긴 진법.

285 장사진(長蛇陣): 『손자병법(孫子兵法)』에서 일렬로 긴 형체를 하고 수미상응(首尾相應)하며 좌우전후(左右前後)가 서로 구하는 진세(陣勢). 즉 상산사(常山蛇)의 진세(陣勢)이다. [상산사(常山蛇): 상산[하북성(河北省) 곡양현(曲陽縣)]에 양두(兩頭)의 뱀이 있어, 머리를 치면 꼬리가 덤비고, 꼬리를 치면 머리가 덤비고, 허리를 치면 머리와 꼬리가 함께 응하여 서로 돕는다는 전설이 있음. 전(轉)하여 전후좌우가 응하고 합하여 빈틈이 없다는 뜻. 또는 문장의 수미(首尾)가 잘 호응하는 것을 비유함.]

매일 서울 거리를 채찍을 휘두르며 가 휘날리는 먼지가 뒤에 남았다. 어떤 나이 어린 하인이 그를 뒤쫓았으나 따라 미칠 수 없으므로 장대 같은 땀을 흘리고 숨을 가쁘게 몰아쉬면서 가슴에 손을 댄 채 담 벽에 기대어 쉬니, 잠깐 사이에 네 말굽이 멀어져 보이지 않았다. 하인은 마침내 기대서서 땀을 닦다가 손을 들어 김여물을 가리키며 말했다.

"어리석도다. 저 관리여."

길가의 사람들이 이 말을 듣고 손뼉을 치며 웃었다.

의주 목사가 되어서는 늘 흰 깃으로 만든 부채를 들고 있다가 한번 휘두르면 잰 걸음으로 진을 만들게 하여 군사 일을 연습시켰다. 그때 마침 진강[286]의 유격遊擊이 와 압록강에서 함께 배를 타고 술을 마시는데, 김여물이 흰 깃 부채를 한번 휘두르자 1백여 병마가 강을 따라 진을 쳐 유격에게 과시해 보였다. 이를 본 유격이 놀라 술잔 잡은 손을 떨었으므로 옥 술잔이 그릇에 부딪쳐 소리를 냈다. 그들이 돌아가 유언비어를 지어 요동 장수로 하여금 힐문토록 하니 조정에서는 이 말을 듣고 김여물을 붙잡아서 심문하였다.

임진란이 일어나자 백의종군하여 신립과 더불어 죽음을 각오하고 달천에 배수진을 쳤으나 적에게 붙잡혔다. 신립은 말을 달

---

286 진강(鎭江): 중국 시명(市名). 강소성에 속함.

려 물에 다다르면서 김여물을 돌아보며 말했다.

"영공令公은 남아로서 어찌 구차하게 살려고 하오."

김여물이 웃으며 말했다.

"영공은 내가 죽음을 두려워한다고 말하는 것이오?"

그는 마침내 등자를 박차고 말을 채찍질하여 물에 몸을 던져 죽었다. 이 일은『삼강행실』충신전에 실려 있다.

## (89) 속담들의 유래

속담에 "처음엔 벌려 놓고 끝에 위축되는 것은 정번鄭蕃의 정재인[287]이요, 헛된 생각을 하다가 실제 일에서 낭패 보는 것은 유兪의 때깔 좋은 말이요, 겉에는 있으나 속에는 없는 것은 장기張杞의 자줏빛 저고리와 붉은 치마요, 싹은 갑에서 비롯되었는데 재앙은 을에게 옮겨진 것은 활인서[288] 별좌[289]의 파관[290]이다."라는 것들이 있다. 어째서 그런가?

---

287 정재인(呈才人): 대궐에서 잔치 때 하는 춤과 노래 등 각종 연기를 제공하던 사람.

288 활인서(活人署): 동반 소속 종6품 관아(官衙)로서 도성 내에 거주하는 병든 사람의 치료에 관한 사항을 관장함.

289 별좌(別坐): 교서관(校書館), 상의원(尙衣院), 군기시(軍器寺), 활인서 등의 여러 관아에 딸린 종5품의 한 벼슬.

290 파관(罷官): 관직에서 파면됨.

옛날에 정번은 서얼로서 문장에 능하여 알성시에 장원급제하였다. 시험 본 그날 방방放榜[291]하자 정번은 재인才人을 택정하여 비단 옷을 입히고 말머리에서 소리치게 하여 의기양양하게 길을 갔다. 그런데 노상에서 "그를 삭과[292]하였다."는 대간臺諫[293]의 말소리를 듣고 정재인은 입을 다물고 아무 소리 못하고 기가 꺾인 채 가고 말았다. 그런 까닭에 처음엔 벌려 놓고 끝에 위축되는 것을 '정번의 정재인'이라고 일컫는 것이다.

유兪는 실제 학문이 매우 깊어 사서삼경을 암송할 수 있었지만 겁이 많아 응강[294]은 잘하지 못하였다. 강석에 들어가서 칠대문七大文[295]을 보니 모두 익히 암송했던 것이었다. 그러므로 그는 급제를 점칠 수 있다고 생각하고, '아무개 집에 청삼靑衫이 있고 아무

---

291 방방(放榜): 과거시험에서 합격자를 발표하는 것을 출방(出榜)이라고 하였다. 생원진사시의 경우 초시(初試)의 출방은 초시를 실시한 한성(漢城)의 양소(兩所)와 지방의 각 도에서 각각 행하였으며, 복시(覆試)의 출방은 양소가 합동으로 하였다. 출방은 초시에서나 복시에서나 다 초장(初場: 진사시)과 종장(終場: 생원시)을 끝낸 2~3일 후에 양시를 함께 행하였는데 복시 출방 후에는 다시 방방이라고 하는 절차가 있었다. 방방이란 것은 최종합격자에게 국왕이 합격증을 수여하는 의식이다. 문과(文科)는 초시와 복시, 그리고 전시(殿試)를 모두 거친 다음에 출방하였는데, 출방은 전시가 행해진 날 하는 경우도 있었으나 방방은 대체로 2~6일 뒤에 행해졌다.

292 삭과(削科): 과방(科榜)에서 삭제함. 과거 급제를 말소하는 것.

293 대간(臺諫): 조선조 때 간언(諫言)을 맡아 하는 관리를 이르는 말로 곧 사헌부(司憲府), 사간원(司諫院)의 벼슬을 통틀어 이르는 말.

294 응강(應講): 강경과(講經科)에 응시하는 것. 과거시험에서 경서 중 몇 가지를 골라 강송(講誦)하는 것임.

295 칠대문(七大文): 사서삼경의 각 1대문을 지칭.

개 집에는 복두[296]가 있으니 그것들은 모두 쉽게 빌릴 수 있을 것인데 다만 때깔 좋은 말만은 얻기가 어려울 것이나 일찍이 아무개가 탄 백마가 청삼 입은 낭군에게 썩 잘 어울릴 것이라는 소리를 들었으니 빌려 달라고 하면 어찌 빌려 주지 않겠는가?'라고 생각하였다. 정신을 가다듬고 잠잠히 이런 것들을 생각하고 있을 즈음, 휘장 안에 있던 시관試官이 큰 소리로 "응강생應講生이 어찌 이리 오랫동안 잠잠한가?"라고 소리치니, 휘장 밖에 있던 대간이 군사를 시켜 그를 끌고 나가게 하였다. 유는 이미 정신이 아득하여 자신이 주해했던 것도 전혀 기억해 내지 못하고 까먹어 한 문자도 대꾸하지 못하고 나왔다. 그런 까닭에 헛된 생각 하느라고 실제 일을 망친 것을 '유의 때깔 좋은 말'이라고 일컫는 것이다.

이정준李挺俊의 처가에 계집종이 있었는데 이름이 순화舜華였다. 자태가 사람을 미혹하여 이정준이 몰래 사통하였으나 아내가 두려워 마음껏 다하지는 못하였다. 그래서 이정준은 장기張杞라는 한미한 사람을 불러 같이 기숙하며 장생원이 순화와 사통한다고 공공연히 말하였다. 그리고는 순화의 자줏빛 저고리와 붉은 치마를 장기의 몸 위에 덮고 자신은 이불 속에 순화를 숨겨두고 잤다. 그런 까닭에 밖은 있으나 안이 없는 것을, '장기의 자줏빛 저고리 붉은 치마'라고 말하는 것이다.

---

296 복두(幞頭): 과거 급제자가 홍패(紅牌)를 받을 때 쓰는 관.

만력 을해년(1575) 겨울에 사인[297]이 밤에 응향각凝香閣에서 잔치를 베풀었다. 밤이 깊어져 잔치가 끝나자 기생이 집에 돌아가는데, 마침 중학[298] 유생이 길가에서 소변을 보다가 아름다운 기생이 밤에 혼자서 가는 것을 보고 길을 막으며 희롱하였다. 기생이 이에 뿌리치며 옷을 잡아당겨 가다 옷이 갑자기 찢어졌다. 기생이 분노하여 사인에게 달려가 하소연하니 사인이 노하여 "중학에는 숙직하는 관리가 없어 유생으로 하여금 노상에서 횡행하게 하는가?"라고 말하며 마침내 패牌를 발하여 이조좌랑吏曹佐郎을 불렀다. 패초[299]를 받은 이조의 아전은 무슨 일이 생겨 그 책임이 이조좌랑에게 돌아갈까 두려웠다. 그래서 거짓으로 "낭관이 활인서에 적간[300]하러 갔다가 날이 저물어 성곽 문이 닫혀 버려 돌아오지 못하였다."고 말하였다. 낭관은 아전이 말한 내용이 사실임을 입증하려고 파루[301]를 기다렸다가 활인서를 적간해 보니 마침 별좌가 숙직하지 않았으므로 그 별좌를 파면하였다. 이를 두고 당시 사람들이 "중학 유생이 기녀를 희롱하였는데 활인서 별좌가 관직에서 파면되었다."라고 말하였다. 그런 까닭에 싹은 갑

---

297 사인(舍人): 조선조 때 의정부의 정4품 벼슬.

298 중학(中學): 서울 중부에 있던 사학(四學)의 하나.

299 패초(牌招): 승지(承旨)가 왕명을 받고 신하를 부르는 것. '명(命)' 자를 쓴, 붉은 색패의 한 면에 부름을 받은 신하의 성명을 기입하여, 승정원 하례(下隷)를 시켜 송달함.

300 적간(摘奸): 난잡한 행동이나 부정(不正)한 사실의 유무를 조사 적발함.

301 파루(罷漏): 통행금지 해제. 곧 오경(五更: 오전 4시) 3점에 큰 쇠북을 33번 치고 성문을 열어 사람들이 통행할 수 있도록 했음.

에게서 비롯되었는데 재앙은 을에게 옮겨진 것을 '활인서 별좌의 파관'이라고 칭하는 것이다.

## (90) 노아합적의 호기

노아합적[302]은 오랑캐의 추장이다. 그가 부락을 겸병하자 원근에서 귀순하여 항복하니 그 위세가 사막沙漠을 떨게 하였으므로 그와 더불어 경쟁하는 자가 없었다. 만력 중에 홀온호아忽溫胡兒가 기르는 개가 크기는 두 살 된 말만 하며 건장하고 민첩하기가 비할 데 없다는 소문을 듣고, 은 다섯 냥으로 그 개를 사들였다. 노아합적과 홀온호아가 있는 곳의 양 경계 사이에는 큰 강이 가로막고 있었으나 그 개는 강을 미처 건너기도 전에 밤을 틈타 도망하여 옛 주인의 집으로 돌아가 버렸다. 그러자 노아합적은 은 2백 냥을 옛 주인에게 다시 보내어 그로 하여금 개를 강 건너로 보내도록 하였다.

노아합적은 사냥대회를 크게 열고서 그 개를 놓아 짐승을 쫓도록 시켰다. 그러자 그 개는 한 순간도 수레 아래를 떠나지 않고서 큰 사슴과 큰 돼지 다섯 마리를 잡았다. 노아합적은 안장에 앉아

302 노아합적(奴兒哈赤: 누르하치, 1539－1626): 청(淸)나라 초대 황제.

크게 웃더니 사냥을 파하고 돌아와 말했다.

"내가 비싼 값을 주고 이 개를 가져온 것은 이 개의 용맹한 기량을 시험하여 한때나마 유쾌하고 싶었기 때문이다. 물건이란 각기 주인이 있는 법이거늘 내 어찌 오래도록 소유하겠는가."

그리고는 그날로 그 개를 홀온호아에게 돌려주면서 은 7백 냥을 더불어 주니, 오랑캐들은 모두 탄복하였다. 노아합적의 이같은 행동은, 그 개가 신물神物인지라 주인 아닌 다른 사람에게는 복종하지 않을 것을 알았던 것이고 밤을 틈타 개가 또다시 도망가기라도 한다면 오랑캐들 사이에서 비웃음을 살 것이라고 여긴 데서 연유한 것이었다.

## (91) 역관 곽지원과 홍순언의 의기

곽지원郭之元과 홍순언洪純彦은 통역관의 거두이다. 모두 중국말을 잘하여 여러 차례 중국에 갔다. 곽지원이 연경燕京 가는 길에 한 사람을 만났는데, 그는 사람들에게 갚아야 할 빚을 져 전토와 노비를 모두 빼앗기고 장차 유리걸식할 지경에 있었다. 그가 울면서 사정을 호소하자 곽지원은 자신의 주머니를 뒤져 백은白銀 3백 냥을 주고 이름도 묻지 않고 갔다. 이 때문에 중국 사람들은 곽지원을 중요하게 여겨 뱃길에서 음료수를 대접하며 모두 "곽영공郭

俞公께서 오셨다."라고 하였다.

홍순언은 나와 같은 마을에 살던 사람인데 인품이 뛰어나고 용모가 수려하였다. 그가 중국에 갔을 때 그 역시 옛날에 알고 지내던 이를 만났는데 병에 걸려 패가망신하고 처자까지 모두 팔아야 할 지경이었다. 홍순언이 즉시 백금白金 5백 냥을 써서 그의 처자와 전토를 찾아 돌려주었다. 이로 말미암아 홍순언의 이름이 중국에 떨쳤고 중국 사람들은 반드시 그를 '홍노야洪老爺'라고 칭하였다.

내가 일찍이 세 차례 중국에 드나들면서 통역관들의 작태를 다 알게 되었다. 그들이 만 리 바깥에서 이역 땅을 밟으며 분주하게 오가는 것은 나라 일을 위해서도 아니고 공명功名을 위해서도 아니다. 그들이 바라는 바는 단지 중국인들의 재물을 교역하여 큰 이익을 보고자 하는 것일 뿐이다. 아주 조그마한 이익만 보아도 그들은 지극히 존귀한 보물처럼 중히 여기는데 곽지원·홍순언 이 두 사람은 의기를 떨쳐 다른 사람들이 하지 못하는 바를 능히 할 수 있었으니 통역관 중의 영웅일 뿐만 아니라 옛사람들에게서도 보기 드문 영웅이다. 아! 높고도 위대하도다.

## (92) 두보의 작시 원고

만력 정유년(1597)과 무술년(1598) 사이에 중국에서는 수군을 조선에 발동시켜 왜적을 막았다. 중국의 장수 진린 등이 우리의 남해에 배를 대니 오성鰲城 부원군府院君 이항복 공이 그들을 모셨다.

중국의 장수 가운데 어떤 한 사람이 상자 안에서 비단 보자기로 열 겹쯤 싸인 보물을 꺼내어 그것을 차례차례 푸는데 그 안에는 한 권의 책이 있었다. 그것은 자미 두보가 손수 쓴 원고로, 「강남수초당전江枏樹草堂前」이라는 고시古詩였는데, 구절구절 글자글자마다 모두 고쳐져 있어 한번에 정해진 말이라곤 없었다. 다만 '동남표풍동지지東南飄風動地至' 한 구에만 첨삭이 가해지지 않았을 뿐 그 나머지는 모두 자체字體가 짙게 칠해져 고쳐져 있었으니 두자미가 온 마음을 기울여 시에 신고辛苦한 결과 수척해진 것을 가히 상상할 수 있었다.

시의 성인도 시를 지음에 반드시 가필하고 삭제하여 감히 한마디의 말도 등한하게 쓰지 않거늘 하물며 남에 뒤지는 자야 더 말할 필요 있겠는가? 이보다 천 배의 노력은 기울여야 할 것이다. 생각나는 대로 붓을 휘두르는 자는 비록 한때에는 지탱할 수 있다 할지라도 후대에 전해지는 데 있어서는 어떠할까.

## (93) 재상 돌과 점쟁이 두타비

옛날에 돌(石乙)이라는 자가 있었는데 이는 재상의 아명이었다.

어려서 이웃집 아이 두타비豆他非와 더불어 죽마놀이를 하고 놀았다. 돌은 재상이 되었는데 두타비는 실명하여 점치는 것을 배우긴 했으나 재주가 없었으므로 명성을 얻지 못하고 구차하게 구걸하며 스스로 자립하지 못하고 있었다.

돌이 그를 불쌍히 여겨 살길을 열어 주려고 생각하고 몰래 서로 약속하였다.

"내가 거짓으로 말을 잃어버린 체하고 말을 동문 밖 도장곡道莊谷 제 몇 번째 소나무에 매어 놓겠네. 그리고 자네를 시켜 점치게 할 것이니 자네는 말이 도장곡 제 몇 번째 소나무에 매여 있다고 말하게. 그러면 우리나라 장안에서 점을 보려는 자들이 모두 자네에게 몰릴 것이네."

마침내 약속한 대로 하여 과연 말을 도장곡 소나무 숲 사이에서 찾게 되니 이로부터 두타비의 명성이 크게 떨치게 되었다.

그때 임금께서 옥대玉帶를 잃어버렸는데 두타비가 점을 잘 친다는 소문을 들으시고 역마를 달려 보내어 그를 불러들였다. 두타비는 재능이 없는데도 임금의 부름을 받게 되니 스스로 잘못 응대하여 위험에 빠지지나 않을까 두려워하였다.

한편 옥대를 훔쳐간 도둑은 은밀히 사람을 부려 길에서 두타비를 맞이하게 하였다. 두타비는 말 위에서 안장에 의지하여 탄식하며 "불가설이不可說耳"[303]라고 말했는데, 이 "불가설이"는 근심하는 말이었다. 그런데 마침 옥대를 훔쳐간 사람의 이름은 불개

(火狗)이고 직업은 서리書吏로, 방언方言 발음이 서로 비슷하였다. 도둑은 두타비가 탄식하는 말을 듣고 크게 놀라 두타비에게 많은 뇌물을 바치며 '불가설이' 네 글자만은 제발 말하지 마시고, 옥대가 궁정 서쪽 오른쪽 계단 아래 감춰져 있다고만 말해서 자신이 사형을 당하지 않게 해 달라고 간청하였다. 두타비는 그의 말대로 계단 아래를 파게 했고 그곳에서 과연 옥대를 얻게 되었다.

그러자 임금은 이를 몹시 기이하게 여겨 말했다.

"이는 무함[304]의 신령한 기운과 짝할 만하다. 과인이 재차 시험해 보겠노라."

말을 마치고 드디어 곁길로 가는데 큰 두꺼비가 보이자 내시로 하여금 돌로 두꺼비를 누르게 하였다. 그리고 두타비에게 물었다.

"내가 어떤 물건을 얻었는지 말해 보아라. 만약 맞추지 못하면 너를 마땅히 죽일 것이요, 맞추면 큰 상을 내릴 것이다."

그때 재상이 임금을 곁에서 모시고 있었다. 두타비는 크게 민망하여 땅에 엎드려 재상을 향해 말하였다.

"돌씨(石乙氏)로 인해 두타비 죽네!"

이는 돌 재상이 자신에게 헛된 명예를 만들어 주어 사지死地에

---

303 불가설이(不可說耳): '말할 수 없는데'라는 뜻.

304 무함(巫咸): 황제(黃帝) 때의 신무(神巫) 계함(季咸)을 이름. 사람의 사생존망(死生存亡)과 화복수요(禍福壽夭)를 예언하는데 그 연월일(年月日)의 기한이 신처럼 들어 맞았다.

이르게 한 것을 말한 것이었다. 임금은 그 연유는 알지 못하고 다만 돌乭씨는 돌이고 두타비의 방언은 두꺼비인 것만 알고 있었으므로 두타비의 이 말을 듣고 크게 놀라 말하였다.

"과인이 과연 두꺼비를 한 마리 얻어 돌로 눌러 놓았느니라. 이 자는 천하의 신령스런 점쟁이로다."

드디어 수천 냥에 달하는 지극한 상을 내리셨다.

아! 허명虛名이 우연히 맞아 참된 복이 돌아갔도다. 한 번이야 요행이라고 할 수 있겠지만 어찌 두 번째도 요행이었겠는가! 하늘이 한 것이지 사람이 한 것은 아니로다.

## (94) 박엽의 위인

박엽[305]은 젊었을 적 나의 조카 유철柳澈과 벗이었다. 유철이 여러 소년배들과 더불어 우리 집 뜰 안에 모여 있었는데 문득 뜨거운 한 줄기의 물이 밖에서 지붕을 지나 날아 들어와 의관에 뿌려

---

305 박엽(朴燁: 1570, 선조 3 - 1623, 인조 1): 문신. 자는 숙야(叔夜), 호는 국창(菊窓). 광해군 때 함경도 병마절도사가 되어 성지(城池)를 수축, 방비를 굳건하게 했고, 황해도 병마절도사를 거쳐 평안도 관찰사가 되어 규율을 확립하고 국방을 튼튼히 함으로써 재직 6년간 외침(外侵)을 당하지 않았다. 당시의 권신 이이첨(李爾瞻)도 그의 명성에 눌려 굴복할 만큼 명망이 있었으나, 1623년 인조반정(仁祖反正) 때 훈신들에 의해 학정의 죄로 사형당했다.

졌다. 소년들이 놀라 이상하게 여기며 말했다.

"틀림없이 박숙야朴叔夜가 왔을 것이다."

문을 나가 보니 박엽이 행랑채 밖 노상에 서서 지붕 위로 오줌을 뿌리고 있었다.

박엽의 집은 목천木川에 있었는데 목천과 서울의 거리는 247리였다. 소매 속에 밥 한 그릇을 넣고 느지막이 소매를 휘두르며 떠나면 미처 날이 저물지 않아 서울에 도착하였다. 그의 걸음은 빠르지도 느리지도 않아 길가의 다른 사람들과 조금도 다름이 없었고, 다만 옷자락이 바람에 날리는 소리가 들릴 뿐이었다.

군과 읍을 다스리는 데 있어서는 대단히 위엄이 있어 관의 일을 그 즉시 처리했으므로 이르는 곳마다 유능하다는 명성이 있었다.

## (95) 천문의 대가들

이번신李潘臣은 지관地官으로서 뛰어난 인물이다. 만력 정축년(1577)에 치우기[306]가 나타나 하늘에 길게 뻗쳤다. 재상 이산해가 이번신에게 후에 나타날 징조가 어떠할지 물으니 번신이 대답하였다.

306 치우기(蚩尤旗): 병란(兵亂)의 전조가 된다는 별.

"참혹하기가 이루 말할 수 없습니다."

"기묘년에 일어났던 사화士禍와 비교해서 어떠한가?"

"한 어진 선비가 죽습니다. 그 화禍가 어떠하겠습니까?"

"을사년의 사화士禍와 비교하여 본다면 어떠하겠는가?"

"한 왕자가 죽습니다. 그 화가 어떠하겠습니까?"

이산해가 재차 다시 묻자 이번신은 "참혹하여 가히 말할 수 없습니다."라고만 하였다.

"치우기가 나온 것에 응하여 화란이 더디게 오는가? 아니면 빨리 오겠는가? 어느 때에 난이 있겠는가?"

"한 나라의 임금이 노하여도 그 화가 클진대, 하물며 하늘이 노한 것이니 어찌 그 징험이 용이하게 발생하겠습니까? 지금으로부터 16, 17년 후에나 병란이 일어날 것입니다."

"우리나라가 천하에서 차지하는 비중은 그 작기가 우리나라에서 금천[307]땅이 차지하는 비중만 한데, 혜성彗星의 이변이 중국에 당할 것이지 어찌 우리같이 작은 나라에 관계되겠는가?"

"그건 그렇지 않습니다. 우리나라는 중국에서 연燕나라가 중국의 부분인 것과 같으니 중국과 더불어 화복禍福을 같이하지 않음이 없습니다. 또 비록 성문星文이 아니더라도 저번에 안개가 크게 일어난 이변이 있었으니 그 참혹함은 치우기가 나온 것과 비교하

---

307 금천(衿川): 지금의 경기도 시흥(始興).

여 별로 다를 바가 없습니다. 그 화가 끝내는 어느 지경에까지 이르게 될는지……."

그 후 임진년(1592)에 이르러 과연 왜란을 당하였으며 임금이 도성을 떠나 난리를 피하는 이변까지 있어 전국이 쓸쓸하였다. 예언한 때로부터 이에 이르기까지 꼭 17년이었으니 이번신의 말이 과연 그대로 징험되었던 것이다.

이에 앞서 남사고[308]가 천문을 잘 보는 것으로 명성이 있었다. 어떤 사람이 남사고에게 물었다.

"국사國事가 어떻게 될까? 어느 때나 나라가 평안해질까?"

남사고가 말하였다.

"동쪽에 태산泰山을 봉한 연후라야 평안해질 수 있을 것이오."

그때는 사람들이 그 말이 무슨 뜻인지 알지 못했는데, 후에 문정왕후[309]를 수도의 동쪽에 장사 지내고 이 능을 태릉泰陵으로 봉하였다. 이로부터 명종이 다시 국사를 다스림에 비로소 나라가

---

308 남사고(南師古): 조선 중기의 학자. 호는 격암(格菴), 본관은 의령(宜寧). 역학(易學), 풍수(風水), 천문(天文), 복서(卜筮), 상법(相法)의 비결에 도통하였다. 예언이 꼭 들어맞아서 명종(明宗) 말년(1567)경에 벌써 1575년의 동서분당, 1592년의 임진왜란 등을 예언했다 한다.

309 문정왕후(文定王后: 1501, 연산군 7-1565, 명종 20): 중종의 계비. 성은 윤(尹). 명종의 어머니. 1545년 12세의 명종이 즉위하자 수렴청정을 하면서 동생인 윤원형(尹元衡)에게 권력을 쥐게 했고, 을사사화를 일으킴. 보우(普雨)를 가까이함으로써 불교를 부흥했으며, 1553년 정권을 왕에게 돌렸으나 계속 대권을 장악하여 정사를 좌우함.

평안해졌다. 사람들이 그제야 '동쪽에 태산을 봉한다'는 미래 예언적인 말이 허무맹랑하지 않았음을 알게 되었다.

이번신은 남사고를 경시하여 '남생이 무슨 높은 식견을 가졌겠는가?'라고 생각하였고 스스로 '그가 나보다 못할 것이다'라고 여겼다. 그는 또 "근래에 천문天文을 보니 태사성太史星의 색이 변했다. 이는 천문 보는 자가 죽을 징조이니 내가 이 세상에 오래 살지 못할 것이다."라고 말하였다. 오래지 않아 남사고가 죽으니, 이번신이 이 소식을 듣고 크게 놀라 허둥지둥 달려와 아계鵝溪 이산해의 집 문에 이르러 소리쳐 말하였다.

"재상이시여! 재상이시여! 남사고가 죽었습니다. 제가 이제야 비로소 그가 저보다 더 천문에 정통했음을 알겠습니다. 하늘이 보인 재앙은 사고에게 해당된 것이지, 저에게 해당된 것이 아니었습니다."

남사고는 일찍이 두이간豆伊間에게 질문하였는데, 그는 일을 비춰 보는 것이 마치 신과 같았다. 어떤 사람이 외苽를 먹으니, 두이간이 말하였다.

"이 외는 반드시 제 몇 번째 이랑, 제 몇 번째 덩굴, 제 몇 번째 꼭지의 것이다."

밭에 가서 조사해 보니 과연 그러하였다. 두이간이 작별인사를 하고 겨우 문을 나서자마자 문득 간 곳이 없었으니 사람들은 그가 어느 곳에서 태어났는지, 어느 곳에서 생을 마쳤는지, 그의 이름이 또한 무엇인지 알지 못하였다. 다만 스스로 천한 이름을 붙여 자신을 욕되게 하였으니 자칭 두이간이라고 한 것은 변소의 속명 뒷간이었다. 두이간이 한마디를 하면 남사고가 경탄하지 아니함이 없었고, 오직 "예! 예!"라고 대답할 뿐이었다.

정축년에 치우기가 출현했던 별의 이변에 대해 중국인들은 "치우기가 아니라 이것은 혜성이다."라고 하였는데, 후에 천문서를 상고해 보니 과연 중국인의 말과 같았다.

## (96) 경차관의 강시

옛날 조정이 군적軍籍을 작성하면서 경차관[310]을 팔도에 파견해 향교의 생도들에게 강講[311]을 시험하여 글을 모르는 자들은 강등시켜 군졸로 충당하였다.

어떤 한 연로한 유생이 수염이 자라 얼굴을 가렸는데 읽은 책이 없는지라 유합[312]을 끼고 강講 시험에 응하였다. 경차관이 책을 펴고서 취치鷲鴟 자를 물어보니, 유생이 취鷲 자를 읽을 때는

310 경차관(敬差官): 지방에 임시로 보내던 벼슬아치.

311 강(講): 배운 글이나 들은 말을 스승이나 시관(試官) 또는 웃어른 앞에서 외어 들리는 일.

312 유합(類合): 서거정이 지은 한문 학습서.

온 얼굴에 있는 수염을 모두 입으로 모았고, 치鴟 자를 읽을 때는 입쪽으로 모았던 수염을 모두 벌려 사방으로 흩어지게 하니, 그 가소로운 형상이 사람들로 하여금 포복절도하게끔 하였다.

어떤 한 경차관이 역마驛馬에 기생을 태우고 남원南原에 이르렀다. 남쪽 정자에 앉아 향교생들에게 강講을 시험 보이는데 책을 펴더니 물었다.

"이른바 정자程子는 남정자南亭子인가, 북정자北亭子인가?"

유생이 대답했다.

"남정자南亭子입니다."

이 말을 들은 경차관이 크게 웃으며 책을 내던지고 기생의 무릎을 베고 눕더니 말했다.

"군보軍堡로 갈지어다."

그리고는 활집을 베더니 잠이 들었다. 이 말을 들은 유생이 발끈 화를 내며 얼굴빛을 바꾸더니 말했다.

"하남정자河南程子[313]가 어떻다는 말입니까?"

이 말을 들은 경차관이 놀라 일어나 앉더니 말했다.

"자네 시를 아는가?"

유생이 대답했다.

"시는 할 줄 모르고 다만 노래(歌)는 할 수 있습니다."

313 하남정자(河南程子): 하남은 황하(黃河) 이남의 땅. 정자는 정주학(程朱學)의 기초를 세운 정이(程頤)를 말한다. 그러므로 이는 하남 지방에 살았던 정자라는 뜻이다.

경차관이 말했다.

"그러면 노래를 불러보도록 해라."

유생은 마침내 노래를 지어 불렀다.

이와 같은 흉년에 군적軍籍은 어디에 쓸 것인고.
군적은 그렇다 쳐도 경차관은 어디에 쓸 것인고.
경차관은 그렇다 해도 피로한 역마와 기생은 어디에 쓸 것인고.

경차관은 그 유생을 몹시 기특하게 여기고 후한 상을 주며 사과하였다.

## (97) 이여송과 조선의 인연

김한영金漢英은 의주義州의 병정이다. 홍천민[314]이 도사연위사都司延慰使[315]가 되었을 때 김한영이 어린 나이로 그들을 곁에서 모셨

314 홍천민(洪天民: 1526, 중종 21－1574, 선조 7): 문신(文臣). 자는 달하(達可), 호는 율정(栗亭), 본관은 남양(南陽). 성혼(成渾)의 문인. 교지(敎旨)의 작성에 뛰어나 여러 번 도승지를 역임했으며 청렴했다.

315 도사연위사(都司延慰使): 도사는 요동도지휘사(遼東都指揮使)를 가리킨다. 요동도지휘사는 일성(一省)의 군정(軍政)을 담당하고 아래로 위(衛)를 거느렸는데, 요동도사는 그 지역을 통과하는 사신을 야인(野人)으로부터 보호하기 위하여 수행하는 경우가 있었다. 이때는 3품 당상관(堂上官)으로 도사선위사(都司宣慰使)를 삼아

다. 홍천민의 아들 홍서봉이 다시 도사연위사가 되어 의주에 이르자 김한영이 홍서봉에게 말하였다.

"옛날 그대의 선친께서 연위사가 되셨을 때 이성량李成樑이 검산참장黔山參將으로 도사를 대신하여 명나라 사신 허국許國을 모시고 압록강에 이르렀습니다. 그때 이성량의 아들과 조카가 모두 머리를 딴 어린아이였는데 압록강을 건너 의주를 두루 돌아보고 갔습니다. 이성량의 아들은 곧 이여송[316]이죠. 나이가 13세였으며 용모가 수려하였습니다."

임진란이 일어나자 이여송이 제독으로 10만 병사를 거느리고 와서 평양의 왜적을 격파하였는데 우리 선왕(선조)을 보고 말하였다.

"제가 어렸을 때 일찍이 귀하의 지방을 유람하였습니다."

우리나라 사람들이 김한영의 말을 믿지 않다가 이여송의 이 말을 듣고서는 과연 그의 말이 사실이었다는 것을 알게 되었다.

---

접대하였다.

316 이여송(李如松: ?-1598): 명(明)나라 무장으로 성량(成梁)의 아들이다. 임진왜란 시 원병을 이끌고 출전하여 소서행장(小西行長)에게 점령된 평양(平壤)을 탈환하였으나 벽제관(碧蹄館)에서 패전함.

## (98) 제비도 논어를 안다

다음과 같은 속담이 있다.

"제비도 논어를 읽을 줄 안다. 그렇기 때문에 지저귈 때, '지지위지지 부지위부지 시지야知之謂知之 不知謂不知 是知也[317]'라고 한다. 개구리도 맹자를 읽을 줄 안다. 그렇기 때문에 개구리가 울 때, '독락악여중락악숙락獨樂樂與衆樂樂孰樂[318]'이라고 한다. 꾀꼬리도 장자를 읽을 줄 안다. 그렇기 때문에 지저귈 때, '이지유지지비지 불약이비지유지지비지以指喩指之非指 不若以非指喩指之非指,[319] 이마유마지비마 불약이비마유마지비마야以馬喩馬之非馬 不若以非馬喩馬之非馬也[320]'라고 한다."

꾀꼬리는 속명이 부로구負鱸口이다. 밭 사이에서 갑자기 일어나 우는데 그 우는 소리가 여러 가지이다.

만력 계사년(1593)에 강서江西의 행재소에서 중국의 유생 황백룡黃伯龍과 함께 있었는데 그가 나에게 물었다.

"우리나라 사람들은 오로지 한 경서에만 전념하는데 당신 나라

317 아는 것을 안다고 하고 모르는 것을 모른다고 하는 것, 이것이 아는 것이다.

318 혼자서 풍류를 즐기는 것과 뭇 사람들이 풍류를 즐기는 것이 둘 중 어느 것이 즐거운가.

319 손가락을 가지고 손가락이 손가락 아니라고 가르치는 것은, 손가락 아닌 것을 가지고 손가락이 손가락 아니라고 가르치는 것만 못하다.

320 말을 가지고 말이 말이 아니라고 가르치는 것은, 말이 아닌 것을 가지고 말이 말이 아니라고 가르치는 것만 못하다.

의 사람들은 몇 개의 경서를 공부하오?"

내가 말했다.

"우리나라 사람들은 삼경三經 혹은 사경四經을 공부합니다. 심지어는 제비와 개구리 그리고 꾀꼬리도 하나의 경서는 전공했지요."

황백룡이 물었다.

"무슨 말이오."

내가 말했다.

"제비는 논어를 전공했기 때문에, '지지위지지 부지위부지 시지야'라고 하는 것이지요."

내 말이 미처 끝나기도 전에 황백룡이 말했다.

"개구리는 맹자를 전공했으므로 이른바 '독락악여중락악숙락'이라고 하는 것이지요."

내가 놀라 물었다.

"어떻게 그것을 아십니까?"

그가 대답했다.

"우리나라에도 그 같은 말이 있습니다. 북경 관화[321]로 독獨 음은 두豆이고, 락樂 음은 요夭이며, 아래의 악樂 음은 로路이고, 숙孰 음은 수睡입니다. 그래서 관화官話로 읽으면 개구리 소리 같지 않지만, 강남江南의 음만은 개구리 소리와 같으니 우리나라의 음과

321 관화(官話): 중국의 표준말. 북경 관화와 남경 관화가 있음.

한가지입니다."

혹자가 말했다.

"우리나라는 전조前朝부터 강남과 통하였다. 그렇기 때문에 우리나라 문자는 강남의 음을 많이 사용한다."

## (99) 먹성의 비결

조정이 시관試官을 파견함에 있어 낙점落点[322]이 끝나면 예빈시[323]로 하여금 음식을 제공하도록 한 후 내보냈다. 또 이들이 임무를 마치고 돌아와 알현하는 날에도 역시 예빈시로 하여금 음식을 대접하도록 하였다. 그러나 예빈시의 음식은 너무 형편없고 더러워서 먹을 수 없었으므로 시관들은 밥상에 마주 앉아 예만 갖출 뿐이었는데, 박대립朴大立과 정유길鄭惟吉은 둘 다 음식을 남김없이 먹었다. 당시에 사람들이 말했다.

"임당 정유길이 밥 먹고 난 자리에는 쥐똥은 남아 있으나 박 판서가 밥 먹고 난 자리에는 쥐똥도 덜어져 있지 않다."

---

322 낙점(落点): 관원(官員)을 선임할 때 이조(吏曺)나 병조(兵曺)에서 후보자 3인을 갖추어 올리면 임금이 그 가운데 마땅한 사람의 이름 위에 점을 찍어서 뽑는 일.

323 예빈시(禮賓寺): 조선조 때 빈객(賓客)의 연향(宴享)과 종재(宗宰)의 공궤(供饋)를 맡아 보는 관청.

이는 예빈시의 밥은 쥐똥이 절반인데, 정유길은 수저로 쥐똥을 덜어내 제거하며 먹었지만 박대립은 수저로 밥을 둥글게 다져 먹었으므로 심지어 큰 쥐똥이 그 안에 들어 있어도 알아채지 못하고 먹었음을 말한 것이었다.

정유길이 잔치에 갈 때는 항상 집에서 조반을 먹지 않고 갔다. 집안 식구들이 밥 먹고 가라고 권하면 다음과 같이 말했다.

"친구가 선생들을 위해 음식을 차려 놓고 부르는데 내가 만일 집안 음식을 배부르게 먹고 가면 진수성찬을 보더라도 먹을 수 없을 것이고, 그러면 주인은 내가 그 음식을 형편없다고 여긴 거로 틀림없이 생각할 것이니 이 또한 오만한 것 아니겠느냐?"

이 때문에 주인집에서 음식을 내놓으면 정유길은 좋고 나쁘고를 가리지 않고 다 먹었으므로 주인집에서는 모두 크게 기뻐하였다.

옛날에 위魏나라 대부大夫가, "혹 술은 주더라도 저녁밥은 먹이지 않는다."라고 했는데, 이는 손님을 대접하기에는 부족하지 않을까 염려한 때문이었을 것이다.

## (100) 말은 외방에서 자식은 서울에서 길러야

오성 부원군府院君 이항복이, "준마는 서울에서 낳으면 마땅히 외방으로 보내어 키워야 하고, 선비가 아들을 외방에서 낳으면 마땅히 서울로 보내어 키워야 한다."라고 말했는데, 이는 진실로 격언이다.

근래에 서울은 궁핍하여 비록 준마가 있어도 먹여 기를 수 없으니 준마의 재목됨을 이루고자 한다면 마땅히 외방에서 길러야 하는 것이다.

외방의 선비들은 힘써 공부할 수 없다. 비록 재능이 있어도 성취할 수 없으므로 아들을 성취시키고자 한다면 마땅히 서울에서 길러야 하는 것이다.

내가 보건대 조정 반열 중에 금대金帶[324]·은대銀帶의 고위 관직자는 모두 서울 사람인데, 이는 조정의 사람 씀이 편벽된 것으로 말미암은 현상이 아니다. 근래 서울에서 유학遊學하는 자가 겪는 고초는, 옛날 외방에서 근무하던 조정의 선비가 겪는 고초보다 더 심하여 서울에서 오랫동안 벼슬살이를 할 수 없는 것이다.

슬프도다! 도성 10리에 인재가 얼마나 존재하기에 조정 가득한 청자靑紫[325]들이 모두 그 가운데서 나온단 말인가? 지금, 용렬하면서도 좋은 관직을 꿈꾸는 자들이 서울을 버리고 어디로 가겠는가? 그렇다면 외방의 선비들은 서울의 새끼 말에 비유될 것이다.

---

324 금대(金帶): 정2품 관원이 조복(朝服)에 띠는 띠.

325 청자(靑紫): 한대(漢代)에 구경(九卿)은 푸른 인끈을, 공후(公侯)는 자주 인끈을 썼으므로, 공경(公卿)의 지위를 이름.

## (101) 윤섬의 죽음

사복정[326] 윤섬[327]은 윤신尹新의 아들이다. 윤섬이 태어나 몇 개월 지나지 않았을 때 아이를 마루 위에 눕혀 놓고 부모가 마주앉아 있었다. 그런데 아이가 갑자기 놀라서 다급한 소리로 울어 대는 것이었다. 그래서 어머니가 아이를 들어 안았더니 얼마 지나지 않아 벽의 흙이 아이가 누워 있던 곳으로 무너져 내려 그 소리가 온 마루를 진동시켰지만 섬은 다행히도 해를 면할 수 있었다.

윤섬은 장성하여 과거에 급제하였고 청직淸職과 현직顯職을 두루 거치다가 임진란 때 왜적의 손에 죽었다. 아! 사람의 죽음에는 명이 있어 비록 하루를 늦추더라도 신의 도움으로 이루어질진대, 하물며 수십 년의 영화와 부귀를 향유함에 있어서랴! 비명非命에 죽어 부모의 가슴을 아프게 하였으나 그 당시 벽에서 무너져 내린 흙에 죽는 것과 같지는 않을 것이다. 슬프도다!

윤섬은 내 어릴 적 친구이다.

---

326 사복정(司僕正): 사복시(司僕寺)의 정3품 당하관이다. 사복시는 궁중의 가마나 말에 관한 일을 맡아 보던 관청이다.

327 윤섬(尹暹: 1561, 명종 16 – 1592, 선조 25): 자는 여진(汝進), 호는 과재(果齋), 본관은 남원(南原). 1590년 광국공신(光國功臣) 2등이 되고 용성부원군(龍城府院君)에 봉해졌으며, 1592년 임진왜란 때 교리(校理)로 순변사(巡邊使) 이일(李鎰)의 종사관(從事官)이 되어 상주성(尙州城)에서 적을 맞아 분전하다가 성의 함락과 함께 전사했다.

## (102) 원적에 대한 고밀운 전설

가정 을묘년(1555)에 왜적이 전라도를 침범하였다. 그때 수사水使 원적[328]의 군대가 진도에서 패하여 죽었는데, 당시의 물의는 윤원형[329]이 원적을 기용함으로써 기율을 잃어 군사를 죽였다고 허물하였다. 원적은 뒤얽혀 싸우는 가운데 죽었으므로 시체를 찾을 수 없었다.

우리 일가가 임진년에 이천伊川 고밀운古密雲으로 들어갔는데 그곳은 이천의 북쪽에 있어 산이 깊고 궁벽져 인적이 드문 곳이었고 마을이 깊은 골짜기 가운데 있어 마치 무릉도원 같았다. 그곳에 사는 사람들이 모두 말하였다.

"원적이 싸움에 패한 뒤 형벌을 피하여 이곳에 살다가 나이 거의 80세가 되어서야 죽었습니다. 그의 아들이 삼년상을 마치고

328 원적(元績: ?-1555, 명종 10): 1519(중종 14)년 무과(武科)에 장원. 전라도 병마절도사로서 1555(명종 10)년에 을묘왜변(乙卯倭變)이 일어나 왜선 70여 척이 달량포(達梁浦)에 침입하여 성을 크게 포위하자, 이에 항전하였으나 성중에 양식이 떨어지자 적에게 화의를 청할 것을 결심하고서 군사들로 하여금 의립(衣笠)을 벗게 하여 항복할 뜻을 적에게 보이게 했다. 그러나 성을 뛰어넘은 적에 의해서 영암 군수(靈巖郡守) 이덕견(李德堅), 장흥 부사(長興府使) 한온(韓蘊)과 함께 살해당했다. 이로 인해서 한 도(道)의 주장(主將)으로 먼저 항복을 했다는 죄목으로 가산(家産)이 적몰(籍沒)되었다.

329 윤원형(尹元衡: ?-1565, 명종 20): 조선조 명종 때의 권신. 자는 언평(彦平), 본은 파평(坡平). 문정왕후(文定王后)의 동생으로 벼슬은 우의정·영의정에 이름. 명종이 즉위하자 을사사화를 일으켜 윤임(尹任)·유관(柳灌) 등 대윤(大尹) 일파를 거세함.

무당을 불러 밤 제사를 지낸 지 이제 겨우 4, 5년 되었습니다."

그 지방의 풍속이 매우 순박했으므로 원적을 도망해 온 사람인 줄로만 알고 매우 관대하게 대접했던 것이다.

옛날에 안요安姚 유홍劉泓에게 사형이 내려져 그를 동쪽 저자에 보냈다는 사실이 사적에 매우 소상하게 실려 있는데도 그가 세상을 피하여 신선이 되었다는 이야기 또한 소설에 나온다. 당시에 몸을 빼내 몰래 도망해서 형벌을 피하고 깊은 골짜기에서 영靈을 길러 수명을 연장시키고 보신保身한 것이 원적과 같은 것 아니었을까? 그랬으리라는 것을 알 수 있다.

## (103) 유충홍과 허씨 부부

첨지僉知 유충홍柳忠弘의 부인 허씨는 승지 허관許寬의 딸이다. 나주에 살았는데 평생 동안 지킨 규방의 범절이 몹시 높았다. 유충홍을 섬김에 예법으로 공경하여 의복은 지극히 화려하게 해 주었으며, 음식을 지극히 풍성하게 공급했고, 남편을 향해 한번도 얼굴을 찌푸린 적이 없었다.

유충홍이 아들이 적은 것을 걱정하여 밖에 은밀히 첩을 선택해 두었다. 부인은 남편이 첩을 맞아들이는 길일을 탐지하여 성대하게 대초례大醮禮 준비를 하고서 남편에게는 비밀로 하였다.

그날이 되자 유충홍은 가마를 대령시켜 출타하려 하였다. 그러자 부인이 시중들던 계집종을 모두 나가게 하고 상자에서 새 옷을 꺼내 남편에게 입혔다. 조금 후에 커다란 탁자에 음식을 차려 내놓고 부인도 옷을 잘 차려 입고 마주 앉으니 마치 초례醮禮를 지내는 것 같았다. 유충홍이 괴이하게 생각하여 물으니 부인이 웃으면서 말했다.

"처음 어르신과 혼인할 때 이와 같은 예를 치렀습니다. 지금 어르신께서 장차 저와 떨어지려고 하시니 어찌 예를 거행하지 않겠습니까? 그래서 처음 혼인할 때 치렀던 예로 치르는 것입니다."

유충홍은 마침내 그 행차를 그만두었다.

유충홍이 죽자 아내는 장사 지내기 전 석 달 동안은 물도 마시지 않았고 삼년상을 치르는 동안에는 쌀죽만 마셨을 뿐이다. 3년 후에는 흰옷을 입고 절식하였으며 아침저녁으로 남편 신위神位에 밥을 올렸는데 그 일을 평생 동안 빠뜨리지 않고 하였다. 날마다 제수를 갖추는 것이 지극히 풍성하여 마치 절일節日의 성대한 향연 같았다. 과일이 대여섯 그릇이요, 탕이 일고여덟 그릇이었고 다른 제물들도 마찬가지로 풍성하였다.

매일 저녁마다 몸종들을 안채에 재우고, 모든 문에는 열쇠를 채워서 남자 종들은 감히 중문中門 안에 들어오지 못하게 하였다. 또 여명에 밖에서 자던 계집종들에게 각각 물건을 집도록 하고 열쇠를 내어 문을 여니 마치 나라의 성문 여는 것처럼 엄격하였다.

조석으로 제물과 사사로운 음식을 마련함에 각기 다른 칼을 사용하였으며, 제물에 사용되는 그릇들은 모두 싸서 상자에 두었고, 생선과 고기를 요리하고 반찬을 마련할 때 서로 섞이지 않도록 하였다. 그릇을 다 쓰고 나면 칼은 싸서 두고 그릇들은 상자에 보관하였다.

어느 날 밤 집안에서 불이 나자 몸종이 가서 불을 끄려 하였다. 부인은 이를 제지한 뒤 자신이 많은 몸종들을 인솔하고 갔다. 여자종은 안에 둘러서게 하고 남자종은 밖에 둘러서 호위하게 하였다. 그런 연후에 허씨 부인을 모시고 있는 자를 제외한 다른 노비에게 명하여 달려가 불을 끄게 하였다. 또 사내종에게 명하여 불을 잘못 놓은 종을 불을 끄기 전에 먼저 결박해 오도록 하였다. 이윽고 불이 꺼지자 측실 소생 아들에게 대략 그 벌을 내리도록 했다.

다음 날 아침 허씨 부인의 조카 유주은柳澍溵이 와서 부인을 위로하며 불을 질렀던 자를 죄 주기를 청하였다. 먼저 사내종을 결박하고 난 후 불을 껐다는 소리를 듣고 괴이히 여겨 물으니 부인이 말하였다.

"집을 다스리는 것은 나라를 다스리는 것과 같네. 나라에 기강이 없으면 나라를 다스릴 수 없으니 집에 기강이 없다면 이 또한 어떻게 집안을 다스리겠는가? 집에 불이 나면 집은 오히려 고쳐지을 수 있지. 죄를 지은 사람에게 먼저 형벌을 내린 것은 가도家

道를 알리는 것이었네."

이 말을 들은 사람들이 모두 탄복하였다.

과부로 산 것이 40~50년이었는데, 사나운 노비들도 모두 부인의 제재를 받고 명령을 들었다. 계집종의 남편 중에 성질이 강퍅하여 제어하기 어려운 자가 있었다. 이 자는 관가에서 위엄 있고 세력 있는 자들도 모두 다스릴 수 없었으나 부인이 마을 밖에서 매질하도록 하니 그는 얼굴을 수그린 채 감히 항거하지 못하였다. 부인의 친족들도 감히 그르다고 하지 못하고 "부인이 아니라면 이 같은 일을 들을 수 있겠습니까?"라고 말하였다.

부인에게 아들이 하나 있었는데 이름은 준俊이었다. 그가 부인보다 먼저 죽어 천첩 소생 아들만 하나 있었는데 그 또한 북쪽에 수자리 살러 갔다. 그때 마침 임진란이 일어났는데 부인이 나이가 80여 세였으나 집안일을 모두 처리하고 있었다. 집안 사람 모두에게 배를 타고 바다로 나가 왜적을 피하게 하면서 말하였다.

"내 비록 이미 늙었지만 그래도 아녀자이다. 남자도 없이 어떻게 혼자서 종들과 함께 난리를 피해 밖으로 가겠느냐. 삶을 마칠 때인 것 같다."

다음 날 날이 새었는데도 부인이 오래도록 이부자리에서 일어나지 않아 계집종들이 들어가 보니 이미 죽어 있었다. 상자 속에서 편지 한 장을 얻었는데, 장사 지내는 제반 사항을 모두 적은 것이었다. 장사를 지낸 다음 날 왜적이 이르러 온 집안 식구들 모두가 비로소 바다를 건넜다.

유충홍은 육독肉毒[330]을 앓았는데 볼기에 생겨나 그 크기가 종鍾만 하였다. 의원이 그의 몸을 묶고 육독을 제거하려고 하였으나 유충홍은 손님과 마주하여 태연자약하게 이야기를 나누고 차를 마시면서 의원이 살을 찢고 살을 바르는 대로 맡겨 두었다. 피가 앉은 자리에 가득하였어도 얼굴빛조차 변하지 않았다. 몸소 소금을 가져다 상처에 문지르니 즉시 나았다.

## (104) 기리단

천축국天竺國의 서쪽에는 구라파歐邏巴가 있다. 구라파는 방언으로 대서大西를 말한다. 그 나라에는 하나의 도道가 있으니 그를 일러 기리단伎利檀이라고 하는데 방언으로는 하늘을 섬긴다(事天)는 뜻이다. 그 도는 유儒도, 불佛도, 선仙도 아니다. 별도로 한 단서를 세워 무릇 마음을 정하고 행사함에 하늘을 거스르지 않으나, 열국列國에서는 각각 천존상天尊象을 만들어 놓고 그것을 받들고 섬긴다. 그리고 도교와 불교와 유교를 마치 원수처럼 배척한다.

우리가 칭술하는 것과 같은 점이 많으면서도 그 근본이 되는

330 육독(肉毒): 몸에 독이 있는 병.

큰 줄기는 현격하게 다르다. 불교에 대하여는 윤회의 설을 심하게 배척하나 천당과 지옥은 있다고 여긴다. 그 도의 풍속은 결혼하는 것을 숭상하지 않고 평생토록 여색을 가까이하지 않는 자를 선택하여 군장君長으로 삼아 교화황敎化皇이라고 부른다. 그는 천주天主를 계승하여 가르침을 널리 퍼뜨려 세상을 깨우치며, 세습할 후사도 두지 않고 어진 이를 택하여 그의 후사로 세운다. 개인적인 가정도 없이 오직 공무에만 힘쓸 뿐이며, 또 자식도 없이 억조億兆의 백성들을 자식으로 여길 뿐이다. 그 도의 경서는 대략 회교의 것과 같이 왼쪽을 위로 삼아 가로로 써 행을 만든다. 그 도의 신부(士)는 붕우간의 교제를 중하게 여기고 많은 사람들이 천문天文과 성상星象에 정통하고 있다.

만력 연간에 이마두[331]라는 자가 있었는데, 그는 구라파에서 태어나 8만 리를 두루 유람하고 남월[332]에 10여 년을 머물면서 능히 천금의 재산을 모았다. 그러나 그것을 모두 버리고 중국으로 들어가 성현제자聖賢諸子의 책을 모두 관람하고 계유년(1603)에 상·하권 8편으로 이루어진 저서를 지었다.

---

331 이마두(利瑪竇): Matteo Ricci(마테오 리치)의 한역(漢譯). 이탈리아 야소교회(耶蘇敎會)의 전도사. 명대(明代) 만력간(萬曆間)에 광동(廣東)에 갔다가 후에 북경(北京)으로 가서 전도함. 천문(天文)·지리(地理)·의학(醫學) 등을 가르쳐 서양문화 이입의 원조가 됨.

332 남월(南粵): 남월(南越). 한 고조(漢高祖)가 조타(趙佗)를 봉한 나라. 지금의 광동(廣東)·광서(廣西) 두 성(省)의 땅을 영유하였음.

수편首編에서는 천주天主가 비로소 천지를 창조하고 주재하여 안양[333]했다는 것을 논했고, 제2편에서는 세상 사람들이 천주에 대해 그릇되게 인식하고 있는 점을 해설했으며, 제3편에서는 인간의 혼이 불멸한다는 사실이 금수와는 크게 다른 점이라는 것을 논했으며, 제4편에서는 귀신과 사람의 혼령 및 천하 만물이 해서는 안되는 것을 논했으며, 제5편에서는 윤회輪廻와 육도六道의 설이 그릇되다는 것을 변론했으며, 제6편에서는 뜻(意)은 없앨 수 없다는 것을 해명하고 천당·지옥과 선악의 응보에 대해 해설했으며, 제7편에서는 인간의 본성은 본래 선하다는 것을 논하고 천주의 바른 배움(正學)에 대하여 기술했으며, 제8편에서는 서양의 풍속을 총괄적으로 들어 교를 전파하는 성직자들이 결혼하지 않는 뜻의 원인을 논하고 아울러 천주가 서토西土에 강생한 유래를 해설하였다.

이 책의 제목은 『천주실상天主實象』인데, 천주는 하느님(上帝)을 의미하고, 실實은 불공不空을 의미하는 것이니, 노불老佛의 공空과 천天을 배척한 것이다. 그 책의 말편에 다음과 같은 말이 있다.

> 한나라 애제哀帝 원수元壽 2년(b.c. 1) 동지 후 3일에 그 나라에
> 정녀貞女가 강림하여 비록 남자와 관계한 바 없어도

333 안양(安養): 마음을 편안히 하고 몸을 가다듬어 기름.

그녀의 태胎를 빌려 남자아이를 낳았으니 그 남자아이의 이름이
야소耶蘇이다. 야소는 세상을 구한다는 뜻이며 그가 몸소
가르침을 세웠다. 한나라 명제明帝(57년)에 이르러 서역西域에
신인神人이 있다는 말을 듣고 사신을 보내어 구하였는데 미처
반절도 못가 몸을 잃게 되자, 불경을 얻어가지고 돌아와,
그것을 성교聖教라고 그릇 전달하게 되었다.

중국의 『소창기小窓記』와 『속이담續耳譚』에 이마두에 관한 일과 마두瑪竇가 지은 「우론友論」 및 「동혼의銅渾儀」, 「곤의坤儀」, 「여도 팔폭輿圖八幅」 등이 모두 자세하게 실려 있다.

이마두는 대개 이인이다. 천체의 현상과 지리에 관해 널리 변설하였는데 이치에 합당한 말이 매우 많다. 그러나 그 풍속에만 구애되어 천당·지옥의 설과 결혼하지 않는 것을 옳다고 여겨 괴이하고 기만함 또한 많다. 그런데도 근래에 여러 나라에서 이 교가 자못 행해지고 있으며 일본에서는 특히 심하다.

이마두의 「여도」에 나타난 해양의 여러 나라를 보니 중국이 동쪽 모퉁이 한편에 치우쳐 있어 작기가 마치 손바닥만 하고, 우리나라는 버들잎만 하며, 서역이 천하의 중심이었다. 마음속 깊은 곳에서부터 그 설에 복종할 수 없으니 나라에 이를 전한 자가 망령된 것이다.

## (105) 성균관 귀신

국초에 성균관에는 동재東齋와 서재西齋가 각기 10여 칸씩 설치되어 있었는데 단지 판자벽만 갖춰져 있을 뿐이고 온돌방이 없었다. 이곳에 기숙하는 선비들은 그 냉기를 견딜 수 없어서 많은 이불을 연이어 깔고 같이 누워 온기를 취하였다.

서재에 진사 칸이 있었는데 그때 생김새가 맑고 아름다운 한 나이 어린 유생이 항상 「이소경」을 읽고 있었다. 두 진사가 그 유생과 함께 자려고 서로 그의 다리를 잡아당기며 다투었으므로 나이 어린 유생은 마침내 다리가 찢어져 죽고 말았다. 그 이후부터 진사 칸에서는 날이 어둡고 비가 내리는 저녁이면 간혹 "제고양지묘예帝高陽之苗裔[334]"라고 독서하는 소리가 들렸다. 이와 같은 것이 여러 해 동안 지속되었는데 성균관 유생으로 이곳에 거처하는 자들 대부분이 이 꿈을 꾸다가 가위에 눌렸다.

그 후에 연산군이 마을을 횡행하다가 밤에 통행금지를 범하면 이 진사라고 칭하였는데, 그러면 도적 잡는 포교도 감히 어쩌지 못하는 것이었다. 연산군은 '생원 진사는 세력 있는 사람들도 꺼리는구나'라고 생각하여 놀러 갈 때마다 반드시 생원 진사들로 하여금 수레를 메게 하였다.

---

334 제고양지묘예(帝高陽之苗裔): 굴원의 「이소경」 첫머리에 나오는 구절로, '나는 고양 임금님의 후손'이라는 의미임.

후에 연산군은 성균관의 식당을 부수고 호랑이 우리를 만들었으며, 동·서재에는 모두 기생들을 거처시켰다. 한 기생이 진사 칸에서 잠을 자다가 꺼림칙하고 이상하게 죽었다. 이로부터 진사 칸에서 기숙하는 선비들 꿈에는 미녀가 나타나 항상 가위 눌렸다.

만력 무인년(1578) 6월 15일에 성균관 관원이 소주와 구운 개고기를 준비하여 선비들을 먹였다. 생원 장언진張彦珍이라는 자가 있었는데 그는 호남 사람으로 진사 칸에서 객으로 우거하고 있다가 이날 여러 친구들이 권하는 소주를 과음하여 그로 인해 죽고 말았다.

그다음 해 6월 15일에 성균관 관원이 다시 소주와 구운 개고기를 준비하여 선비를 먹였다. 그 전날 밤에 진사 이철광李哲光이 진사 칸에서 잠을 자는데 본디 알지 못하던 한 선비가 꿈에 나타나 이철광에게 말했다.

"나는 생원 장언진이오. 내일 성균관 관원이 술과 고기를 준비하여 먹일 것이니 나에게도 나누어 주어 맛볼 수 있도록 해 주시오."

이철광이 꿈에서 깨어나 이상하게 여기고 같이 잠자던 사람에게 물었다.

"생원 중에 장언진이라는 사람이 있습니까?"

그 사람이 대답하였다.

"그렇소."

철광이 물었다.

"내일 성균관 관원이 고기와 술을 선비들에게 먹입니까?"

모두 대답하였다.

"그렇소."

이철광이 물었다.

"장언진이 살아 있습니까?"

모두 대답하였다.

"지난 해에 소주를 과음하여 이곳에서 죽었소."

이철광이 놀라며 크게 이상하게 여기고 인하여 꿈을 이야기해 주었다.

다음 날 아침 이철광이 먹고 마시는 자리에 참여해서 별도의 그릇에 개고기를 받고 또 다른 그릇에는 소주를 받아 자리 가운데 펼쳐 놓고는 두 손을 마주잡고 꿇어앉아 자신은 한 꿰미의 고기 한 잔의 술도 마시지 않았다.

같이 술자리에 참가했던 사람들이 서로 팔꿈치로 찌르고 웃으면서 말했다.

"장생이 너에게 한잔 술을 권하니 세간에 어찌 만년 생원이 있겠으며, 이생이 너에게 한 꿰미의 고기를 권하니 세간에 어찌 만년 진사가 있겠는가?"

## (106) 선비 사회의 금기

세속에서는 꺼려 기피하는 일들이 많다. 중국 사람들은 바다에서 배를 탈 때 '주駐' 자 및 '착着' 자와 같은 발음이 나는 말들을 꺼려 '착' 자를 '쾌快' 자로 말하는데, 이는 '쾌' 자에서 빠르고 신속하다는 의미를 취한 것이다.

중국어에서는 물건이 무거운(重) 것을 침沈이라고 말하는데, 배 안에서는 '침沈' 자를 말하지 않을 뿐만 아니라 '중重' 자 또한 말하는 것을 꺼린다.

요즈음에 우리나라 유생들이 과거에 응할 때면 일상에서 하는 말 가운데 '락落' 자 쓰는 것을 싫어하여, 여러 벗들이 서로 더불어, "말 중에 만약 '락落' 자를 사용하면 당장 주먹으로 몰매를 때려 몰아내자."라고 약속하였다.

어떤 한 유생이 시험장에서 낙지(絡締)를 구웠는데 다른 한 유생이 그것을 젓가락으로 집어 주면서 말하기를, "입지(立締) 구운 것 먹으시오."라고 했으니, 여기에서 '입立'이라는 것은 수립樹立한다는 의미이다. 이 말을 들은 시험장 사람들이 크게 웃었다. 과거에 급제하기 전에는 낙지를 먹지 않는 사람들이 간혹 있었으니 그것은 낙지가 '낙제落第'와 동음에 가까워 발음하는 것을 꺼렸기 때문이다.

유희서柳熙緖가 장차 사마시[335]에 응시하려고 할 때, 꿈에 준마를 타고 달리다가 중도에서 떨어졌다. 꿈에서 깨어나자 그는 망연자실하였다. 유희서는 준마 타기를 좋아하여 항상 무인에게 준마를 빌려 타고 장안의 기생집을 두루 돌아다녔는데 갑자기 말이 넘어져 말에서 떨어졌다. 유희서는 자신의 몸이 다친 사실도 잊어버리고 꿈의 징험이 이루어진 것을 기뻐했다.[336] 그다음 날 과거에 응하여 사마시에 합격하였다.

신숙申熟은 시험에 다다를 때마다 고양이가 그의 앞을 가로질러 가면 반드시 합격하였다. 과거시험 날이 내일로 닥쳐와 종일토록 돌아다녔지만 고양이가 가로질러 가는 것을 발견하지 못하였다. 억지로 친한 벗들을 찾아다니다가 밤이 깊어서야 길가 점사店舍에 병든 고양이가 문밖에 쪼그리고 앉아 있는 것을 보고 부채를 휘둘러 고양이를 놀라게 하자 고양이는 앞을 가로질러 지나갔다. 그는 크게 기뻐하며 비로소 집에 돌아가 쉬었다. 그다음 날 응시하였는데 과연 합격하였다.

아아! 꺼려 기피하는 것을 좋아하는 것은 여자들이 하는 것이다. 선비는 도리를 아는 자인데 어찌 요설에 미혹되겠는가. 다만

---

335 사마시(司馬試): 고려와 조선조 때 과거제도의 하나. 생원(生員) 진사(進士)를 뽑는 소과(小科)로, 초시(初試)와 복시(覆試)로 나뉨. 생진과(生進科). 감시(監試). 소과(小科).

336 유희서는 말에서 떨어진 꿈을 사마시에 낙방할 전조로 인식했으나, 실제 말에서 떨어짐으로 인해 꿈이 이미 징험되었으므로, 꿈의 전조가 낙방과는 무관한 사실을 알았기 때문임.

선비의 습속에서 과거를 중시한 나머지 마치 물 건너는 사람이 죽고 사는 것을 두려워하듯 하니, 가소롭도다.

## (107) 화포장의 횡재

옛날에는 중국과 뱃길로 통하였다. 상부사[337]와 서장관書狀官 등이 각각 다른 배를 타고 또 각각 한 본의 자문[338]과 표문[339]을 갖추어 예기치 아니한 일에 대비하였다. 예를 들면 고려 때 상사 홍사범洪師範은 물에 빠져 죽었는데도 서장관 정몽주鄭夢周는 중국에 도달한 것 같은 일이 이것이다.

중국에 조회하러 가는 행차는 풍천豊川에서 배를 타고 적해赤海·백해白海·흑해黑海를 건넜는데, 그 사이가 수천 리나 되었다. 많은 섬을 지나고 바람과 조수를 기다려 길을 떠났으므로 그 여로에 드는 비용과 중국과 무역하는 비용으로 각각 온 집안의 재물과 맞먹을 정도의 곡식을 배에 실었다. 풍천읍의 수령이 선상

337 상부사(上副使): 정사(正使)와 부사(副使).

338 자문(咨文): 조선시대에 중국(中國)의 육부(六部), 특히 예부(禮部)와 왕래하던 문서를 말한다.

339 표문(表文): 우리나라 국왕이 중국 황제(皇帝)에게 올리는 글. 황제의 생일이나 정조(正朝), 동지(冬至)에 파견되는 사신(使臣)이 가지고 가는 문서는 표(表) 정본(正本) 1도(道), 부본(副本) 1도, 방물장(方物狀) 1도(방물표인 경우에는 정·부본 각 1도), 예부자(禮部咨) 1도 등이다.

船上에서 풍류를 크게 베풀어서 전별하였고, 배가 출발함에 미쳐서는 친구들이 배를 붙잡고 울면서 전송하였으니, 지금까지도 기악妓樂[340]에는 선상에서 베풀었던 풍류의 곡조가 남아 있다.

한 화포장火砲匠이 있었는데 중국에 조회하러 가는 인원에 끼이게 되었다. 집안이 몹시 가난하여 여행 보따리가 보잘것없었으므로 동행인들이 손가락질하며 웃었다. 바다에 있는 어떤 섬에 이르러 배를 정박하고 땔나무를 채취한 뒤 순풍을 기다렸다가 장차 배를 출발시키려고 하는데 배가 스스로 빙빙 돌면서 앞으로 나아가지 않았다. 그러자 배 안에 있던 사람들이 모두 말하였다.

"예전부터 배의 행인 가운데 한 사람이라도 수액水厄을 가지고 있으면 모든 뱃사람이 재앙을 입게 된다. 지금 우리 배에 타고 있는 사람 중에 반드시 수액이 있는 사람이 있을 것이니 시험해 보자."

한 사람씩 육지에 내리도록 하였는데 그때마다 매번 배는 여전히 빙빙 돌 뿐이었다. 그러다가 화포장이 육지에 내리자 왕성하게 빙빙 돌던 배가 갑자기 돌지 않았다. 뱃사람들은 드디어 서로 더불어 상의하더니 마른 양식, 의복, 솥, 칼, 검 및 소용되는 모든 그릇 등을 갖추어 주고 그를 강제로 섬에 남겨 둔 채 떠나면서 약속하였다.

---

340 기악(妓樂): 기생이 포함된 음악 집단 혹은 그들이 연주하는 음악을 말한다. 주로 관청에 소속되어 연회가 있을 때 동원되었다.

"일을 끝내고 돌아올 때 마땅히 당신을 이곳에서 맞이하여 함께 배에 태워 돌아갈 것이오."

마침내 서로 울면서 이별하였다.

화포장이 혼자 섬에 지내면서 풀을 엮어 집을 지어서 바람과 비, 추위와 더위에 대비하였고, 굴과 소라를 줍고 낚시를 하여 기갈을 해소하면서 외딴 섬에서 마른 해골이 될 것이라고 스스로 생각하였다.

매일 밤 잠들지 못하고 귀 기울여 들으니, 매일 새벽 무렵이면 섬 안에서부터 산이 들썩들썩하고 산마루가 진동하며 점차 바다로 나가는 소리가 들렸다. 또 저물 무렵에는 바다 가운데에서 물결을 헤치고 구렁을 진동시키며 섬 가운데로 들어오는 소리가 들렸다. 몹시 이상하게 생각하고 때를 기다려 수풀 속에 숨어 살펴보니 한 큰 이무기가 있어 그 크기가 커다란 대들보만 하였고 길이는 몇백 자나 되는지 알 수 없을 정도였는데, 섬 안에서는 곰·말·사슴·돼지 등을 통째로 삼켰고 바다 가운데로 들어가서는 큰 물고기와 갑골류를 잡아먹었다. 이무기가 지나는 길에는 하나의 도랑이 생겼는데 큰 선박도 드나들 수 있을 정도로 컸다.

화포장이 대검을 새로 갈아서 이무기가 지나다니는 길 가운데에 나열해 세워 놓고 칼자루 위로 나온 칼날은 모두 흙으로 묻었다. 다음 날 새벽 그 이무기가 결국에는 바다로부터 돌아오다가 머리끝서부터 발끝까지 모두 검에 찢겼다. 그러자 품질 좋은 진주 · 옥돌 · 야광 옥돌 등의 부류가 땅으로 쏟아져 나와 시내를 가득 채웠고, 며칠이 지나자 또 비린내와 썩은 냄새가 코를 찔렀다. 화포장이 그 냄새를 좇아 찾아가니 그 큰 이무기가 수풀 속에 죽어 있었다. 이무기의 배를 갈라 꺼내니 몇 마디 크기의 커다란 야광주가 부지기수였다. 드디어 풀을 엮어 진주를 싸니 열 말 크기의 포대기가 열 개 남짓이었다. 이를 다시 떨어진 옷으로 덮고서 배가 돌아오기만을 기다렸다.

거의 반년이 지나 마른 곡식도 거의 다 떨어질 무렵에 큰 배가 돛을 펼치고 바다로부터 오면서 큰 소리로 부르며 부르짖었다.

"화포장은 살아 있는가?"

배가 가까이 이르러서 본 즉 그 배는 중국에 조회하러 갔다가 우리나라로 돌아가는 배였다. 서로 더불어 손을 잡고 위로한 다음 화포장을 맞아 배 위에 태웠다. 같은 배를 타고 있던 사람들은 이미 남쪽 지방의 금, 큰 조개, 문채 나는 비단 등을 중국에서 얻어 배에 가득 싣고 돌아가는 중이었다.

화포장이 말하였다.

"여러분들은 모두 중국에서 값진 재물을 얻었지만 나는 홀로 빈산에서 고목처럼 말랐으니 이는 모두 운명이겠지요. 제가 무슨 면목으로 집에 돌아가 처자를 보겠습니까? 섬에 있으면서 할 일이 없어서 주변의 둥근 돌을 주웠는데 늙은 아내의 상을 누르고 기계를 지탱하는 방적 도구로나 쓸까 합니다."

마침내 풀로 엮은 10여 개의 포대를 들어 배 위에 올려놓았는데 모두 떨어진 옷으로 덮여 있었다. 배에 타고 있던 사람들은 몰래 비웃었지만 한편으로는 그를 불쌍하게 여기기도 하였다.

우리나라에 돌아와 보배들을 저자에 내다 팔고, 마침내는 억만 장자가 되었다. 자손들은 모두 명문의 벌족들과 결혼하였으며 친교를 맺고 은근하게 지내는 자들도 모두 그 당시 귀족과 권세가들이었으니 그 집안의 부가 우리나라에서는 으뜸이었다.

## (108) 명의 안덕수

안덕수安德壽는 선조조의 연로한 명의로 의술이 귀신같이 신묘했다. 연로하고 병이 많았기 때문에 사람과 접하는 일이 드물었지만 진맥하여 약을 처방함에 있어서는 백 가운데 하나도 어긋남이 없었고, 비록 이름하기 어려운 고질병이라도 치료하지 못하는 것이 없었다. 세상에서 말하기를, 양예수는 패도를 사용해 효력은 신속하지만 사람을 많이 상하게 하는 반면 안덕수는 왕도를 사용해 효력은 느리지만 사람을 상하게 하지 않는다고 하여, 당시의 논의가 대부분 안덕수에게 긍정적으로 돌아갔다.

어떤 한 사람이 나쁜 고질병에 걸려 여러 달 동안 침통해 하였다. 그것을 안덕수가 약으로 치료해 주었는데, 그 병의 증상이 다섯 번 변하자 그에 따라 약의 처방 또한 다섯 번 변하게 하여 모두 효과를 보았다.

밤에 꿈속에서 어떤 사람이 나타나 안덕수에게 말했다.

"나와 그 환자는 여러 대에 걸친 심각한 원수요. 그래서 이미 상제上帝께 그를 반드시 죽이겠노라고 고하고 병의 증상을 다섯 차례 변하여 당신의 약 처방을 피하였으나 당신 또한 약 처방을 다섯 차례 변하여 병을 치료하였으므로 이제는 그대를 이길 수 없게 되었소. 내일이면 또 병의 증상을 여섯 번째로 변하게 할 것인데 공이 만약 그 병에 대해 또다시 새로운 약으로 치료한다면, 이제 원수를 당신으로 삼아 병들게 할 것이오."

안덕수는 잠에서 깨어나 그 꿈을 이상하게 여겼다. 얼마 안 있어 병자의 집에서 사람이 와 병에 대해 묻는데, 증상이 과연 여섯 번째로 변해 있었다. 안덕수는 병을 핑계대고 면회를 사절하였으니 그 사람은 끝내 구제되지 못하고 말았다.

아아! 비록 사기邪氣가 사람을 병들게 한다고 하나, 이는 반드시 사람의 영위榮衛[341]가 허함으로 인해 사기가 성대해진 것이니, 사람이 좋은 약으로 막을 수 있으면 사기가 틈을 타지 못하는 것이다. 내가 고황이수설膏肓二竪說이 몹시 의심스러워 의서를 살펴

341 영위(榮衛): 몸을 보양(保養)하는 혈기(血氣). 영위(營衛).

보니 고膏의 아래와 황肓의 위도 치료할 수 있다고 했으니, 진秦나라의 명의 완緩 또한 이수二竪[342]가 자신을 병들게 할까 두려워한 것이로다. 애석하도다! 안덕수가 한 꿈에 미혹되어 마침내 그 사람을 구하지 못했음이여.

## (109) 살해를 숭상한 일본 습속

왜장倭將 평조신平調信에게 계집종이 있었는데, 용모와 자태가 뛰어나게 아름다웠으므로 평조신은 그녀를 지극히 사랑하였다. 집안의 사내종이 몰래 이 계집종을 훔치니 평조신은 크게 노하였다. 그러나 그 사내종의 검술을 당해 낼 자가 없었으므로 검객 다섯 명을 선발해 가서 목을 베게 하였는데 모두 그에게 해를 당하

---

342 진(秦)나라의 명의(名醫) 완(緩)과 고황이수(膏肓二竪)에 얽힌 고사는 『좌씨성십(左氏成十)』에 실려 있다. 그 전문(全文)은 아래와 같다.
진공(晉公)의 꿈에 여귀(厲鬼)가 머리를 산발한 채 땅에 내려와 가슴을 치고 풀쩍 풀쩍 뛰면서 말했다. "내 자손을 죽인 것은 의롭지 못하다." 공은 곧 질병이 들어, 진(秦)나라에 의원을 구하니 진(秦)나라 제후가 명의 완(緩)으로 하여금 치료해 주도록 하였다. 완이 미처 이르지 못하였을 때 진공(晉公)의 꿈속에 질병이 두 명의 동자로 변하여 나타나 말했다. "그 사람은 양의인데 우리를 상하게 할까 두렵다. 어떻게 피하지?" 다른 동자가 말했다. "명치의 위 염통 아래 거처하면 그인들 우리를 어찌할 수 있겠는가?" 의원이 도착하여 말했다. "질병은 치료할 수 없나이다. 명치 위 염통 아래에 있어 공격하는 것이 불가능하며 이르는 것도 불가능하여 약을 쓸 수 없습니다." 진공(晉公)이 말하였다. "진실로 양의로다." 후하게 예를 갖추어 대접하고 진(秦)나라로 돌려보냈다.

고 말았다. 이에 더욱 진노한 평조신은 스무 명을 선발해 그들로 하여금 그 자의 목을 베도록 하였으나 이들 또한 도리어 당하고 말았다.

평조신은 이를 근심하였으나 뾰족한 계책이 나오지 않았는데, 평조신의 휘하에서 3년 동안 거처하였으나 별다른 재능이 없어 동배들에게 무시당하던 어떤 하인이 자신이 가겠노라고 자청하였다. 평조신이 웃으면서 말했다.

"저놈은 용맹하고 사나워 당해낼 자가 없다. 내가 다섯 명을 선발해 보냈어도 제거하지 못했고 스무 명을 선발해 보냈어도 그들 또한 그놈에게 목 베이고 말았다. 자네가 나의 집에 거처한 지 3년이 지났지만 남보다 뛰어나다는 칭송이라곤 들어 본 적이 없었네. 그냥 있게. 자네가 할 수 있는 일이 아닐세."

그 하인이 말했다.

"장군께서는 시험 삼아 저를 보내 보십시오. 제가 만일 그 종놈의 목을 베지 못한다면 마땅히 장군의 뜰에서 칼에 엎어져 죽어 스스로 사죄하겠습니다."

평조신이 자리에서 내려와 그 하인의 손을 잡으며 말하였다.

"만약 그렇다면 내 마땅히 좋은 군인을 주어 좌우에서 네 명령을 듣도록 해 줄 것이니 몇 사람과 같이 가고 싶으냐? 내가 당연히 그곳에 파견될 군사 1백여 명을 선발해 너의 지시를 받도록 해 주겠다."

하인이 말했다.

"종놈 한 명 제거하는데 어찌 많은 사람이 필요하겠습니까? 저 혼자 가겠습니다."

드디어 검을 가지고 가 그 사내종과 더불어 싸웠다. 나아가고 물러남이 두세 차례 계속되다 드디어는 칼날을 엇갈려 겨룬 나머지 사내종의 목을 베어 돌아왔는데 그의 몸도 한 군데 상처를 입고 있었다.

평조신이 크게 기뻐하며 그를 문에서 맞이하고 예우하며 말하였다.

"자네가 나의 집에서 거처한 3년 동안, 천하를 기울일 만한 훌륭한 재주를 가지고 있는 줄을 내 알지 못했네. 지금부터는 감히 무사들을 함부로 판단하지 않겠네."

상으로 수십만 금을 주었다.

그 하인이 집에서 칼에 맞은 상처로 병을 앓고 있을 때 급제及第[343] 강항[344]은 우리나라 사람으로 포로가 되어 왜적 가운데 있었다. 강항이 그의 집에 가서 문병하니 그 하인이 말했다.

---

343 급제(及第): 문·무과에 합격한 사람.

344 강항(姜沆: 1567, 명종 22-1618, 광해군 10): 조선의 학자. 의병장. 자는 태초(太初), 호는 수은(睡隱), 본관은 진주(晋州). 1588년 진사가 되고, 1593년 전주 별시문과에 병과로 급제. 정유재란 때 이순신 휘하에 들어가기 위하여 남행했으나 도중에 적의 포로가 되어 오사카에 가서 학식 높은 중들과 교유하며 유학을 가르쳐 주고 지리와 군사시설을 비롯한 적정(敵情)을 인편으로 고국에 보고했다. 1600년 포로생활에서 풀려 귀국하였다. 일본에 성리학(性理學)을 전하여 일본 성리학의 원조가 되었으며 많은 명유를 배출시켰다.

"우리나라 풍속에서는 죽이는 것을 서로 높이 숭상하니 이 무슨 도리입니까? 이 나라에 거처함에 조금이라도 능하다는 명성이 있으면 목숨을 보전하다가 제명에 죽는 사람이 없습니다. 나는 당신 나라에 가서 시서詩書 사이에 종사하고 싶습니다. 종신토록 창검을 보지 않을 수 있다면 기쁘지 않겠습니까? 당신 나라에 가서 살고 싶습니다."

## (110) 신여독의 호지 체험

한량[345] 신여독申汝櫝은 흥양興陽의 서얼이다. 만력 기미년(광해 11, 1617)에 중국 조정에서는 우리의 군사를 징병하여 노아합적[346]을 토벌하니, 신여독은 정실 형을 대신하여 갔는데, 보성寶城 사람 임흥국林興國과 더불어 함께 천자궁天字弓을 쏘아 일당백一當百의 선발에 들었다.

호지胡地에 들어가 6, 7부락을 무찔렀으나 복병을 만나, 중국의

345 한량(閑良): 호반(虎班) 출신으로 아직 무과(武科)에 급제하지 못한 사람.

346 노아합적(奴兒哈赤: 누르하치, 1559-1626): 청(淸) 초대 황제. 건주좌위(建州左衛) 여진(女眞)의 추장 각창안(覺昌安)의 아들. 명나라가 임진왜란 때 우리나라에 원병을 보내고 있는 동안 송화강(松花江)·목단강(牧丹江) 유역을 병합, 1616년 황제의 자리에 올라 국호를 후금(後金: 뒤에 淸)이라 칭하고 천명(天命)이란 연호를 사용하였다. 1618년 명나라에 대하여 공격을 개시, 명나라로 통하는 관문인 무순(撫順)을 함락시키자, 명나라는 조선에 원병을 요청, 조선군의 출병이 이루어졌다.

장수인 제독提督 유정劉綎, 유격遊擊 교일기喬一琦, 우리나라의 편비編裨 선천 군수宣川郡守 김응하金應河 등은 모두 힘써 싸우다 죽었고, 도원수都元帥 강홍립[347]과 부원수 김경서金景瑞는 8천의 병사를 거느리고 오랑캐에게 항복하였다.

오랑캐의 풍속에서는 항복을 받을 때는 으레 만군萬軍의 침을 수합해서 한 항아리에 담아 그것을 항복한 병졸들에게 나눠 먹이고 그로써 항복을 받아들였다. 신여독은 강홍립의 군에 예속되어 있었다. 오랑캐가 항복한 병졸들을 점호하여 작은 칼마저도 모두 수거한 뒤 마치 양떼 몰듯 몰아 흑룡강黑龍江에 이르렀다. 강은 깊고 또 넓어서 얕은 여울이라도 물이 어깨를 넘었다. 신여독은 이곳에 이르렀으니 돌아갈 길이 완전히 끊겼다고 스스로 생각하고, 동행자들과 더불어 모의한 뒤 큰 소리로 외쳤다.

"남아가 능히 죽지 못하고 이 강을 건너면 종신토록 오랑캐가 될 것이니 나를 따라 돌아갈 자는 누구인가?"

마침내 말에 올라 포위를 무너뜨리고 곧바로 나가니 그를 뒤따르던 열다섯 사람은 뒤쫓는 기마병에게 모두 죽임을 당하고 신여

---

347 강홍립(姜弘立: 1560, 명종 16-1627, 인조 5): 무신. 자는 군신(君信), 호는 내촌(耐村). 선조 30(1597)년 문과에 급제. 광해군 11(1619)년 명군(明軍)과 더불어 심천(深川) 싸움에 오도 도원수(五道都元帥)로 평안병사(平安兵使) 김경서(金景瑞)와 함께 출정하였다가 후금국(後金國)의 포로가 되어 10년간 그곳에 있었는데, 인조 5(1627)년 정묘호란(丁卯胡亂) 때 적군의 선도(先導)를 맡았고, 후금의 사신으로 강화(江華)에 와서 화의를 주선한 후에 국내에 머물다가 역신으로 몰려 단식하여 죽었음.

독과 임홍국만 온전하였다. 산과 계곡을 넘고 우거진 숲을 지나 달리다가 한 거대한 골짜기에 이르렀는데 끊긴 양 언덕 사이의 거리가 수십 척이었다. 신여독은 말을 큰 소리로 몰아 단숨에 그곳을 뛰어넘었고 임홍국은 말의 뒷발이 건너편 언덕을 딛지 못하여 절벽 아래로 떨어졌는데, 그는 몸을 솟구쳐 더위잡고 나오면서 갑옷을 벗고 기어올랐다. 추격병들은 분전하였지만 미치지 못하는 거리가 여러 자였기 때문에 그 둘은 간신히 목숨을 건질 수 있었다.

두 사람 중 한 사람은 말을 타고 한 사람은 걸어서 여러 날 동안 서남쪽을 향하여 가다 숲 속에서 머물렀는데 밤중에 개 짖는 소리가 10리 밖에서 들려오는 것이었다. 여독이 말했다.

"오랑캐의 개는 사람을 보면 달려들면서 짖고 중국의 개는 짖기만 할 뿐 문밖을 나서지 않는다고 들었소. 내 가서 살펴보고 오리다."

그가 마을 밖에 이르자 개가 문안에서 짖으니 중국말로 "아가 아가"라고 부르는 소리가 들렸다. 그 마을에는 남자라곤 없고 부녀자들만 있었는데 서로 불러 모아 나와 보더니 다투어 물과 양식을 주며 영접하고 배웅하였다.

그들이 돌아오는 길에 창성진昌城陣에 이르자, 장군 이정남李挺男이 날랜 기병 열한 명을 선출하여 흑룡강에 다시 가서 정탐토록 시켰는데 우리의 병사들은 발견하지 못하고 돌아오는 길에 오랑캐를 만나 일곱 명의 기병이 죽어 다만 네 명의 기병과 더불어 돌아왔다.

중국 병사들은 오랑캐 부락에서 노소를 가리지 않고 마구 쳐 죽였는데 어린아이들은 모두 손을 뒤로 묶고 눈을 감은 채 쪼그리고 앉아 칼을 받았다. 이때 매우 아름다운 아녀자가 화려하게 꾸미고 호상胡床에 걸터앉아 있었다. 신여독이 칼을 쥐고 세 번 나아갔다가 세 번 다 차마 죽이지 못하고 손으로 칼만 어루만지자 아녀자가 나삼으로 그의 손을 싸므로 여독이 그녀에게 이끌리니 중국의 병사가 칼을 뽑아 그녀를 찔렀다.

## (111) 유진동을 알아본 이자견의 조감

유진동柳辰仝은 약관[348]이 되기 전에 부모를 잃어 배우지 못하였다. 날마다 장안의 나이 어린 협객들과 돌아다니며 마을의 돼지를 훔쳤으므로 모든 마을 사람들이 밤에 돼지를 도둑맞았다. 무리 한 사람으로 하여금 돼지를 묶어 베 이불에 싸서 짊어지게 하고 다른 한 사람에게는 머리를 풀어 헤치고 그 뒤를 따라가며 곡을 하게 하여 마치 장사 지내는 것처럼 하였다.

---

348 약관(弱冠): 나이 20세를 가리킨다.

일찍이 큰길에서 사람들과 씨름을 하였는데 유진동을 당해 낼 자가 없었다. 그 당시 재상이었던 이자견李自堅이 행차함에 사람들을 벽제[349]하였는데, 언뜻 유진동을 한번 보고는 수레를 세워놓고 한참 바라보았다. 그러더니 그를 불러 앞으로 나오게 한 뒤 물었다.

"너에게 아버지와 형이 있느냐?"

진동이 말하였다.

"부모님을 일찍 여의고 큰형에게 의탁하고 있습니다."

"무슨 책을 읽었느냐?"

"배운 바가 없습니다."

이자견은 유진동을 눈여겨보더니 그곳을 떠났다.

이자견의 제수에게 딸이 있었는데 시집갈 때가 되어 마땅한 사람을 구하고 있었다. 이자견이 집에 돌아와 그 제수에게 말하였다.

"내 이번 행차에서 한 호남아를 보았는데 기골이 비범하고 씨름을 잘하여 능히 다른 사람을 굴복시켰소. 제수씨 딸의 배필로 이 사람을 택하는 것이 좋겠소."

제수가 웃으면서 말하였다.

"불초여식을 위하여 어진 사람을 선택해 주시니 아주버님의 말을 듣지 않는다면 누구 말을 듣겠습니까? 다만 씨름 잘하는 것만으로 사람을 취해도 될지 모르겠습니다."

---

349 벽제(辟除): 지위 높은 사람이 지나갈 때 구종별배(驅從別陪)가 잡인의 통행을 통제하는 일.

이자견이 말하였다.

"허락만 하시오. 훗날 틀림없이 귀인이 될 것이오."

혼인 날짜를 잡아 유진동을 맞아들였다. 유진동은 18, 19세가 되었는데도 여전히 믿을 수 없었다. 마침내 활을 잡고 무술을 업으로 삼았는데 처가집 종이 그를 공경하지 않자 쇠 굴레로 종을 치니 종은 그 자리에서 즉사하였다.

그의 장모가 괴롭게 여기고 이자견을 책망하며 말하였다.

"아주버님께서 일찍이 신랑이 좋은 사람이라고 한 까닭에 불초여식으로 처를 삼아 주었습니다. 사위가 이제 이미 장성했음에도 학문을 닦지 않고 행동 또한 지나치게 패악스러우니, 걱정입니다."

이자견이 말하였다.

"걱정하지 마십시오. 나이가 아직 어려서 그렇습니다."

그러던 어느 날 유진동이 말을 타고 활 쏘는 것을 연습하다가 말에서 떨어져 기절하였는데 깨어나서는 분노하여 활과 화살을 분지르더니 말하였다.

"무술은 위태로워 군자가 업으로 할 수 있는 것이 아니다. 이제부터는 무武를 버리고 문文에 종사할 것을 맹세하겠다."

그리고는 말을 달려 집으로 돌아가다 길에서 대관[350]의 벽제를

---

350 대관(臺官): 사헌부(司憲府)의 대사헌(大司憲) 이하 지평(持平)까지의 벼슬.

만났는데도 말에서 내리지 않고 이자견의 집으로 달려가 배움을 청하였다. 이로부터 경서를 외워 마침내 명경과에 급제하였고, 관직이 판서에 이르러 죽었다. 이자견에게 동생 자화自華가 있었는데 둘 다 이름난 재상이 되어, 형제가 번갈아 여러 도道를 안찰하였다.

이자견은 길에서 유진동을 한번 보고 그가 뒷날 반드시 귀하게 되리라는 것을 알아 드디어 혼인을 허락하였으니 귀신 같은 조감[351]을 어찌 심상한 육안에 비하겠는가?

## (112) 절부가 없는 호광 지방

만력 기유년(1609)에 나는 성절사[352]로 연경에 갔다. 그때 판서 윤방尹昉 또한 사신이 되어 갔는데 관館에 머물러 있으면서 말하였다.

"호광湖廣 지방에 한 해변이 있는데 대단히 경치가 아름다운 곳이오. 그런데 그곳에는 여기[353]가 많아 부녀자들이 처음 시집가면 남편이 반드시 나병을 앓아 온몸에 부스럼이 생겨 온갖 약을 다

351 조감(藻鑑): 사람을 보고 그 인격을 알아냄.
352 성절사(聖節使): 중국 황제의 탄일을 축하하기 위해 보내는 사신.
353 여기(厲氣): 질병의 기운.

써도 아무런 효과 없이 죽는데, 재혼을 하면 종내 아무런 근심이 없소. 그래서 처자가 있는 집에서는 반드시 그 사실에 관해서 아무것도 알지 못하는 다른 지방의 사람들을 속여 시집을 보냈다가 병이 전해지기를 기다린 후에 그 지방 남자에게 다시 시집을 보낸답니다. 그렇게 하지 않으면 그곳 사람들이 처자를 데려가지 않지요. 그렇기 때문에 그 지방에는 자연히 절부節婦가 없는 것이지요."

내가 이 같은 말을 듣고 괴이하게 생각하여 허탄하게 여기니, 윤방이 "내 말을 못 믿겠으면 한방반韓房班에게 물어보시오."라고 하였다. 그래서 한방반에게 물어보니 과연 거짓이 아니었다. 한방반은 복건福建 사람이다.

## (113) 정렴과 정작

내가 참판 성수익[354]이 지은 『삼현주옥三賢珠玉』을 살펴보니 북창 선생 정렴[355]은 세상사를 벗어난 신인神人이었다. 유교·도교·불

354 성수익(成壽益: 1528, 중종 23-1598, 선조 31): 조선 선조 때의 문신. 자는 덕구(德久), 호는 칠봉(七峰). 1559년 문과에 급제, 형조·예조의 참판을 지냈다. 1597년 정유재란 때 부총관으로 왕비를 수안(遂安)에 호종했다.

355 정렴(鄭䃀: 1506, 중종 1-1549, 명종 4): 학자. 호는 북창(北窓), 자는 사결(士潔), 본관은 온양(溫陽). 음률(音律)에 밝고, 현금(玄琴)에도 정통하였으며, 천문(天

교 및 기예·잡술 등 모든 것에, 배우지 않았어도 능통했다.

일찍이 자신이 '남의 마음속을 꿰뚫어 아는 석가의 법'을 얻어 그의 문호가 되지 못했음을 한스럽게 여기더니 산에 들어가 정관[356] 한 지 3, 4일 만에 문득 그 법을 환히 깨달아 산 아래 백 리 밖의 일도 알아내는 것이 마치 부절처럼 들어맞아 백에 하나도 어긋남이 없었다.

정렴이 부친을 따라 중국에 가서 유구국流球國 사신을 만났는데 그 또한 이인異人이었다. 유구국 사신은 나라에 있을 때 역易점을 쳐 중국에 들어가면 진인眞人을 만나리라는 것을 알아내고 배가 지나는 곳의 길가 사람들에게 진인에 대해 물어보고 살펴보면서 북경에 도착하였다. 여러 나라 사신들이 머무는 여관을 두루 탐방하였으나 어느 곳에서도 진인을 만나지 못하였다. 그러다 그가 북창 정렴을 한번 보더니 깜짝 놀라며 부지불식중에 그에게 절을 올리고 행낭 주머니를 열어 작은 책자를 꺼냈는데 '모년 모월 모일에 중국에서 진인을 만난다'는 사실을 기록한 것이었다. 이를 북창에게 보이면서 "이른바 진인이 공이 아니라면 누구이겠습니까?"라고 말하였다.

---

文)·의술(醫術)에도 조예가 깊었다. 유교·불교·도교는 물론 복서(卜筮)·한어(漢語)에 이르기까지 모두 정통했고, 문장(文章)·산수화(山水畵)에도 능했다. 시호는 장혜(章惠).

356 정관(靜觀): 마음을 조용히 가라앉히고 사물을 봄.

그 사람이 역학에 정통하였으므로 북창이 크게 기뻐하였다. 3일 밤낮을 같이 거처하며 역을 논의하였는데 북창이 유구국 말에 능통하여 통역관의 말에 기대지 않았으니 이는 배우지 않았어도 능통했기 때문이다.

일찍이 한 집에 거처하면서 연단화후지법[357]을 다스리고 있는데 손님이 찾아왔다. 손님은 지극히 한미한 선비로 그때가 바야흐로 한참 추운 겨울이었으므로 추위의 고통을 견디지 못하였다. 북창은 그를 자리에 앉게 하고 냉기가 뚝뚝 떨어지는 쇳조각을 자기 겨드랑이 아래 끼워 따뜻하게 하였다. 조금 뒤에 그 쇳조각을 꺼내 손님에게 주었는데 활활 타고 있는 화로와 같이 따뜻하여 땀이 흘러 등을 적셨다.

또 어떤 사람이 고질병을 앓아 여러 달 침도 맞고 약도 먹어 보았으나 모두 낫지 않았다. 북창이 그를 자리에 앉히고 한 웅큼의 관초管草[358]를 손으로 비비고 입으로 불어 따뜻하게 한 뒤 그 환자에게 복용하도록 하였더니 병이 곧 나았다.

그는 불행히도 일찍 죽었으니 향년 44세였다. 그의 만사輓辭는 다음과 같다.

일생에 만 권의 책을 읽으시고,

---

357 연단화후지법(鍊丹火候之法): 양신(養神)하는 도가의 법.

358 관초(管草): 삿갓이나 도롱이를 만드는 풀.

하루에 천 잔의 술을 마셨네.
복희伏羲 이상의 일만 고상하게 담론하였고,
종래의 속설은 입에 올리지 않았네.
안회顔回가 30세에 아성亞聖이라 칭해졌으니,
선생의 수명은 어찌 그리도 긴지.

그의 동생 정작鄭碏 또한 기이한 선비였다. 그가 형을 위해 만가를 지었는데 다음과 같다.

내 형의 죽음을 통곡하여
상심한 마음으로 하늘에게 묻고자 하네.
문을 닦아 아성을 이었고
세상이 싫어 태선[359]으로 변하였네.
삼생[360]에 관한 말은 적막했으나
풍류에 관한 글은 만 권이었네.
건곤乾坤을 탁연히도 먼저 깨달았으나
대몽大夢[361]이 홀연 지나가 버렸네.

---

359 태선(胎仙): 태금(胎禽), 학(鶴)의 이명(異名).

360 삼생(三生): 불교에서 사람이 태어나는 과거 · 현재 · 미래의 세상. 곧 전생(前生) · 현생(現生) · 후생(後生).

361 대몽(大夢): 긴 꿈. 전하여 덧없는 인생.

정작은 일찍 홀아비가 되어 40여 년을 홀로 살았는데 한번도 여색을 가까이하지 않았다. 선술仙術을 좋아하고 술을 즐겨 마셨다. 시에 능하였고 또 의술에 밝아 신이한 효험이 많았다. 평생 관직에 나아감을 구하지 않았는데 일찍이 시를 지었다.

백수白首는 참동계[362]요,
홍안紅顏은 국미춘[363]이라.

이 시는 바로 그의 일생사를 읊은 것이다. 나이 일흔하나에 병 없이 좌화[364]하였다.

## (114) 불교에 순사한 이예순

이귀옥李貴玉은 나의 어릴 적 벗인데, 숙천 부사肅川府使로 가선대부[365]에 승자[366]되었다. 그에게는 예순이라는 이름을 가진 딸이 하나 있었는데 그녀의 남편은 김자겸金自兼으로 감사監司 김억령

362 참동계(叅同契): 도가서(道家書).
363 국미춘(麴米春): 술 이름(酒名).
364 좌화(坐化): 앉아서 열반하는 것.
365 가선대부(嘉善大夫): 조선조 때 종2품 문무관(文武官)의 품계(品階).
366 승자(陞資): 당하관(堂下官)이 당상관의 자급(資級)에 오름.

金億玲의 손자이며, 현감 김전金瑑의 아들이다.

김자겸은 불도를 지나치게 좋아하여 그의 벗인 서얼 오언관吳彦寬과 더불어 불업을 수학하였다. 거처와 음식을 내외의 분별 없이 같이하였고, 비록 잠자는 일이라 할지라도 처자의 방에서 함께 잤다. 그 후 김자겸이 병들어 죽으면서 처자를 언관에게 부탁하며 입으로 게偈를 지어 읊었다.

올 때 가졌던 것 없었으니,
떠날 때에도 맑은 가을 달 같네.
오는 것 또한 평상한 옴 아니었으니,
가는 것 또한 평상한 감 아니리.
진상眞常[367]은 본성(性)을 크게 즐기니,
오직 이로써 이치를 삼으리라.

게문을 다 작성한 뒤 죽었다.

그 후에 오언관은 이예순의 집을 마치 친척집 드나들듯 출입하며 불가의 허다한 책들을 그녀에게 가르쳐 주었는데 이예순이 다른 사람의 마음을 깨닫는 법을 얻었다고 선언하자 몸에서 기이한 향이 나고 영묘한 광채가 방에 가득하였으므로 어떤 사람은 그녀

367 진상(眞常): 불가어. 여래가 얻은 바 법의 진실은 항상 존재한다는 것을 일컫는다.

를 생불이라고 칭하였다.

하루는 글을 써 상자에 넣더니 그것을 부친에게 주고 이별한 뒤 오언관을 따라 머리를 깎고 출가하여 안음安陰의 덕유산德裕山으로 갔다. 대나무를 베어 집을 짓고 그곳에 거주하니 읍 사람들이 모두 그들을 공경하고 믿으며 쌀을 덜어 보시하였다.

그들의 노비가 금도군사禁盜軍士[368]에게 잡히자 현에서는 오언관과 이예순을 잡아들이고 감사에게 보고하여 이 일이 조정에 알려졌다. 언관은 이름을 고쳐 황晃이라 하고, 예순도 이름을 고쳐 영일迎日이라 하였는데 영일은 언관의 죽은 처 이름이었다. 그들이 서울로 잡혀 왔을 때는 아직 역옥逆獄이 끝나지 않았던 때였으므로 조정에서는 그들의 종적을 의심하고 궁전의 뜰(殿庭)에서 국문하니 오언관은 심문을 당하다 죽었고, 이예순은 감옥 속에 갇혔는데 절구 한 수를 지어 남동생에게 주었다. 그 시는 다음과 같다.

가사옷을 누런 먼지로 더럽히나니,
어찌하여 청산은 사람을 허락지 않나.
감옥은 다만 몸만을 가둘 뿐이니,
의금부는 나의 원유遠遊를 금하기 어렵도다.

368 금도군사(禁盜軍士): 도둑 잡는 군사.

그녀의 공초[369]는 대략 다음과 같다.

"7세부터 문자를 조금 해독하게 되었는데 그때부터 이미 세상 즐거움에는 마음이 없었습니다. 열다섯에 시집갔으나 남녀의 생업生業을 염두에 두지 않고 오직 지극한 도에만 마음을 두고 8, 9년 공력을 쌓자 얻는 것이 있는 듯하였습니다."

또 말하였다.

"제 스스로 생각해 보니, 옛날 석가는 왕의 태자로서 나라를 버리고 도성을 나서 설산雪山에서 고행한 지 10년 만에 세상을 다스리는 부처가 되었고, 지난 겁劫에 여자의 몸이었던 문수文殊는 몸을 잊어버리고 도에 참여하여 마침내 정과각正果覺을 이루었으며, 원왕부인願王婦人은 왕후로서 깨달음을 얻기 위해 먼 길을 떠났으나 스스로 통달하지 못하자 심지어는 스스로 사서 고행하였으니 그녀는 바로 관음의 전신이었습니다. 이 이외에도 역대로 깨달음을 얻기 위해 고행했던 자들은 이루 다 헤아릴 수 없이 많습니다. 당조唐朝에 이르러서는 불법이 그다지 크게 일어나지는 않았어도 문벌 집안의 부녀자들로 비구니가 되어 집을 나가 그 마지막을 알 수 없는 자들 또한 많았습니다. 고금古今이 비록 다르지만 뜻이야 어찌 다를 수 있겠습니까."

또 말하였다.

369 공초(供招): 죄상을 진술한 것.

"세상에는 삼교가 있으니 유교와 도교와 불교입니다. 유교는 자신의 덕을 밝히고 또 남의 덕을 밝힘으로써 군신·부자로 하여금 오륜을 모두 밝히도록 하고, 만물로 하여금 각각의 직임에 편안토록 하며, 곤충과 초목에까지도 모두 그 혜택을 입도록 하니, 이는 유교의 크게 두드러지는 점입니다.

선교仙敎는 수화水火로 형체와 기운을 단련하여 물외[370]로 날아 올라갈 수 있으니, 병의 고통이 가까이 오지 못하며, 늙고 죽는 것이 침범하지 못합니다. 그러나 영겁을 마음에 품어도 윤회를 벗어나지는 못할 것이니 이는 특별히 장수하는 영화에 그칠 뿐입니다.

불학佛學은 타고난 깨달음의 본성(佛性)을 돈오하면 청정하기가 흰 달이 하늘에 떠 있는 듯하며, 사악한 습성이 저절로 제거되고 번뇌가 저절로 청정해지며, 점점 정신에 통함이 자유자재로워지며, 신통한 변화가 막히지 않고 윤회의 길이 끊어지고 지옥이 영원히 없으며, 종전의 악업이 구름이 소멸하고 비 흩어지듯 하며, 지나온 겁劫의 원친[371]들과 함께 각안[372]을 살펴, 몸은 무너져도 더욱 밝아지며, 겁이 다해도 더욱 견고해집니다. 티끌 하나의 작음도 대개 이와 같거늘 그 나머지에 대하여 다 말하는 것

370 물외(物外): 세상 밖. 세상일에 관계하지 않는 일.

371 원친(寃親): 원수와 친애자(親愛者).

372 각안(覺岸): 불교어. 미혹한 것을 바다에 비유하고 깨닫는 것을 언덕에 비유하여, 미혹한 것을 경유하여 깨닫게 되는 것을 각안(覺岸)에 오른다고 일컫는다.

은 어렵습니다.

저는 여자의 몸으로 태어나 공자를 공부하고자 해도 끝내 임금으로 하여금 백성에게 지극한 혜택을 이루게끔 하는 데 이를 수 없으며, 선도는 조화의 권도를 훔쳐 크게 희롱하는 것입니다. 그런 까닭에 불도를 배워 겨우 한 가닥 터득하자 산림에 자취를 감추고서 위로는 성수聖壽를 축복하고 아래로는 부모님의 은혜에 보답하고자 하여 일생토록 그것을 저버리지 않기를 바랐는데 이제 대죄 가운데 떨어져 죽을 날이 멀지 않았습니다. 그러나 형해形骸가 흩어지는 것은 다만 존재를 벗는 것일 뿐입니다. 죽고 사는 이치는 밤이 지나고 아침이 오는 이치와 다를 바가 없습니다. 하물며 죄를 짓지 않고 죽게 되었으니, 죽는 것이 오히려 사는 것입니다. 그러기에 더욱 한이 없습니다."

## (115) 남사고의 예언

남사고南師古가 강릉에 있을 때 읍 사람들에게 말하였다.

"금년에 반드시 큰 병란이 있어 이곳 사람들이 남아나지 못할 것이니 삼가 피하도록 하시오."

그곳 사람들은 남사고가 신기한 꾀를 소유한 줄 평소에 몰랐으므로 간양 사이(杆襄之間)[373]로 피신하였다. 그해에 역병이 크게 일어나 죽은 자가 이루 헤아릴 수 없이 많아 한 읍이 쓸쓸하였다.

남사고가 돌아와 말하였다.

"나의 술업이 조잡하다고 이를 만하다. 역병을 병란이라고 하다니!"

읍의 선비 최운부崔雲溥가 과거에 급제하고서 양친을 위해 잔치를 열려고 하였는데 남사고가 읍 사람들에게 말하였다.

"당신들은 반드시 잔치에 가 보시오. 이후로 이 읍에서는 30년 동안 이와 같은 경사는 다시 없을 것이오."

후에 이오李璈가 비로소 과거에 급제하였는데, 그 일이 있은 지 바로 31년이 지난 후였다.

남사고가 일찍이 경성에 왔을 때 참판 정기원鄭期遠이 어렸을 때여서 어른을 따라와 남사고를 한번 보았는데 후에 다시 찾아오니, 안에서 "정수재鄭秀才가 왔구나!"라는 큰 소리가 들리더니 남사고가 급하게 달려 나와 정기원을 맞이하는 것이었다. 정기원이 이상하게 여겨 물었다.

"제가 올 줄 어떻게 아셨습니까?"

남사고가, "그대가 올 줄 미리 알고 있었소."라고 대답하면서 벽을 가리켰는데 벽 위에는 '모일 정모가 온다'라고 쓰여 있었다.

가정 정묘년(1567)에 남사고가 잠두蠶頭에 올라 조망하더니 놀라

373 간양지간(杆襄之間): 강원도 고성군(高城郡) 간성면(杆城面)과 양양(襄陽)을 가리킴.

한참 동안을 탄식하면서 "어찌하여 왕기가 흩어지는가!"라고 말하더니 뒤이어 "사직동社稷洞으로 옮겨 갔구나."라고 말하였는데, 얼마 있지 않아 명종께서 돌아가시고 뒤를 이을 아들이 없으므로 선조가 사직동 잠저潛邸[374]에서 왕으로 옹립되어 즉위하였다.

정축년(1577)에 치우기蚩尤旗가 나와 길게 뻗쳐 하늘까지 닿자 사고는 그걸 보고 임진란이 있을 것을 미리 알았다고 한다.

## (116) 망기법을 터득한 박상의

월정月汀 윤근수尹根壽[375]는 중국어를 할 줄 알았다. 일찍이 조천사[376]로 중국에 갔다가 망기자望氣者[377]를 만나자 그에게 물었다.

"망기望氣도 배워서 할 수 있습니까?"

"배우면 할 수 있습니다."

"어떻게 하면 됩니까?"

"동쪽, 서쪽, 북쪽 및 위를 막고 흙방을 지은 뒤 위와 남쪽은 열

---

374 잠저(潛邸): 임금이 보위에 오르기 전에 거처하던 곳.

375 윤근수(尹根壽: 1537, 중종 32-1616, 광해군 8): 문신·학자. 자는 자고(子固), 호는 월정(月汀)·외암(畏菴). 문장과 글씨에 뛰어나 당대의 거장으로 일컬어졌으며, 특히 그의 글씨는 영화체(永和體)라 하여 격찬을 받았다.

376 조천사(朝天使): 천자(天子)를 알현하는 사신.

377 망기자(望氣者): 운기(雲氣)를 바라보고 인간사의 길흉을 점치는 사람.

어 놓고 전처럼 다시 짓습니다. 또 북쪽을 열고 남쪽은 막은 채 예전처럼 다시 지은 뒤 동쪽을 열고 북쪽을 막아 다시 짓습니다. 마지막으로 서쪽을 열고 증축한 뒤에는 이제 윗면을 열어 놓습니다. 이처럼 매번 흙방을 지을 때마다 사면을 막고 한 면만 열어 놓으면 그 가운데가 침침하여 밤낮을 분별할 수 없게 되는데, 그곳에서 밤낮을 잠자지 않고 50일을 지내면 다섯 겹의 흙방 안에서도 대낮처럼 환하게 사물을 볼 수 있게 되어 옷의 실 가락도 모두 셀 수 있습니다. 그런 후에 밖에 나와서 보면 오색 천지의 기운이 눈앞에서 명확해져 수백 리 밖도 능히 볼 수 있습니다. 인하여 길흉을 점치면 백에 하나도 틀리지 않습니다."

학관學官 이재영李再榮이 연경에 가 동악東岳에 이르니 사당 안에 많은 도사들이 있었다. 그중 어떤 한 도사가 흙방 안에서 퉁소를 불었다. 이재영이 그곳에 들어가 보려 했으나 문이 없어 물어보니, 도사가 흙방 안에서 사벽을 모두 막아 놓고 다만 작은 구멍 하나를 통해 음식을 통하고 하나의 작은 창으로 빛을 취하는데 3년 후에 나오면 고품高品의 위치에 올라 후한 녹을 받을 수 있다고 하였다.

근래의 술사인 박상의朴尙義 또한 이 법을 배웠다. 네 겹의 흙방을 만들어 놓고 그 안에 있다가 50일 후에 밖으로 나왔는데 사람의 관상을 보고 기운을 살필 수 있었다. 그가 한 나그네를 보고 말했다.

"당신은 이미 상喪을 당했군요. 하얀 기운이 머리 위에 떠 있습니다."

모친이 먼 곳에 있었기 때문에 이미 모친이 죽었는데도 나그네는 그 사실을 모르고 있었던 것이다. 그런데 며칠 지나지 않아 부음이 도착하였다.

참판 정기원이 박상의를 마주하고 앉아 있다가 밖에 나가 소변을 보았는데 오줌을 잘못 누어 바지를 더럽혔다. 다시 들어가 박상의를 대하고 앉자 그가 웃으면서 말했다.

"공께서는 어쩌다가 오줌을 잘못 누셨습니까?"

이 말을 들은 정기원이 깜짝 놀랐다.

박상의가 담양에 살고 있을 때 한 관비官婢와 사통하였다. 그 계집종은 오만하여 순순히 따르지 않으면서 여러 차례 도망하여 몸을 깊이 숨겼는데, 상의는 반드시 앉은 채로 그녀가 숨은 곳을 알아내 열 번 도망하여 숨었으나 열 번을 다 찾아냈다.

하루는 객과 함께 숙박했는데 밖에 나가 망기望氣하더니 크게 놀라 말했다.

"아무 방위에 매우 악한 기운이 있으니 반드시 시역弑逆이 있을 것이오. 큰 변괴가 초열흘에서 보름 사이에 있을 것이니 그대는 알아 두시오."

객은 눈을 비비고 바라보았으나 아무런 기운도 볼 수 없었으므로 미친 소리로 여겼다. 그 후 20일이 지나자 그곳에서 과연 모친을 죽인 옥사가 있었다.

박상의는 80세에도 능히 이빨로 호두 껍질과 사기 주발을 부수어 가루로 만들어 먹었으니 사람들이 그를 기이하게 생각하며 귀신을 부려 환술을 잘하는 것이라고 여겼다.

박상의가 일찍이 말하였다.

"네 겹으로 된 방에 들어가 50일을 잠자지 않고 우보[378] 고치[379]하며 밤낮으로 보지 않으면 망기법을 배울 수 있다. 그러나 이를 제대로 이행하지 못한다면 마음의 병이 발생하여 미쳐 달아날 것이니 두려워할 만하다."

## (117) 남명 조식

남명 조식[380]은 일생을 속세와 초연하여 고상하게 살았다. 영남에서 은둔하면서 초헌과 면류관을 마치 진흙 바라보듯 하였다.

그가 경성에 와 있을 때 일찍이 탕춘대蕩春臺의 북쪽에 있는 무

378 우보(禹步): 절뚝거리며 가는 걸음으로 걸음이 신발의 크기를 지나치지 않는 걸음이다. 우임금이 수토(水土)를 다스릴 때 산천을 건너느라 발에 병이 나 절뚝거린 데서 연유한다.

379 고치(叩齒): 위아래의 이를 자꾸 마주 부딪쳐서 치근(齒根)을 단단하게 하는 것을 일컬음.

380 조식(曺植: 1501, 연산군 7-1572, 선조 5): 학자. 자는 건중(楗仲), 호는 남명(南冥). 어려서부터 학문 연구에 열중하여 당시 유학계의 대학자로 추앙받음. 지리산에 은거하며 독특한 학문을 이룩하여 수차 조정에서 벼슬이 내려졌으나 모두 사퇴하였음.

계동武溪洞 물가에서 노닌 적이 있었다. 여성위 송인[381]은 관직은 비록 부마였지만 품격이 높은 선비로 자처하며 선생의 풍채를 사모했으므로 계산溪山에서 한잔 술이라도 선생에게 바치고자 하여 창의문彰義門 소나무 숲에 장막을 쳐놓고 선생이 지나가기를 기다렸다. 그는 길가에서 팔짱을 끼고 서서 하리下吏에게 명하여 선생을 말 앞으로 모셔오게 하였다.

선생은 그가 귀인임을 알았으나 말에서 내리려 하지 않고 취한 몸을 꼿꼿이 하고 가면서 말했다.

"어른이 절할 수는 없노라!"

여성위가 머리를 들어 그의 행차를 바라보니 아득하여 마치 천길의 봉황 같았다.

## (118) 상국 장순손의 위세

홍석벽[382]이 홍문관 정자가 되었을 때, 모부인의 가마가 길을 가고 있었다. 상국 장순손[383]의 노비가 술에 취해서 가마를 뒤따르

381 송인(宋寅: 1516, 중종 11-1584, 선조 17): 학자. 명필. 자는 명중(明仲), 호는 이암(頤庵)·녹피옹(鹿皮翁). 중종의 셋째 서녀 정순옹주(貞順翁主)와 결혼하여 여성위(礪城尉)가 되고 명종 때 여성군에 봉해졌음. 시문에 능했으며 당대의 석학들과 교유했고, 만년에는 선조의 자문 역할을 했음.

382 홍춘경(洪春卿: 1497, 연산군 3-1548, 명종 3): 석벽은 그의 호.

383 장순손(張順孫: 1457, 세조 3-1534, 중종 29): 문신. 자는 자호(子浩). 김안로(金安

는 계집종을 희롱하더니 이어 가마를 메고 가는 하인을 베어 버리니 이를 본 모부인이 크게 놀랐다.

홍석벽은 그 일이 상국 집안과 관련된 것이므로 형조에 고발하는 것이 옳지 않다고 여기고 상국의 집에 찾아가 뵙기를 청하였다. 상국이 나오자 홍석벽은 그 일에 관해 말하였다. 그의 말을 들은 상국은 "대단히 해괴하다."고 말하더니, 시중드는 자를 불러 귀에 대고 말하는데 얼굴빛이 태연자약하였다. 홍석벽이 일어나 물러나려고 인사를 하자 상국이 말하였다.

"잠시만 더 머무르면서 함께 한담이나 합시다."

홍석벽은 마음속으로 몹시 이상하게 여기고, 인사를 하고 나오다가 문 옆을 보니 죽은 사람이 거적자리로 덮여 있었는데, 바로 그 노비였다. 상국은 목소리와 얼굴빛이 조금도 동하지 않고 귀에 대고 한 한마디 말로 눈깜박할 사이에 이미 노비를 처치해 죽였던 것이다. 그의 위엄이 이 같았으므로 마땅히 일국의 재상이 될 수 있었던 것이다.

老)의 일파로서 그의 좌우익이 되어 정계에서 활약하였으며, 우의정·좌의정을 거쳐 1533(중종 28)년 영의정이 된 후 기로소(耆老所)에 들어갔다.

## (119) 상진의 덕의와 도량

상국 상진[384]은 사람됨이 관대하고 도량이 커서 평생 남의 과실을 말한 적이 없었다. 다리 하나가 짧은 사람이 있었는데 손님이 그것을 이야기하자 상진이 말하였다.

"손님께서는 어찌해 남의 단점을 말하시오? 다리 하나가 길다고 말해야 할 것이오."

당시 사람들이 명언이라고 칭찬하였다.

이상[385] 오상[386]이 젊었을 적에 시를 지었다.

복희 황제의 풍류와 풍속 지금은 쓸어낸 듯하나
봄바람 부는 술잔 사이에만은 남아 있도다.

상진이 이를 보고 탄식하며 말하였다.

---

384 상진(尙震: 1493, 성종 24-1564, 명종 19): 대신. 자는 기부(起夫), 호는 송현(松峴)·범허재(泛虛齋)·향일당(嚮日堂). 1519년 별시문과에 병과로 급제하여 사관(史官)으로 뽑힘. 인품이 관후 인자하여 15년을 대신으로 왕을 보좌하는 동안 조야의 신망이 두터웠다. 명상(名相)으로서의 많은 일화가 전해진다.

385 이상(貳相): 의정부의 좌찬성(左贊成)과 우찬성(右贊成)의 별칭. 삼정승의 다음가는 벼슬이라는 뜻으로 이 별칭이 생김.

386 오상(吳祥: 1512, 중종 7-1573, 선조 6): 문신. 자는 상지(祥之), 호는 부훤당(負暄堂). 선조 초 북변이 소란해지자 문무를 겸비한 적격자로 평안도 관찰사가 되어 공을 세우고, 1569년 병조판서에 승진. 문장에도 뛰어나 당시 8문장의 한 사람으로 일컬어졌다.

"내가 일찍이 오생吳生을 종국에는 크게 될 인물이라고 칭찬했는데 말하는 것이 어찌 이리도 야박할까."

즉시 붓을 들어 고쳤다.

복희 황제의 풍류와 풍속 지금도 남아 있으니

봄바람 부는 술잔 사이에서 보노라.

몇 글자 차이로 시의 기상이 현격하게 다르니 오상의 관명官名이 상진보다 한 단계 낮았던 것이 마땅하도다.

상진이 의정부에 가서 복상卜相[387]하고 돌아오니 그의 손녀사위 이제신李濟臣이 물었다.

"오늘 재상에 누가 뽑혔습니까?"

상진이 아무 대꾸도 하지 않자 이제신이 말하였다.

"들리는 소문에 심통원[388]이 뽑힐 것이라고 하던데 정말입니까?"

"그렇게 될 것 같구나. 그 사람은 수염이 좋아서(鬚好)……."

상진이 열일곱에도 글을 짓지 못했는데, 일찍이 승가사僧伽寺에

387 복상(卜相): 정승(政丞)이 될 사람을 가려 뽑음. 정승은 국가의 중임을 맡은 사람이므로, 옛날에는 이 자리에 앉을 사람의 길흉을 점쳐서 뽑았다는 고사에서 유래함.

388 심통원(沈通源: 1499, 연산군 5-?): 문신. 자는 사용(士容), 호는 욱재(勗齋). 왕의 외척으로 윤원형 등과 함께 권력을 남용하고 뇌물을 받아 3사의 탄핵을 받고 사직당했으며, 1567년 권력남용과 김안로에게 아부한 죄로 관직을 삭탈당했다.

가서 글을 읽다가 손가락에 침을 묻혀 중의 책상 위에 있는 기름종이에 글씨를 쓰니 어떤 선비가 정색을 하고 꾸짖었다.

"젊은 사람이 비천하구만! 어찌하여 입속의 침으로 종이에 글씨를 쓰는가?"

상진은 몹시 부끄러웠고 한편으로는 노엽기도 하여 스스로 한탄하였다.

"남아가 글을 공부하지 않으면 세상에서 행세할 수 없으리라!"

산사에서 글 읽기를 그만두고 걸어서 돌아왔는데 발이 물러 터져 피가 신발에 가득했다. 결국 스승을 따라 힘써 공부하여 학문에 정진하였다. 십이과 취재[389] 시험에 응시하였고 마침내 문과에 장원급제하였다. 그는 성품은 비록 관대하고 넉넉했으나 학문 진취에는 이와 같이 용감했으며 권세 있고 간사한 무리들을 공격함에도 당파를 따라 머뭇거리는 일이 없었던 까닭에 청의[390]로 거듭 중임되었다. 재상의 지위에까지 오르게 된 것도 바로 이 때문이었다. 그러나 그가 '수염이 좋다'를 이야기했던 것은 그 또한 이제신이 지나치게 곧은 것을 꺼렸기 때문이었다.

---

389 취재(取才): 능력을 시험하여 관리를 뽑는 것. 취재에는 수령(守令), 교관(敎官), 역승(驛丞), 녹사(錄事), 서리(書吏), 역학(譯學), 의학(醫學), 음양학(陰陽學), 율학(律學) 등의 취재가 있었다.

390 청의(淸議): 높고 공정한 언론.

## (120) 어린 홍섬의 지혜

상국 홍언필洪彦弼이 친상을 당해 여막에서 거처하였는데 그의 아들 섬暹이 어린아이로 그를 따랐다. 때는 여름이어서 홍언필이 나무그늘 아래에서 잠이 들었다가 눈을 떠보니 섬이 알몸으로 있고 뱀이 그의 배 위를 지나가고 있었다. 섬은 뱀을 뚫어지게 바라보며 꼼짝 않고 있더니 뱀이 다 지나기를 기다렸다가 일어나 달아났다. 홍언필이 기이하게 생각하고 그 까닭을 물으니 홍섬이 대답하였다.

"뱀이 지나갈 때 만약 몸을 움직였다면 반드시 저를 물었을 것입니다. 뱀이 이미 저를 사람으로 여기지 않고 돌이나 나무로 여기고 저 또한 스스로 사람이라고 자처하지 않고 목석으로 자처한다면 뱀이 스스로 물지 않을 것이기 때문에 움직이지 않았던 것입니다."

홍언필은 그가 장차 대성할 것을 알았는데, 홍섬은 후에 홍언필의 뒤를 이어 상국이 되었다.

## (121) 황수신의 위인

승상 황수신[391]은 승상 황희의 아들이다. 그가 반해 좇아다니던 기생이 있었는데 그녀에게 쏟은 정이 특별하였다. 황희가 그러한 사실에 관해 일찍이 간절하게 책망하자 수신은 "예, 예."라고 대답하고 물러났으면서도 여전히 고치지를 않았다.

하루는 수신이 밖에서 돌아오니 황희가 관복을 정제하고 문에 나와 수신을 영접하였는데 마치 큰 손님을 대하는 것같이 하였다. 수신이 놀라 땅에 엎드려 그 까닭을 물으니 황희가 말하였다.

"내가 아들로 너를 대접하였는데 네가 듣지 않으니 이것은 나를 아버지로 생각지 않은 것이다. 그래서 나는 손님 맞는 예로 너를 접대할 뿐이다."

수신은 머리를 찧으면서 죽여 달라고 청하였고 이후로 다시는 기생을 찾아간 적이 없었다.

일찍이 술에 취해 부축을 받아 말에 횡으로 실린 채 기생집을 지나다 그곳에 머물게 되었다. 밤이 깊어 술이 조금 깨어 눈을 뜨고 보니 등잔불 그림자 아래에 어떤 여자가 곁에 있는 것이었다. 살펴본즉 그녀는 지난날 자신이 사랑했던 기생이었다. 황수신이 놀라서 물었다.

"네가 어찌해 이곳에 왔느냐."

기생이 대답하였다.

"저희 집에 머무시면서 편안히 계십시오."

---

391 황수신(黃守身: 1407, 태종 7-1467, 세조 13): 문신. 자는 계효(季孝), 호는 췌부(惴夫).

황수신이 기생 말을 듣고 주위를 자세히 살펴보니 바로 기생의 집이었다. 이에 크게 놀라 종을 힐책하며 죽이려 하니 종이 말했다.

"오실 때 말머리가 이 집을 향하고 있었으므로 대인께서 이 집으로 고삐를 돌리신 것으로 생각하였습니다."

말이 기생집으로 향했던 것은 지난날 수신이 기생집에 드나들 때 기생집에서 말을 무척 잘 먹였기 때문이었으니, 말머리를 기생집으로 돌린 것은 말이었지 사람이 아니었던 것이다. 황수신이 비로소 그 사실을 깨닫고 종에게 명하여 검을 가져오라 하여 그 말의 머리를 베었다. 후에 황수신은 음관으로 재상의 지위에 올랐다.

## (122) 이준경의 기지

상국 이준경[392]이 감사監司가 되었을 때, 여러 재상들 중 자신이 아는 사람을 위해 군관軍官직을 구하는 자가 무척 많아 자못 귀찮을 지경이었다. 한 무사가 유명한 재상의 서찰을 받아가지고 오자 상국이 깊은 방에 문을 닫고 앉아서는 시중드는 자를 시켜 무사를 데려오되 직통 길로 오지 말고 한 방을 한 바퀴 빙 돌아 수많은 문들을 낱낱이 지나오도록 한 뒤 그를 만나 보았다. 이준경

392 앞의 각주 95 참조.

이 물었다.

"이 방이 어느 곳에 있는가?"

무사는 지나왔던 길이 헷갈렸기 때문에 그릇되게 대답하였다. 이준경은 그를 물리치며 말했다.

"아무개 상국께서 천거한 무사가 동서남북도 모르다니! 그분의 청탁을 받아들일 수 없네."

이후부터 이준경은 적절한 사람을 쓸 수 있었다.

## (123) 박충원과 박계현

참찬 박계현[393]은 이상 박충원[394]의 아들이다. 무척 씩씩하고 절개가 굳었으며 까다로운 예절에 얽매이지 않았다. 젊은 나이에 재상의 지위에 올라 아버지가 입었던 옷을 입고 아버지가 타던 수레를 타니 한 집안의 영화로움이 비할 데가 없었다.

박충원이 아들을 불러 말했다.

"영공令公! 이리 와 나와 바둑이나 두세."

---

393 박계현(朴啓賢: 1524, 중종 19-1580, 선조 13): 문신. 자는 군옥(君沃), 호는 관원(灌園). 1560년 권신 윤원형(尹元衡) 집안의 청혼을 거절했고 대사헌으로 재직 중에는 동인과 서인 사이의 당쟁을 억제하고자 노력했으나 실패했다.

394 박충원(朴忠元: 1507, 중종 2-1581, 선조 14): 문신. 자는 중초(仲初), 호는 낙촌(駱村)·정관재(靜觀齋).

참찬 박계현은 모친인 대부인께서 이상貳相 부친을 위해 새로 지어 준 남색 비단의 조의朝衣를 보더니 그 옷을 내기하자고 부친에게 청하였다. 내기 바둑에서 이상이 지자 참찬은 일어나 몸을 돌려 안방으로 들어가더니 대부인에게 새 옷을 입어 보겠노라고 청하였다. 이윽고 옷을 입고 나서는 작은 문에서부터 아버지 수레를 타고 달리며 부채로 끌채를 두드리니 하졸들이 수레를 밀어서 나는 듯이 길을 갔으므로 그 영화로움이 반의무[395]에 비견되었다.

명종이 내관을 보내어 조정의 신하들에게 술을 베풀었다. 참찬이 술을 들어 한성우윤漢城右尹에게 따르면서 말하였다.

"당신은 어찌해 좌윤左尹이 되지 못합니까?"

그 당시 좌윤은 이상 박충원이었다. 그러자 우윤이 말했다.

"부친을 장차 어느 지위에 두시려오?"

참찬이 말했다.

"그 어르신을 판윤判尹[396]으로 옮길 수는 없을까요?"

조정의 신하들이 크게 웃었다. 내관이 대궐에 들어와 임금에게 아뢰니 다음 날 특지特旨로 박충원을 판윤으로 삼고 우윤을 좌윤

395 반의무(斑衣舞): 반의무는 때때옷을 입고 추는 춤으로, 노래자(老萊子)가 아이 옷을 입고 춤을 추어 양친을 기쁘게 했다는 전고가 있다. 그러므로 화려하다는 의미와 부모를 기쁘게 하였다는 두 가지 의미로 쓰인 듯하다.

396 판윤(判尹): 한성부 최고위 관직으로, 정원은 1인이다. 판윤 밑에 좌윤(左尹)·우윤(右尹)을 두었다.

으로 삼았다.

## (124) 이항복의 해학

상국 이항복은 애마벽愛馬癖이 있었다. 영의정이 되었을 때 외청外廳에서 객을 상대하고 있는데 부인이 안에서 계집종을 시켜 말을 전하였다.

"말에게 먹일 콩이 이미 다 떨어졌는데, 한 마리 말을 먹이기에는 넉넉하지만 두 마리 말을 먹이기에는 부족합니다. 어떻게 하면 좋겠습니까?"

이 말을 전해들은 상국이 정색을 하며 말했다.

"말 먹일 콩의 많고 적음을 대신에게 의논하게 하려는 것이냐?"

나라의 법에 삭직당한 자는 비록 대신이라 할지라도 급제及第[397]라고 칭하였다. 상국 이덕형이 영의정으로 삭직당해 급제라고 칭해지고, 이 상국이 좌상의 신분으로 당시의 의론을 입게 되자 그가 말하였다.

"나의 동접同接[398]은 이미 급제했는데 나는 어느 때나 급제할고."

동교東郊에서 한가롭게 거처하고 있는데 한 백성이 와서 그를

397 급제(及第): 급제는 원래 문과와 무과에 합격한 자를 일컫는다.

398 동접(同接): 동연(同硯)이라고도 칭한다. 같은 곳에서 함께 공부한 사람.

알현하고는 말했다.

"신역身役[399] 때문에 살 수가 없습니다."

이 말을 들은 상국이 말하였다.

"나는 호역戶役[400] 때문에 살 수가 없네."

그 당시 상국이 호역護逆했다는 탄핵을 입었으니, 그 음이 호역戶役과 동음이었던 것이다.

그가 해학을 잘하는 것이 이와 같았다.

## (125) 해전의 승산을 점친 홍연

익성군 홍성민[401]이 일찍이 홍연洪淵과 더불어 왜적을 막는 것에 대하여 의논하였다. 홍연이 말했다.

"왜적이 육지에 오르기 전이라면 해군으로 막을 수 있겠지만 상륙한 후에는 결단코 우리나라가 버티지 못할 것입니다."

---

399 신역(身役): 나라에서 성정(成丁)에게 강제로 부과하는 부역. 곧 몸으로 치르는 노역(勞役)을 말함.

400 호역(戶役): 집집마다 부과되는 부역(賦役).

401 홍성민(洪聖民: 1536, 중종 31-1594, 선조 27): 문신. 자는 시가(時可), 호는 졸옹(拙翁). 1590년 종계변무의 공으로 광국공신(光國功臣) 2등이 되어 익성군에 봉해졌으며, 건저문제(建儲問題)로 정철이 실각하자 그 일당으로 몰려 북변에 유배되었다. 1592년 임진왜란이 일어나자 특사로 풀려나와 대제학이 되었다가 부친상으로 사직했다.

익성군이 말하였다.

"육지에 오른 왜적은 오히려 물을 떠난 물고기와 같으므로 제어하기 쉽다고 세상 사람들은 말하는데 그대 말은 어찌해 이와 다른가?"

홍연이 말했다.

"절대로 그렇지 않습니다. 무릇 일이란 시험해 본 후에 그 어려움을 아는 것입니다."

임진란에 이르러 우리나라의 해군은 혹 이기기도 했지만 육전에서는 싸우는 곳마다 참패를 당하지 않은 곳이 없었으니 홍연이 적을 헤아림이 과연 밝았다고 이르겠다.

홍연은 유신儒臣이나 평시에 참장參將으로 천거된 사람이다.

## (126) 동음同音의 해학

상국 심희수[402]는 중국어에 능통하였다. 중국에 가서 어떤 한 곳에 이르니 머리를 두 갈래로 땋은 주인집 딸이 문 앞에 서 있었다. 상국이 그녀를 보고, "나이가 몇이냐."고 물으니, 그녀는 "신

402 심희수(沈喜壽: 1548, 명종 3-1622, 광해군 14): 문신. 자는 백구(伯懼), 호는 일송(一松)·수뢰루인(水雷累人). 노수신의 문인. 임진왜란 때 의주로 왕을 호종함. 1615(광해군 7)년 영돈령부사(領敦寧府事)가 되었고, 1620년 관중추부사에 임명되었으나 국사를 비관하여 취임하지 않았음.

조항新造炕."이라고 대답하였다. 상공은 다시 물어보고 싶었으나 어린 계집아이에게 비웃음 살까 두려워 자세히 생각해 보니, 신조항新造炕은 반드시 습류수濕流水를 의미할 것 같았다. 습류수濕流水의 음은 십육세十六歲와 중국어의 발음이 같으므로 상국이 "너의 나이가 16세로구나."라고 말하니, 그 계집아이는 웃으면서 머리를 끄덕였다.

## (127) 경리 양호의 대첩

만력 정유년(1597)에 경리 양호[403]가 평양에 있었는데 남원성이 함락된 지 이틀 후에 파발擺撥[404]의 보고가 이읔고 평양에 도착하였다. 양 경리가 접반사 이덕형에게 물었다.

"전주에서 남원까지의 거리는 며칠 노정이며 경성에서 전주까지의 거리는 며칠 노정이오?"

이덕형이 대답하였다.

"전주와 경성 모두 약간의 노정입니다."

---

403 양호(楊鎬): 명나라 장군. 1597년 정유재란 때 경략조선군무(經略朝鮮軍務)가 되어 원병을 거느리고 조선에 입국하였는데 울산(蔚山) 싸움 후 패전의 책임을 지고 소환당해 명나라 황제로부터 처형의 명령이 내려졌으나 좌우의 만류로 용서되었다. 1610년 하남지방 토벌 중 군사기밀이 누설되어 대패하자 주살되었다.

404 파발(擺撥): 공문(公文)을 급히 보내기 위하여 설치한 역참(驛站).

양 경리가 말하였다.

"금일 날아온 보고에 의하면 아무 일에 남원이 함락되었고 전주에 진을 치고 있던 장수 진 유격陳遊擊은 후원이 없는 외로운 군대로 지원군이 없어 사태가 이미 위태롭게 되었다고 하니 내가 오늘 마땅히 경성京城으로 진군해야겠소."

곧 대포를 세 번 쏘았다. 경리가 복건[405]에 행의[406]를 입고 말을 채찍질하며 홀로 나가자 만군萬軍이 뒤따랐다. 밤낮을 가리지 않고 이동하여 경성에 다다르니, 그때 적병은 충청도 직산稷山에 도착하여 조만간에 곧 경성에 들이닥칠 지경이었다.

제독인 장군 마귀麻貴와 유정劉綎 등이 교전할 생각은 하지 않고 장차 군대를 거두어 물러날 생각만 하고 있었다. 그들은 이윽고 황제에게 제본題本[407]을 올려 선조에게 허물을 돌리고 자신들은 허물을 면하려고 도모하였다.

경리가 정색을 하고 이들을 꾸짖었는데 준엄한 낯빛이 조금도 변하지 않았다.

경리가 선조에게 병사를 내 자기와 같이 남행南行할 것을 청한 뒤 그는 드디어 천리마를 타고 채찍을 들어 말을 채찍질해 먼저

---

405 복건(幞巾): 도복(道服)에 갖추어서 머리에 쓰는 쓰개의 한 가지. 검은 헝겊으로 위는 둥글고 삐죽하게 만들며 뒤는 넓은 자락이 길게 늘어지고 양 옆에 끈이 있어서 뒤로 돌려 매게 됨.

406 행의(行衣): 유생이 입는 웃옷. 소매가 넓은 두루마기에 검은 천으로 가를 꾸몄음.

407 제본(題本): 명나라와 청나라 때 신하가 황제에게 올리는 주장(奏章)의 일종.

한강 부교浮橋를 건넜다. 이에 앞서 한강에 배를 나란히 엮어 다리를 만들고 판대기를 배 위에 깔아 길을 만들었는데 동요가 있어 평탄하지 않았다.

선조는 준마를 익숙하게 몰 줄 몰랐으므로 말을 타고 뛰어 부교를 건널 수 없었다. 경리가 이미 강을 건넌 뒤 안접사按接使를 돌아보고 말하였다.

"내가 실제로 대왕과 함께 남행하려 했던 것은 아니고 대왕이 쫓아올 수 있는지의 여부만 보려던 것이었소. 전쟁은 위태로운 일이고 대왕의 몸은 종묘사직이 매어 있는 바이니 필부가 말을 달려 돌격하는 것과 비교할 수 없으며 천금千金의 몸을 헤아릴 수 없는 지역에 시험 삼아 놓을 수는 없소."

경리는 곧 말머리를 돌려 서울로 돌아와 선조에게 말하였다.

"원하옵건대 대왕께서는 퇴각하여 서로西路에 머물러 계십시오. 제가 혼자 남은 군대를 맡아서 대응하겠나이다."

선조는 눈물을 흘리며 말했다.

"나라 일은 이미 망쳤고 많은 적은 서울로 육박해 올 것이니 나는 의리상 죽음으로 지키겠소. 어찌 감히 적을 노인장에게 남겨두고 나만 홀로 구차히 살 것을 도모하겠소?"

경리가 강하게 백 번 청하였지만 선조가 여전히 허락하지 않았으므로 경리가 말했다.

"임금님께서 굳이 마다하신다면 종묘사직에 모셔져 있는 신주

神主와 동궁東宮 및 왕자들을 내어 보내 피난하도록 시키십시오."

선조는 그 말을 따르지 않을 수 없어서 동궁으로 하여금 왕비를 모시고 성천成川으로 향하게 하였다. 서울의 백만 집안 사람들이 모두 양궁[408]을 따라 서쪽으로 가니 서울 거리에 남아 있는 백성이라곤 없었고 오직 선조 왕만이 경리와 더불어 서울에 남아서 변고에 대비하였다.

경리가 성문을 활짝 열어놓고 밤에 태평관[409]에 앉으니 군인들이 모두 잠잠하였다. 경리가 비장裨將을 불러 각 초哨[410]에 명령을 내려서 용감한 군사를 각각 두 명씩 선발하여 길 떠날 차비를 갖추고 대기하게 하였다. 잠깐 사이에 2백 명을 얻으니 모두 호랑이와 맹수처럼 용감한 자들이었다. 경리는 그들에게 은밀히 경계하여 말했다.

"각자 연장을 가지고 소사교素沙橋에 가 잠복해 있다가 적을 만나면 죽이되 목을 베어 공功을 바라지는 말 것이며 적을 유인하여 북쪽으로 가서 2천 기병대로 하여금 교전하게 하여라."

곧 또 명령을 전달하여 정예한 기병 2천 사람을 선발하도록 하고 은밀히 경계하여 말했다.

"소사현素沙峴 밖에 숨어 있다가 적을 만나면 죽이고 적을 유인

408 양궁(兩宮): 동궁과 내전을 가리킴.

409 태평관(太平館): 조선조 때 중국 사신이 우리나라에 와서 머물던 숙소.

410 초(哨): 군 편제(編制)의 하나. 1초는 1백 명가량임.

하여 북쪽으로 가서 5천 기병과 같이 전투하라."

또 5천 기병을 선발하여 전과 같이 경계하고, 진위振威·초산草山 등지에 매복시켜 적을 기다리게 하였다. 또 다섯 가지 색을 뽑아 복병에게 그 옷을 입히고 한강 북쪽에 진을 배열하여 그곳에 병사가 있는 것처럼 꾸몄다.

양 경리가 휘하 장수들과 더불어 장막을 설치한 뒤 남쪽 봉우리 산성 위에 깃발을 꽂고 북을 두들겼다. 종일토록 술 마시고 도박하고 웃고 즐겼는데 얼마 있지 않아 말이 나는 듯이 달려와 '적이 직산을 떠나 전진해 오고 있다'는 소식을 전했어도 경리는 낯빛이 조금도 변하지 않았다.

조금 기다리니 붉은 깃발을 든 기마병이 달려와 적이 소사교에 도착하였다고 보고하였다. 명나라 기병 2백 명이 쇠 채찍으로 적의 선봉을 쳐서 수백 사람을 죽였고, 적을 유인하며 북으로 퇴각하여 소사현 밖에 이르니 2천 기병이 추격해 달려와 수천 명의 적을 죽였다. 이렇게 되자 적은 그들 소굴로 돌아가 숨었다.

명나라 기병 2백 명이 큰 깃발 하나를 세우고 앞서 이끌었는데, 거기에는 황금색의 큰 글자로 '천병대첩지기天兵大捷之旗'[411]라고 쓰여 있었고, 깃발 자루 위에는 왜놈 머리가 걸려 있었다. 퉁소, 고동, 뿔피리, 북 등을 연주하며 서울로 개선하니 서울의 대군들

411 천병대첩지기(天兵大捷之旗): 명나라 군대가 큰 승리를 거두었음을 알리는 깃발이라는 뜻.

이 환호하는 소리가 우레 같았다.

야사씨野史氏는 말한다.

"내가 일찍이 조선국을 보니 소사교와 서울의 거리는 이틀 노정으로, 나는 듯이 달리는 말로 양쪽 노정을 달리면 하루 안에 도착할 수 있었다. 큰 적이 예봉을 펼치고 곧장 쳐들어오니 그 기세를 당해 내기가 어려워 위태롭고도 위태로웠는데 양 경리는 낯빛과 목소리가 조금도 달라짐이 없이 담소하면서 적을 물리쳤다. 2백 년 왕업이 거의 망하려다 다시 온전하게 되었으니 그 공을 어찌 다 헤아릴 수 있으랴. 그가 나라를 살렸으니 사당을 세워 제사 지냄이 마땅하다. 아! 아름답도다."

## (128) 학질에 무릎 꿇은 전림

이시애李施愛가 난[412]을 일으킬 때 전림[413]이 두려웠으므로 자객으

412 이시애 난(李施愛亂): 조선조 세조 13(1467)년에 이시애가 그의 아우 이시합(李施合)과 더불어 지방 세력을 배경으로 하여, 북도(北道)의 수령을 남도 사람으로 임명하는 것이 부당하다고 하여 일으킨 난. 열군(列郡)이 모두 합세하여 이에 호응하매 조정에서는 귀성군(龜城君) 준(浚)을 함길 · 평안 · 강원 · 황해 4도 병마도총사로 삼고, 호조판서 조석문(曹錫文) · 허종(許琮) · 남이(南怡) · 강순(康純) · 어유소(魚有沼)로 대장을 삼아 치게 함. 이시애는 북청(北青) 싸움에서 패하자 길주로 도망하여 남은 무리를 거느리고 여진 땅으로 도망하였으나, 허유례(許有禮)의 계교로 형제가 사로잡혀 난이 평정됨.

로 하여금 그를 살해하도록 시켰는데 자객인 중은 전림의 얼굴을 본 적이 없었다. 그때 전림은 군관으로서 대장 한명회를 따르고 있었다. 중이 비수를 가지고 진 안으로 들어가자 대장 한명회가 하졸을 시켜 그를 묶도록 한 뒤 온갖 형벌을 다 가하며 심문하였으나 중은 한마디 말도 하지 않았다. 그러자 대장이 말했다.

"전림, 자네가 가서 심문해라."

중은 대장의 말을 듣고 그때야 비로소 그가 전림임을 알아채고는 한번 움츠렸다가 벌떡 일어나 묶었던 끈을 조각조각 끊어 버리고 군졸의 칼을 빼앗아 전림을 쳤으나 적중하지 않았다. 이에 전림이 주먹을 내리쳐 중의 머리를 부수니 그가 탄식하고 죽으면서 말했다.

"내가 전림과 필적할 수 없구나."

일찍이 전림의 등에 종기가 났는데 크기가 말[斗]만 했다. 맨몸을 바위에 대고 문지르니 피가 흘러 땅에 떨어졌으나 전림의 얼굴빛은 태연자약했고 그로부터 종기는 나았다. 학질을 앓게 되자 전림은 말했다.

---

413 전림(田霖: ?-1509, 중종 4): 무신. 무과에 급제하여 1482(성종 13)년 전주 판관(全州判官)이 된 후로 여러 관직을 역임하였으며, 1507(중종 2)년 한성부 판윤(漢城府判尹)이 되었다가 지중추부사(知中樞府事)로 죽었다. 청백한 무장으로서 독서를 좋아하였으며, 성격이 엄격하여 아들이 행패를 부리자 살해하고도 태연했다 하며, 그가 병이 위독할 때 찾아온 친구 김전(金詮)과 큰 바리로 이별주를 나누고 김전이 대문을 나서기 전에 숨졌다 함. 시호는 위절(威節).

"장수가 어찌 일개 학질 때문에 힘겨워하겠는가."

그는 칼을 쥔 채 다리를 쭉 펴고 의자 위에 앉았는데 조금 지나자 온몸이 추위로 떨려 거의 지탱할 수 없었다. 이에 칼을 내던지고 의자에서 내려와 베개에 엎드렸다. 속간에서는 말하였다.

"전림의 용맹스러움도 학질을 만나 무릎을 꿇었다."

## (129) 한명회와 전림의 잔인함

한명회는 성품이 잔학하여 종과 졸개들이 죄를 지으면 기둥에 매달아 놓고 그때마다 활로 쏘았다. 그러므로 그 집 뜰에는 기둥 하나가 세워져 있었다.

그때 전림이 군관이 되어 명령을 어겼다. 한명회가 전림을 그 기둥에 매어 놓고 활을 쏘려고 하였는데, 술을 거나하게 마신 탓에 앉은 채로 잠들었다. 전림은 그가 잠든 틈을 타서 묶인 줄을 끊고 도망쳤다.

한명회가 깨어나 앞에서 시중들던 계집종에게 전림을 쫓아가 잡아오라고 하였다. 그녀가 잡아오지 못하자 그녀를 또 기둥에 매어 놓고 쏘려고 하였다. 전림이 담 밖에 몰래 숨어 있다가 그 사실을 듣게 되었다. 그는 옷깃을 풀어 헤치고 가슴을 드러낸 채로 뜰에 들어와 말했다.

"처음에 장군이 사람을 활로 쏜다는 말을 듣고 겁이 나 도망해 담 밖에 숨어 있었는데, 장군께서 저 때문에 무고한 사람을 죽이려 하는 소리를 들었습니다. 제가 죽음을 겁내어 도망쳤으니 용감하지 못한 것이요, 연약한 계집종에게 제 대신 죽음을 당하도록 했으니 의롭지 못한 일입니다. 청하옵건대 장군께서는 저를 쏘십시오. 저는 마땅히 옷깃을 헤치고 화살을 받을 것이요, 사양하지 않겠습니다."

한명회가 그를 의롭게 여기고 용서했으며 마침내는 그를 등용하여 심복으로 삼았다.

전림의 성격도 몹시 잔인하였다. 그때 해랑도海浪島에 해적이 바다에 출몰하여 황해도의 근심거리였다. 조정에서 전림에게 명하여 장차 이들을 정벌하도록 하였다.

전림에게는 누이동생이 있었는데 과부였고 단지 아들 하나만 있었다. 전림이 누이의 아들을 군관으로 삼겠다고 청하니 그녀가 울면서 말했다.

"내게는 외아들 하나만 있을 뿐인데 만일 한번이라도 군법에 걸리면 오빠의 성격이 엄격해 결코 너그럽게 용서해 주지 않을 것입니다. 지금 세상에 이 아이 말고도 오빠의 심복이나 조아爪牙[414]로 합당한 사람이 어찌 없겠습니까? 원컨대 누이동생을 생각해 조

414 조아(爪牙): 원래는 손톱과 어금니라는 의미로 매우 쓸모가 있는 사람을 비유함.

금만 용서해 주세요."

전림은 그녀 말을 듣지 않고 말하였다.

"나라 일이다. 사사로이 할 수 없다."

드디어 조카를 군관으로 임명해 데려갔다. 해랑도에 이르러서 조카가 마침내 명령을 어겼고, 전림은 명령을 내려 그를 끌고 오게 해 목을 베었다. 이로부터 온 군대가 놀라 떨며 모두 사지死地에 달려가기를 집으로 돌아가는 것같이 하였으므로 해랑도에 이르러 적의 소굴을 소탕하고 돌아왔다.

한명회가 다리에 통증이 있는 병을 얻었는데 병이 정강이 뼈 사이에 들어 통증을 감당할 수 없었다. 살 수 없으리라고 스스로 생각하고 말했다.

"죽기 전에 차라리 스스로 정강이 뼈를 잘라 통증의 원인인 벌레를 죽인 후에 나도 죽으리라."

곧 돌 벽돌 위에 다리를 펴고 앉아 종을 시켜 큰 돌을 들어 정강이를 부러트리도록 하였다. 종이 감히 하지 못하자 한명회는 크게 노하여 활을 당겨 쏘려고 하니 종이 어쩔 수 없어 큰 돌을 들어 쳐서 뼈를 부러트렸다. 뼈가 빠개져 골수가 흐르니 한명회는 손으로 뼈 가운데를 뒤져 한 마리 큰 벌레를 얻어 내었는데, 엄지손가락만 하였다. 곧 한 솥의 기름으로 팔팔 끓였는데도 벌레는 죽지 않았다. 기름이 다 탄 연후에야 벌레가 비로소 죽었고 한명회 또한 죽었다.

## (130) 윤원형의 독직

윤원형尹元衡이 병조판서가 되었을 때 어떤 한 무인이 북도北道의 변장[415] 자리를 구하자 마침내 권관[416]을 허락해 주었다. 그랬더니 무인은 재임 중에 담비 가죽 수백 개를 얻어 그것을 화살 통에 넣어 윤원형에게 보냈다. 윤원형은 크게 화를 내며 말했다.

"내가 말 타고 활 쏘는 것을 배우지도 않았는데 어찌 화살을 쓰겠는가!"

사람을 시켜 그것을 다락 위에 던져 두도록 하였다.

그 후 얼마 안 있어 무인이 파직되어 돌아가면서 뵙기를 청하니 원형이 노한 눈으로 그를 쳐다보았다. 그러자 무인이 말했다.

"전에 제가 직임을 맡고 있을 때 삼가 바친 전통을 어르신께서 보시지 않으셨는지요?"

원형이 말했다.

"나는 활 쏘는 것을 배운 적이 없는데 화살을 어디에 쓰겠는가. 사람을 시켜 다락 위에 버려 두었네."

무인이 말했다.

---

415 변장(邊將): 변방 일정한 지역의 국경 수비를 맡은 장수. 첨사(僉使)·만호(萬戶)·권관(權管) 들을 통틀어 일컬음.

416 권관(權管): 변경(邊境)의 작은 진(陣)에 둔 종9품 무관. 처음에는 그 능력의 유무를 가려 파견했으나 나중에는 아무 기준 없이 파견했으므로 군졸과 변경에 끼친 해가 많았음.

"통 안에 있는 물건을 아직 살펴보시지도 않으셨단 말씀입니까?"

이 말을 들은 윤원형은 비로소 의아해 하며 계집종에게 그것을 가져와 열쇠로 열게 하니 열쇠를 뽑자마자 담비 가죽이 솟구쳐 나와 대들보에 닿은 뒤 자리 앞에 흩어졌다. 담비 털은 부드러운데 그것을 눌러서 통 안에 넣고 억지로 뚜껑을 닫았기 때문에 뚜껑을 일단 열자마자 저절로 솟구쳐 나왔던 것이다. 윤원형은 크게 놀라고 기뻐하며 즉시 그 무인을 풍요한 읍의 수령으로 임명하였다.

윤원형이 패한 후 어떤 사람이 그의 집에서 임시로 살았는데 벽에 거꾸로 붙인 종이를 발견하고 자세히 살펴보니, '쌀 3백 섬과 큰 배 한 척을 함께 납품'이라고 쓰여 있었다. 그가 사람들에게 재물을 받음에는 이와 같은 유가 많았다.

윤원형이 이조판서였을 때 어떤 사람이 누에고치 수백 근을 납품하고 참봉參奉에 임명해 주기를 구하였는데 원형은 정무에 임하여 피곤한 나머지 졸았다. 낭관[417]이 붓을 잡고서 기다렸으나 원형이 오래도록 호명하지 않자 마침내 물었다.

"어떤 사람을 맨 앞에 의망[418]할까요?"

---

417 낭관(郎官): 육조(六曹)의 정랑(正郎)과 정6품관인 좌랑(佐郎)의 자리에 있는 사람을 이르는 말.

418 의망(擬望): 삼망(三望)의 후보를 추천함. 삼망은 일인의 관원을 결정하는 데 3인의 후보자를 임금에게 추천하는 것. 임금은 그중 1인에게 낙점(落點)하여 결정함.

원형은 놀라 깨어나 잠결에 대답하였다.

"고치高致!"

고치高致라는 것은 누에고치(繭)의 속명俗名이다. 하점下點을 받은 이조의 하졸들이 널리 고치라는 자를 구하였지만 찾을 수 없었다. 그러다가 어떤 곳에 이르니 먼 시골의 가난한 선비로 이름이 고치高致인 자가 있어 그 사람에게 관직을 제수하였으나, 윤원형 또한 감히 그 진위를 밝힐 수 없었다.

일사씨逸史氏가 말한다.

"원형이 권력을 잡아 마음대로 재물을 탐냈으니 아무리 심하게 책망해도 부족함이 있도다. 그러나 시명[419]의 돌아가는 바는 비록 권신이라도 또한 어찌할 수 없었으니 기이하지 아니한가!"

## (131) 김안로의 죽음

김안로[420]는 권세를 심하게 부려 악을 쌓아 화를 가득 채웠다. 그

419 시명(時命): 운수. 운명.

420 김안로(金安老: 1481, 성종 12-1537, 중종 32): 문신. 자는 이숙(頤叔), 호는 희락당(希樂堂)·용천(龍泉)·퇴재(退齋). 아들 희(禧)가 효혜공주(孝惠公主)와 결혼한 후부터 권력 남용이 잦아 탄핵을 받고 유배되었다. 1531년 다시 등용되어서는 종친, 공경(公卿)이라도 정적이면 축출하여 살해하는 등 전횡무도한 공포정치를 하던 끝에 문정왕후(文定王后)의 폐위를 도모하다가 체포되어 사사되었다.

가 아들 시禔를 위해 혼인식을 치름에, 장막을 펼쳐 놓고 친한 벗을 맞이해 잔치를 베풀었다. 그런데 홀연히 제비가 장막 안으로 날아 들어와 김안로의 사모[421]를 움켜쥐었다가 대자리 위에 펼쳐 놓았다. 사람들이 이를 괴이하게 여겼는데 얼마 있지 않아 의금부 도사都事가 나졸을 거느리고 와서 그 집을 포위하고 '임금님 명령'이라고 하면서 김안로를 잡아갔다. 좌중에 있던 금빛 갖옷을 입은 고귀한 손님들은 꿩이 날고 토끼가 흩어지는 것처럼 담장을 넘어 달아났고, 숨지 못한 자들은 화망禍網에 걸려 대다수가 귀양 가거나 죽었다.

김안로가 일찍이 연경에 가서 유명한 점쟁이에게 자신의 운명을 점쳤는데 "갈원葛院에 간 날 쥐를 보고 놀란다."라고 하였다. 이에 귀양을 가게 되었는데 갈원역葛院驛에 이르러 사약을 받으니 그날이 십이 간지 중에 자방子方[422]이었다.

그가 사약을 마시고 입이 써 밤을 구하여 먹었는데 어떤 어린아이가 그 밤을 보고 먹으려고 하니 이 광경을 본 사람들이 비통해 하며 눈물을 흘렸다. 약을 가지고 간 금부도사 또한 경자생庚子生이라고 한다.

---

421 사모(紗帽): 관복을 입을 때 쓰는 사(紗)로 짠 벼슬아치의 모자. 오늘날은 구식 혼례 때 신랑이 씀.

422 자방(子方): 12지의 첫째, 쥐를 상징함.

## (132) 사후까지 준비한 유자광

유자광[423]은 감사監司 규規의 첩 소생으로 남원에서 살았는데 어려서부터 재기가 넘쳐흘렀다. 유규가 어떤 암석 하나가 깎아지른 듯이 빼어난 것을 보고는, 자광에게 시를 짓도록 시키니, 즉시 다음과 같이 썼다.

뿌리는 구천에 서리고
기세는 삼한을 누르도다.

유규는 그를 몹시 기특하게 여기고 후일 크게 성취할 것을 알고서, 『한서漢書』를 하루에 한 대전大傳씩 읽고, 요천蓼川에서 은구어銀口魚를 하루에 백 마리씩 잡게 하여, 이것을 일상으로 삼게 하였다. 그러자 유자광은 책 읽는 것을 게을리 하지 않았으며, 고기의 수를 한 마리도 줄이는 일이 없었다.

그가 장성하여 문장을 잘 지으니 고을 사람들이 비웃으며 말했다.

---

423 유자광(柳子光: ? – 1572, 중종 7): 자는 우복(于復), 본은 영광(靈光). 본디 건춘문(建春門)을 지키던 갑사(甲士)로 세조 13(1467)년 이시애의 난 때 공을 세워 정랑이 됨. 예종이 즉위하자 남이(南怡)·강순(康純) 등을 무고(誣告)하여 억울하게 죽게 하고 무오사화를 일으켜 김종직 일파를 제거함.

"네가 비록 문장에 능통해도 서얼에게는 벼슬길이 허락되지 않으니 무엇하겠느냐?"

서민들 중에는 그에게 거만하게 굴며 몸을 낮추지 않는 자들이 많았다.

마침 성종이 비 윤씨를 폐위시키려 하자 유자광은 상소를 올려 지극하게 간하였으나 이루어지지 않았다.

연산군이 즉위하여 과거 보는 것을 허락함에, 처음으로 벼슬살이 하여 병조좌랑이 되었다가 여러 차례 관직을 옮겨 높은 품직의 큰 벼슬아치에 이르렀다. 연산군이 패악무도하므로 성희안成希顔과 유순정柳順汀 등이 반정[424]을 몰래 의논하여 장차 거사하려고 하였는데, 어떤 사람이 말했다.

"대사를 일으키는데 유자광에게 알리지 않는 것은 옳지 못합니다."

이에 역사力士를 선발하여 소매 속에 쇠몽둥이를 넣고 유자광을 알현하게 하며 계칙하였다.

"유자광의 장모는 대비전의 시녀이다. 그가 만약 우리의 밀의를 듣고 들어가 그의 처자를 만나면 곧 쇠몽둥이로 쳐서 죽이도록 하고 그렇지 않으면 그와 더불어서 함께 일하겠다."

역사力士가 유자광을 찾아가서 좌우를 물리치고 반정 일에 관

---

424 반정(反正): 정도(正道)로 되돌아가게 함. 난세(亂世)를 바로잡아 태평한 세상으로 되게 함.

해 이야기하니 그는 크게 기뻐하며 안장을 급히 갖추고 출발하려고 하였다. 그러자 역사가 말하였다.

"위태로운 일이라서 살고 죽는 것을 알 수 없습니다. 어째서 처자와 더불어 결별하시지 않으십니까?"

유자광이 말했다.

"전혀 그렇지 않네. 큰일을 벌이려면 아녀자에게 알리지 않아야 되네."

그리고는 안에 들어가지 않고 종에게만 큰 유지油紙[425]를 가져오도록 명령한 뒤 출발하였다.

네 명의 대신과 더불어 회의를 하는데 한 대신이 말하였다.

"군대를 나눌 때 전령패[426]가 없으면 불가하오. 속히 판자를 잘라 패를 만듭시다."

유자광이 말했다.

"일이 급한데 패를 만드는 것은 타당치 않소."

그러더니 즉시 유지를 조각조각 잘라 서명한 뒤 나누어 가졌다. 또 대신이 말했다.

"칠흑 같은 밤에 횃불이 없으니 속히 사람들에게 횃불 하나씩

425 유지(油紙): 기름을 먹인 종이. 물이 스미지 않도록 한 것이다.

426 전령패(傳令牌): 좌우포도대장(左右捕盜大將)이 가지는 긴 네모로 된 패. 명령을 전할 때 사용함. 한쪽 면에는 전령(傳令), 또 한쪽 면에는 좌변 또는 우변포도대장이라 씀.

을 나누어 줍시다."

유자광이 말했다.

"일이 급한데 횃불을 묶을 겨를이 없습니다. 대궐문 밖 사복시司僕寺[427]에 쌓인 짚이 산 같으니 한 횃불로 그것을 불사르면 대궐 안이 온통 밝아질 것입니다."

그가 임기응변에 능통함이 이와 같았다.

거사가 이미 안정된 뒤 공을 논하여 봉훈封勳을 행할 때 조정에서는 공신들로 하여금 구사丘史[428]를 스스로 선택하도록 하였다. 유자광은 수훈首勳에 속해 있었는데 남원에서 평소 자신을 업신여겼던 노비 및 거만하게 몸을 굽히지 않았던 노비들을 모두 선택하였다.

일찍이 주현州縣을 지나다가 그 관사館舍에 제영시題詠詩를 많이 지었다. 점필재佔畢齋 김종직金宗直의 문하에 명사들이 많았는데 그들은 유자광이 시를 써서 걸어놓은 현판을 보더니 말했다.

"자광이 어떤 놈인데 감히 현판을 걸었느냐."

그리고는 하졸에게 명하여 그 현판을 부수어 버렸다. 유자광은 이에 몹시 원한을 품게 되었다. 점필재가 노산魯山[429]을 위해 「조

---

427 사복시(司僕寺): 고려 및 조선조 때 궁중의 여마(輿馬)·구목(廐牧)에 관한 일을 맡아 보던 관청.

428 구사(丘史): 조선조 때 종친(宗親)·공신(功臣)들에게 내려주던 지방의 관노비(官奴婢).

429 노산(魯山): 세조가 왕위를 찬탈한 뒤 단종(端宗)을 강등하여 노산대군(魯山大君)

의제문弔義帝文」을 짓고 그의 문인인 김일손이 주를 달았다. 그러자 유자광이 그 일을 폭로하여 다 죽였는데, 김일손 등은 거의 다 죽였고 이미 죽은 점필재는 무덤을 파고 관을 꺼내 시신을 베니 선비들 사이에는 이를 분하게 여기는 의론이 일었다. 그 일이 『매계집梅溪集』에 실려 있다.

유자광은 사후에 자신 또한 이와 똑같은 일을 당할 줄 미리 알았다. 그래서 자신과 모습이 닮은 자를 구해서 노비로 삼고 자못 관대하게 대접하였다. 그 노비가 죽으니 유자광이 말했다.

"이 자는 우리 집에 살면서 공로가 많았으니 마땅히 후하게 장례를 지내 주어야 한다."

그러더니 자신의 비단 채색옷을 모두 벗어서 그에게 입힌 뒤 대부례大夫禮를 갖추어 장례를 치러 주었고 관의 안팎을 석회로 칠하고 무덤 위의 석물石物도 빠트림 없이 구비해 주었다.

그러더니 유자광 자신이 죽을 즈음에 처자에게 몰래 주의를 주었다.

"평장平葬을 하고 봉분하지 말 것이며, 희생을 매어 놓는 비석 등 어떠한 석물도 세우지 말아라. 그리고 만약 조정에서 사람을 보내 나의 무덤을 물어보거든 죽은 노비 아무개의 좋은 무덤을 가르쳐 주도록 해라."

---

으로 봉했음.

유자광이 죽자 처자가 그의 말대로 하였다.

그 후 조정에서는, 유자광이 사림에게 화를 입히고 무고한 사람들을 죽였다는 의론이 일어났다. 그래서 장차 그의 무덤을 파고 관을 꺼내 시신에 형벌을 가하고자 하였다. 의금부에서 사신을 보내 자광의 무덤을 물으니 집안 사람들이 거짓으로 노비의 무덤을 가리켜 주었다. 무덤을 파고 시신을 꺼내어 목을 베는데 수염과 얼굴의 모습이 유자광과 흡사했고 의복이 모두 재상의 품복品服이어서 그 노비 시신을 베고서도 의심하지 않았다. 그로 인하여 유자광의 무덤은 처음부터 끝까지 아무런 우환이 없었다.

## (133) 초서의 대가 황기로와 성수침

황기로[430]는 술 마시기를 좋아하였고 초서를 잘 썼다. 그의 글씨를 얻고자 하던 사람이 큰 잔치를 열어 황기로를 맞아들였더니, 원근의 손님들이 각각 겸소화전縑素華牋[431]을 천백 두루마리를 가지고 왔다. 황기로는 종이가 많으면 많을수록 더욱더 힘썼고 붓의 좋고 나쁨을 가리지 않았으며 또 좋고 빼어난 작품을 자신이

---

430 황기로(黃耆老): 명필. 자는 태수(鮐叟), 호는 고산(孤山)·매학정(梅鶴亭). 초서(草書)를 잘 써 초성(草聖)으로 일컬어졌다.

431 겸소화전(縑素華牋): 겸소는 흰색 비단인데 주로 서화를 하는 데 사용되었고, 화전은 꽃 편지지를 말한다.

가져가지도 않았다. 다만 먹을 서너 말 갈게 하고 주인집의 몽당붓을 취합하였는데 아이들이 담 위에서 가지고 놀던 붓이나 부녀자들이 언문 편지 쓰다 남은 것 같은 것들을 다 합하여 묶었다. 몇 자나 되는 긴 붓대를 사용하였는데 붓대의 머리 부분을 잘라 끈으로 매어 묶었다.

날이 저물도록 몽땅 취했다가 아무 생각 없이 붓을 잡았으니 손님들도 모두 그때까지 지체하고 있었다. 술에 취하여 붉은 것과 푸른 것도 분간하지 못할 지경에 이르러서야 주먹으로 붓대의 끝부분을 잡았는데, 손가락은 쓰지 않았다. 먹을 묻혀 마음대로 붓을 휘두르는데 붓을 한번 휘두르면 그림 수삼백 장을 그려 낼 수 있었으니, 날이 기울기 전에 마쳤다.

용이 날고 호랑이가 웅크리며 귀신이 출몰하는 형태가 천변만변하여 가히 뭐라 형용할 수 없었다. 그의 서법은 대개 장욱[432]과 장여필張汝弼을 모본으로 하였으나 신괴神怪함을 헤아릴 수 없어 스스로 조화를 이루었으니 비록 중국에서도 수백 년 동안 이와 견줄 만한 이가 드물 것이다.

그때 은둔한 선비 성수침[433]이 청송聽松이라 자호하였는데, 그

---

432 장욱(張旭): 당나라의 서예가. 자는 백고(伯高). 초서에 가장 능하여 초성(草聖)이라 일컬어짐. 음중팔선(飮中八仙)의 한 사람.

433 성수침(成守琛: 1493, 성종 24–1564, 명종 19): 학자. 자는 중옥(仲玉). 우계(牛溪) 혼(渾)의 아버지. 조광조(趙光祖)의 문인. 글씨를 잘 써서 이름이 높았으며, 문하에서 많은 석학이 배출되었다.

또한 글씨에 능한 것으로 한 시대에 명성이 있었다. 그는 황기로의 글씨를 헐뜯어 "기로는 필력은 남음이 있지만 스스로 옛것이 아닌 것을 창작하여 세상을 속인다."라고 말하였다. 그 당시에 성수침의 글씨를 옹호하던 자들은 황기로를 많이 배척하였다.

내가 일찍이 황기로의 글씨를 보니 글자를 초서로 쓴 것은 없고 횡점 대여섯 개와 종점 대여섯 개 남짓으로 이루어져 있었으니 이것인즉 옛것이 아니었다. 혹자들이 이 때문에 그를 헐뜯는 것이다. 지금 보니 청송의 글씨는 대개 선우추[434]의 글씨를 모범으로 취하고 조맹부[435]의 송설체松雪體를 섞었다. 황기로의 글씨는 미친 듯 자기 맘대로 하였으나 우리나라 초서 가운데 최고이니 청송의 글씨가 어찌 이에 비견할 수 있겠는가. 중국인이 청송의 글씨를 보고 산승 야객[436]의 글씨라고 일컬었으니 청송은 세속을 피해 은둔했던 사람이다. 중국인은 진실로 글씨를 아는구나!

청송은 개꼬리 털과 개 등뼈 털을 주로 사용하여 붓을 만들어 썼는데, 이는 대개 그 털의 빳빳함을 취한 것이나 산에 사는 야객이 붓을 마련할 여력이 없었기 때문이기도 하였다.

434 선우추(鮮于樞: 1259－1301): 원(元)나라 사람. 술을 좋아하였고 행서와 초서를 잘 썼다.

435 조맹부(趙孟頫): 원(元)나라의 문인. 자는 자앙(字昻), 호는 송설(松雪). 서·화·시문에 크게 뛰어나 후세에 미친 영향이 큼.

436 야객(野客): 벼슬하지 않은 사람. 민간 사람.

## (134) 서예가 최흥효와 안평대군

최흥효[437]의 초서는 절묘하였으니 안평대군[438]이 예절을 갖추어 공경하였다. 안평대군이 최흥효를 위해 흰색 비단 8폭을 준비한 뒤 그의 글씨를 구하였다. 최흥효는 외출했다가 크게 취해 돌아와서는 안평대군이 보낸 심부름꾼을 문 밖에 세워두고 문지방에 발을 벌리고 앉아 사내종을 시켜 비단을 펼치게 하였다. 붓에 먹을 묻히더니 휘둘러 점을 찍었다가 혹은 뭉개기도 했다가 세로로 그었다 가로로 그었다 하여 한 글자도 완성시키지 않고 먹물로 비단만 더럽히더니 그것을 말아 심부름꾼에게 주며 안평대군에게 갖다 주라고 하였다. 안평대군은 그것을 보자 크게 놀라고 또 분노하였다.

그다음 날 최흥효가 안평대군을 알현하자 대단히 노한 기색으로 그를 바라보며 말했다.

"불녕[439]이 족하의 필법이 높고 묘한 것을 사랑하여 흰 비단 8폭

437 최흥효(崔興孝): 문신. 서예가. 자는 백원(百源), 호는 월곡(月谷). 1411(태종 11)년 식년문과에 급제, 세종대에 홍문관 제학까지 지냄. 예서 · 초서를 잘 썼으며, 일찍이 태종이 죽자 세종의 명으로 금자법화경(金字法華經)을 사경(寫經)했다.

438 안평대군(安平大君: 1418, 세종 29 – 1492, 성종 23): 세종의 셋째 아들. 이름은 용(瑢), 자는 청지(淸之), 호는 비해당(匪懈堂). 계유정난(癸酉靖難) 때에 강화도로 유배되었다가 사사됨. 시문에 뛰어났고 당대의 명필이었음. 시호는 장소(章昭). 문집으로 『비해당집(匪懈堂集)』, 유필에 「세종대왕신도비」 · 「심온묘표(沈溫墓表)」 등이 있음.

439 불녕(不佞): 재능이 없음. 전하여 자신의 겸칭.

을 준비해 족하의 글씨를 구했는데 뜻하지 않게 족하가 나를 업신여겨 글씨를 써 주지 않았을 뿐만 아니라 비단을 더럽히면서도 끝내 한 글자도 완성하지 않았으니, 불녕이 좌우[440]에게 죄지은 것이 있는 것이오?"

최홍효가 크게 놀라며 말했다.

"어제 몹시 취했던지라 낙필[441]을 살피지 못했나이다. 청하옵건대 그것을 보여 주십시오."

안평이 그것을 꺼내 보여 주자 최홍효는 부끄러워하며 사죄하기를 마지않았다. 마침내 그 비단을 펼치고 그가 그렸던 점과 뭉갠 것을 이용하여 횡으로 종으로 획을 그어 초서를 완성하였는데, 구름을 몰아 소나기가 내리며 용이 놀라고 호랑이가 뛰는 형상이 붓이 가는 대로 따라 이루어지니, 안평이 크게 기뻐하고 감탄하며 상을 주었다.

최홍효가 이조랑[442]이 되었을 때 세종대왕께서 몸소 정사를 다스리셨는데 최홍효의 필법이 단정하고 무겁지만 기세가 미치지 못하였으므로 그 날로 쓰는 것을 끝내게 하시고 다른 이조랑으로 하여금 대신 쓰도록 명하셨다.

---

440 좌우(左右): 경의를 표하는 뜻으로 그 사람을 직접 부르는 것을 꺼리어 가까이서 모시는 것을 에둘러 이르는 말.

441 낙필(落筆): 붓을 들어 쓰기 시작함. 또는 아무렇게나 장난으로 쓰는 글씨.

442 이조랑(吏曹郞): 이조(吏曹)에 딸린 당하관으로서 정랑(正郞)과 좌랑(佐郞)이 있음.

처음 안평대군이 최홍효의 글씨가 자신과 더불어 같은 법인 것을 사랑하여 자주 그의 집에 가곤 하였는데 최홍효는 안평이 큰 화에서 벗어날 수 없으리라는 것을 알고 마침내는 서법을 바꾸어 괴이한 것을 숭상하였고 안평대군은 이를 크게 애석해 했으므로 드디어는 서로 소원해진 까닭에 최홍효는 화를 면할 수 있었다.

그 8폭의 글씨는 전각傳刻되어 지금도 병풍에 많이 남아 있으니 「자류행차시紫騮行且嘶」[443] 등의 시가 그것이다.

## (135) 대 그림 대가 명나라 사신 김식

성종조에 명나라 사신 김식金湜이 우리나라에 왔다. 김식은 대나무 그림을 공교하게 잘 그려 세상에 드문 절필이었는데, 우리나라 고금古今의 대나무 그림을 보고 싶다고 청하였다. 임금님이 명령을 내려 온 나라 안에서 두루 그림을 찾아 오게 하여 김식에게 보여 주었다. 그가 그 그림들을 다 본 후에 말했다.

"이것은 모두 대나무 그림이 아닙니다. 어떤 것은 삼나무 그림이고 어떤 것은 갈대나무 그림이지 정녕 대나무 그림은 아닙니다."

443 「자류행차시紫騮行且嘶」: 이 시의 의미는, '붉은 절따말이 길을 가며 울도다'이다.

진짜 대나무 그림을 보고 싶다고 청하였다.

그 당시 안견[444]이 그림에 교묘하여 곽희[445]에 버금갔는데, 중국에서도 본래 그의 그림의 신묘함에 탄복했었다. 임금님이 안견으로 하여금 그림을 그리게 하자, 그는 평생의 필력을 다해 대나무 그림 약간 폭을 각각의 필체로 그려서 진상하였다. 이를 본 김식이 말하였다.

"이는 수법은 비록 교묘하지만 대나무 그림은 아닙니다. 갈대 그림일 뿐입니다."

임금도 평소에 화법에 대해 알고 있었으므로 원유院囿[446]로 하여금 한 동이의 대나무를 가져오게 하여 빽빽한 잎사귀를 모두 따낸 뒤 잎이 성글어진 대나무를 마루 위에 놓아 두었다. 석양 무렵이 되자 안견으로 하여금 실물 그대로 그리도록 하여 그것을 김식에게 보여 주었다. 김식이 그림을 한번 보더니 문득 크게 놀라며 말하였다.

"이것이 진짜 대나무 그림입니다. 비록 중국의 교묘한 그림이라 하더라도 이 그림과 견줄 수 있는 것은 드물 것입니다."

임금님이 그를 몹시 기특하게 여기고 상방[447]에서 겸소[448]를 내

---

444 안견(安堅): 화가. 자는 가도(可度)·득수(得守), 호는 현동자(玄洞子)·주경(朱耕). 화원(畵員)으로서 호군(護軍)까지 지냈으며 안평대군(安平大君)을 위하여 〈몽유도원도(夢遊桃源圖)〉를 그림. 산수화에 뛰어났고 많은 명작을 남김.

445 곽희(郭熙): 송나라 때 화가. 산수화를 잘 그림.

446 원유(院囿): 대궐에 있는 왕실 정원을 관리하는 사람.

어 김식의 그림을 받아 경복궁에 보관해 두었다.

강감찬이 박연폭포에서 용을 채찍으로 때릴 때 얻은 청룡 방울 한 쌍을 지극히 귀한 보물로 여겨 문무루文武樓 위에 보관해 두었는데 후에 경복궁이 불탔을 때 그 그림과 더불어 옛 진귀한 보물들이 함께 불타버렸다.

## (136) 김계우의 행각

김계우金秀愚는 명종의 육촌 외숙이다. 벼슬아치가 되어서는 귀하게 되어 빛나는 것을 원하지 않아 대각[449]과 청요직[450]을 모두 사양하고 나아가지 않았으며 또 그들과 서로 오가며 교유하는 것도 좋아하지 않았다. 그의 관직은 공조참판에 이르렀다.

일찍이 그가 정업원淨業院의 산 위에 별장을 지으니 궁중의 비구니가 임금에게 계장啓狀을 올려 말했다.

"김 참판께서 정업원에서 아주 가까운 곳에 집을 짓고 있으니

---

447 상방(尙方): 상의원(尙衣院)의 별칭. 국왕과 왕비의 의복을 만들어 바치고 내부의 보화 · 금보 등을 관장하는 관아.

448 겸소(縑素): 합사로 짠 흰 비단, 서화(書畵)에 씀.

449 대각(坮閣): 사헌부(司憲府) · 사간원(司諫院)을 아울러 이르는 말.

450 청요직(淸要職): 청환(淸宦)과 요직(要職). 청환은 지위가 낮고 녹이 많지 아니하나 뒷날에 높이 될 좋은 벼슬을 이름. 간관(諫官) · 시강(侍講) 따위. 우리나라에서는 세자시강원(世子侍講院) · 홍문관 등에 속한 벼슬임.

금하여 주시기를 청하옵니다."

임금께서는 밤중에 경회루에 행차하시어 김계우를 부르도록 명하셨다. 그런데 그날은 김계우가 친척집 혼사에 가 위요圍繞[451]가 되었는데 주량이 대단히 컸으므로 여러 빈객들이 각각 큰 잔을 들고 그에게 술잔을 올린 것이 셀 수 없을 정도였고 또 이렇게 하기를 수십 차례 하였지만 그래도 취하지 않았었다. 임금께서 말씀하셨다.

"들으니 외숙께서는 집을 정업원 위에 지으셨다고 하는데 그러하신지요?"

김계우가 대답하였다.

"그렇습니다."

임금께서 말씀하셨다.

"외숙의 집이 빈곤하니 어떻게 노역의 비용을 충당하시오? 과인이 마땅히 그 역사役事를 도울 테니 외숙께서는 걱정하지 마십시오."

임금께서는 김계우가 주량이 크다는 것을 본디 들어 알았으므로 수십들이 팔면 은종八面銀鐘으로 연이어 스물다섯 잔을 내리도록 명하시니 그제야 비로소 조금 취해 초헌軺軒에 기대어 돌아갔다. 평생 동안 취한 적이 없었는데 이때에 이르러 잠시 취했던

451 위요(圍繞): 혼인 때에 가족으로서 신랑이나 신부를 데리고 가는 사람.

것이다.

임금께서는 집 짓는 것을 금하지 않으셨을 뿐만 아니라 목수의 삯을 넉넉하게 주셨고, 기한에 맞춰 일이 끝나 집이 완성되자 또 낙성연까지 내려 주셨으며, 특별히 김안로金安老와 김근사金謹思 두 승상과 두 윤씨尹氏 국구國舅에게 그 잔치에 참석하도록 명하셨으니 그들은 모두 김계우 집안과 통가通家[452]한 족친族親들이었다. 그러나 그는 평생토록 사례를 요청하는 법이 없었으며 왕래도 매우 조용히 하였고 물러나서는 권세를 구하지 않았으니 그가 집안을 어떻게 다스렸는지는 가히 상상할 수 있다.

그는 닷새마다 소 한 마리를 잡아 부인과 더불어 중당中堂에 자리를 깔고 대면하고 앉아 큰 은 소반에 잘 익힌 소고기를 잘게 저며 놓고 날마다 세 차례씩 대작하였는데 큰 잔을 사용하였다. 한 달에 늘 여섯 마리의 소를 잡아서 다 먹었을 뿐 다른 진미는 사용하지 않았다. 부부가 각각 80세까지 살다가 세상을 마쳤다.

## (137) 김종서의 육진 개척

김종서가 육진을 개척할 때 나라를 위하여 원망을 떠맡았다. 북

452 통가(通家): 아버지와 할아버지 때부터 친히 사귀어 오는 집. 서로 통하여 왔다 갔다 하는 집.

쪽 백성들이 평소 성격이 사납고 변하기 쉬웠는데 종서가 죽음을 무릅쓰고 몸소 그 임무를 담당하였던 것이다.

바야흐로 촛불을 밝힌 야간에 어떤 화살이 날아와 벽을 관통하는 일이 있었는데도 종서는 얼굴색조차 변하지 않았다. 밥을 먹을 때마다 곤충의 독 때문에 난리였으나 종서는 먼저 두 번 내린 소주를 서너 되 마시고 난 후에 밥을 먹어 벌레가 독을 마음껏 부리지 못하게 하였다. 이윽고 육진이 완성되어 변방의 일이 다 끝나자 백성들이 비로소 즐겨 이 땅을 이용하였다.

## (138) 논개와 관기의 충

논개는 진주의 관기였다. 만력 계사년(1593)에 김천일金千鎰이 거느린 의병들이 진주에 들어와 주둔하면서 왜에게 항거했으나 성이 함몰되고 군사가 패하여 인민들이 모두 죽었다. 그때 논개는 짙게 화장하고 옷을 화려하게 차려입고서 촉석루 아래 깎아지른 듯한 바위 머리에 서 있었는데 그 아래는 만길 낭떠러지로 파도 속으로 직행하는 곳이었다. 왜놈들은 논개를 보고 반했지만 아무도 감히 그녀에게 접근하지 못했다. 그런데 한 왜장만이 용감하게 곧바로 나오니 논개가 웃으면서 그를 맞이해 유인하여, 마침내는 왜장의 허리를 껴안고 곧장 물에 몸을 던져 함께 죽었다.

임진란 때 관기들 중에는 왜놈을 만났으나 욕을 당하지 않고 죽은 자들이 이루 다 기억할 수 없을 정도로 많았다. 비단 논개 한 사람만 언급할 것이 아니지만 대부분 그 이름을 잊어버렸다. 관기들은 모두 음탕한 창기이니 정렬貞烈로 칭찬하는 것은 옳지 않으나 죽음을 마치 돌아가는 것인 듯 여기면서 적에게 더럽혀지지 않았으니 그들 또한 임금의 교화를 받은 일물一物로서 나라를 저버리고 적 따르는 것을 허락하지 않았던 것이니, 이는 다름 아닌 충忠인 것이다.

## (139) 유해 가족의 내력

명나라 벼슬아치 유해劉海는 바로 우리나라 진주 사람이다. 본래 성명은 신민愼敏이고 아버지는 응창應昌으로, 선비였다. 신愼씨는 조선의 대성大姓이었으며 이 신씨 성을 가진 사람 중에 현달한 관직자가 많았다.

만력 21(1593)년 진주에 왜변이 일어나 온 집안 식구 아홉 사람이 약탈당했다. 이때 유해가 열한 살의 나이로 제독提督 유정劉綎의 군대에 들어가니 유정이 그를 애처롭게 생각하여 군중에 두고 위무하고 보살펴 주었다.

왜적이 물러나자 유정을 따라 중국에 들어가 그의 가신家臣이 되었고 유정의 성을 받아 이름을 바꿔 유해라고 하였다. 유해는 유정이 섬적陝賊[453] 양응룡楊應龍을 토벌할 때, 그를 따라가서 공훈을 세워 천총千摠·유격遊擊 등의 관직을 지냈다.

만력 46(1618)년 달로㺚擄 오랑캐 노아합적奴兒哈赤(누르하치)이 요동과 광동(遼廣)을 노략질하였다. 유정은 대군을 거느리고 요좌遼左와 진강鎭江에 진군하였고, 유해는 청하보淸河堡에서 오랑캐를 공격하였다. 유해는 싸움이 불리해지자 관직을 버리고 인하여 유정의 군대에 있었다.

우리나라 익위[454] 신수을愼守乙과 편지를 주고받았는데 그는 유해와 동성同姓이었다. 회신한 편지로 인하여 아버지 신응창이 이번에 일본에서 돌아왔다는 것을 알고는 유정에게 차관[455]으로 조선 임금을 알현할 수 있도록 해 달라고 청하였다.

그는 평안도로부터 한양에 이르기까지 지나온 곳의 수령들에게 예의를 지켜 공손하고 삼갔으며 객사를 사양하여 그곳에서 머물지 않고 다른 개인 집으로 옮겨 거처하였다. 한양에 이르러서는 남문 밖에서 말에서 내려 걸어서 태평관太平館으로 들어갔다.

왕으로부터 예물을 받으면 반드시 탁자 위에 올려놓고 뜰로 내려가 사배四拜하여 우리나라 신하와 같은 예를 취하였다. 진주에

---

453 섬적(陝賊): 섬서성(陝西省)에서 난리를 일으킨 적도.

454 익위(翊衛): 왕세자의 시위(侍衛)를 맡은 관직.

455 차관(差官): 사신.

내려가 아버지를 찾게 해 달라고 애걸하니 조정에서는 내려가는 것을 허락하지 않고 진주에 알리어 아버지가 역마를 타고 올라오게 하여 서로 만나게 해 주었다.

처음에 온 집안 식구 아홉 사람이 포로로 잡혀 서로의 생사를 알지 못하였는데, 그의 동생은 당시 여섯 살로 일본에 들어가 의약醫藥·방술方術을 배워 의업에 종사하여 재산을 모았다가 아버지가 인근 읍에 포로로 잡혀 있다는 소문을 듣고 백금百金의 돈을 주어 풀어 주게 하였다. 이해에 마침 나라에서 우리 백성 중에 일본에 포로로 잡혀간 자들을 쇄환刷還했으므로 동생과 아버지가 함께 돌아왔다.

이에 이르러 유해와 한양에서 서로 만나게 되었는데 그때 그의 나이 37세였다. 부자·형제가 모두 모습이 많이 변했으므로 신응창은 유해의 얼굴을 기억하지 못했다. 해는 응창의 모습만 어렴풋이 기억하고 있을 뿐이어서 진실로 아버지인지 아닌지를 알 수 없었다. 동생과는 두 사람이 서로 알아보지 못했는데 해가 어렸을 때 잘못하여 기와로 동생의 눈 옆을 상처 낸 적이 있었는지라 그 흔적이 아직도 있느냐고 물었다. 과연 흔적이 있었으므로 이에 부자 세 사람이 서로 붙들고 통곡하였다.

유해가 한양까지 올 때 지나온 읍에서 얻은 예물과 폐백, 그리고 왕이 내려주신 것들을 모두 아버지에게 드리고 타고 온 청색 노새도 아버지에게 드리면서 말하였다.

“이 노새는 하루에 3일 노정을 갈 수 있으니 고향에 외적이 쳐들어오면 이 노새를 타고 피하십시오.”

왕이 또 신응창에게 6품 군직을 제수하여 위로하니 유해가 왕명을 받고 사배한 뒤 머리를 다섯 번 조아리면서 은혜에 감사드렸다.

신응창이 중국으로 돌아가는 유해에게 시를 써 주었는데, 그 시는 다음과 같다.

아홉 가족 각각 흩어져
곳곳에서 생각하며 곳곳에서 슬퍼했네.
곳곳에 흩어졌다 지금 다시 만났으나
여섯 사람 거처는 알 수 없구나.

부자가 통곡하며 이별하니 듣고 있던 사람들이 모두 눈물을 흘렸다. 유해는 유정과 함께 오랑캐를 정벌하다가 전사하였다. (어떤 사람은, “유해는 처음에 해解의 총병군總兵軍에 들어가 살아남을 수 있었고, 인하여 유 제독의 군중에 들어갔기 때문에 유劉를 무릅써 성으로 하였고 해解를 이름으로 하였으니, 이 해海 자가 아니다.”라고 말하였다.)

## (140) 임형수의 아들 임구

임형수는 정미년(1547)에 비명에 죽었다. 문자文字가 화를 초래한 것을 몹시 후회하여 자손들에게 유학에 종사하지 말라고 타일렀으므로, 그의 아들 구枸는 일자무식이었다. 그런데 국가에서 임형수를 신원하면서 임구를 정산定山 현감에 제수하였다.

감사監司가 학교를 권장하여 시부詩賦의 제목을 열읍列邑에 나누어 주고 그로써 유생을 장려하였는데 제목을 비봉秘封한 뒤 겉봉에 "현감이 친히 여시오."라고 썼다. 형리刑吏가 임구에게 손수 그 봉투를 열도록 청하자, 그는 '부賦' 자를 '적賊' 자로 잘못 알고 형리에게 물었다.

"어떻게 군사를 모으는가?"

형리가 대답하였다.

"영각令角[456]을 불어서 모읍니다."

이에 군사 수백 명을 모으자 형리가 청하여 문자를 보더니 물러나 엎드리며 말했다.

"'적賊' 자가 아니라 '부賦' 자이옵니다."

임구가 크게 놀라며 말했다.

"어떻게 군대를 해산시키는가?"

---

456 영각(令角): 명령을 전달하는 뿔피리.

형리가 대답하였다.

"다시 영각令角을 불면 군대가 해산합니다."

임구는 크게 부끄러워하며 영각을 불어 군대를 해산시켰다.

임구는 힘이 좋았다. 뜰에서 손수 말의 네 발을 매어 놓고 징을 박고 있다가 문밖에 동관[457]이 왔다는 소리를 듣자 몹시 부끄러워하며 말을 들어 마구간에 넣어 놓고 손님을 맞이하였다.

## (141) 박응남의 위인

우의정 정지연[458]이 45세에 과거에 급제하자 이미 대사헌[459]이 되어 있던 그의 친구 박응남[460]은, 그 기쁜 소식을 듣고서 말을 달려가 그를 보았다. 재상이 초헌을 타고 몸소 방문하니 정지연의 집

457 동관(同官): 같은 관청에 다니는 같은 지위에 있는 관원.

458 정지연(鄭芝衍: 1525, 중종 20–1583, 선조 16): 문신. 자는 연지(衍之), 호는 남봉(南峯). 1566년 이황(李滉)의 추천으로 왕손 사부(王孫師傅)가 되어 선조(宣祖)를 보도(輔導)했으며, 1569년 별시문과에 을과로 급제함. 우의정으로 재직 중 1583년 병이 위독해지자 왕으로부터 후임의 추천을 의뢰받고 이산해와 이이를 천거함으로써 뒷날 이들을 크게 등용케 했다.

459 대사헌(大司憲): 사헌부의 으뜸 벼슬. 종2품. 문무백관의 기강을 바로잡고 임금의 잘못을 간(諫)하고 풍속을 바로잡음. 도헌(都憲), 대헌(大憲).

460 박응남(朴應男: 1527, 중종 22–1572, 선조 5): 문신. 자는 유중(柔仲), 호는 남일(南逸)·간재(艮齋)·퇴암(退庵). 1553년 별시문과에 병과로 급제함. 선조 초에 바른 말 잘하기로 제일 가는 간관(諫官)으로 알려짐.

안 사람들은 몹시 기뻐하며 창틈으로 엿보았다.

박응남은 안부 인사도 하지 않고 축하하는 말도 한마디 하지 않고 책상 위에 있던 책 한 권만을 가져다 볼 뿐이었다. 책 중에서 몇 마디 말을 끄집어내어 정지연과 더불어 서로 어려운 곳을, 아주 오랫동안 이야기한 후 그제야 천천히 말하였다.

"그대가 이제 급제를 하였으니 능히 나라를 위하여 목숨을 바쳐야 하지 않겠소?"

정지연이 말했다.

"재주 없는 사람이 늦게 급제하였으니 나라에 무슨 손해와 이익이 있겠소?"

박응남이 눈을 크게 뜨고 바라보며 말했다.

"이 무슨 말이오? 조정에서 선비를 취함에 그 취한 뜻이 다 있는 법이거늘 그대가 나라를 위하여 죽지 않으면 누가 목숨을 바치겠소?"

결국 축하에 관한 말은 한마디도 하지 않고 가 버렸으니, 박응남이 감정을 나타내지 않고 사물을 태연하게 대하는 것이 이와 같았다.

박응남은 신진新進 정탁[461]이 쓸 만한 인재라는 말을 듣고 그를

461 정탁(鄭琢: 1526, 중종 21－1605, 선조 38): 문신. 자는 자정(子精), 호는 약포(藥圃)·백곡(栢谷). 박학다식하여 경서는 물론, 천문·지리·상수(象數)·병법에 이르기까지 정통했으며, 임진왜란 때에는 이순신·곽재우 등을 발탁했다.

천거하여 한림이 되게 하였다. 훗날 친구 집에서 정탁을 만나니 정탁이 박응남에게 은근한 정성을 바쳤다. 박응남이 한마디 말도 상대하지 않고 끝까지 마치 서로 알지 못하는 자처럼 대하니 정탁이 몹시 부끄러워하였다. 그러나 정탁을 친구들에게 주선한 것은, 처음부터 끝까지 모두 박응남이 힘쓴 것이었다.

박응남이 평상시에 책 읽는 것을 좋아하면서도 벽에는 큰 글씨로 "10년 동안 독서하지 않을 수는 있어도 하루라도 소인을 가까이 해서는 안 된다.(可以十年不讀 不可一日近小人)"라고 써 놓았다.

박응남은 평이한 사람이 아니었고, 자기 기세를 부려 자기 뜻대로 하였으므로 사람들이 모두 두려워하며 그의 앞날이 험난하리라고 생각했다. 그러나 그가 일을 행함에는 고인古人과 비슷함이 많았으니 또한 심상한 사람이 아니었던 것이다.

홍천민洪天民이 박응남과 더불어 막역한 친교를 맺어 서로 의형제로 지내기로 하였는데 홍천민의 처 송씨가 창틈으로 몰래 박응남을 엿보고는 말하였다.

"당신은 늘 박씨를 심교[462]로 여기시지만, 끝에 가서 당신을 저버릴 자는 박씨일 것입니다. 삼가하십시오."

후에 과연 홍씨는 박씨에게 배척당하였다.

---

462 심교(心交): 서로 마음을 터놓고 사귀는 벗.

## (142) 이임의 집안에 덕을 베푼 익명인

가정 을사년(1545)에 사화士禍가 일어나 사람들이 감옥에 갇혔는데 반역으로 논의된 자들은 비록 골육지간이라도 돌보아 주지 않았으니 그 나머지인들 어찌했겠는가. 사람들은 모두 숨을 죽이고 어깨를 움츠리며 낙담한 채 화를 피하기만 하였다.

대사간 이임[463]은 그 사화에서 죽었으므로 처자들이 얼어 굶어 죽게 되었어도 알릴 곳이 없었다. 그런데 사맹[464]날 녹을 나누어 주는 날[465]이면 그때마다 이임의 집 담장 안에 녹미祿米 다섯 말, 김치 한 그릇, 장 한 그릇을 한밤중에 몰래 두고 가는 자가 있었다. 주인도 그 사람이 누구인지 몰랐고, 그 사람 또한 자신이 아무개라고 밝히지 않았다. 오랫동안 변함없이 이같이 하였다. 사화가 평정된 뒤에도 양쪽 집안에서는 여전히 알지 못했고 말해주지도 않았다.

옛사람이 말한 바, "덕을 갚지 못할 자에게 내린다."는 것이 바로 이것이리라. 이 일을 한 자는 아마 그 후대에 자손이 크게 번

463 이임(李霖: ?－1546, 명종 1): 문신. 자는 중망(仲望). 1524(중종 19)년 생원(生員)으로 별시문과(別試文科)에 을과로 급제, 정자(正字)·대사간 등을 역임하다 1545(명종 즉위)년 병조참의(兵曹參議)에 이르러 을사사화(乙巳士禍)에 연루되어 의주(義州)에 장배(杖配)되었다가, 이듬해에 사사되었다.

464 사맹(四孟): 맹춘(孟春), 맹하(孟夏), 맹추(孟秋), 맹동(孟冬).

465 녹봉은 사맹 삭일에 지급되었음.

창했을 것이다.

## (143) 윤임의 종화인과 계집종

윤임[466]은 외척으로 부귀가 전성하였는데 꽃을 감상하기 좋아하여 종화인[467]과 더불어 서로 정의가 깊어 종화인에게 계집종 한 명을 주어 그녀로 하여금 그의 부림을 듣도록 하였다.

윤임이 몰락한 후에 그 집 사람 중에 어떤 사람은 연좌되어 죽임을 당했고, 어떤 사람은 죽임을 면하여 서인庶人이 되었다. 윤임의 어린 아들 흥충興忠은 나이가 차지 않았으므로 연좌율에 걸리지 않았다. 오랜 세월이 지난 후 조정이 윤임의 억울함을 풀어주고 윤흥충을 관직에 보임하는 것을 허락하였다.

그 계집종이 종화인 집에서 복역하며 난리를 겪었는데, 그녀가 자손 30여 사람을 거느리고 옛 주인을 찾아가고자 하였다. 그래서 윤흥충에게 가서 다시 복역하기를 청하니 종화인이 말하였다.

---

466 윤임(尹任: 1487, 성종 18 – 1545, 인종 1): 문신. 대윤(大尹)의 거두. 장경왕후(章敬王后)의 오빠. 장경왕후의 소생인 인종이 세자로 있을 때 문정왕후가 경원대군(慶原大君: 明宗)을 낳자 세자를 보호해야 한다고 주장하여 문정왕후와 알력이 생김. 인종이 재위 8개월 만에 죽자 문정왕후의 수렴청정이 시작되었고, 대윤과 반목하던 소윤 일파가 이 틈을 타서 을사사화를 일으켜 대윤 일파를 모두 숙청하였는데, 이때 윤임은 아들 삼형제와 함께 사사되었음.

467 종화인(種花人): 꽃을 심고 가꾸는 사람.

"윤 이상貳相께서 생시에 나에게 덕을 베풀어 능히 화초를 기르게 하셨고 너까지 주었다. 재상의 노비가 보잘것없는 백성 집에서 복역한 것이 지금 40~50년 되니 그 덕이 또한 이미 깊다. 지금 난리를 겪어 노비 문서가 없어졌는데도 네가 다시 옛 주인을 찾아가겠다고 하는데 내가 어찌 너를 말리겠느냐! 너 편한 대로 하거라."

이에 종화인이 스스로 30여 사람을 거느리고 가서 윤홍충에게 맡을 것을 청하니 그가 개연히 사양하며 말하였다.

"내 선친께서 전성했던 시절에 화초를 사랑하여 너에게 계집종 하나를 주었으니 그 자손은 모두 너에게로 돌아가야 마땅하다. 난리를 겪어 노비 문권이 상실되는 것을 내가 눈으로 보고서도 어찌 감히 선친의 뜻을 거역하여 그 노비를 도로 빼앗겠는가?"

양쪽 집이 모두 사양하다가 마침내 서른 사람은 종화인에게 맡겨졌다.

근본을 꺼리지 않고 옛 주인을 찾은 것은 충忠이요, 스스로 만족하고 타인에게 돌려보낸 것은 염치廉恥요, 이익을 배척하고 아버지의 뜻을 따랐던 것은 효孝이다. 세상 사람들이 송곳 끝만 한 작은 이익을 보고서도 죽음에 이르도록 싸워 비록 골육간이라 할지라도 오히려 원수처럼 되는데, 이 한 가지 일은 세 가지 착함을 모두 갖추었으니 세상 사람들에게 경계하여 후세에 전할 만하다. 종화인의 이름은 홍순서洪舜瑞이다.

## (144) 5월 5일생

대간 홍천민[468]은 5월 5일생이다. 어렸을 적 부친인 부학副學 홍춘경洪春卿에게 사마천의 『사기史記』를 배우다가 「맹상군전孟嘗君傳」 가운데, "5월 5일생인 자는 자라서 키가 문지방과 같아지면 그 부모에게 좋지 못한 일이 있다."라는 대목에 이르자, 홍천민은 크게 놀라 머리털을 곧추세우고 몸을 떨었다. 그러다가 "사람이 태어남에 명을 하늘에서 받는가, 문에게 받는가. 그 문을 높인다면 누군들 문 높이와 같아질 수 있겠는가."라는 대목에 이르러서는 마음을 조금 놓았으나 한시도 마음속에서 이 일을 떨쳐 버린 적은 없었다.

15세가 되었을 때 같은 마을에 사는 아이들과 동쪽 성곽 밖에서 꽃을 꺾다가 도성암道城菴에 이르니 많은 중들이 역병에 걸려 얼굴은 때가 끼고 코에서는 피가 흘러나온 채 누워 있었다. 이를 본 홍천민은 놀라서 물러나왔는데 집에 돌아온 때부터 머리가 아프더니 열병을 심하게 앓아 거의 죽으려다 살아났으나, 모친은 그 역병에 전염되어 세상을 떠났다. 그러자 대간은 평생 동안 자

---

468 홍천민(洪天民: 1526, 중종 21 - 1574, 선조 7): 문신. 자는 달가(達可), 호는 율정(栗亭). 성혼(成渾)의 문인. 이조와 형조의 참의와 대사성 및 예조참의 등을 역임하다가 1571(선조 4)년 대사성에 재임했으며, 이듬해 대사간이 되었다. 교지(敎旨)의 작성에 뛰어나 여러 번 도승지를 역임했으며 청렴했다.

신을 탓하며 종천지통[469]으로 여겼다고 한다.

아아! 인명은 재천이라. 허탄한 설이 비록 믿을 수 없는 것이나 옛사람들이 세속의 금기에 얽매였으니 그 또한 이상한 일이다. 옛날 호광胡廣에 황씨가 있었는데 그 부모 된 자가 자식이 5월 5일생인 것을 싫어하여 조롱박 가운데 버리니 다른 사람이 그를 데려다 길렀다. 그로 인해 성이 호씨胡氏가 되었고 부친이 죽었을 때에도 상복을 입지 않았다.

## (145) 19년의 기한

무릇 사람들이 일을 할 때면 으레 19년을 기한으로 한다. 진 문공[470]이 밖에 있은 지 19년 만에 진晉나라로 들어가 패자覇者가 되었고, 소무[471]는 오랑캐 융족戎族에게 있은 지 19년 만에 한漢나라로 돌아가 기린각[472]에 형상이 그려졌으며, 장건[473]은 오랑캐에 들어간

---

469 종천지통(終天之痛): 이 세상에서 다시없는 극도의 슬픔. 친상(親喪).

470 진 문공(晉文公): 진(晉)나라의 문공(文公). 춘추 오패의 한 사람으로 이름은 중이(重耳). 부친 헌공(獻公)이 여희(驪姬)를 사랑하여 그의 형인 태자(太子) 신생(申生)을 죽였으므로, 그는 다른 나라로 피신하였다가 진(秦)나라의 도움을 입어 다시 돌아와서 위(位)에 올라 현신을 등용하여 제후의 맹주가 되었음.

471 소무(蘇武): 한(漢)나라 사람. 자는 자경(子卿). 무제 때 중랑장(中郎將)으로서 흉노(匈奴)에 사신(使臣)으로 갔다가 억류된 지 19년 만에 돌아오니, 소제(昭帝)가 그의 절개를 지킨 공을 기리어 전속국(典屬國) 벼슬을 내렸음.

지 19년 만에 돌아와 박망후[474]가 되어 이름을 천년에 전했으며, 범여[475]는 19년 동안 천금을 세 번 이루었고, 사마온공[476]은 19년 동안 낙양洛陽에 거처하다가 마침내 재상의 업을 이루었다.

우리나라에서는 노수신이 19년 동안 진도에 귀양 가서 독서하고 문장을 짓다가 다시 조정에 들어와서 정승이 되었다.

다만 월왕越王 구천句踐만은 10년 동안 백성을 기르고 재물을 모았으며, 또 10년 동안 가르치고 훈계하여 19년에 1년을 더 보태어 오吳나라에 복수하였다.

대개 10이라고 하는 것은 음수陰數의 끝이고, 9라고 하는 것은 양수陽數의 끝이며, 19는 윤閏의 여분이 다한 것이다. 효爻는 여섯

---

472 기린각(麒麟閣): 중국 한나라 무제 때에 기린을 얻고서 지은 각. 선제(宣帝) 때에 곽광(霍光) 등 11인의 공신 화상(畵像)을 각 위에 걸음.

473 장건(張騫): 전한(前漢)의 하내(河內) 사람. 자는 자문(子文). 무제 때 대월지국(大月之國)에 사신으로 갔다가 흉노(匈奴)한테 포로가 되어 고절(苦節) 10년, 13년 만에 대월지국으로부터 돌아왔음. 이로부터 한나라가 서역(西域) 제국(諸國)에 알려져 교통이 크게 열려 원삭(元朔) 6년에 그 공으로 박망후(博望侯)로 봉후(封侯)되었음.

474 박망후(博望侯): 박망은 한나라 현의 이름. 앞의 주 참조.

475 범여(范蠡): 춘추시대의 초(楚)나라 사람으로 월왕(越王) 구천(句踐)을 도와서 오(吳)나라를 멸망시켜 회계(會稽)의 치욕을 씻어 주었음. 그 후엔 벼슬을 버리고 도(陶)에 숨어 살면서 큰 부호가 되매 세인(世人)이 도주공(陶朱公)이라 불렀음.

476 사마온공(司馬溫公): 송나라 명신 사마광을 가리킴. 자는 군실(君實). 태사온국공(太師溫國公)을 증직(贈職)받았으므로 사마온공(司馬溫公)이라 함. 신종(神宗) 때 왕안석(王安石)의 신법(新法)을 반대하다가 실각하였고, 철종(哲宗) 때 정승이 되어 신법을 모두 폐지하였음. 저서에 『자치통감(資治通鑑)』, 『통감고이(通鑑考異)』, 『독락원집(獨樂園集)』 등이 있음. 『자치통감』은 중국의 편년사 중에서 가장 잘된 것임.

이어서 여섯 이후에는 변하는데, 세 번을 변하면 19가 된다. 무릇 일이라는 것은 세 번째에 성사된다. 요즘 사람들은 일을 함에 언뜻 착수하였다가 언뜻 그만두어 버리기도 하고, 하루 만에 그치기도 하며, 한 달 만에 그치기도 하여 오래 견디지 못한다. 몇 년을 능히 견뎌내지 못하고 일이 이루어지지 않는다고 원망하여 문득 자진해 버리는 이는, 경박한 사람이다. 슬프도다!

## (146) 노인의 장유

노인魯認과 유여굉柳汝宏은 모두 호남의 선비였는데 임진왜란 때 둘 다 왜적에게 사로잡혀 부산에서 배를 타고 일본으로 향하였다. 그때 동행한 우리나라 사람 일곱 명은 고향과 나라를 떠나 이역의 포로가 되었으므로 모두 비통스럽고 슬퍼서 살고 싶은 마음이 없었으므로 돌을 지고 바다에 몸을 던질까도 생각하였지만 그렇게 할 수도 없었다.

밤중에 배 안에서 서로를 베개 삼아 잠을 자는데, 유여굉이 꿈속에서 한 가락지(環)를 얻었다. 일곱 사람이 서로 다투어 가락지는 고국으로 돌아갈 징조라고 각각 자기 식 해석을 했으나 이들은 고서의 순환循環과 사환[477]에 방환[478]의 뜻이 있는지는 몰랐다. 그러나 마음 한편으로는 늘 돌아갈 생각을 잊지 않고 있어 항상 일곱 사람이 서로 따르며 친하게 지냈고 고국에 돌아갈 것을 몰래 도모하였다.

일본에 들어가 날마다 열심히 품팔이하여 은전을 모았으니 그것은 편리한 때를 틈타고자 한 때문이었다. 6, 7년이 지난 뒤 일곱 사람은 함께 왜인의 소선을 훔쳐 타고 대마도를 경유하여 부산으로 건너가자고 모의하였다. 그러자 노인이 말했다.

"그것은 불가하오. 대마도는 일본에 속해 있고 일본에서 명령만 내리면 어른 아이 할 것 없이 삼가 받든다오. 우리들이 설사 만 번 죽을 고비를 넘기고 대마도에 도달한다 해도 도주島主가 우리를 불러들여 일본으로 돌려보내면 일은 더욱 위태롭게 될 것이오. 남만국南蠻國은 왜국과 무역하기 때문에 남만의 선박들이 도착한 왜국의 경계 지역에는 배꼬리와 뱃머리가 서로 상접해 있소. 나는 장사를 하기 때문에 남만인 가운데 사이좋게 지내는 자가 있으니 내 생각으로는 그자로 인해 중국中國 복건주福建州에 들어간다면 그것이 완전히 안전한 방책일 것 같소."

유여굉 등 여섯 사람이 말했다.

"노생의 생각이 그럴듯하지만 더디고 멀어서 따를 수 없소."

이에 노인은 여섯 사람과 눈물을 삼키며 이별한 뒤 배를 나눠

---

477 사환(賜環): 옛날에는 방축된 신하의 죄를 사면하여 불러 돌아오게 할 때 가락지를 내렸음.

478 방환(放還): 정배(定配)의 죄인을 놓아서 돌려 보냄.

타고 출발하였다.

여섯 사람은 대마도를 경유하여 그해에 부산에 이르러 각자 고향으로 돌아갔고 노인은 홀로 남만南蠻인의 상선을 타고 남만국에 들어갔다. 그곳은 중국과 능라수綾羅繡 무역을 많이 하였으며 또 번어기燔魚器가 많았는데 몹시 청아하고 빛나 아낄 만하였다. 중국의 절승絶勝을 그린 그릇들은 모두 남만에서 나왔다.

그곳에서는 그릇을 구울 때 사람 기름을 많이 사용했는데, 늙고 병들어 일을 할 수 없는 사람들을 모두 불살라 기름을 내어 그것으로 그릇을 구웠다. 오곡 중 벼와 기장이 지극히 귀해서 아침저녁으로 절육切肉 몇 근과 밀가루 떡을 섞어 먹었는데 손으로 먹었고 수저와 젓가락은 사용하지 않았다.

노인이 남만으로부터 중원 복건 땅에 이르자 그곳의 성주가 글을 천자에게 올리고 회보를 기다리는 데 1년이 지났다. 민閩[479]을 경유해 초楚에 들어가 동정호의 악양루, 소상강의 황릉묘黃陵廟에서 노닐고 소주와 항주를 돌아 나와 절강성 서호西湖의 승지를 관람했다. 황하와 양자강을 배를 타고 건너 제濟와 한漢의 들을 낱낱이 지난 후에 연경에 이르러 우리나라에서 연경에 조회하러 온 사신을 만나 고국의 도성에 돌아왔다. 그간의 기이한 광경과 성

479 민(閩): 고대 민족명. 복건성(福建省) 경계에 모여 살았다. 후에는 복건을 간략히 칭하여 민(閩)이라고 하였다.

대한 놀이는 비록 박망후博望候 장건張騫[480]일지라도 이보다 더하지는 못할 것이었다.

이윽고 돌아와 전주에서 유여굉을 찾아 보니 그가 돌아온 지는 이미 3년의 세월이 지나 있었다. 후에 유여굉은 여러 번 문과 초시에 합격하였으나 급제하지는 못했다. 노인은 무과에 응시해 만호[481]가 되었는데 지금은 절충[482] 품계로 승자되었다.

## (147) 윤희굉의 정원

수재秀才 윤희굉尹希宏은 선비이다. 성품이 트이고 고아하였으며 수석水石을 좋아하였다. 쌍리문雙里門 남록南麓에 거처했는데, 바위를 뚫어 산의 모양을 만들고 푸른 이끼를 입혔으며, 그 사이에 기이한 꽃과 아름다운 풀들을 심어 놓았다. 산골짜기의 샘물을 끌어들여 못을 만들고 연꽃을 심으니 자못 맑고 깨끗하여 숲과 시내의 훌륭한 풍취가 있었으므로 장안의 많은 사대부들이 찾아와서 감상하였고, 윤희굉은 술동이와 술잔을 내어 그들을 환영하

480 주 473 참고.

481 만호(萬戶): 무관직의 하나. 조선조 초에 각 도(道)의 여러 진(鎭)에 딸린 종4품의 군직임.

482 절충(折衝): 절충장군(折衝將軍). 서반(西班) 정3품 당상관 위계임.

였다.

윤희굉의 친구 성택선成擇善이 술을 마신 뒤에 희롱하며 말했다.

"나의 집에 괴석怪石이 있는데 무척 크고 빼어나지. 천연적으로 기이하여 사람의 기교를 기다리지 않으니 날마다 도끼질하고 사람 손을 빌려 아로새긴 자네 집의 것과 비할 수가 있겠는가? 자네가 만일 달라고 한다면 내주겠으니 수레와 말을 준비하여 보내시게나."

윤희굉이 크게 기뻐하며 마음껏 즐긴 후에 자리를 파하였다. 다음 날 경조윤京兆尹[483]에 편지를 보내 관청의 수레와 소를 빌린 뒤 그것을 명례리明禮里 성택선의 집으로 보냈다. 성택선이 웃음을 짓더니 남산의 잠두蠶頭를 가리키며 말했다.

"이것이 내 집의 괴석이라네. 힘이 있거든 자네 마음대로 싣고 가게나."

윤희굉의 종이 탄식하며 바라보다가 수레를 몰고 돌아갔다.

이때 나이 어린 선비 김두남金斗南이 윤희굉의 집 앞에 이르러 돌로 만든 산을 보고 싶다고 청하였는데 문지기가 사양하였다. 김두남이 성내며 붓을 찾아 그 문에 시를 지어 썼다.

그대 집의 명승은 장안에 이름을 떨쳐

483 경조윤(京兆尹): 수도의 장관(長官).

날마다 와서 보는 이들 모두 벼슬아치네.
산석山石을 어찌 나에게만 허락하지 않는지
문까지 왔다 돌아가려니 유관儒冠이 부끄럽구나.

그 시가 장안에 떠돌아다니니 윤희꾕이 무척 한스럽게 여겼다.

내가 중국에 가서 부호와 귀인들이 소유한 이름난 정원을 많이 보았는데, 모두 바다의 기석奇石을 천 리 밖에서 구해 배와 수레로 운반해 두고 석회石灰로 꾸며 우뚝 솟은 동굴을 만들었으니, 아래에서 위까지 트여 있고 그 위에는 화려한 정자와 별원別院이 줄지어 세워져 있었다.

## (148) 천벌을 받은 신응주 일가

역관 신응주申應澍는 역관譯官 판사判事 신탄申誕의 아들이다. 여러 차례 연경을 다녀왔고 관직이 정2품에 이르렀으며, 장사로 집안을 일으켜 가업도 넉넉하였다. 신탄은 80세가 되어 스스로 일을 할 수 없자 아들에게 의지하여 살았는데 응주와는 집을 달리하여 거처하였다.

신응주는 평소 효성에 박하였고, 그의 아내는 사납고 악하기가 비할 데 없었다. 응주가 제철 음식을 얻을 때마다 음식을 갖추어 계집종을 시켜 그의 부친에게 진상하도록 하였는데 아내와 계집종은 사사로이 몰래 딸을 먹였다. 그리고는 빈 그릇을 보이며, "아버님께서 남김없이 다 드셨습니다."라고 말하였는데, 신응주는 그것을 믿었다. 또 매번 맹월[484]이 돌아와 녹을 받으면 그것을 나누어 부친에게 주었지만 아내가 몰래 흰쌀 한 말을 덜어내고 모래 여러 되를 섞었으니 다른 일도 모두 이와 같은 식이었다.

신탄이 하루는 응주의 집을 지나게 되었는데 해가 길어진 때였으므로 식사한 지가 오래 지난 때였다. 신응주가 마침 갈 곳이 있어 아내에게 말하였다.

"날이 늦었으니 속히 술과 음식을 갖추어 아버님께 올리시오."

신응주가 집을 나서고 난 후 신탄은 밥이 나오기를 기다리다가 날이 저물어서야 며느리가 대접하지 않으리라는 것을 알고 지팡이에 의지해서 천천히 돌아오니 몹시 배가 고팠다.

신응주가 이 사실을 알고 아내를 힐책하자 아내는 가슴을 치면서 말했다.

"만약 그런 일이 있다면 하늘이 흐려지고 천둥 번개가 쳐서 밝힐 것입니다."

신응주는 밖에 나가고 아내, 딸, 계집종은 모두 죽사동竹肆洞 농막에 있었는데 검은 구름이 사방에서 모여들더니 큰 비가 이상하

484 맹월(孟月): 사맹(四孟), 즉 맹춘(孟春) · 맹하(孟夏) · 맹추(孟秋) · 맹동(孟冬)을 말함.

게 내리고 온 마을이 어두워져 대낮인데도 칠흑 같았다. 응주의 집에서는 때려 부수는 소리가 들리다가 이윽고 벼락 치는 소리가 세 차례에 걸쳐 마치 하늘과 땅이 찢어지고 갈라지는 듯하게 들리더니 말짱하게 개었다.

이웃 사람들이 그 집에 들어가 보니 아내, 딸, 계집종 세 사람이 모두 머리를 나란히 하고 벼락을 맞아 죽어 있었다. 그런데 지붕 위의 기와는 가지런히 붙어 있어 어느 한 조각도 부서진 곳이 없었다. 나라 안에는 말들이 시끄럽게 일어나 신응주가 불효하여 아내와 딸을 단속하지 않았다고 허물하였다. 삼성[485]이 합좌合坐[486]하여 그의 죄를 추국推鞫하여 신응주는 마침내 장형[487]을 받다 죽었다.

아아! 하늘과 인간의 이치는 그 사이에 조금이라도 죄를 짓지 않아야 하는데, 삼가지 않고 악한 일을 하면 하느님이 너에게 임하리니 그 얼마나 두려운가. 신응주는 비록 내 문중의 서얼 출신이지만 그 일이 매우 기이하므로 부득이 대서특필해 세상을 경계하는 것이다.

---

485 삼성(三省): 강상죄인(綱常罪人)을 추국(推鞫)하는 세 아문(衙門), 곧 의정부(議政府)·사헌부(司憲府)·의금부(義禁府)를 통틀어 일컬음. 또는 삼성추국(三省推鞫)의 약어(略語). 즉 삼성이 합좌(合坐)하여 강상죄인을 추국하는 것.

486 합좌(合坐): 조선시대에, 당상관이 모여 중대한 일을 의논함.

487 장형(杖刑): 오형(五刑)의 한 가지. 대형장(大刑杖)으로 죄인의 볼기를 치는 형벌. 60·70·80·90·100의 5등급이 있음.

어떤 자는 말하였다.

"죄는 세 사람에게 있고 신응주는 실상을 알지 못했기 때문에 벼락이 그에게는 내리지 않았던 것이다."

## (149) 귀천을 초월한 지기

박예수朴禮壽는 박인수[488]의 동생이다. 형제가 모두 동지同知 신응구申應榘의 사내종이었는데 둘 다 목면과 비단을 판매하는 시정거리의 부유한 상인이었으나 박인수는 그 직업을 버리고 성리학을 공부하여 고위 고관과 선비들 사이에서 노닐었다.

박예수가 비록 배우지는 못했으나 형을 본받기 좋아하여 형이 하는 일은 하지 않은 것이 없었고, 또 고위 고관과 선비들에게도 정성을 다하였다. 그러므로 고위 고관과 선비들도 그를 박인수 버금가게 대우하며 자못 반가운 낯빛으로 대하였다.

이이첨이 어려서 박인수와 친교를 맺어 서로 마음을 허락하였고 예수 또한 형을 좇아 같이 노닐었다. 이이첨에게는 천출賤出

488 박인수(朴仁壽: 1521, 중종 16 – 1592, 선조 25): 시인. 자는 덕로(德老). 송도(松都) 출신. 상인(常人) 출신으로 한때 불전(佛典)을 공부해 중이 되려 했으나 박지화로부터 학문에 대한 감화를 받고 경전을 수학함. 시에 능하여 같은 상인 계급의 시인들로 유희경(劉希慶)·백대붕(白大鵬)·박지화·강옥서(姜玉瑞) 등과 시계(詩稧)를 맺어 당시 사람들로부터 향도(香徒)라 불림.

동생이 있었는데 그는 농토 한 곳을 사 그곳에서 살고 있었다. 박예수가 일찍이 저자 사람에게 비단 5백 필을 빌려 주었는데 저자 사람이 오랫동안 이를 갚지 못하다가 농토로 갚았으므로 그 땅 문서가 박예수에게 있었다. 그런데 저자 사람이 그 농토를 이이첨의 천출 동생에게 다시 팔았으므로 박예수는 장차 이 일을 관에 송사하려 하였다.

하루는 천출 동생이 문서를 가지고 와서 이이첨에게 보였다. 이이첨이 그 문서를 보니 그것은 이중매매를 위해 작성한 위조문서였다. 얼마 후에 박예수와 대화를 하다가 농토 분쟁에 이야기가 미치자 박예수가 소매 속에서 문서를 꺼냈는데 그것은 돈을 빌리고 빚진 돈을 갚지 못해 농토로 대신할 것을 작성한 본 문서로 일의 사정이 불 보듯 분명하였다.

이이첨이 동생에게 말하였다.

"이 문서를 보니 네게 잘못이 있다. 농토를 마땅히 박예수에게 돌려주고 손해난 값은 훔쳐 판 사람에게 추심하여라."

그러자 박예수가 말하였다.

"그렇게 할 수는 없습니다. 제가 선비님과 다투려 했던 것은 아니었고 흑백을 가려 선비님을 향한 나의 충정을 말하고 싶었을 뿐입니다. 이미 선비님과 마음으로 허락하였으니 이 물건이 무슨 소용이 있겠습니까?"

마침내 소매 속에 있던 문서를 집어 화롯불에 던지고 갔다. 이

이첨의 천출 동생은 결국 그 장토를 잃어버리지 않았고 박예수는 스스로 비단 5백 필을 버린 것이었다.

야사씨는 말한다.

"예수는 시정 거리의 장사치로서 자기를 알아주는 이를 위하여 비단 5백 필을 버렸고 이이첨은 나이 어린 서생이었지만 장사치로 하여금 그의 천출 동생을 위하여 비단 5백 필을 버리도록 하였다. 자기를 알아주는 벗을 허락함에 귀천을 논하지 않았음은 동방에서는 절대로 없는 일인데도 두 사람이 그 일을 능히 해냈으니, 두 사람은 옛사람이로다!"

## (150) 황기로의 초서

이후백李後白과 송찬宋贊이 함께 조언수趙彦秀의 집에 갔다. 이후백이 자리의 모퉁이에 있는 병풍을 보니 그것은 황기로[489]의 초서였다. 이후백이 조언수에게 말했다.

"우리 집에 새 병풍이 있으니 이 병풍과 바꾸도록 합시다."

조언수가 물었다.

---

489 황기로(黃耆老): 조선 명필. 자는 태수(鮐叟), 호는 고산(孤山) · 매학정(梅鶴亭). 1534(중종 19)년 진사시(進士試)에 합격, 벼슬은 별좌(別坐)를 지냈고, 특히 초서를 잘 써 초성(草聖)으로 일컬어졌다.

"왜 그러시오?"

이후백이 대답했다.

"나는 평생 이 글씨를 싫어했습니다. 원하옵건대 나의 병풍으로 대신하고 이 병풍은 불사르도록 하십시오."

이 말을 들은 송찬이 말했다.

"옳지 않으십니다. 내가 일찍이 황생黃生의 집에 갔을 때 그 자리 위를 보니 견소[490]를 꽂아 놓고 채전[491]을 쌓아 놓은 책상이 있었습니다. 황생이 두 장의 초서를 밀어 저에게 보여 주더니 또 글씨가 쓰이지 않은 채전 두 장을 꺼내 주며 저더러 그 초서를 흉내 내어 쓰도록 했습니다. 저 또한 운필運筆하는 법을 조금은 아는지라 황생의 글씨를 본떠 썼습니다. 그러자 황생은 저를 칭찬하며, '내 글씨를 구하는 것이 하루면 수백 장에 달하여 피곤함을 감당할 수 없으니 이것으로 대신 써야겠습니다. 평범한 안목을 가진 자들이 어찌 알아챌 수 있겠소?'라고 하더니, 인하여 시렁 위에서 고법첩古法帖을 꺼내고 자신의 글씨 두 장을 꺼내어 자법字法을 서로 비교하는데 모두 옛사람의 서법이요, 한 글자도 스스로 만들어 낸 것이 없었습니다. 또 저의 글씨를 가리키며, '아무 글자와 아무 획이 모두 죽어 있소. 글씨란 쌓아올린 공력 없이는 어려운 것이오.'라고 말하였습니다. 황생의 글씨는 쉬 품평

490 견소(絹素): 흰 명주. 서화(書畵)에 쓰임.

491 채전(彩牋): 채전지(彩牋紙). 시를 쓰기 위해 쓰이는, 무늬가 있는 색종이.

할 수 없습니다.”

이 말을 들은 이후백은 부끄러운 낯빛으로 변했다.

## (151) 성현이 만난 여진인

성현成俔이 미천했던 시절 교외 정원에 놀러 나갔다가 도중에서 말을 내려 안장을 풀고 냇가의 나무 그늘에 앉아 있으니 문득 한 객이 나귀를 타고 뒤따라와 그 또한 시냇가에서 쉬었다. 성현은 객의 용모가 기이하고 위엄 있는 것을 보고 공경스럽게 예우하였다.

조금 있다가 객이 아침밥을 먹는데, 객을 따라온 종이 보자기를 열고 그릇을 두 개 꺼내었다. 한 그릇에는 붉은 피에 둥둥 떠다니는 올챙이가 넘실거리고 있었고, 다른 한 그릇에는 삶은 어린아이가 아주 잘 익어 있었다. 그것을 본 성현은 무척 놀랐는데, 객이 그 절반을 먹으라고 권하였다. 현이 몹시 싫어하며 사양하였다.

“저는 밥을 더 먹지 않습니다.”

객이 밥을 다 먹자 성현은 이상하게 여긴 나머지 오줌 누러 간다는 핑계를 대고 나와 종에게 가만히 물었다.

“객은 어떤 사람이오?”

종이 말했다.

"알지 못합니다."

"어른을 좇아 유람하는 사람이 그 어른이 누구인지도 모르시오?"

"길에서 만나 곧 그를 좇아 유람하였으니 어찌 알겠습니까?"

"어느 때부터 좇아 유람하였소?"

"천보 14(755)년부터 지금까지이나, 몇 년의 세월이 지났는지는 모르겠습니다."

"아까 먹은 두 그릇의 음식은 무엇이오?"

"하나는 붉은 영지요, 나머지 하나는 인삼입니다."

성현이 크게 놀라고 또 후회하며, 다시 객을 보고 예를 올리며 전에 주었던 두 가지 음식의 맛을 볼 수 있게 해 달라고 청하였다. 객이 종을 불러 음식 남은 것이 있느냐고 물으니 종이 대답하였다.

"소인이 배고파서 먹었습니다."

이윽고 객이 나귀를 타고 떠나자 성현도 뒤따라갔다. 객이 종에게 일렀다.

"지금 행차하여 충주 달계변達溪邊에서 점심을 먹고 저녁에는 조령을 넘자."

말을 마친 뒤 드디어 채찍을 휘두르며 서서히 나귀를 몰고 갔다. 성현이 준마에 올라 뒤쫓아 갔으나 따를 수 없었으므로 멀리 사라져 간 곳을 잃어버렸다. 성현은 집으로 돌아와서도 낙담하여 마치 무엇을 잃어버린 듯하였는데, 그가 만났던 사람이 바로 여

진인[492]이라는 사실을 깨달았다.

천보 14년은 곧 여진인이 죽은 해 가을이었던 것이다.

## (152) 역관 표헌의 염불담

역관 표헌[493]이 중국에 가 두잠斗岑을 지나다 고삼高三의 집에서 묵었다. 고삼은 밤새도록 아미타불을 외었는데 찻물 담은 병을 벽 위에 걸어 놓고 목이 마르면 차를 마시며 끊임없이 외는 것이었다. 그가 표헌에게 물었다.

"동국의 사람들은 심오한 책에 대해서 많이 안다는데 당신도 반드시 들어 아실 것입니다. 내가 아미타불을 외는 것이 전생과 후생에 이익이 되겠습니까?"

표헌이 대답했다.

"그렇지 않습니다. 동국에는 다음과 같은 이야기가 있습니다. 어떤 큰 스님이 부처를 섬겨 모든 업을 끊어 버리고 오직 염불만

---

492 여진인(呂眞人): 전국시대(戰國時代) 조(趙)나라의 서울인 한단(邯鄲: 지금 하북성의 한 현)에서 노생(盧生)이 만난 도사(道士)의 이름.

493 표헌(表憲): 역관(譯官). 선조의 어전통사(御前通事)로서 명나라 사신을 접견하고 접연(接宴)할 때 임기응변적 통역과 조치로써 왕의 곤경을 모면케 했으며, 1592(선조 25)년 임진왜란 때 의주(義州)에 피란 중인 왕이 명나라에 가려 하자 간(諫)하여 그만두게 했다. 벼슬은 지중추부사(知中樞府事)에 이르렀음.

일삼았습니다. 항상 한방에 거처하면서 매일 아미타불 부르기를 밤낮으로 계속하였죠. 여러 해에 걸쳐 이같이 하니 꿈에 자칭 아미타불이라고 하는 신인神人이 나타나 문을 두드리면서 스님에게, '네가 나를 염송하기를 열심히 하니 마땅히 너에게 복을 내리겠노라. 내일 관찰사가 네가 살고 있는 읍을 지날 터이니 너는 다리 아래에 엎드려서 '길생吉生'을 10여 차례 계속 부르도록 하라. 그러면 그 관찰사가 반드시 너에게 복을 내릴 것이다.'라고 말하였습니다. 그다음 날 스님은 그 신인의 말대로 종일토록 다리 아래에 엎드려 있었더니 과연 관찰사가 그 다리를 지나가는지라 거사는 다리 아래에 엎드려서 '길생'을 10여 차례 불렀습니다. 이 소리를 들은 관찰사는 크게 화를 내며 나졸에게 명하여 그를 붙잡아 오도록 한 뒤 '내 아명이 길생인데 너는 어째서 나를 업신여기고 그 이름을 10여 차례나 부르는 것이냐.'라고 말하더니, 큰 몽둥이로 엉덩이를 80여 차례 때렸습니다. 그 스님은 엉금엉금 기어 돌아와서는 혼자서 그 까닭을 매우 이상하게 생각하였죠. 그런데 그날 밤 꿈에 또 신인이 나타나, '너는 관찰사의 아명을 10여 차례 부른 것 때문에 80대의 매를 맞았거늘, 나를 감히 관찰사 정도에 비할 수 있겠느냐. 어째서 내 이름을 10만 차례나 밤낮을 쉬지 않고 여러 해 동안 부르는 것이냐? 오늘 이후로 다시는 내 이름을 부르지 말아라.'라고 말했습니다. 이로부터 크게 두려워한 스님은 다시는 아미타불을 부르지 않았다고 합니다."

고삼이 크게 놀라며 말했다.

"제가 당신의 가르침을 받지 못했던들 하마터면 금생今生에 무거운 장형을 받을 뻔했습니다."

그로부터 고삼은 찻물 담은 병을 엎어 버리고 밤새도록 편안하게 잠을 잤으며 다시는 아미타불을 외우지 않았다.

그 후에 표헌이 다시 고삼의 집에 묵었는데 고요하였고 염불하는 소리가 없었다.

표헌의 관직은 숭록[494]에 이르렀고 지금은 77세라고 한다. 표헌은 젊었을 적부터 늙을 때까지 관서關西를 지나 연경에 갈 기회가 많았으므로 그때마다 기생들과 더불어 술을 마시고 즐기면서도 사랑한 기생은 한 명도 없었다. 그래서 사람들은 모두 그 사실을 이상하게 생각하였다.

## (153) 호협한 스님 유정

유정惟政은 우리나라의 호협한 중으로, 송운松雲이라 스스로 이름하였는데 휴정休靜의 제자다. 평소 오대산 월정사에 거처하였는

494 숭록(崇祿): 숭록대부. 조선조 때 종1품 문무관의 품계. 26대 고종 2(1865)년부터 문무관 · 종친(宗親) · 의빈(儀賓)의 품계로 병용함.

데, 만력 임진년(1592)에는 금강산 유점사에서 거처하다가 왜병이 대거 이르자 산사에서 같이 기거하던 중들과 함께 왜적을 피해 깊은 산골짜기로 들어가 숨었다.

어떤 중이 가서 엿보니, 왜병이 유점사에 들어가 그곳에 거처하던 중 수십 명을 결박해 놓고 금은보화를 토색질하며 내놓지 않으면 죽이겠다고 협박하였다. 유정이 이 말을 전해 듣고 유점사에 가 보고자 하니 중들이 만류하며 말했다.

"우리 선사께서 같이 기거하던 중들을 위해 그들을 죽음에서 구하고자 하시니 자비로움이 막대하십니다. 그러나 호랑이 입을 더듬어 수염을 잡아당기는 격이니 이로울 것이 없습니다. 다만 화를 불러일으킬 뿐입니다."

유정은 이 말을 따르지 않고 어지러운 군사 가운데로 들어갔는데 그의 행동이 방약무인한지라 왜병이 괴이하게 생각하였다. 절문에 이르자 왜병들이 앉아 있기도 하고 누워 있기도 하고 검과 창을 번갈아 익히고 있기도 하였다. 유정이 절하거나 읍揖하지도 않고, 돌아보지도 않고, 가는 것을 멈추지도 않은 채 지팡이를 끌고 손을 내저으며 들어가자 왜병은 한참 동안 익히 쳐다보더니 들어가는 것을 금하지 않았다.

산영루山映樓를 지나 법당 아래 이르니 중들이 모두 양 처마 밑에 결박되어 있다가 유정을 보고 눈물을 흘렸는데, 유정은 돌아보지도 않았다. 한 왜병이 선당禪堂 밖에서 문서를 다스리고 있는데 마치 군목軍目 같았다. 유정이 서서 바라보니 왜병도 그를 못하게 막거나 꾸짖지 않았다. 그 문서들의 글자를 보니 알아보기 어려웠고 간혹 예서체 글자가 간간이 섞여 있었다.

유정이 곧장 법당에 오르니 왜장倭將들이 모두 의자를 나란히 하고 앉아 있었다. 유정은 손을 내려뜨린 채 예를 표하지 않고 이리저리 돌아다니며 마음대로 관찰하였다. 한 장군이 글을 써 물었다.

"문자를 아느냐?"

유정이 글로 써 보여 주었다.

"조금 아오."

"너희 나라에서는 칠조七祖를 존경하느냐?"

"육조[495]가 있지 어찌 칠조가 있소?"

"들어보고 싶구나."

유정이 육조를 열서하여 보여 주자 왜장이 크게 이상히 여기고 말했다.

"이 절에 있는 금은보화를 네가 모두 다 내놓아라. 만일 그렇게 하지 않으면 당장 너를 죽이겠다."

유정이 대답했다.

"우리나라에는 금과 은을 보배로 삼지 않고 쌀과 베만을 사용

---

495 육조(六祖): 선종(禪宗)의 육조사(六祖師). 달마(達磨) · 혜가(慧可) · 승찬(僧璨) · 도신(道信) · 홍인(弘忍) · 혜능(慧能).

하니 금은보화는 온 나라를 다 들어도 드무오. 하물며 산의 중은 공불供佛만 일삼으며 채식을 하고 초의草衣를 입는다오. 혹 곡식을 끊고 소나무를 먹으며 혹은 마을 사람들에게 걸식하여 자생하는데 어찌 금은을 축적해 둘 이치가 있겠소? 또 보건대, 장군은 불가에 육조가 있고 불법은 자비를 온전히 하여 죽이지 않음을 최상으로 삼는 것을 알고 있으면서도, 지금 보니 죄가 없는 어리석은 중을 처마 밑에 결박하여 진기한 보화를 토색질하고 있소. 그들은 지팡이 하나로 온 산을 다니며 민간에 기식하여 조석의 끼니를 공양 받는 자들이오. 비록 몸을 가르고 뼈를 부순다 해도 어찌 조그마한 보물이라도 있겠소? 그러니 장군은 그들을 살려 주시오."

왜군은 유정이 쓴 글을 돌려가며 읽어 보고는 얼굴빛이 변하여 하졸에게 말하였다.

"마루 밑에 내려가 양 처마에 묶인 20여 명의 중을 풀어 주어라."

유정이 다시 손을 휘저으며 지팡이를 끌고 나가니 왜장이 큰 판자에 크게 글씨를 써서 절문에 걸었다.

"이 산에는 도를 아는 고승이 있으니 병사들은 다시 들어오지 말라."

즉시 병사를 파하고 물러 나갔다. 이로부터 왜병이 다시는 유점사에 들어오지 않았다. 조정에서 유정에게 관직을 주어 승장僧

將으로 삼고 팔도의 승군을 거느리도록 하였다.

유정은 왜적의 진 안에 출입하며 유세하는 것을 일삼았는데, 일찍이 적진에 들어가 왜장 청정淸正을 알현하니 청정이 말했다.

"당신 나라에서는 어떤 보물이 최고 귀하오?"

"보물이라 할 만한 것은 없고, 보배로 여기는 바는 바로 청정의 머리입니다."

청정이 억지로 웃기는 하였으나 마음속으로는 실로 두려워했다.

난이 평정된 후 일본국에 들어가니 가강家康이 설면자[496] 2만 근을 주었다. 유정이 사양하였으나 받아들여지지 않자 그것을 모두 대마도주對馬島主 귤지정橘智正에게 주고 귀국하였다. 조정에서 종묘와 궁궐을 중수하자 유정이 온 나라 안의 승군을 모아 그 일을 도왔다.

내가 향산香山 보현사普賢寺에서 유정을 상견하였는데, 머리는 깎았으나 구레나룻은 남아 있어 길이가 허리까지 닿았고 색깔은 희었다. 그때 가선대부가 되었는데 후에 치악산에서 죽었으니 나이가 70세였다. 그의 문집이 있다.

---

496 설면자(雪綿子): 풀솜.

## (154) 요귀를 물리친 나옹

나옹懶翁은 고려 말의 신승神僧이다. 회암사檜岩寺의 주지가 되어 부임하려고 할 때, 회암사에서 수십 리 떨어진 곳에서 납의를 입고 약립蒻笠을 쓴 어떤 사람이 길 왼편에 엎드려 알현하였다. 나옹이 물었다.

"당신은 누구요?"

그 사람이 대답하였다.

"빈도貧道는 절에서 밥을 빌어먹고 있는 중입니다. 대사께서 저희 절에 왕림하신다는 말을 듣고 감히 길에서 기다리고 있었습니다."

나옹은 그 중으로 하여금 앞장서도록 하였는데, 그는 물을 건너면서도 하의를 걷지 않고 마치 평지 걷듯 하는지라 나옹은 그가 평범한 사람이 아니라는 사실을 이윽고 알게 되었다. 절 문을 들어서자 그 중은 간 곳이 없었다.

나옹이 절에 들어서서 예불도 하지 않고 곧장 사랑각舍廊閣으로 가니 절 중들이 괴이하게 여겼다. 잠시 후 나옹은 절의 중들에게 먼저 한 아름 되게 모아 놓은 큰 삼끈을 수십 길 갖추라고 명령하니 모든 중들이 더욱 이상하게 여겨 말했다.

"대사께서 처음 임하시자마자 예불도 드리지 않고 먼저 물건을 모으는 데 힘쓰시니 무슨 까닭인가?"

그러나 감히 나옹의 말을 거역하지 못하고 명령한 대로 갖추어 올렸다.

나옹은 대불전大佛殿에 올라 건장한 중을 1백 명 뽑더니 큰 삼끈을 가지고 제 몇 번째 앉아 있는 장륙불丈六佛의 몸체를 묶어 그것을 바닥에 넘어뜨리라고 지시하였다. 절 안에 있던 노승들이 모두 모여 합장하며 간청하였다.

"전부터 이 부처님의 영험함은 특별하였사옵니다. 비 내리기를 기도하면 비를 내리고 병 낫기를 기도하면 병을 낫게 했으며 아들 낳기를 기도하면 잉태시켜 기도하는 바대로 곧 응험을 내렸사옵니다. 대사님이 처음 이 절을 다스림에 많은 사람들이 귀를 기울이고 눈을 씻고 바라보는데, 대대로 존경해 온 불상부터 먼저 쓰러뜨리시다니 무척 괴이하옵니다."

나옹이 눈을 부릅뜨고 꾸짖으며 말했다.

"너희들은 내가 시키는 대로만 해라!"

모든 중들이 감히 그를 거역하지 못하고 힘을 합하여 불상을 끌어냈다. 목상木象에다 금을 입힌 것이라 무거운 물체가 아니었는데도 온갖 방법을 다 써 끌어당겼지만 조금도 움직이지 않았다. 한 노승이 눈썹을 치켜올리며 말했다.

"사람들의 말마따나 신령한 부처님을 모욕해서는 아니 되옵니다. 큰 화가 닥칠 것입니다."

나옹이 탑상榻上에서 한 손으로 그 불상을 끌어당기니 즉시 바닥으로 쓰러졌다. 그것을 밖으로 끌어내 절문 앞에 땔나무를 쌓고 불을 지르니 노린내가 산에 가득하였다. 그리고는 다른 불상을 개조하여 세웠는데 또다시 요환妖幻이 있자 전처럼 해서 불태워 버렸다. 세 번째 새로 만들어 세우니 다시 재앙이 없었다. 나옹은 불상을 안치하며 말했다.

"무릇 불상을 안치하고 향화를 피워 제사 지낼 때 간혹 산 귀신이나 나무 귀신이 불상에 붙어서 거짓으로 여래如來의 환술을 짓는 일이 비일비재하다. 이른바 아무 절에 아무 불상이 있는데 예불을 올리면 그때마다 감응이 있다고 하는 것들은 모두 다 이러한 유인 것이다. 어리석은 중들은 그것을 받들어 모시지만 간혹 심지어는 절 전체가 화를 입어 중들이 무고하게 죽는 일까지도 발생하니 이는 가히 두려워할 만하지 않겠느냐."

아아! 나옹은 신통한 고승이로다.

대개 물건이 오래되면 신령해지고 신령해지면 반드시 의지하는 데가 있는 법이다. 하물며 불사佛寺는 아침저녁으로 공양하는 곳이니 음식을 구하는 귀신들이 이를 두고 어디로 가겠는가? 또한 요즘 사람들은 무덤 위에 혹 돌사람을 깎아 놓아 그로써 신도神道[497]를 호위하는데 세월이 오래 지나면 산 귀신이 그곳에 들어 그 제사를 대신받기도 한다. 근래에는 간혹 돌로 된 화표[498]로 돌

497 신도(神道): '귀신'을 높여 이르는 말.

498 화표(華表): 묘 앞에 세우는 문. 망주석 따위.

사람을 대신하기도 하는데, 이는 자못 이치 있는 일이다.

## (155) 이지함의 기행

이지함은 이지번의 아우인데 역시 기이한 선비였다. 베옷을 입고 짚신을 신었으며 대삿갓을 쓰고 자루를 짊어진 채 다녔다. 혹 사대부들 사이에서 노닐기도 하였는데 방약무인하게 굴었으며 제가諸家 잡술雜術에도 통하지 않는 바가 없었다. 조그마한 조각배를 타고 사방 귀퉁이에 큰 바가지를 매어 단 채 세 번이나 제주도에 들어갔는데도 풍파의 어려움을 겪지 않았다.

자신이 손수 장사를 하여 백성을 가르쳤다. 맨손으로 생업에 힘써 수년 내에 수만 섬에 이르는 곡식을 쌓았는데 가난한 백성에게 모두 나누어 준 뒤 소매를 휘적거리며 떠났다.

바다 가운데 있는 섬에 들어가 바가지를 심었는데 열매를 맺은 것이 수만이나 되었다. 박을 갈라 바가지를 만들어 그것으로 곡식을 사니 곡식이 거의 1천 석이나 되었는데, 이 곡식도 경강京江의 마포麻布로 운반하여 강촌 사람들에게 나누어 주었다.

우묵한 길에 흙을 쌓아 가운데 높이가 1백 척인, 흙으로 된 집을 지어 이름을 토정土亭이라 하고 밤에는 집 아래에서 잠들고 낮에는 지붕 위에 올라가 거처하다가 얼마 지나지 않아 그 집을 버리고 귀가하였다.

또 솥을 짊어진 채 다니는 것을 싫어하여 철관鐵冠을 만들어 벗어서는 밥을 짓고 씻어서는 관으로 썼다. 팔도를 두루 유람하면서도 탈 것을 빌리지 않고 다녔다.

천한 사람의 일을 몸소 겪어 보지 않은 것이 없었노라고 스스로 여기고는, 남에게 매 맞는 것까지도 스스로 자청해 시험해 보려 하였다. 하루는 민가에 뛰어 들어가 부부의 곁에 앉으니 주인이 크게 노하여 때려 쫓아내려다가 늙었으므로 그냥 내쫓았다. 또 볼기를 때리는 형벌을 받으려고 일부러 관인의 앞길을 침범하였는데 관인이 노하여 태형을 내리려 하다가 그를 한참 쳐다보고서는 그의 형상이 기이하므로 그만두었다.

그의 부모를 장사 지냄에 장지를 상相 보니, 자손 중에 마땅히 재상이 두 명 나오지만 막내아들은 길하지 않은 것이었다. 막내는 곧 그 자신이었다. 이지함은 굳이 자신이 그 재난을 당하고자 하였다. 후에 이지번의 두 아들 산해山海와 산보山甫는 관직이 1품에 이르렀는데 이지함의 아들은 길하지 아니하여 현달하지 못했다.

일찍이 포천抱川 현감縣監이 되었는데 베옷과 짚신, 베 삿갓 차림으로 관청에 올라갔다. 관인이 음식을 내어오니 한참을 쳐다보다가 음식에는 손도 대지 않고 말하였다.

"먹을 만한 것이 없도다."

아전이 뜰에 무릎을 꿇고 말하였다.

"이 현에 토산물이 없어 차린 음식이 별 맛이 없습니다. 청하옵건대 다시 올리도록 해 주십시오."

조금 있다가 맛있는 음식을 가득 차려 내니, 또 한참을 쳐다보다가 말하였다.

"먹을 만한 것이 없구나."

아전이 놀라 두려워하며 죄 주기를 청하자 이지함이 말했다.

"우리나라 백성들은 생활이 곤궁한데도 모두들 먹고 마시는 것에 관해서는 절제함이 없다. 나는 음식 먹는 사람들이 소반 사용하는 것을 싫어한다."

아전에게 명하여 오곡이 섞인 잡곡밥을 지어 밥 한 그릇과 시커먼 나물국 한 그릇을 삿갓 모자 갑匣에 담아 내오도록 하였다.

다음 날 그 읍에 사는 관리가 왔는지라 마른 나물 죽을 만들어 권하니 이 관리는 머리를 숙이고 수저를 들어 먹자마자 금방 토해 버렸으나 이지함은 다 먹어치웠다.

오래지 않아 관직을 버리고 고향으로 돌아가니 읍 사람들이 길을 막고 머물러 달라고 간청하였으나 그들은 뜻을 이루지 못했다.

후에 아산 현감이 되었는데, 한 늙은 아전이 죄를 지었다. 이지함이 말했다.

"네가 비록 늙었으나 마음은 곧 어린아이이니 당장 관을 벗고 백발을 따서 어린아이가 되어라."

그로 하여금 벼루를 가지고 책상 앞에서 자신을 모시도록 하니 늙은 아전이 원한을 품고 지네즙을 가져다 몰래 술에 타서 내놓았다. 이지함이 그것을 마시고 죽었으니 나이가 채 60도 안 되었다.

## (156) 유랑민의 생계를 마련해 준 이지함

이지함은 유랑민이 떨어진 옷을 입고 걸식하는 것을 가엾게 여겨 굶주린 백성들을 위해 큰 집을 지어 그곳에 살도록 하고 사·농·공·상 중 하나를 손수 업으로 삼아 살도록 하는데 직접 대면하여 깨우쳐 주지 않음이 없었다. 각자를 이끌어 입고 먹는 것을 주선하여 주었고 그중에서 가장 능력이 없는 자에게는 볏짚을 많이 주어 미투리를 만들도록 시켰는데, 그 일을 친히 감독하여 하루에 열 짝씩 만들어 저자에 내다 팔게 하였다. 하루의 공력이면 한 말의 쌀을 마련하지 않는 날이 없었으므로 남은 이익을 축적할 수 있었으니 몇 개월 지나지 않아서 먹고 입는 것이 모두 풍족해졌다. 그런데도 일하는 고통을 이기지 못하고 아무 말도 없이 도망하는 자들이 많았다.

이로써 보건대 백성들 사이에는 게으름으로 인해 굶주리는 자가 있다는 것을 더욱 잘 알 수 있겠다. 비록 나약하고 늙어 할 수 있는 일이 아무것도 없다 할지라도 스스로 미투리를 삼지 못하는 사람은 없을 것이다. 이지함은 백성들이 즉각적으로 효험 볼 수 있는 것이 무엇인지 통찰할 수 있었으니 절묘하도다.

## (157) 김시습의 제자 최연

최연崔演은 강릉 사람이다. 김시습이 중이 되어 설악산에 은거한다는 말을 듣고 나이 어린 동지 대여섯 명과 더불어 김시습을 따라다니며 배우기를 청하였다. 김시습은 모두 사양하였으나 최연만은 가르칠 만하다고 여기고 머무르게 하였는데, 최연은 반년 동안 사제의 도리를 다하여 누우나 일어서나 곁을 떠나지 않았다.

달이 높이 뜬 깊은 밤마다 잠에서 일어나 보면 김시습은 간 곳이 없이 침석이 비어 있었다. 최연이 마음속으로 이상하게 여겼으나 감히 좇아가서 살펴보지 못하였는데 이와 같은 일이 여러 차례였다.

어느 날 한밤중 달 또한 밝은데 김시습이 옷과 관을 갖추어 차리고 가만히 나갔다. 최연이 멀리까지 그 뒤를 따라가 골짜기 하나를 넘고 고개 하나를 넘어 수풀 속에서 가만히 엿보니, 고개 아래에 넓고 편편한 큰 바위가 있는데 평평하고 넓어 앉을 만하였다. 그곳에는 두 손님이 있었는데 어디에서 온 사람인지는 알 수 없었다. 서로 읍을 한 뒤 바위 위에 마주 대하고 앉아 이야기를 나누었는데 거리가 멀어 무슨 이야기를 하는지는 살필 수 없었다. 한참 이야기하다가 헤어지는지라 연은 먼저 돌아와 이전처럼 누워 잠들었다. 다음 날 김시습이 최연에게 말했다.

"너를 가르칠 만하다고 여겼는데…… 이제 보니 조급하고 참을성이 없더구나. 더 이상 가르칠 수 없다."

드디어 작별을 하고 떠났는데, 김시습과 말을 나눴던 자들이 사람인지 신선인지는 끝내 알지 못하였다.

## (158) 도박꾼 김철손

도박은 작은 기예이나, 그것을 잘하는 자는 한 번에 천금을 얻을 수 있다. 전주에 김철손金哲孫이라는 자가 있었는데 그에게는 용모와 태도가 뛰어나게 아름다운 첩이 있었다. 왜인 가운데 바둑을 잘 두는 자가 그 첩을 좋아하였는데 철손이 도박하기를 좋아한다는 사실을 알고서 해와 별을 그려 구슬로 세공한 보배로운 안장을 철손에게 보여 주니, 철손은 내기 도박을 하자고 청하여 한 번 겨뤄 이겨 그 안장을 손에 넣었다. 왜인은 많은 재물을 보태 물려주기를 청하며, 만약 자신이 이길 것 같으면 철손의 첩과 바꿀 것을 청하였다. 철손은 마음속으로 쉽게 여기고 마침내 왜인과 더불어 굳게 약속하였다. 그러나 철손은 세 번 거루어 세 번을 다 졌으므로 마침내는 첩을 왜인에게 넘겨 주게 되었고, 왜인은 철손의 첩을 이끌고 배를 타고 일본으로 돌아갔다.

철손의 첩이 왜인 가운데 있으면서 원망하는 노래를 지어 철손에게 부쳤는데 그 노래는 다음과 같다.

전주 땅의 김철손
남과 도박하며 이긴다 하지 마오.
천금의 계집은 왜인의 배에 실려 갔다오.
해와 별 그려 세공한 안장 늘어뜨리고
그것으로 대신 첩의 얼굴 본 듯하구려.

그로부터 1백여 년 후에 서천령西川令이라는 자가 있었다.

## (159) 서천령을 이긴 병졸

우리 마을에 사는 서천령은 종실 사람으로 바둑 잘 두기로는 동방에서 제일이었으므로 당해 낼 자가 없었다. 지금까지도 바둑 두는 사람들이 그의 묘법을 전하며 '서천령 수법'이라고 일컫는다.

상번[499]하러 온 나이 든 어떤 병졸이 하도[500]에서부터 준마를 끌고 올라와 서천령을 뵙고 말했다.

"어르신께서 바둑을 잘 두신다고 들었는데, 저와 겨루어 봅시다. 만약 제가 이기지 못한다면 이 말을 여기에 두겠습니다."

세 번 겨뤄 두 번을 상번한 늙은 병졸이 졌다. 마침내 그 말을 내놓고 가면서 말했다.

"청하옵건대 어르신께서는 이 말을 잘 먹이십시오. 천경[501]의 기한이 만료되면 그때 다시 한 번 겨루어서 이 말을 타고 고향으로 돌아갈 것입니다."

서천령이 웃으면서 말하였다.

"알겠소."

서천령은 스스로 준마를 얻었다고 생각하고 다른 말보다 두 배는 정성들여 잘 먹여 길렀더니 살이 토실토실 찌게 되었다. 그 후 그 병졸이 상번 기한이 끝나자 과연 다시 찾아와 바둑 내기를 청하였는데, 이번에는 서천령이 세 번 겨뤄 세 번 다 이기지 못했다. 마침내 그 병졸은 말을 가지고 돌아가면서 말했다.

"소인은 이 말을 애지중지하였습지요. 서울에 상번하며 객지에 있는 동안 이 말을 먹여 기르기가 어려울 것을 알았으므로 잠시 어르신 댁에 맡겨 놓았던 것이었습니다. 어르신께서 잘 길러 주

---

499 상번(上番): 번 들러 올라감. 한 부대에 속한 군사를 번으로 나누어 편성하고 그중에서 몇 번이 복무하고 몇 번은 쉬게 하는데, 번 차례가 되어 복무에 들어갔거나 복무하러 올라가는 것, 또는 그러한 번.

500 하도(下道): 서울에서 떨어져 있는 충청, 경상, 전라를 통틀어 일컫는 말.

501 천경(踐更): 한(漢)나라 때의 제도. 돈을 받고 다른 사람 대신 상번하는 것을 말한다.

신 덕분에 병든 말이 변하여 살찌고 윤택하게 되었으니 감격스러움을 이기지 못하겠습니다."

서천령이 한편으로는 분하기도 하였지만 한편으로는 기이하게 생각하였다. 그 후 그 사람이 거처하는 마을에 인편으로 소식을 전하였더니 그 마을 사람들 또한 그가 바둑에 신묘한 사실을 알지 못하고 있었다. 절묘한 기술을 가졌으면서도 어찌하여 이름을 숨기고 은둔하였는지!

50여 년 뒤에 신구지申求止라는 자가 있었다.

## (160) 내기로 벼락부자 된 신구지

근년에 신구지라는 자가 있었는데 개인의 노비였다. 그는 바둑을 잘 두어 동방에서 제일이었으나 뛰어난 기예를 가지고도 먹고 사는 것이 빈궁한 것을 스스로 탄식하였다. 그때 왕의 외척 중에 이량[502]이라는 자가 있어 그의 권세가 온 세상을 뒤흔들었는데 그도 "바둑 잘 두기로는 나와 대적할 자 없노라."라고 자칭하였다.

---

502 이량(李樑: 1519, 중종 14 – 1563, 명종 18) 조선 중기의 문신. 효령대군의 5대손으로, 명종 비 인순왕후 심씨(仁順王后沈氏)의 외숙이다. 명종조 때 세력을 휘둘러 정치를 농단하였으므로, 당시 사람들은 그를 윤원형 · 심통원과 더불어 3흉(凶)이라 불렀다.

신구지는 이랑을 알현하고 싶었으나 그렇게 할 수 없었다. 그래서 먼저 40자 되는 면 베를 써서 붉은 호박으로 된 영자[503]를 사 놓고 몰래 이랑의 노비와 더불어 술을 마시고 즐기며 여러 차례 말했다.

"상공을 알현하고자 하는데 천한 노비라 절 한번 올릴 기회가 주어지지 않소. 원컨대 그대를 통해 통성명해 보고 싶소."

이랑의 노비가 말했다.

"상공에게는 귀한 손님이 많아 지위가 높은 근신近臣들이 밤이나 낮이나 모여 있다오. 다만 아무 날은 기일이므로 손님을 물리치고 한가하게 앉아 계실 것이니 그날 오는 것이 좋겠소."

그날이 되자 신구지는 틈을 타 이랑에게 나아가 절을 올렸다. 신구지를 본 이랑은 매우 기뻐하면서 말했다.

"자네가 진실로 바둑에는 제일인자라는 구지인가? 나도 오늘은 한가하니 한판 겨뤄 보세."

신구지는 고의로 져 주었다. 그러자 이랑이 몹시 좋아하며 말했다.

"자네의 기량이 이것뿐인가?"

훗날 또 신구지가 이랑을 알현하고 말했다.

"소인은 다른 사람과 바둑을 두어 일찍이 져본 적이 없었으므

---

503 영자(纓子): 벼슬아치의 갓끈을 다는 데 쓰던 고리. 보통 은으로 만들고 종2품 이상은 도금한 것을 썼음.

로 온 나라에서는 이를 칭찬했습니다. 그런데 상공에게 진 후로는 마음으로 만족하지 못하여 밤이 와도 잠을 이룰 수 없습니다. 귀중한 물건을 걸고 고주[504]하기를 원하옵니다."

이 말을 들은 이량이 말했다.

"좋다. 내가 진다면 네가 청하는 대로 할 것이지만, 네가 진다면 나에게 무슨 물건을 주겠느냐?"

구지가 대답했다.

"소인의 집안에는 대대로 전하여 내려온 호박으로 만든 영자가 있사오니 그것을 바치겠습니다."

마침내 구지는 이량에게 패하여 그 물건을 품에서 꺼내어 이량에게 주었는데, 이량은 매일 그 영자를 늘어뜨리고 빈객들에게 자랑하며 말했다.

"누가 신구지더러 바둑의 제일인자라고 하느냐? 상놈에게 귀중한 재물이 아닐 수 없겠거늘 내가 내기 바둑에서 이겨 이 영자를 얻었다. 그자의 기예는 거론할 만한 것도 못된다."

훗날 신구지가 다시 이량을 알현하니 이량이 매우 기뻐하며 마침내 객을 물리치고 문을 닫고는 말했다.

"누가 너더러 동방에서 바둑이 제일이라고 하느냐? 이 갓끈을 돌려받을 생각은 없느냐?"

504 고주(孤注): 노름꾼이 나머지 돈을 다 걸고 마지막 승부를 거는 것.

"청하옵건대 도전하여 자웅을 결정하고자 합니다."

신구지는 세 판을 거듭해 거의 질 듯하다가 이겼다. 그러자 이량은 멍하게 있더니 말했다.

"내 이번에는 너에게 졌으니 마땅히 너의 원대로 해 주겠다. 어떤 물건을 원하느냐?"

그 말을 들은 신구지는 소매 속에서 한 묶음으로 된 빈 초청장(折簡)[505]을 40~50장 꺼내더니 그것을 이량에게 올리며 말했다.

"제 미천한 딸을 혼인시키려고 합니다. 원하옵건대 평안도 한 도에서 혼수를 구하여 주십시오."

이량이 말했다.

"그리 어려운 일이 아니지. 네가 원하는 대로 하겠다."

이량은 본래 편지를 민첩하게 잘 썼다. 일필휘지로 종이 40~50쪽을 가득 메우더니, 그것을 구지에게 주었다.

신구지는 말과 노복을 갖추고서 평안도를 두루 돌아다니며 그 초청장을 열읍列邑과 열진列鎭의 수령들에게 전하니 그들은 모두 신발을 거꾸로 신고 달려 나와 맞이해서는 큰 객사를 비워 그곳에 머물게 하고 공경하기를 마치 사성使星[506] 대하듯 하였다. 얻은 재물은 말머리를 나란히 한 수레에 연달아 가득 싣고 돌아와 큰 집을 짓고 밭과 노복들을 사들여 졸지에 부잣집 주인이 되었다.

---

505 절간(折簡): 가운데를 접은 짧은 편지. 곧 초청하는 편지.

506 사성(使星): 임금의 명령으로 지방에 출장 가는 관원.

## (161) 이항복을 지킨 익재의 영령

상국 이자상李子常의 이름은 항복恒福이고, 호는 필운弼雲이며, 또 다른 호는 백사白沙이다. 처음 태어나서 돌도 채 되지 않았을 때 유모가 아이를 안고 우물 가까이 가 땅에 내려놓고 앉아서 깜빡 조는 사이 상국이 기어서 우물에 다가가 거의 빠지려고 하였다.

유모가 꿈속에서 헌걸차고 키가 큰 백발 장부를 보았다. 그가 지팡이로 유모의 정강이를 때리면서 말했다.

"어찌하여 아이를 돌보지 않느냐?"

심한 통증 때문에 놀라 깨어난 유모는 달려가서 아이를 구하였는데 정강이가 여러 날 동안 아팠으므로 몹시 이상하게 여겼다.

후에 집안에 제사가 있어서 조상 익재 이제현[507]의 영정을 마루에 걸어 놓았다. 그러자 유모가 영정을 보고 크게 놀라 말하였다.

"예전날 지팡이로 나의 정강이를 때린 분이 곧 이 영정과 같은 모습이었습니다."

아! 익재는 전조前朝의 현명한 재상이었다. 그의 영령이 3, 4백 년 후에도 사라지지 않고 어린 손자아이가 위험한 지경에 있는 것을 구해 낼 수 있었으니 어찌 그의 신령함이 커서일 뿐이겠는

---

507 이제현(李齊賢): 고려 명신, 학자. 왕명으로 실록을 편찬함. 원나라 조맹부(趙孟頫)의 서체를 고려에 도입하여 유행시키고 고려의 민간 가요 17수를 한시(漢詩)로 번역하였음.

가? 필운이 보통 아이와는 달라 신명의 도움을 이르게 할 수 있었음을 또한 알겠다. 아! 기이하도다.

## (162) 삼척읍의 귀신 백두옹

옛날에 고려의 공양왕[508]이 삼척에서 죽었는데 이때부터 삼척에는 귀신이 내리는 재앙이 있어 머리가 흰 노인이 나타나면 반드시 읍의 원님이 죽었다.

윤변尹忭이 삼척 부사가 되어 바야흐로 병을 앓고 있었는데 그때 관찰사 송기수宋麒壽가 삼척부에 들어와 서죽루竹西樓 연근당燕謹堂에 머물고 있다가 기일을 당했으므로 정갈하게 재계한 후 문서를 물리치고 홀로 앉아 있는데 머리가 흰 어떤 한 노인이 창을 열고 틈으로 엿보더니 말했다.

"부사인 줄 알았는데 감사로군!"

이내 문을 닫고 가 버렸다. 송기수가 소리쳤다.

---

508 공양왕(恭讓王: 1345, 충목왕 1-1394, 태조 3): 고려 34대(1389-1392) 왕. 이름은 요(瑤), 신종(神宗)의 7대손, 정원부원군(定原府院君) 균(鈞)의 아들. 1389년 창왕(昌王)의 폐위에 이어 영립되었으나 과단성 없는 성품으로 이성계 일파의 압력과 간섭을 받아 우왕·창왕 부자를 살해케 하였다. 이성계에게 완전히 실권을 빼앗겼다가 정몽주가 살해된 후에 이성계 일파에 의해 덕이 없고 어리석다는 이유로 폐위당했으므로, 고려는 34대 475년 만에 망했다. 처음 원주(原州)에 추방되어 공양군(恭讓君)에 강등되었다가 삼척에서 살해되었다.

"너는 누구냐?"

그러나 적막하여 아무런 대답이 없었으므로 종자들을 부르니 배행한 동자와 기녀들이 대청 밖에 있다가 응대하였다. 송기수가 말했다.

"너희들은 어디 있었기에 외부 사람이 감히 당돌하게 들어오는 것이냐?"

그들이 대답했다.

"외부 사람이 들어온 적이 없습니다. 소인들은 모두 대청을 떠나지 않고 있었습니다."

"그렇다면 조금 전에 왔던 노인은 누구란 말이냐?"

"저희들은 보지 못하였사옵니다."

송기수는 비로소 그 노인이 사람이 아니라는 사실을 깨닫고 자못 놀라고 두려워하며 찰방察訪을 불러 말했다.

"오늘 당장 강릉으로 떠나겠으니 급히 행장을 차리도록 하여라. 비록 날이 저물었지만 그래도 출발하겠다."

마침내 송기수는 출발하여 한밤중에 우계역羽溪驛에서 묵고 다음 날 길에 올랐다. 길을 가던 중 삼척에서 온 땀투성이의 말을 만났는데 말을 모는 자가 송기수에게 다가와 말했다.

"부사님이 병으로 위독합니다. 청심환을 얻을 수 있으면 좋겠습니다."

행차가 미처 강릉에 이르지 못했을 때 삼척에서 문서가 왔는데, 부사가 세상을 떠났다는 것이었다.

이로부터 삼척읍의 부사가 되는 자들은 서로 뒤를 이어 죽었는데, 죽을 때는 반드시 흰 머리 노인이 나타났다.

## (163) 재상을 보호하는 귀신

한준겸[509]이 평안도 관찰사로 있을 때 아버지의 초상을 만났으므로 봉산鳳山을 지나다 마침내 상여를 객사에 안치하였다. 밤에 호상[510]하던 객이 꿈에 가위 눌려 기절하였다가 한참 오랜 후에 다시 깨어나서 말하였다.

"한 관인이 있었는데, 그의 행차를 따르는 무리들이 매우 번잡하였소. 그 관인이 나졸로 하여금 잡아들이게 한 후 심문하여, '이 객사는 바로 사신들이 머물러 잠드는 곳이어서 신령이 옹호하는 곳인데, 어찌 감히 죽은 상여로 하여금 이곳을 더럽히느냐? 속히 상주를 잡아 와라.'라고 말하니, 귀졸鬼卒 수십 명이 가자마자 금방 돌아와서는, '상주는 곧 감사監司 한 공입니다. 객사 아래에 문과

509 한준겸(韓俊謙: 1557, 명종 12-1627, 인조 5): 문신. 자는 익지(益之), 호는 유천(柳川).

510 호상(護喪): 초상 치르는 데 갖은 일을 주장하여 보살핌. 혹은 상여 뒤를 따라가는 사람.

집을 지키는 신령이 있고 이를 옹호하는 졸개들이 매우 많아서 감히 간여할 수 없습니다.'라고 말하였소. 그러자 관인이 크게 노하여, '저번 이수준李壽俊이 연경에 갔다가 돌아오는 길에 이 객사에서 죽어서 시체를 이곳에 두어 관사를 더럽히더니 지금 또 이와 같은 일이 발생하였구나. 그대로 내버려 둘 수 없다. 감사를 잡아올 수 없다면 그 아들이라도 속히 잡아 오너라.'라고 말하였소."

이날 밤 준겸의 아들 소일昭一의 꿈 또한 이와 같았고, 오래지 않아 소일은 병에 걸리지도 않았는데 갑자기 죽었다.

옛날 요숭과 송경[511]이 미천했던 시절에 길을 가다 객점에 머물러 잤는데 귀졸 왕군앙王君昻이 수호하여 감히 곁을 떠나지 않았다고 한다. 재상이 머물러 잠드는 곳에는 반드시 신령한 귀신의 위호가 있으니 이상하지 아니한가?

## (164) 귀신도 돌보아 준 권벽

권벽[512]이 젊었을 적에 벗의 집안 사람들이 온통 시기時氣[513]에 전

511 요숭(姚崇)과 송경(宋璟): 당나라 현종(玄宗)의 유명한 재상들.

512 권벽(權擘: 1520, 중종 15-1593, 선조 26): 자는 대수(大手), 호는 습재(習齋). 문인으로 시문에 뛰어남.

513 시기(時氣): 추위로 인해서 생긴 병. 감기, 급성열병, 폐렴 따위. 시환(時患), 시절병(時節病)이라고도 한다.

염되어 위급하다는 말을 듣고 가서 보고자 하니 사람들이 그를 말리며 말했다.

"한 몸을 돌보지 않고 갔다가 열병 걸린 사람에게 전염되면 온 집안 사람들에게 그 화가 미칠 것인데 어찌하려고 그러느냐?"

이에 권벽은 말했다.

"사람이 죽고 사는 것은 모두 명에 달려 있습니다. 오랜 벗이 위태로운 지경에 있는 것을 보고서도 어떻게 괄시하고 구하지 않을 수 있겠습니까? 약을 가지고 가서 구해 보도록 하겠습니다."

벗의 집에 들어가니 종들이 서로를 베고 죽어 있었다. 그를 본 벗은 그의 손을 잡고 흐느꼈다.

벗과 더불어 잠자던 권벽이 잠을 깨어 보니 벗은 몰래 몸을 빼내 다른 곳으로 도망가고 없었다. 권벽은 집으로 돌아가고 싶었지만 아직도 한밤중이었으므로 많은 시신들을 하나하나 지나 외청外廳으로 나와 앉아서 얼핏 잠이 들었다.

때는 가랑비가 막 걷히고 달빛이 희미하게 비치고 있었다. 문득 두 명의 귀신이 도롱이를 거꾸로 두른 채 담을 넘어 들어와 곧장 집안으로 들어오더니 말했다.

"그 사람이 도망갔는데."

외청으로 나와 찾아다니다가 권벽이 있는 것을 보고 한 귀신이 말했다.

"그 사람이 여기 있네."

이 말을 들은 다른 한 귀신이 말했다.

"그는 권權 정승이시네. 그분을 범할 수는 없네."

그들은 다시 담장을 넘어 달려 나갔다. 이에 권벽은 옷을 걷어붙이고 그들을 뒤쫓았다. 한 구석진 마을에 이르니 귀신이 말했다.

"그 사람이 여기 있군."

그들이 문을 넘어 집으로 들어가자 얼마 안 있어 곡하는 소리가 들렸다.

고흥 유씨가 말한다.

"권벽은 하늘을 믿고 미혹되지 않아 능히 자신을 던져 남을 구하였다. 오래도록 복록을 누리다가 마침내는 정승의 지위에 올랐으니 그 또한 마땅하지 아니한가. 그의 벗은 권벽이 자신을 구해주려 한 은혜조차 돌아보지 않고 친구를 팔아 자신을 대신하고자 하여 몸을 감추어 도망했다. 그의 마음 씀이 비할 데 없이 나빴으니 신이 그를 죽인 것 또한 마땅하다."

## (165) 순회세자빈댁 신령

황대임黃大任은 순회세자[514]빈順懷世子嬪의 외조부이다. 세자빈은

514 순회세자(順懷世子: 1551, 명종 6–1563, 명종 18): 명종의 세자. 1557년 세자로 봉해지고 참판 윤옥(尹玉)의 딸을 맞아들여 가례(嘉禮)를 올렸으나 13세로 죽었다.

외가에서 생장하였는데 그 집은 성안에 있었고 본댁인 종가宗家는 남쪽 성곽 밖 만리현萬里峴에 있어 자못 궁벽지고 멀리 떨어진 곳이었다.

세자빈이 처음으로 궁궐에 들어가게 되자 많은 제수를 갖추어 제사 지내고 집안 사당에 아뢰려 하였다. 그런데 집안 사람이 잘못 처리하여 지리의 원근에 따라 성안을 먼저 하고 성밖을 뒤로 하였으므로 음식을 받든 궁중 나인들이 외가에는 담을 이루었지만 종가는 고요하였다.

갑자기 큰 소리가 사당 안에서 나와 노복을 사당 문밖에 잡아들이라 하였다. 결박하여 잡아오는 소동이 있는 것 같더니 마치 고문과 매질을 당하는 것처럼 아프다고 울부짖었으므로 집안 사람들이 어찌할 줄을 몰랐다.

신령이 말하였다.

"제사를 지냄에 외가를 먼저 하고 우리 종가에 미치지 않는 것은 무엇 때문인고?"

황대임이 말했다.

"집안에 큰 경사가 있어 대궐에서 성대하게 하사함이 있었는데, 집안 사람이 궁중나인을 잘못 이끌어 가까운 곳을 먼저 하고 먼 곳을 뒤로 하였으니 그 죄가 만 번 죽어 마땅하옵니다."

"큰 경사, 큰 경사라! 무엇이 큰 경사인가? 그대는 다시는 큰 경사라고 말하지 말라."

조금 있다가 대궐에서 하사한 물품이 이르렀으므로 수라간[515]의 진수성찬으로 큰 제사를 지냈다. 제사를 마치자 신령이 다시 집안 사람들을 불러 말하였다.

"옛날 나를 장사 지낼 때 염습할 옷이 갖춰지지 않아 청색 단령[516]을 쓰지 못하였느니라. 매번 지하세계에서 잔치 하는 일이 있을 때마다 재상이 겉옷이 없으니 예모에 모자람이 있다. 속히 나에게 옷을 지어 주도록 하라."

집안 사람이 말하였다.

"유명幽明의 길이 다르오니 받들어 올릴 수 있는 방법을 알지 못하겠나이다."

"사당 뜰에서 불태우면, 그것이 곧 나에게 주는 것이니라."

드디어 명령대로 문채 넣은 비단으로 검푸른 색의 단령을 만들고 답호[517]도 한 벌 갖추어 사당 뜰에서 불태웠다.

그 후 세자빈은 요절하고 순회세자도 병들어 죽었다. 오랜 후에 조정에서 황대임이 세자빈의 오주[518]를 고쳐서 사람들을 속였다고 논의하여, 그를 변방 먼 곳으로 수십 년 동안 귀양살이 보내었다.

---

515 수라간(水剌間): 임금에게 올리는 음식을 만드는 부엌.

516 단령(團領): 깃을 둥글게 만든 공복(公服)의 한 가지.

517 답호(褡護): 군인들이 입는 무복(武服) 중의 하나.

518 오주(五柱): 사주팔자(四柱八字)의 다른 말.

## (166) 죽은 후 소생한 명천군

명천군明川君은 종실 사람이다. 중년에 전염병에 걸려 죽었다가 3일 후에 소생하여 말했다.

"처음에는 온몸이 아프다가 이윽고 통증이 가라앉는 것 같더니 몸이 창문을 뚫고 광야에 나가 망망한 지평선을 몽매한 상태에서 왕래하였소. 그러다가 문득 한 곳에 이르렀는데, 퉁소와 북소리가 울리고 무당이 초혼을 하길래 머뭇거리며 들어가려고 하자 여러 귀신들이 나를 물리치며, '새로 죽은 귀신이 내 제향에 참여하는 것을 허락할 수 없다.'라고 하였소. 뜰에는 상수리 잎이 열 지어 있고 조밥이 나누어 배치되어 있어 여러 귀신들이 나에게 먹기를 권했지만 화가 나서 먹지 않았소."

이미 소생한 후에 여러 아들들에게 말했다.

"죽은 후면 사람의 신체는 하찮은 것이니 내가 죽더라도 넓은 관은 쓰지 말 것이나, 혼령은 여전히 존재하여 먹을 수 있으니 제사 베푸는 것을 폐하지 말아라."

그 후 수십 년을 살다가 죽었는데, 그의 무덤이 양주楊州의 서산西山에 있다. 서산 사람들은 지금도 이를 전하여 말한다.

## (167) 이경류의 혼령

임진란에 병조좌랑 이경류[519]가 방어사의 종사관이 되어 싸우다가 적에게 패하여 죽었다. 그 형 이경준은 무장武將이었다. 적이 평양에 있음에 대군을 거느리고 순안[520]을 막아 지켰다. 그때 마침 기일이 되어 집을 깨끗이 치우고 혼자 앉아 있었다. 군인들도 물러나서 각각의 부대로 돌아갔는데 홀연히 장막 벽 사이에서 '꺼이꺼이' 하는 곡성이 들렸다. 소리 나는 곳을 바라보니 보이는 것이 아무것도 없었으므로 이경준은 괴이하게 생각하였다.

조금 후에 다시 사람 소리가 들렸는데, 길게 휘파람 소리처럼 "형님! 제가 왔습니다." 하는 것 같아 살펴보니 동생 경류의 혼이었다. 이경준이 울면서 물었다.

"네가 어디에서 왔느냐?"

"내가 죽은 후에 형이 거처하고 있는 곳을 방문하고자 하였으나 병사의 호위가 너무 성대했으므로 두려워 감히 오지 못했습니다. 지금은 대오隊伍가 조금 물러난데다 형님 또한 고요하게 거처하고 계시기에 그 틈을 타서 온 것입니다."

---

519 이경류(李慶流: 1564, 명종 19-1592, 선조 25): 문신. 1591년 진사가 되고 이해 식년문과에 을과로 급제. 1592년 임란 때 조방장(助防將) 변기(邊璣)의 종사관이 되어 출전, 상주(尙州) 싸움에서 분전 끝에 상주 판관(尙州判官) 권길(權吉)과 함께 전사했다. 정문(旌門)이 세워졌다.

520 순안(順安): 평안남도 순안.

"너는 어느 곳에서 죽었느냐? 시체는 또 어느 곳에 있느냐? 하나하나 가르쳐 주어 유체를 수습해 장사 지내도록 해 줄 수 있겠느냐?"

"병사들이 패전한 날은 어지러운 병사들 속에서 간신히 몸을 빼내어 수풀 속에 매복해 있었는데, 다음 날 산사로 걸어 올라가다가 산길에서 왜적을 만나 죽었습니다. 그때 칼날을 맞을 당시 혼이 놀라 흩어져 버렸으므로 유체 있는 곳을 알 수 없습니다."

"우리 형제간에만 왕래하고 부모님이 계시는 곳에는 제발 가지 마라. 부모님이 더욱 마음 아파 하실까 걱정이구나."

"그럼요, 저도 차마 부모님이 아시게 할 수는 없습니다."

이 이후로 형제 집을 왕래하였는데, 집안일에 대해 말하지 않는 것이 없었고 곡진하게 말하는 모양이 평소 같았다. 이같이 3년을 지내다 그 이후로는 이르지 않았다. 처음에는 온 식구들이 싸움에 패배한 날을 제삿날로 정했는데 혼령의 말로 인하여 그 다음 날에 패전해 죽은 것으로 결정하고 그다음 날을 제삿날로 삼았다고 한다.

## (168) 소생한 사람을 외면한 우매한 백성

홍양興陽의 어떤 백성이 전염병에 걸려 죽어 산에 장사를 지냈다.

그 마을 사람이 밭에 나갔는데 무덤으로부터 은은한 소리가 새어 나왔다.

"사람 살려요! 사람 살려요!"

마을 사람은 달려가 죽은 사람 집에 알리고자 했으나 어떤 한 사람이 제지하며 말했다.

"속담에서도 이르지 않았소? 죽었다가 소생한 자를 보고 그 사람의 집에 알려주면 도리어 죽는 화를 자신이 받게 된다오."

이 말을 들은 마을 사람은 두려워하며 알리는 것을 그만두었다. 그다음 날에도 또 그 소리가 들렸는데, 3일이 지난 후에는 조용해졌다.

가장 늦게야 그 말을 전해 들은 죽은 사람 집 아들들이 무덤을 파내어 보니 관 뚜껑이 열려 있고, 몸을 묶은 베가 풀어져 있었으며, 옷과 이불이 벌려져 있고, 죽은 시체가 엎어져 있었다. 아들들은 몹시 슬퍼하여 그 사실을 관에 고발하였고 마을 사람은 곤장형을 받았다.

아아! 슬프도다. 마을 사람의 무식함이 이 지경에 이르렀음이여. 길흉화복설이 우매한 백성들을 그르치게 하는 것이 심하도다.

## (169) 나무에 붙은 귀신

임진란에 통제사 이순신이 장차 전투용 배를 만들려고 수군을 징발하여 한산섬에서 재목을 벌채하였는데 나무 위에서 귀신이 길게 휘파람 소리를 내며 말하였다.

"원하옵건대 이 골짜기의 나무를 베지 마십시오. 죽은 병사의 귀신이 이 골짜기의 나무에 많이 의탁하고 있습니다. 이제 당신들이 와 나무를 베면 우리들은 대부분 다른 나무로 옮겨 가야 하니 베지 말아 주십시오."

군졸들이 물었다.

"당신은 누구요?"

"나는 전라도 유생儒生 송宋인데 온 집안 남녀가 모두 전쟁에서 죽어 지금은 이 나무에 와서 의탁하고 있습니다."

수군들이 마침내 다른 골짜기로 옮겨 갔다.

## (170) 홍귀달의 혼령에게 술을 대접한 송일

용천역은 황해도의 길 곁에 있는데 연산군이 홍귀달[521]을 이곳에

521 홍귀달(洪貴達: 1438, 세종 20－1504, 연산군 10): 문신. 자는 겸선(兼善), 호는 허백당(虛白堂). 1598(연산군 4)년 무오사화 때 좌참찬으로서 10여 조에 달하는 왕의 난

서 죽였다. 홍귀달의 자는 겸선이다. 그 후에 송일宋軼이라는 자가 있었는데 중국 사신의 영위사[522]로서 용천역 객사에서 묵게 되었다. 송일의 자는 가중嘉仲이었다. 밤중에 한기가 멀리서부터 가까이 다가와 뼈에 사무쳐 거의 감당할 수 없을 지경이었는데, 갑자기 문밖에서 소리가 들렸다.

"가중! 가중!"

송일은 그 소리를 듣고 그가 홍洪 태학사太學士인 줄 알고 대답하였다.

"그대는 겸선이 아니십니까?"

"맞다오."

마침내 종을 불러 의자를 마주보게 놓도록 하고 침상에서 내려가 읍하고 앉도록 권하니, 마치 어떤 물체가 의자 위에 걸터앉는 것 같았는데, 한기가 더욱 가까이 엄습하였다. 홍 태학사가 말했다.

"내가 죽을 때 날씨가 무척 추웠는데 지금도 그 한기가 풀리지 않고 있소. 바라건대 나에게 데운 술을 좀 주시오."

마침내 데운 술 석 잔을 가져오도록 명령하고 음식을 갖추어

---

정(亂政)을 들어 간하다가 좌천되었음. 그 후 경기도 관찰사로 복직되었으나 자기의 손녀(홍언국의 딸)를 궁중에 들이라는 왕명을 어겨 장형(杖刑)을 받고 경원(慶源)으로 유배 도중 단천(端川)에서 뒤따라온 승명관(承命官)에 의해 교살되었음. 문장이 뛰어나고 글씨도 잘 썼으며 성격이 강직하여 부정에는 끝까지 항거하였음.

522 영위사(迎慰使): 중국 사신을 맞아 접하여 응대하는 사신. 접위사(接慰使), 접반사, 원접사라고도 함.

의자 앞에 차려 놓았다. 한참 있으니 말하였다.

"추운 기운이 이제야 조금 풀리는 듯하오. 정말 고맙소. 내가 늘 술을 구해 언 몸을 풀려고 생각하고 관리 행차가 역관에 오기를 기다렸다가 가서 달라고 하였다오. 여러 차례 그들을 놀라게 해 즉사했지만 내가 고의로 저지른 것은 아니었소. 영공의 복록은 오래도록 두터울 것이고 자손들에게도 길이길이 이어질 것이니 걱정하지 마시오. 걱정하지 마시오."

마침내 인사를 하고 떠났다.

그 후에 송일은 영의정이 되었고 자손들 가운데 많은 수가 경상卿相에 이르렀으니, 여성군礪城君 송인宋寅, 판서 송언신宋言愼, 참판 송일宋馹 등이 모두 다 그의 후손이다.

## (171) 이원여의 집, 귀신의 아내

만력 기미년(1619) 겨울이었다. 참봉 신우안申友顏은 나이가 어렸으나 해서를 잘 썼다. 정언正言 이원여李元輿의 집을 빌려 기숙하고 있었는데 밤중에 문득 간 곳 없이 사라졌다. 그런데 이웃 사람이 말하였다.

"밤에 어떤 물체가 있었는데 형상이 없어 사람 같지는 않았습니다. 그 물체가 담장 밖에서 참봉을 불러 가기에 매우 의아하게 생각하였지요."

집안 사람들이 신우안을 찾았지만 찾을 수 없었다. 그런 지 며칠 뒤 그를 반송지[523] 얼음 위에서 찾았는데 자줏빛 옷을 보고 그물로 건져낸 것이었다.

이원여의 집이 도성 서소문西小門 밖에 있었는데 이 집은 돌아가신 재상 이충원[524]의 집이었다. 이충원에게는 딸이 있었는데, 하루는 그 아이가 간 곳이 없었다. 며칠이 지나 대천교大川橋 아래에서 그 아이를 찾았으나 거적자리에 덮인 채 엎어져 반쯤 죽어 있는 상태였고 집에 데려다 놓은 지 며칠 만에 죽었다. 처음 그 아이를 찾지 못하다가 어떤 선비가 다리 아래를 지시해 주어 찾은 것이었다.

그 선비가 밤에 꿈을 꾸었더니 어떤 사람이 나타나 말하였다.

"내가 새로 아름다운 부인을 얻어 몹시 사랑하였는데 너로 인해 잃게 되었으니 마땅히 너의 부인으로 대체하여야겠다."

놀라 일어나 본즉 그의 부인은 이미 오간 데 없었다.

며칠이 지난 후 다시 돌려주면서 말하였다.

"처음에는 네가 내 부인을 빼앗아 간 것에 분노하여 너의 부인을 데려갔는데 지금 내 부인을 다시 얻었으니 네 부인을 돌려 보

---

523 반송지(盤松池): 서울 서대문 밖 반송정 곁에 있는 못 이름.

524 이충원(李忠元: 1537, 중종 32-1605, 선조 38): 1566년 별시문과에 장원, 수찬(修撰)을 지내고 임란 때 형조참의로 왕을 호종하였으며, 돌아와 형조참판에 특진되었다. 1604년 호성공신(扈聖功臣) 2등으로 완양부원군(完陽府院君)에 봉해졌으며 글씨에도 뛰어났다.

내마."

선비가 사람을 보내 이씨 집을 살피게 하였더니 이씨 집 처자(이충원의 딸)는 이미 죽어 있었다.

## (172) 옥적으로 인한 생과 사

하윤침河允沈이라는 자가 있었는데, 어떤 사람인지는 알 수 없다. 그는 옥적玉笛을 잘 불었다. 바다를 건너다가 역풍을 만나 배를 섬에 정박시키고 계속 10일 동안을 머물렀는데 바람의 기세가 더욱 사나워졌다. 하윤침은 무척 무료하여 밤낮으로 옥적을 불며 시간을 보냈다.

배 안에 있던 어떤 사람이 밤에 꿈을 꾸었는데 헌걸차고 키가 큰 백발 신인神人이 나타나 말했다.

"내일 아침에 내가 너희에게 순풍을 빌려 줄 터이니 너희는 나를 위해 하윤침을 남겨 두고 가야 한다. 만약 그렇게 하지 않으면 바다를 편안히 건너도록 허락하지 않을 것이다."

그 뱃사람이 다른 사람들과 몰래 이야기해 보니 배 안에 있는 모든 사람들이 다 같은 꿈을 꾸었고, 신의 용모와 했던 말도 모두 한결같았다. 배 안에 있던 사람들은 크게 두려워하며 서로 더불어 모의한 뒤 건량乾糧 및 여러 물품들을 암혈 가운데 두고 옥적도 훔쳐 함께 남겨 두었다.

이윽고 닻을 올리고 출발하려다가 뱃사람들은 거짓으로 놀라는 체하며 하윤침에게 말했다.

"건량과 물품 및 옥적을 암혈에 두고는 잊어버리고 그냥 왔소. 속히 가서 가져 오도록 하시오."

하윤침이 배에서 내리자 사람들은 힘을 합하여 배를 저어 가버렸다. 하윤침은 발을 동동 구르며 부르짖었는데 그 뒤에 그가 어떻게 되었는지는 알 수 없다. 지금도 뱃사람들이 왕래하다 그 섬을 지날 때면 왕왕 옥적 부는 소리가 들린다고 한다. 그래서 그 섬의 이름을 '취적도吹笛島'라고 불렀다.

또 가정 연간에 단산수丹山守라는 자가 있었다. 그는 종실로 옥적을 썩 잘 불어 명성이 높았다. 그가 일이 있어 해서에 갔다가 날이 저물어 산골에 도착했는데 도적 10여 명이 활과 칼을 차고 길을 가로막더니 물품을 실은 수레와 단산수를 약탈해 갔다. 산골짝으로 수십 리 들어가니 성대한 채색 막사가 보였다. 수많은 무리들이 각각 공구와 병기를 가지고 옹위하고 있는 가운데에 대장 한 사람이 있었는데, 주관朱冠을 쓰고 비단 도포를 입고 두 다리를 쭉 뻗은 채 붉은색 의자에 앉아 있었다. 그 당시 해서의 도적 임거정林巨正이 병사를 끼고 횡행하였으나 관군이 그를 잡는데 실패하였는데, 왕의 종실인 단산수에게 해를 입힌 이른바 대장이라는 자가 바로 그 임거정이었던 것이다.

임거정의 졸개가 길 가는 사람을 붙잡아 왔다고 말하자, 임거정은 땅에 꿇어앉도록 한 뒤, '너의 이름이 무엇이냐'고 물었다. 그가 대답했다.

"종실인 단산수요."

임거정이 웃으며 말했다.

"네가 피리를 잘 분다는 단산수란 말이냐?"

"그렇소."

"너의 행장 속에 옥적이 있는고?"

"있소이다."

임거정이 측근들을 끼고 술을 마시고 있었는데 상 위에 놓인 음식들은 모두 육지와 바다에서 나는 진기한 것들이었다. 임거정은 금으로 된 술잔을 들어 술을 권하더니, 옥적을 잡고 불어 보라고 명령하였다. 단산수가 어쩔 수 없어 서너 곡을 불자 임거정이 슬픈 표정을 지으며 얼굴을 가리고 눈물을 흘렸다. 조정에서는 임거정 잡는 것을 매우 급하게 몰아 댔으므로, 비록 얼마 동안 목숨을 연장한다 하더라도 끝내는 잡힐 수밖에 없으리라는 것을 자신도 잘 알고 있었다. 때문에 슬픈 곡조를 듣자 슬프고 처연한 마음을 이길 수 없었던 것이다.

연주를 마치자 연이어 네댓 잔의 술을 권하는데 단산수는 거절할 수 없었다. 임거정은 기마병에게 명령하여 단산수를 계곡 앞에까지 호송해 주도록 하였다.

하윤침은 옥적을 잘 불었기 때문에 죽었고 단산수는 옥적을 잘 불었기 때문에 살았다. 어찌하여 옥적으로 말미암은 것은 같으면서도 살고 죽는 것은 이처럼 다른 것인가? 그러나 단산수가 비록 배 갈리어 죽지는 않았다 할지라도 무릎 꿇는 것을 면하지 못한 채 살아났으니, 이 또한 옥적이 재앙이 되었던 것이로다.

## (173) 여우고개

한강의 남쪽, 청계青溪의 북쪽에 과천이 있다. 과천 관사의 뒤쪽으로 큰길이 나 있는데, 산 위로 오르는 길을 여우고개라 한다.

옛날 이 길을 지나가는 나그네가 있었는데, 길을 가며 살펴보니 몇 칸 초가집이 있었고, 집 안에서는 무엇인가를 두드리는 소리가 들렸다. 나그네가 안을 들여다보니 머리가 허연 노인이 소가죽 위에 앉아 바야흐로 나무를 깎아 소의 머리를 만들고 있었다. 나그네가 서서 바라보다가 물었다.

"이것을 만들어 어디에 쓰시렵니까?"

"쓸 데가 있소."

이윽고 소의 머리가 완성되니 객에게 주면서 말하였다.

"머리 위에 한번 이어 보시지요."

또 소가죽을 집어 주면서 말하였다.

"한번 입어 보시오."

나그네는 장난이라고 생각하고 관을 벗고서 소가죽을 머리에 쓰고 발가벗은 몸에 소가죽을 입었다. 노인이 말했다.

"벗으시오."

나그네가 그것들을 벗고자 했으나 벗겨지지 않더니 인하여 한 마리의 큰 소가 되어 버렸다.

노인은 그를 외양간에 매어 놓았다가 다음 날 타고서 시장으로 갔다. 때는 바야흐로 농사일이 많을 때였으므로 비싼 가격으로 팔수 있었다. 나그네는 큰 소리로 저자에서 말하였다.

"나는 사람이지 소가 아니오!"

그간의 사실을 다 갖추어 말해도 물건을 사고팔려고 나온 사람들은 그의 말을 이해하지 못했다. 어떤 이가 말했다.

"이 소는 집 안에다 송아지를 남겨 놓았나, 아니면 뱃속에 우황이 들었나! 왜 이리 시끄럽게 굴지!"

노인이 높은 가격을 매겨 50단端의 베를 받고 팔면서 소를 사는 사람에게 말하였다.

"이 소를 끌고 무 밭 가까이 가지 마십시오. 이 소는 무를 먹으면 곧바로 죽습니다."

소를 산 사람은 그 소를 타고 가거나, 무거운 짐을 싣고 먼 곳에 가거나, 보습을 메고 땅을 갈았으므로 무척 피곤하여 숨을 헐떡였는데, 그때마다 채찍질이 가해져 그 고통스러움을 견딜 수 없었다. 분노하여 하소연해도 주인은 여전히 알아듣지 못했다. 사물 중 최고의 영물인 인간이 본 형체를 잃고 가축으로 변하고 만 것을 스스로 비감하여 죽으려 했으나 죽을 수도 없었다.

그 집의 말구유는 문 가까이 있었는데, 어떤 아이가 무를 씻어 광주리에 가득 채워 가지고 문으로 들어왔다. 나그네는 무를 먹으면 반드시 죽을 거라던 노인의 말을 생각하고 입으로 광주리를 쳐서 무를 땅에 떨어뜨린 뒤 재빨리 몇 뿌리를 먹었는데, 먹자마자 소 머리가 스스로 떨어지고 소가죽도 스스로 떨어져 나가 완연히 발가벗은 사람의 몸이 되었다. 주인이 놀라 묻자 나그네는 그 일의 자초지종을 자세히 말해 주고 다시 여우고개를 찾아가 보았다. 그곳에는 예전의 초가집은 없고 다만 바위 아래 베 몇 필만이 있었으니, 여우고개란 이름이 이로부터 비롯되었다.

군자는 말한다.

"이 이야기가 비록 허탄함에 가깝지만 실제의 이치를 깨우쳐 주기에는 충분하다. 세상 사람들 중 험난한 때를 만나면 나아가야 할 바를 잃고 사특한 곳에 빠지는 자들이 몹시 많다. 사람 같지 않은 사람에게 자신을 팔아 마치 소처럼 사역당하는 데까지 이르면 비록 천 마디 만 마디 말로 스스로를 변명하고자 해도 사람들은 틀림없이 믿어 주지 않을 것이다. 슬프도다!"

## (174) 대송 옮겨 심는 법

선조왕조 때 나는 춘방[525]의 보덕[526]이 되었다. 명나라 장군이 동관왕묘[527]의 건립을 마치고 돌아간다고 고하자, 임금께서는 경운[528] 행궁[529]에서 그를 인접하시었다. 나는 그때 임금 앞에서 역관의 말을 전달하느라고 입시하고 있었다. 명나라 장수가 말했다.

"제가 서둘러 돌아가야 해서 사당 뜰에 나무를 심지 못하고 돌아갑니다. 원하옵건대 제가 간 뒤에 아름드리 큰 소나무를 반드시 이곳에 심으십시오. 제가 가 버렸다고 해서 소홀히 하지 마십시오."

임금께서 말씀하셨다.

"아름드리 큰 소나무를 옮겨 심는다면 말라 죽지 않겠소?"

그가 대답했다.

"중국에서는 아름드리 큰 소나무도 문제 없이 옮겨 심습니다.

---

525 춘방(春坊): 세자시강원(世子侍講院)의 별칭.

526 보덕(補德): 조선조 때 세자강시시강원(世子講試侍講院)의 종3품 관직. 인조 때부터 정3품으로 승격됨. 세자에게 경사(經史)와 예절·도의(道義)를 가르침.

527 동관왕묘(東關王廟): 중국 삼국시대(三國時代)의 장수 관우(關羽)의 영(靈)을 모신 묘(廟)로 서울 동대문 밖에 있음. 임진왜란 때 관우의 영이 때때로 싸움터에 나타나 우리나라와 명나라 군대를 도왔다 하여 선조(宣祖) 33(1600)년에 명나라 신종황제(神宗皇帝)의 칙령(勅令)으로 건립(建立)하여 2년 후인 선조(宣祖) 35년에 준공하였음.

528 경운(慶運): 경운궁(慶運宮). 덕수궁(德壽宮)의 옛 이름.

529 행궁(行宮): 임금이 거둥할 때에 임시로 머무르는 별궁(別宮). 이궁(離宮).

심고 가꾸는 좋은 방법만 터득하면 백에 하나도 말라 죽지 않습니다."

임금께서 말씀하셨다.

"어떻게 하면 되오?"

그가 대답했다.

"종법種法에 비록 '정송오죽正松五竹'[530]이라고 말하나 정월은 너무 이르니, 2월에 옮김만 못합니다. 2월 초순과 중순에 먼저 소나무 가지에 표식을 해 놓아 사방의 방향이 바뀌지 않도록 할 것이며, 본래 있던 땅에서 세심하게 파내어 크고 작은 뿌리들이 상하지 않도록 하십시오. 옮겨 심을 땅은 깊게 파서 평평하고 넓게 만들고 먼저 보리를 몇 말 깔고 옮겨 심을 아름드리 큰 소나무는 이전과 같은 방향으로 향하게 하고 앞서 깔아 놓은 보리 위에 그 뿌리를 안치시키십시오. 뿌리가 끊어지거나 굽지 않도록 하고 엉킨 것은 조심스럽게 펴서 본지本地에 있었던 것처럼 할 것이며 위아래, 가로 세로, 펴고 우그리는 것도 모두 이전대로 하십시오. 또 본토本土의 흙을 많이 가져다가 새로운 토양과 섞이지 않도록 하여 처음 심겨 있던 대로 다지십시오. 토양이 두터우면 다지는 것을 단단하게 하지 마십시오. 혹 뿌리가 상할 염려가 있으니 두세 번만 다지십시오. 그러나 토양이 얇으면 견고하게 다지시되 흙이

530 정송오죽(正松五竹): 소나무는 정월에 옮겨 심고, 대나무는 5월에 옮겨 심는다.

이전에 남긴 흔적 위를 넘지 않도록 하시고, 그 흔적에 이르면 그치십시오. 소나무는 노출되었던 뿌리가 묻히게 되면 반드시 죽기 때문입니다. 네 모퉁이에 큰 기둥을 세우고 두꺼운 노끈을 써서 두루 묶으십시오. 바람에 뿌리기 흔들리지 않도록 해야 합니다. 아침저녁으로 물 대는 것을 멈추지 마십시오. 이렇게만 한다면 백 그루를 옮겨 심는다 해도 한 그루도 말라 죽지 않을 것입니다."

임금께서 주서注書[531]를 돌아보고 그것을 기록하라고 말씀하셨다.

531 주서(注書官): 승정원(承政院)의 정7품 벼슬. 사초(史草) 쓰는 일을 맡아 봄.

# 작품 해설

## 1. 저자 유몽인의 약력과 위인

『어우야담』의 작가는 조선 중기의 문인 어우於于 유몽인柳夢寅(1559, 명종 14－1623, 인조 1)이다. 조선조는 과거시험을 통과한 선비가 정치 하던 사류정치士流政治 사회였던 만큼, 국정에 들어가 정치를 하려면 정도 차이는 있지만 기본적으로 성리학자이거나 문인이어야 했다. 유몽인은 단연 문인 쪽으로 기울어 있는 인물이며, 그러기에 문인으로서의 이력은 관력官歷과도 불가분의 관계에 있다.

그는 젊어서 성혼成渾에게 성리학을, 신호申濩에게 고문을 수학하였는데, 성혼에게는 경박하다는 책망을 받고 배척당하였다고 한다. 『어우야담』의 집필 태도에서 보이는 유몽인의 탈성리학적 성향을 참작한다면, 엄격하고 보수적인 성리학자인 성혼과 좋은 관계를 유지하기는 어려웠을 것으로 추측된다.

1582(선조 15)년 23세에 진사가 되었고, 1589(선조 22)년 30세에

증광문과에서 장원으로 급제하여, 그의 출중한 문학적 능력을 드러냈다. 1591(선조 24)년 홍문관 수찬이 되었는데, 그해에 질정관質正官으로 명나라에 사신으로 갔다가 해를 넘겨 귀국할 무렵 임진왜란이 발발하여 선조를 평양까지 호종하였다.

왜란 중에는 문안사問安使로 임명되어 대명외교를 맡았으며 그때 명나라 제독提督 이여송李如松과 경략經略 송응창宋應昌을 이정구李廷龜, 황신黃愼과 함께 응접하였다. 그 뒤 삼도 순안어사(35세), 홍문관 교리(36세)를 지내다가 진위사進慰使 서장관(37세)으로 중국 사행을 다녀왔다. 이어 함경도 순무어사(38세), 홍문관 응교(39세), 평안도 순변어사(39세) 등을 역임하였다.

전란이 끝났을 무렵 유몽인은 40세에 접어들었고 선조가 승하할 때까지 10여 년 동안 많은 요직을 지냈다. 내직으로는 사헌부 집의(1599), 홍문관 교리, 전한典翰(1602), 동부승지(1603), 우승지(1604), 대사성, 예조참의(1605), 대사간(1607), 도승지(1608)를 역임했으며, 외직으로는 경기도 암행어사(1603), 황해도 관찰사(1606)를 지냈다.

광해군의 치세가 시작된 후에도 그의 벼슬은 순조로웠다. 광해군이 즉위한 뒤 명나라 만력제의 생일을 축하하는 성절사聖節使 겸 사은사謝恩使에 임명되어(1609, 광해군 1, 50세) 중국에 다녀왔다. 52세(1611) 때는 남원 부사를 지냈으며, 54세(1613) 때는 임진왜란 때 호종한 공으로 영양군瀛陽君에 책봉되고, 광해군 6년 55세 때 한

성좌윤이 되었다가 광해 7년에 이조참판 겸 홍문관, 예문관 제학提學이 되어 3년을 재직하였다.

이상 유몽인 환로宦路에서 볼 수 있는 가장 두드러진 특징은 그의 글재주가 큰 역할을 했다는 사실이다. 세 차례에 걸친 중국 사신으로서의 행로와 중국 사신을 접대하여 대응하는 원접사로서의 이력이 그것을 입증한다. 사신으로서의 행로, 사신 접대의 대처 능력 및 외교문서 작성 등은 바로 문재文才와 직접적으로 관련되기 때문이다.

유몽인은 대북파가 중심이 된 인목대비 폐모론에 반대하여 59세의 나이로 사직한 뒤 서강西江 와우산臥牛山과 도봉산 북편 폭포동에 초가집을 짓고 은거하였다. 이듬해에는 서호西湖에서 거처하며 두문독서하기 시작했는데, 62세 되던 해인 1621년에 문집 18권과 야담 10여 권을 모아 정리하였다.

서호 은거 당시 유몽인의 위인을 단적으로 보여 주는 특기할 만한 사실이 있다. 유몽인의 지인인 월사 이정구가 한림원 대제학 자리가 비게 되자 유몽인을 천거하였는데, 유몽인은 남아 있는 생애를 독서하면서 마치는 것에 만족하며, "흉년에 굶주린 아이들이 서로 먹으려 다투는 '코 묻은 풀떡(鼻液糊)' 같은 자리를 나는 원하지 않는다."[1]며 거절하였다. 많은 사대부들이 놓고 사투

1 「봉월사서(奉月沙書)」, 『어우집』 권5.

를 벌이는 벼슬자리의 본질을 유몽인은 코 묻은 풀떡 정도로 여긴다는 것을 조롱하듯 피력한 것이다. 그러다가 63세의 나이로 금강산에 들어가 유점사, 표훈사 등에 머물렀다.

유몽인은 표훈사에서 인조반정(1623년 3월)의 소식을 들었으니, 64세의 나이였다. 그리고 인조반정이 일어난 지 넉 달 만에 광해군을 복위시키려는 모의에 가담했다는 죄목으로 아들 유약柳瀹과 함께 모반죄로 처형당했다. 그가 모반죄에 엮인 원인은 아들 유약이 모반거사에 참여했기 때문이었는데, 인조반정의 주역인 김류와 김자점이 반정을 모의하면서 유몽인에게 동참할 것을 권유하자 유몽인이 거절하는 대답으로 지었던 「상부사孀婦詞」가 발단이었다는 것이 후대의 평가이다. 그 시를 소개하면 다음과 같다.

칠십 세의 늙은 과부 七十老孀婦
빈 방 지키며 단정히 지내네 端居守空壼
여사시[2]를 익숙하게 외우고 慣誦女史詩
임사[3]의 가르침도 제법 안다네 頗知任姒訓
옆 사람들 시집가라 권하며 傍人勸之嫁

2 여사시(女史詩): 진(晋)의 장화(張華)가 왕후(王后) 가씨(賈氏) 일족을 경계하여 지은 「여사잠(女史箴)」.

3 임사(任姒): 주 문왕(周文王)의 모친인 태임(太任)과 비인 태사(太姒). 고대에서는 여성의 모범으로 인지됨.

잘생긴 신랑감 얼굴이 무궁화 같다 하지만 善郞顔如槿
흰머리로 젊은 모습을 꾸미자면 白首作春容
연지 곤지 단장 어찌 부끄럽지 않으리 寧不愧脂粉

얼굴이 무궁화같이 잘생긴 신랑감은 인조를 비유하며, 그 잘생긴 신랑감에게 재가하라는 권유를 거부하는 늙은 과부는 유몽인 자신을 비유한다. 이정구의 대제학 추천을 거부하던 그 태도와 유사한 면모를 보여 주는 시이다. 유몽인은 극단적인 이념이나 명분주의를 기본적으로 싫어한 인물이었다. 선조조와 광해조에서 문인으로, 정치가로 활발하게 활동하면서 기록해 두었을,『어우야담』에 실려 있는 당대 수많은 유명인들의 인물담을 보면 한 인물의 특성을 단적으로 규정하는 것을 무척 삼갔던 사실을 확인할 수 있다. 역사에서 사화士禍의 가해자들은 늘 악의 화신처럼 평가되지만 유몽인은 곳곳에서 사화의 피해자들이 저질렀던 경솔함과 자만심, 독단이 불러일으킨 재앙적 위해에 대해서도 이야기한다. 이와 함께 극단적인 편가름 속에서 진행되었던 당쟁에 대해서도 유몽인은 심한 염증의 감정을 드러낸다. 절대 선과 절대 악을 분별하지 않았으며 자당 중심적 명분을 내세우며 상대를 증오하고 악으로 몰아세우는 어떤 쪽에도 동의하지 않았다.

유몽인이 사직하고 은거한 직접적인 원인은 광해군 집권 당시에 대북파가 주도한 인목대비 폐모론에 반대한 것이었지만 이미 선조와 광해를 섬기며 일하다 늙은 자신에게 인조반정에 가담하라는 권유도 그의 세계관으로서는 받아들일 수 없었을 것이다. 그러기에 자조적이면서도 풍자적인 어조로 그 권유를 거절한 것이며, 이는 결국 유몽인을 반역자로 몰아 처형하는 근거로 작용한 것이다. 그래서 유몽인은 폐모론을 이끈 광해군 당시 집권세력인 대북파에게도 대역죄인 취급을 받았지만 인조반정을 이끈 또 다른 집권세력 서인에게도 역모죄로 몰려 결국 사형당하는 모순된 최후를 맞이하고 말았다. 유몽인이 『어우야담』에서 번번이 화제로 삼았던 이도 저도 아닌, 규정 불가능한 '존재 모순'의 덫에 갇혀 자신의 삶도 그렇게 마감했으니, 스스로의 종말을 『어우야담』 이야기들이 예언한 것으로도 읽힌다.

문인 유몽인은 실로 독보적인 존재이며 작가로서의 특성은 『어우야담』이 대변한다. 김부식이 『삼국사기』에서 빠트린 고대 및 삼국시대의 문화적·문학적·역사적인 문제들을 일연이 일사인 『삼국유사』에서 더 절실하게 전하고 있는 것처럼, 조선 전기·중기의 인물, 사건에 대한 다채롭고 다면적인 정황들을 유몽인은 야사인 『어우야담』을 통해 생생하고도 만화경적으로 전하고 있다. 이처럼 역사적으로도 문학적으로도 『어우야담』은 아주 중요한 조선조 보고라 할 수 있다.

성여학이 서문에서 말했던 것처럼, 『어우야담』은 정통 문에 편입하지 못하는 일종의 '기사문'이지만 "기이하고 세교와 무관하지 않고 휘두른 필단은 장자의 신선적 행각과 비견할 만큼 비범하고 위대하다." 그러나 "평범하게 재미 삼아 쓴 글이어서 유몽인을 대변할 수는 없는" 것이 아니라 역설을 통해 진상에 접근하는 것을 즐겼던 유몽인은 오히려 재미 삼아 쓴 하찮은 기사문에 더 정성을 쏟아 자신의 명성이 영원히 불후不朽하게 될 것을 기대했을 것이다.

## 2. 『어우야담』의 문학사적 의미와 특성

『어우야담』은 앞서 그의 약력에서도 살폈듯이 벼슬자리에서 물러난 이후(1621, 63세) 서호에 은거하면서 그간에 써 두었던 원고들을 정리하여 완성한 것이다. 그가 벼슬하면서 대면하고 들었던 수많은 인물과 사건, 중국 사신으로 오가며 접했던 이국적이고 기이한 정보들, 지방 장관을 역임하면서 보고 들었던 가지가지의 사건들이 모두 다 수용되어 있다. 인생 말년에 정리한 것이어서 더욱 다채롭고 풍부한 자료들을 수습할 수 있었다.

『어우야담』은 일차적으로 최초의 야담집이라는 중요한 문학사적 의미를 지닌다. 야담집 이전에도 항간에 떠돌아다니는 도청도설道聽塗說적 이야기들을 수집하여 채록한 문헌설화집은 존재했다. 그 대표적인 것이 서거정의 『태평한화골계전』으로부터 시작된 소화집(1959년에 『고금소총』으로 집대성됨)들이다. 이들 소화집들이 골계에 집중하고 있으며 또 성 관련 담론, 즉 성소화담이 그 주를 이룬다면, 유몽인의 『어우야담』으로부터 시작되는 조선 후기의 야담집들은 당시 세간에서 벌어진 사실적인 사건들을 화제로 삼은 특성을 지닌다. 웃음을 유발시키는 골계 차원의 이야기를 떠나 실제했던 다양한 사건과 실존했던 다양한 인물들의 삶을 이야기하고 있어 당시 사회를 생생하게 조명해 주는 리얼리티가 그 강점이다. 유몽인의 『어우야담』을 시작으로 하여 수많은 야담집들이 출현하였으며 조선조 후기에는 급기야 『계서야담』, 『청구야담』, 『동야휘집』이라는 3대 야담집이 출현한다. 그리고 이들 야담집들에 실린 일부 이야기들은 구상과 주제의식 면에서 소설적이라는 평가를 받으며, '한문 단편'이라는 문학 장르로 규정되고 그 문학적 혹은 소설적 가치를 인정받은 것이 사실이다.

그런데 유몽인의 『어우야담』은 후대 야담집들에 의해 계승되어 위와 같은 문학적 성과를 거두게 하는 계기를 마련해 주었지만, 이들 야담집들과 분명하게 다른 점이 있다. 그것은 여타의 야담집들과는 달리 유몽인은 이야기마다에 자신 특유의 사유를 반영하여 자신의 창의적인 이야기로 발전시킨 점이다. 일반 야담집들은 이야기의 주체가 민중이고 이를 기록한 '채록자'가 존재한다면 『어우야담』에는 '작가' 유몽인이 존재한다.

『어우야담』에서 다룬 이야기의 범주는 무척 넓고 다양하다. 『어우야담』에서 인물담이 차지하는 비중이 적잖은데, 당대 다양한 인물 군상들을 광범위하게 섭렵하였다. 왕, 왕가의 다양한 인물들, 당대의 수많은 사대부와 선비, 도선적 이인, 서얼 출신 인물들, 불승, 무당, 점술가, 기녀, 노비, 산적, 광대, 악공, 장인, 노름꾼, 이야기꾼, 열녀, 음탕녀 등등 실존했던 숱한 인물 군상들이 그의 관심의 대상이었다. 황진이에 대해 가장 구체적인 이야기를 전하는 것도 바로 『어우야담』이며, 임진왜란과 관련되어 승전하거나 피난하거나 희생되었던 인물들, 헤어진 가족을 찾아 중국으로 월남으로 장유壯遊를 감행했던 인물들에 대한 흥미진진한 이야기들도 숱하게 실려 있다. 이를 통해 인간 존재에 대한 다양한 관심을 드러내는 동시에 이들 인물 군상들의 다채롭고 생생한 삶의 모습, 다양한 얽힘과 모순과 운명과 이면들을 다양한 각도로 이야기하고 있다.

『어우야담』에서 다룬 사상과 세계의 범주 또한 넓다. 그가 접한 사상은 유불도 및 무교의 범주를 뛰어넘는다. 도선가에 대한 호의와 관심은 물론이고 기독교에 대한 지식을 이미 습득하고 있었다. 마테오리치의 『천주실의』를 소개하면서 기독교의 교리와 천당·지옥설 등을 불교 교리와 견주어 분석하고 있다. 더 나아가 일반인은 소문으로도 접할 수 없었던 먼 이역에 존재하는, 성리학적 가치관으로는 재단조차 불가능한 기이한 풍속·습속 등을 이야기함으로써 문화의 상대성과 불일치성을 화제로 삼고 있다. 우리 사회를 기준으로 한 가치관으로는 그들 문화를 절대 재단할 수 없다는 생각이 그 이야기들 안에 들어 있다.

『어우야담』의 주를 이루는 것은 서사이지만, 시에 대한 관심을 보인 시화詩話도 곳곳에 실려 있다. 조선조 시인들에 대한 그의 평가는 기존의 관점을 배반하기 일쑤이니, 시인으로서의 명성과 그 실상의 어그러짐을 명명의 배반성(예컨대 「조롱대」)을 통해 풍자하고 비웃는 것이 그 일례이다. 천재적 시인 김시습과 장인형匠人型 시인 정사룡을 각각 여러 차례 언급하는데 그 각각의 이야기들이 결국 하나의 유기적인 해석으로 귀결되어, 우리가 일반적으로 지닌 그 시인들에 대한 관점이 부정되는 것도 예상을 뛰어넘는다. 결국 시인에 대한 일반적 규정 자체가 부정되는 것이다. 시인의 타고난 천성과 운명을 연관시켜 해석하는 시참詩讖론은 유몽인이 시화에서 자주 거론하는 또 하나의 관점이다. 시인의 불행은 시인의 천성에서 말미암고 이는 곧 시에 그대로 반영된다는 관점을 여러 시인의 시와 삶을 결부시켜 빈번하게 이야기한다.

동물 관련 이야기도 상당히 많은데, 이 이야기들은 결국 인간의 문제와 연관된다. 인제 백성과 살림 차렸던 곰 이야기는, 인간이 곰의 힘에 갇히고 곰이 인간을 먹여 살리는 인간과 짐승의 전복성을 보여 주는 동시에 인간 존재의 비열함과 욕심의 질주가 자초한 재앙을 함께 보여 준다. 「중과부적」은 고양이와 쥐 사이에 존재할 수 있는 세의 역전을 이야기하는데 이는 인간세계 세력의 속성을 반영하고 있다. 「기러기도당」은 인간이 결집하면 드러내는 '도당의 폐해성'을 독하게 풍자한다. 거의 모든 이야기들이 단지 소문이나 견문이어서, 재미있어서 기록된 것만은 아니다. 유몽인은 그 이야기들에 자신의 사유를 투영해서 남다른 해석과 세계관을 담아 내고 있다.

그렇다면 이야기를 조직해 가는 유몽인 사유 방식의 기본 틀은 무엇일까? 감히 말하자면 장자적인 상대주의적 관점이다.[4] 기록에 의거해도 그는 장자에 경도되었던 것으로 전한다. 『어우야담』의 서문을 쓴 성여학은 그를 장자와 수레를 나란히 할 만한 문장가로 평하였으며, 김득신은 『종남총지終南叢誌』에서 "유몽인은 장자의 문장을 천 번 읽었다."라고 기록한 점으로 보아 유몽인이 장자에 대해 경도되었던 관심의 정도와 장자서를 관통하는 상대주의적 관점에 공감했으리라는 것을 짐작할 수 있다.

조선조를 살았던, 특히 그 시대의 주역이었던 지식인들은 정도 차이는 있을지언정, 유가사상의 자장에서 결코 자유로울 수 없었

4 학술대회 발표장에서 필자가 실제로 겪었던 경험이다. 필자는 『어우야담』 소재 이야기의 다각적 분석을 통해 유몽인은 탈성리학적인 상대주의적 사고를 한 문인이었다는 것을 요지로 발표했는데, 그때 좌장을 맡았던 사회자는 단도직입적으로 "조선에서 사대부였던 문인이 어찌 탈성리학적일 수 있냐."고 반박하는 것이었다. 발표자는 자료를 가지고 그것을 분석하고 종합해서 낸 결론인데 사회자는 조선조의 학자는 탈주자적일 수 없다는 절대적인 신념으로 공격한 것이었다. 유몽인이 늘 경계하고 풍자의 대상으로 삼았던 성리학적 절대주의로 유몽인을 가두었다고 할까. 모순되게도 유몽인을 기념하기 위해 연 학술대회가 유몽인의 근본 정신을 부정하는 현장이 되고 만 것을 대면한 무척 황당한 경험이었는데, 여전히 성리학적인 성향의 명분과 이념이 학계를 지배하려 한다는 일면의 현실을 분명하게 깨닫는 계기이기도 했다.

다. 조선 5백 년 동안 정치적이고 사회적인 규범은 물론이고 문화적이고 정신적인 세부까지도 성리학적인 유가사상이 완전하게 지배했기 때문이다. 유가의 삼강오륜이 모든 인간관계의 규범이었고, 과거 성인의 말씀은 곧 진리였다. 예컨대 삼강오륜이 명命하는 이치 안에서 남녀 관계는 주종 관계이며, 여성은 독자적이고 주체적인 존재가 될 수 없었다. 이러한 남녀 이데올로기에 입각한 극단의 사회적 결과물이 정조론을 신앙처럼 여겼던 여성의 수절·순절 풍조이다. 유몽인도 이러한 여성관에서는 조금도 벗어날 수 없었다. 일부종사를 위배하거나 일탈한 여성에 대해서는 그 사정의 여하를 막론하고 여성을 엄하게 매도하는 태도를 취하기 때문이다. 상대주의적이고 개방적이고, 그래서 상대적으로는 인간의 평등함을 인지했던 사유의 소유자가 어떻게 여성 존재에 대해서는 여타의 사대부들과 똑같이 무지하고 잔혹했는지 개인적으로 의아한 점이기도 하다.

그럼에도 불구하고 유몽인은, 그가 살았던 시대를 완전하게 지배하여 군림했던 성리학적 이념에서는 분명하게 일탈해 있었다. 성리학은 선악, 시비, 미추에 대해 이원론적인 절대주의적 가치판단을 강하게 종용한다. 그런 시대적 조류 속에서 사대부인 유몽인이 정통성을 벗어나는 야담문학에 자신의 작가주의적 개성을 강하게 담아 내어 그 시대성에 반反하는 가치관을 유포한 것으로 판단된다. 유몽인의 탈성리학적인 상대주의적 세계관은 명실관계名實關係를 다룬 이야기 속에서 가장 분명하게 간파된다. 유몽인은 명과 실의 관계를 절대적인 것이 아니라 자의적인 것으로 인식했다. 유가사상이 명분을 신앙처럼 중시했던, 조선시대 일반 사대부들의 인식과는 기본적으로 배치된다.

예컨대 북도北道의 중들이 희고 작은 물고기를 초식草食이라고 명명하고 마음대로 먹어 댔다던 「초식」 이야기는, 절대적인 것처럼 여겨지는 명名과 실實의 관계가 얼마든지 자의적으로 악용될 수 있다는 것을 보여 주는 단적인 예이다. 초식 이야기는 명명 뒤에 숨어 행해지는 북도 절의 한 풍습을 재미있게 접근한 것이지만, 세력을 장악한 자가 명실 관계 설정을 악용한다면 천인공노할 악행이 저질러질 수도 있다는 것을 암시한다. 중국 역사에서 자주 회자되는 지록위마指鹿爲馬를 떠올릴 수도 있으며, 인간 역사에서 명분과 이데올로기를 앞세워 수많은 인명을 살상한 잔혹한 흑역사들도 이 범주를 벗어나지 않는다. 유몽인은 「초식」을 이야기하면서 명분 뒤에 감춰진 표리부동한 해악의 가능성들을 염두에 두고 있었을 것이다.

유몽인은 명실 관계의 의도적 악용 가능성, 명분의 잔인성과 어리석음과 추악성을 보여 주는 표리부동한 사건과 현상들을 다양하게 이야기한다. 장안의 모든 기녀들이 모두 정인으로 여기는 김칭의 실상은 '노비처럼 처신한' 데 있었다는 고백, 산 같은 명성을 지닌 시인 백광훈의 실체는 명성만 거창하고 실체는 보잘것없는 '조롱대'라는 조롱, 중국 조사와 조선 백성이 동일한 부호에 대해서 각기 자신의 처지에서 전혀 달리 해석한 사건, 삼년상을 치르느라 수많은 사람들이 숱한 예행연습을 치르면서 준비했지만 죽거나 죽음 가까이 갔다가 살아나기도 했다는 실소를 금할 수 없는 사례들, 사류士類들의 선악 이원론적 신념이 오히려 방자한 만행으로 작용하여 부작용을 초래한 역사적 사건들, 강한 신념을 소유한 자의 이면적인 우매함, 그런 선악 이원론적 신념들이 명분으로 작용하여 대량 살상을 일으킨 당쟁 사건 등등에 관한 이야기들은 모두 '규정 불가능한' 인간세계에 대한 유몽인의 상대주의적 관점을 다각도로 보여 준다.

유몽인은 「증이성징정구영공부경서贈李聖徵廷龜令公赴京序」(『어우집』 권3)에서도, "황색은 절로 황색이고 청색은 절로 청색이니 그 청색 황색은 과연 타고난 본성일 것이다. 갑甲에게 물으면 갑이 옳고 을이 그르다 하며, 을乙에게 물으면 을이 옳고 갑이 그르다 하니, 모두 옳은 것인가, 아니면 모두 그른 것인가. 갑과 을은 서로 옳다 할 수 없다. …… 오직 나의 마음을 따르겠다."라고 말하였다. 사분오열되어 각기 자신들의 명분을 앞세워 시시비비를 따지느라 사투를 벌이는 당쟁의 소용돌이 속에서 나는 내 마음을 따르겠노라고 독자성을 선언한 것으로 볼 수 있다. 명실 관계의 자의성, 표리부동한 명분주의의 위선성에 대한 그의 비판의식은 실로 이처럼 절실했다. 그러기에 역사(혹은 책)를 그대로 믿을 수 없다고 부정하면서(『어우야담』 곳곳에서 이런 표현들이 나옴) 자기 해석적인 야담을 기술하였고, 민중적인 전문傳聞 속에 지극히 개인적인 사건을 전략적으로 깊숙이 숨겨 전파하였다.

모순된 세계의 모습을 '재미 삼아 쓴' 경박한 문학 양식인 야담 속에 담아 낸 것이 유몽인이 『어우야담』을 저술한 문학적 전략으로 여겨진다. 성리학적인 가치관이 전적으로 지배하던 시대에, 그 체제 안에 속해 있던 사대부였음에도 불구하고 그는 역사歷史도 아니고 정통 문文도 아닌 비루한 도청도설道聽塗說을 가지고 그 시대 이념에 반하는 사유 방식으로 당시 문제들을 거침없이 다루었다. 그는 다양성의 숨통을 누르는 성리학적 명분주의를 다각도로 자유롭게 비판하는 불손한 생각들을 담기에는 하찮은 야담들이 오히려 적합하다는 역설을 고려했을 것이다.

『어우야담』은 소재 이야기들 자체로도 충분히 재미있고 기발하다. 그러나 수많은 이야기들을 읽어 가면서 곰곰이 되새기면 되새길수록 평범한 전문傳聞이 아님을 깨닫게 된다. 고지식하고 고집스럽고 맹목적으로 특정 이념이나 명분을 신앙하는 인물과 현상들의 해악을 참으로 신랄하게 풍자하고 있어, 그것을 인지하는 순간 독자로 하여금 쾌감을 느끼게 한다. 『어우야담』을 읽는 재미는 바로 이러한 양면성에 있다. 이야기로서의 재미와 그 이야기 안에 켜켜이 숨겨져 있는 풍자를 읽어 내는 재미가 함께 존재하는 것이다.

### 3.『어우야담』 이본의 실상과 번역의 대본

『어우야담』은 한글 번역본까지 포함해 20여 종의 이본들이 전하고 있다. 유몽인 자신의 말에 따르면 『어우야담』은 원래 10권으로 편찬되었다고 한다. 그러나 인조반정 후 그가 모반 혐의를 받고 형사刑死되는 바람에 바로 출간되지 못하였고, 전사轉寫되는 과정에서 이같이 많은 이본들이 나온 것으로 여겨진다. 이 20여 종의 『어우야담』 가운데 원본으로 여겨지는 책은 발견되지 않았다. 그래서 유몽인의 12대 종손인 유제한柳濟漢은 가전의 잔존본에 여러 이본을 수집 보충하고 이야기를 유형 분류하여 1953년에 5권 1책으로 된 만종재본萬宗齋本 『어우야담』을 간행하였다. 여기에 수록된 이야기는 총 544화로 『어우야담』 이본 중에서 가장 많은 이야기가 실려 있는 것은 물론이다. 그러나 1953년도에 이르러 편찬자가 자의적으로 유형 분류하여 출판한 것을 이본으로 간주하기에는 무리가 있다.

필사본으로 전하는 이본들 중 선본으로 간주되는 것은 장서각본藏書閣本 『어우야담』이다. 장서각본에는 총 340화가 실려 있어 1953년에 후손이 편찬하여 인쇄본으로 출간한 만종재본 다음으로 많은 화수를 가지고 있으며, 소재 이야기들도 나름대로 유기적인 편제 질서가 있어 원 필사자의 구성 체제가 남아 있는 것으로 보인다. 또 만종재본 소재 이야기들과 장서각본 소재 이야기들 중 겹치는 이야기들 간에는 이야기의 차이를 찾기 어렵다. 더욱이 이 본은 동국대학교 부설 한국문학연구소에서 편찬해 낸 『한국문헌설화전집韓國文獻說話全集』 속에 들어 있어 일반인들 사이에 가장 많이 유포되어 있기도 하다.

그러므로 본 번역에서는 2권으로 된 장서각본 『어우야담』을 일차적으로 번역하고, 장서각본에는 실려 있지 않은 만종재본 소재 이야기들을 추려서 3권에 번역하였다.

**유몽인**
조선 중기의 문신이며 문장가이다. 문장가로서의 재능이 워낙 출중하여 선조조와 광해조에 세 차례에 걸쳐 중국 사신으로 다녀왔으며 중국 사신을 접대하여 대응하는 원접사로 활동하였다. 아울러 주요 내직과 외직을 두루 지내며 그의 관력은 화려했지만, 광해군 말기에 인목대비 폐모론이 일어나자 59세의 나이로 사직하고 은거생활에 들어갔다. 그런데 인조반정 후 광해군을 복위시키려는 모의에 가담했다는 죄목으로, 64세에 아들 유약(柳瀹)과 함께 처형당했다. 문집『어우집』과『어우야담』을 남기고 있는데, 특히『어우야담』은 한국 문학사에 출현한 최초의 야담집이면서 동시에 유몽인의 문학적인 역량과 개성 그리고 그의 세계관을 잘 보여 주는 역작이다.

**옮긴이 이월영**
전북대학교 국어국문학과를 졸업했고 같은 대학교 대학원에서 문학박사 학위를 받았다. 현재 전북대학교 국어국문학과 교수로 재직하고 있으며, 전기(傳奇)와 야담, 여성문학에 관련된 논문을 주로 썼다. 저서로는『고소설론』,『여성문학의 어제와 오늘』,『꿈과 고전문학』이 있으며, 역서로는『페미니즘 이론』,『청구야담』,『고금소총』,『제호시화』,『동인시화』,『삼의당 김부인유고』,『명청시대 성애풍조』,『죽유집』등이 있다.

**달섬 세계고전 10**

# 어우야담 1

**지은이** 유몽인
**옮긴이** 이월영
**펴낸이** 김동원
**펴낸곳** 달섬

**초판 1쇄 인쇄** 2019. 10. 25
**초판 1쇄 발행** 2019. 10. 31

**달섬** 전라북도 전주시 완산구 어진길 32 (풍남동2가)
**전화** (063) 219-5322
**FAX** (063) 219-5323
**출판등록** 2012년 8월 20일 제465-2012-000021호



값 10,000원

ISBN 979-11-6372-051-5 04810
ISBN 979-11-6372-001-0(세트) 04080

이 도서의 국립중앙도서관 출판예정도서목록(CIP)은 서지정보유통지원시스템 홈페이지(http://seoji.nl.go.kr)와 국가자료종합목록시스템(http://www.nl.go.kr/kolisnet)에서 이용하실 수 있습니다. (CIP제어번호 : CIP2019039187)

'달섬'은 전북대학교출판문화원의 임프린트입니다.